十七岁

田中禾 著

南方出版传媒
花城出版社
中国·广州

图书在版编目（CIP）数据

十七岁 / 田中禾著. -- 广州：花城出版社，2022.1
　ISBN 978-7-5360-9380-5

Ⅰ．①十… Ⅱ．①田… Ⅲ．①长篇小说－中国－当代 Ⅳ．①I247.5

中国版本图书馆CIP数据核字(2021)第160871号

出 版 人：肖延兵
责任编辑：李倩倩　李嘉平
技术编辑：凌春梅
装帧设计：姚　敏
图片提供：关　山

书　　名	十七岁 SHIQI SUI
出版发行	花城出版社 （广州市环市东路水荫路11号）
经　　销	全国新华书店
印　　刷	佛山市浩文彩色印刷有限公司 （广东省佛山市南海区狮山科技工业园A区）
开　　本	880毫米×1230毫米　32开
印　　张	13.125　2插页
字　　数	280,000字
版　　次	2022年1月第1版　2022年1月第1次印刷
定　　价	49.80元

如发现印装质量问题，请直接与印刷厂联系调换。
购书热线：020-37604658　37602954
花城出版社网站：http://www.fcph.com.cn

每个人都从十七岁开始自己的旅行，走入岁月深处。

目 录

日记一则	001
木匠的女儿	001
外祖父的棺材和外祖母的驴子	025
十七岁的杂货店小姐	049
1944年的枣和谷子	075
张二嫂和她的孩子们	103
六姑娘十七岁	131
少年远行	155
鼠年的疥疮	217
进步的田琴	245
模糊	269
葬礼与爱情	295
乡下妞春梅	321
诗人的诞生	347
飞吧,忧伤的小鸟	377

日记一则

3月13日（甲子年二月十一）　星期二　阴　小雨

　　客人们都走了。院里的鞭炮纸屑和烧纸残片已经清扫干净。三位乡下来的堂姐在地铺上安歇，她们在等待明日按规矩去给母亲圆坟。只有亲族的丧事，老姐妹们才会撇开各自烦琐的家务聚在一起，夜晚同睡一床，像小时候那样喊喊喳喳彻夜不眠，给失去亲人的家庭带来亲情温暖，冲淡丧事之后的悲伤。明天是母亲下葬三天，姐姐们要一齐动手包饺子。把饺子煮好，用木桶挑到坟地上，在坟前摆上四个菜，洒上三杯酒。男人们挑来黄土把第一天埋下的坟堆添高，堆圆，砌一块带草根的圆形土块做成坟帽，放在坟头上。姑娘们捧上一捧土添在新鲜的黄土堆上，算是和亲人做最后的诀别。

　　两天阴雨，半夜时分小院上空荡开了稀朗的星光，深沉的夜色平和安详地笼罩着故乡县城。母亲真的永远离开我了吗？不再伴我生活，不再给我爱抚，不再给我教诲？如果我在人世受了委屈，有了心事，我还能去对谁诉说？如果我犯了过失，做了错事，谁还能给我原谅，给我安慰？此时此刻我才明白，从此以后我要独立承受人世降临的一切，我真的要做大人了。在甲子年二月初七这天之前，我并不知道人世究竟是什么。母亲离开我的时候世界还像往日一样，可我知道往日已经不复存在。

木匠的女儿

我没法想象母亲年轻时的模样，但我知道在牌坊街人们的眼里，她是一个与众不同的女人。最早发现这一点，是我读小学的时候。我的同学以"洋马"这个外号戏谑我，我明白了他们是在影射我的母亲，我和他们打了一架。可是从那时起，我知道了母亲高高的身材在牌坊街是引人注目的。我发现没有谁的母亲能如我母亲那样引起牌坊街孩子和大人的关注。和母亲一起走过大街，我能感觉到店铺门廊里投射出的目光，感觉到人们脸上浮现出的善意或恶意的微笑。母亲的身影用骄矜、自若笼罩着我，我仿佛听见人们发出的羡叹：瞧这女人！瞧这孩子！在这样的感觉中长大，我无法想象人的一生除了骄矜、自若，还会有别的什么心态？直到母亲的晚年，和年近八十的母亲一起上街，我仍能感到自尊心的满足，如孩提时一样沉浸在骄矜、自若的喜悦里，一点儿也没觉得自己是个落泊回乡、寓身市井、身份灰色的无业游民；二哥还在边疆劳动改造，尚未摘去右派分子的帽子。母亲衣着整洁，持杖款行，一边回应熟人们发出的亲切招呼，一边领受认识或不认识的人的目光。我依然仿佛听到人们心里发出的赞叹：瞧这老太太！瞧她的儿子！和母亲在一起，我血管里的血液流动得格外欢畅，倨傲的秉性也特别令我得意。从小学到大学，到母亲的晚年，她常责骂我："骄傲！你个骄傲的东西！"在我听来，母亲的责斥更像是赞赏和夸耀。

我想象着民国十二年的一天，那似乎是一个很遥远的从前的日子。一个年轻媳妇出现在城东三里文峰塔下的土地上，在金黄色的谷田里弯腰收割。当她直起身擦汗的时候，沟对面地里的男男女女全都扭过脸来盯着她的身影。有人窃窃私语，有人望着她哗笑，瞧啊！老二家的新媳妇下地了！母亲身穿士林蓝短褂、黑裤子，虽然按当时的风俗把浓密的黑发在脑后挽起了发髻，但那稚嫩、润泽的脸庞和清澈的眼睛，看起来仍然像个玩心未退的女孩。

在我从小长大的过程中，老家经常诱发着我的想象。我想象着在很早很早的从前，有一帮灾民，担着担子，推着手推车，携家带小，从遥远的北方来到这座县城。他们走出南门，越过城河，走过一座石碑搭起的小桥。向东望去，一道丘陵的影子隆起在东方天宇，丘陵上耸立着一座九层砖塔。沿着长满野草的土路走上冈坡，脚下是一片沟壑隔断的荒野。这些外乡人在这外乡的荒坡里住下来，盖起房屋，种下树木，打下水井，搭起鸡舍、牛棚。文峰塔下有了炊烟，有了呼儿唤女的声音。他们操着和本地人不同的口音，在周围庄园里干活。人们把这地方叫作"侉子营"。也许这些被当地人称为侉子的人就是我的先祖，也许在某一次变迁中，我的先祖从侉子们手中把这座庄园变成了自己的产业。这一切本来和我没什么关系，由于母亲的到来，它成了我的老家。这很自然，也很奇怪。在我长大的过程中，我不断被这个问题困扰，不明白我的生命和侉子营是怎样被联系在一起的。如果不是南阁街姓田的木匠去世，他的女儿正当婚龄没找到婆家，如果不是因为牌坊街的灯笼匠答应给我的外祖母买头驴子，我母亲这个木匠的女儿就不会嫁给他，俸子营与我也就毫不相干，我会根本不知道世界上有这么个小村，这小村也根本不知道世界上有我这个人。俸子营变成我生命中的一个世界，完全是因为外祖父去世了，外祖母需要一头驴子。外祖母有了一头驴，舅父、舅母就能继续开他们的磨房，继续卖蒸馍。我母亲为了换这头驴，嫁给了牌坊街的灯笼匠，灯笼匠出生在俸子营张家，我就成了张家的后代，我的孩子们也成了张家的后代，俸子营对于我和我的孩子，不再是地球上的一个普通的村庄，它成了我的家族血脉的渊源。

后来母亲告诉我，沟对面的村子叫"城拐角"，它是我的老老家，我老爷的弟兄的子孙们仍然住在那儿。"城拐角"这个村名于是在我童年的心目中充满了神秘感，是某种神秘的力量使牌坊街的一个孩子和城外这两个村庄联系在一起。无论出东门还是出南门，只要走出县城，就会看见一抹灰黑色的影子贴在城东冈坡上，像天地间的一片云彩。站在村头回望县城，巍峨的城墙从两个方向蜿蜒而来，交会成一个巨大的拐角。"城拐角"和"俸子营"隔一条大路，冈上冈下相望，和文峰塔构成三角，两村的土地隔一条荒沟。干活歇息的时候，老老家"城拐角"的人和老家"俸子营"的人凑在一起，脱下一只鞋子，垫在屁股下，坐在沟边抽烟说话，说谁家的老人病了，谁家新添了孩子，谁家的媳妇和婆母闹了什么纠纷。有了红白喜事，两村的人都要互相通知。这平常的农村风景，因为一头驴，和我的生命景象交织在一起。我既然做了张家的后代，张家祖上的故事也必然进入我童蒙未开的儿时记忆。

我不知道黉学的石碑上是不是真有我老爷的名字，有时候我觉得好像我曾经找到过那通石碑，它就在先叫初级师范后叫第四中学的校门外，那上面确有"张凤吾"这三个字。有时候又对这三个字是不是我老爷感到疑惑。如果这个张凤吾不是我的老爷，有没有这通石碑，碑上有没有这个名字，对我也就无关紧要。然而父辈和兄长们言之凿凿，说我老爷确是本县最后一次乡试的秀才，如果不废科举，也许我家也能如西关的曲八老一样在门前竖一座铁旗杆。所以，他们有理由痛恨无事生非的罗六爷——一个与我家毫不沾边的人，影响了我家的家族史。他住在离城七十里的偏远乡村，自己是前清举人，却跑到城里来多管闲事，纠集一伙人把洋人的教堂给砸了，害得全县城乡按户摊派教捐，赔偿洋人的损失。二万七千两银子固然不是少数，停止本县文、武科举考试五年的处罚，可让父老乡亲们伤透了脑筋，这处罚实在太严重了，它等于抽撤了全县莘莘学子成龙上天之梯，使家乡的有志之士丧失了做大清贤臣的最后机会。那次停考后不久，科举就被废除，读《论语》《孟子》的人再也无法做秀才，更不要说举人、进士。这桩发生在光绪年间的公案，断送了我老爷的前程，影响到张家的门楣。一个耕读持家的家族，从此心灰意冷，"读书还有啥用啊？"

父亲最先觉悟，他不再如祖父那样留恋"之乎者也"，他去向一个大字不识的远亲学手艺，及早成为牌坊街的灯笼匠，变为县城的市民。到了20世纪70年代，张家的晚辈们甚至连初中、小学都觉得多余，"认得自己的名字就行了"。他们当中更明白一些的干脆一个字也不要认,"不识字多省心!打右派、查反动标语,这类事再也摊不到头上来。"我猜想我的先辈早已认同这种认识,所以没给我们留下家谱、契约、证件、记录之类任何见诸文字的负累,在半个多世纪的岁月里佑护了后代,不至于给张家大多数族人的光彩身份添麻烦。礼仪上带来一点小小的混乱,有谁会计较它?我的堂兄把他的几个儿子取名叫学×、学×,母亲诧异地说,你爷爷叫张学义,你儿子叫张学×,和他老爷排一个字牌?堂兄淡然一笑:"起名字不过是在生产队的记工本上有个记号,认那么真干啥?"母亲笑了,她不得不承认堂兄的话自有他的道理。那些出生于60年代的晚辈,大妮、小妮、大娃、二娃……嘴里叫得飞熟,谁能记得他们的名字?母亲去世的时候,许多熟悉的亲族来吊祭,事后那些记在吊唁簿上的名字显得陌生而荒谬,我竟没法把他们与现实中的人对照起来。这使我明白了文字的符号作用其实也微乎其微,文字如果不被识字的人当作进身、勾斗的武器,那也不过是没事找事折腾自己和别人多余的精力,用来满足虚荣心和优越感罢了。从前清到80年代,我们张家子孙因为不读书、不识字而保持了混蒙本色,对身历的乱世浑然不觉,连"苟全性命于乱世,不求闻达于诸侯"的人生哲学也不需要,就如鲁迅夫子所说,种田就种田,舂米就舂米,因而保持了家族的人丁兴旺、太平安乐。

我猜想母亲初嫁侉子营的时候,日子是平静、安逸的。她经常在这条县城通往小村的土路上往返。有时跟在父亲身后,有时独自一人。后来是抱着或背着孩子,再后来,有女孩和男孩在她身前身后跑动。他们在铁轮车的辙印间奔跑,追逐草丛中飞起的蚱蜢。庄稼发出沙沙的喧响，蛐子在豆叶下起劲鸣噪。大路向坡顶绕出一个漫弯，走上冈，看见村边的小树林，像灰色纱幕，掩映着黄土墙和黑房顶。一条肥大的黄狗从林子后窜出来，摇着尾巴，绕着人的两腿，唧唧哝哝扑上扑下，用滴落口水的舌头亲热地舔逗母亲的手脚。母亲一边呵斥一边抚弄它光滑宜人的皮毛。大黄狗一直这样绕前绕后地蹿跳着把他们引进院子。父辈生活的院子是一座坐西朝东的大院，倚着坡势从堂屋向大门倾斜。院门口像所有农家一样，有一口泛着泡沫的沤粪池，池里浸泡着牛粪和柴草，空中飞舞着雾一般的蠓虫。站在大门口，情不自禁地被不远处的池塘吸引。它清澈、明亮，水面上漂浮着墨绿的荷叶，小树和灌木的倒影在岸边浮动。我进村的第一件事就是在箩筐里压上馒头，放上几块断砖，把它沉进塘去，过一阵儿提上来，就会有鱼虾在筐底蹦跳。挨着大门是一间储放牛草的仓房，我经常和堂兄们在这儿捉迷藏。甬路左边有一台石碾，岁月在发灰的石头上布满星星点点的麻坑。和大门相连的东屋是牛屋和磨房，门口有一棵老枣树，一到秋天就闪烁着惹人眼馋的星星似的红枣。北屋是叔父们居住的厢房。婶母用铁面盆打来一盆水，泡上一块家织布方巾。母亲一边洗脸一边和婶母说话，城里乡下的琐事使她们喋喋不休。

　　母亲很喜欢乡下，这种感情一直传延到我的儿子。我因此而为我的孙子以后的后人担忧，没有一个可以怀恋、可以追忆的乡村老家，他们的记忆世界会不会变得枯燥、乏味？尽管岁月流逝，老家变得面目全非、旧景不再，使人伤感，可它深印入我童年的心中，成为属于自己独有的永远不会破灭的童话世界，在冗烦的人生途程中，不断唤起我的念想和温情。和母亲一起在乡下度过的麦收季节的印象，至今仍然在我心中激发着湿润、美丽和辽远的怀想。

在那样的季节，一家老小总是天不亮就起床。星星在天顶闪耀，晨风中流溢着成熟的麦田的气息，咳嗽、说话和狗的跑动声从黑暗中传来。吃杯茶掠过头顶，在天空响亮地鸣叫，吃——杯——茶！吃杯——吃杯——茶！随着麦叶和镰刀嚓嚓的响声，白白的麦田被分割出一道道黑色的斑块，斑块不断扩大，逐渐连成一片。第一缕霞光抹亮天际，人们仿佛才从梦境中醒来。裤脚被露水湿透，鞋子变成泥坨。妯娌们显露出各自的身形和面目，停下手中镰刀，用刁钻的话逗嘴、骂玩笑。太阳冒出地平线，轮到下厨的媳妇提前收工，镰刀夹在腋下，沿着田边小路向村子走。炊烟从雾腾腾的林子背后升起，在初升的阳光里飘散。

收完庄稼，母亲重新出现在牌坊街。身边多了一个年轻女人，灯笼匠的买卖显得更加兴旺。他不必像从前那样，来了顾客就得放下手里的活儿去招呼，现在他可以一边和顾客笑模悠悠应酬，一边继续干他的活儿，母亲会去照应买主。这个在牌坊街初见世面的小媳妇，说话爽朗，语气诚恳，三言两语就能让顾客轻松地说出自己的想法，乐意听她为他们出主意。如果有谁想耍一耍小聪明，故意用出格的价钱和她搞价，她会嗔起脸，把东西从买主手中拿过来，摆好在货摊上，挥一下手说，你到别处去吧。

灯笼匠的货摊渐渐变得琳琅繁复，出现了锄头、铁锹、牛缰绳，树皮碾成的治棉虫的大药，山里来的染衣服的橡子壳，藤条编成的鞭杆⋯⋯一进腊月，父亲和母亲就连明彻夜做活儿，灯笼、笊篱堆满半间屋子。过了二十三，各家商店把货物摆出门外，过年的气氛一天比一天浓，牌坊街一派喜气洋洋的热闹景象。父亲、母亲在货摊前忙碌，直到集市散去，才顾得上吃饭。

在我出世之前，我的姐姐、哥哥们选择了不同的时机，来到这个充满生机和罪恶、不断编织着故事的花花世界。

我大姐出生在虎年，她选择了学生们上街游行的时刻。收生婆把她递到母亲怀里的时候，一帮学生正把隔壁京货铺里的东西拿到街上去焚烧。外祖母以为是土匪杆子进了城，父亲说，没事，这是学生们查抄日货哩，咱这儿又没日货。外祖母把我大姐抱起来，亲亲她的脸蛋说，长大了可别跟他们学，到街上去惹是生非。

我二姐选择了民国十九年。她还在襁褓里，母亲经历了与外祖母第一次看见捻军相似的情景，县城被一支莫名其妙的队伍占领。他们穿着破旧的长衫、小褂，露宿在街边屋檐下，用湖北蛮子的口音向牌坊街商户派饭，"一席，两席"。他们伸出手指，向人们比画。母亲做了一瓦盆粉浆面条，炒了半盆豆芽菜，端出门外，让他们围聚在屋檐下吃。吃完饭，他们留下了两张自己印制的米票，虽然这米票没地方去兑付，城里人仍然对这支队伍感到不可思议，既然他们手里拿着枪，为什么不去抢砸店铺？难道他们不知道人都是贱货？你对他们越凶狠，他们越怕你、敬你；你对他们越和气，他们越瞧不起你、欺侮你。这支队伍离开县城的时候，商会自卫团的人把两个掉队的病号抓起来，交给了国民兵团十六师，五花大绑游街示众，然后枪毙在南门外的乱葬岗里。我不知道这两个已经难以找到尸骨的外乡人，现在是不是被追认为了烈士？牌坊街的人们无论如何也没想到，这支唤起他们怜悯心的队伍十几年后能够夺取中国政权。红二十六军路过县城的故事早已被牌坊街的人们淡忘，投奔这支队伍的吴老师也早已战死他乡，只有他那个小脚老伴还住在南门大街的小巷里，证明着这段历史的存在。她和我母亲年龄相仿，腰背有些佝偻，白发有些稀落，1968年曾经被红卫兵簇拥着热闹过一阵，现在已经不再被人提起。吴老师被追认为烈士，牌坊街的人们私下里对他还是颇有微词，一个中学校长干得好好的，偏要去投红军，把一个贞节贤良的女人扔在世上，无儿无女孤苦伶仃地过了一生。

我大哥来到世上不久，崔二蛋的杆子打进县城，在城里驻扎了十几天。土匪过后，城里瘟疫流行，死了很多人。可是我家并没遭受太大的损失。三叔赶来一辆大车，所有的货物、细软加上母亲和孩子，一车拉走，在乡下躲避了不少日子。有一位庙里的道士，给人们散发一种连根带叶的植物，让大家煮汤喝。我大哥就躲过了瘟疫，长成一个泼壮的男孩。

也许我二哥来到世上的时间不合时宜，因而命途多舛。他从小爱生病，一生不断受命运捉弄。我用周易、八卦和四柱算命术为他推算过多次，结果还是未能找到满意的答案。他降生在狗年九月九日，秋高马肥，高粱、谷子都已成熟，芝麻、绿豆正在开花，看不出任何不吉利的征兆。那一年市面平静，既没闹土匪，也没过红军，也没有灾荒饥馑。父母亲的生意蒸蒸日上，他们买下了一处院落。它坐落在全城最繁华的大牌坊和西城门之间，临街两间铺面，连着一个由厢房和堂屋组成的筒子小院。它本来是城里有名的绸缎庄，业主染上了鸦片烟瘾，生意被抽光了。当他需要鸦片的时候,我父亲需要房子,这所已经破败的宅院被我父亲典当过来。当期到了,破产的绸缎庄老板继续需要鸦片,双方签下转卖契约,我父亲补给他一笔钱,这所房产的业主就成了"张福祥"。我母亲请庆记的账房先生为店铺郑重其事取了名,"永聚祥"铁器杂货店,成为西门里的一家商号。

我出世前的几年,"永聚祥"杂货店在牌坊街已小有名气,虽然灯笼、笊篱仍然是父母亲的看家手艺,"灯笼匠"这个称呼早已被人淡忘。人们按照我父亲在弟兄中的排行,称他为"二掌柜"。过了五十岁的父亲已经开始发福,大哥、二哥经常在他凸起的肚子上玩耍,把他的肩膀和脑袋当作攀爬的山峦。我母亲不再是一个傲气的女孩,她的发髻显得更加整齐,眼睛里透出几分睿智和威严,"永聚祥"的内掌柜在货栈、商行之间周旋,有时到码头去接货,有时代替我父亲出席商家邀约的聚会,脸上带着和悦持重的笑容,对街坊熟人的玩笑应付自如。走过大街,不断有人和她打招呼、开玩笑。

最令父亲骄傲的是我的大姐,她已经长成牌坊街出众的女孩。朝阳初升的时分,街两边的店铺刚刚打开栅板门,店里的人都会看到"永聚祥"的大小姐身穿童子军服,头戴宽边遮阳帽,肩挎雅致的书包,从西城门里的家中走出来,走过大牌坊,穿过长长的大街,到黌学对面的女子学校去读书。那走路的身姿和目不侧视的神气,一副盛气凌人的样子。放了学,她一进家门,家里的人都会屏声息气,大哥、二哥也不再吵闹。我父亲笑眯眯地跟在她身后,亲自为她冲茶、拿点心。母亲笑着说,看你把她惯成什么样儿!

我家的生意一年年看好，县城的时局却一天天变乱。有一天，西城门上竖起一座木头钉成的钟楼，看城门的马三因此变得比过去神气。他敲了钟，全城的商户都要立马关门——据母亲说那是一种非常生动的景象，一街两行的栅板门乒乒乓乓乱响，小贩们慌慌张张抱起自己的货物和钱褡子没命奔窜。能钻防空洞就钻防空洞，钻不到防空洞的，带上家人往城外跑。跑不掉，就躲进寨河沟或城墙洞。其实城里人并不是一开始就很服从马三的指挥。第一次搞防空演习，马三的钟敲得不很熟练，他用连续的一声长两声短的钟声发出预备信号，商号里的伙计们像做游戏一样觉得很好玩，大多数老板认为这是一出闹剧，联防队的人闲着没事，拿城中百姓寻开心。父亲和母亲只在洋片里看到过那种张着蚱蜢翅膀似的怪物，不相信它真会飞临自己头顶。我父亲张大嘴巴听联防队长向他解释警报信号，显出很听话的样子啊啊地漫应着，觉得不过是应付公差。一声长两声短，表示飞机正朝县城方向飞来，大家做好准备，赶快关门躲避。不歇不停一个劲儿连着敲，是说飞机已经来到，人们要躲好了，别出来。如果它飞到半道拐了弯，或是飞机已经飞走，那就解除警报，当——当—— 一下一下，像松了一口气那样懒洋洋的。多少年来，在我的故乡，县城和乡下的学校都使用马三的警报信号敲钟，用一长两短表示预备，乱点儿表示集合，解除警报的慢长声是下课，上课则用连续的两短。我初到省城的时候，觉得城市里的学生听着电铃作息，上课、下课、集合、开饭、就寝、熄灯，没有任何区别，能听出什么名堂？实在是乱弹琴。

在我出世前的两三年间，县城的人听到过几次认真的警报，也有过一两次飞机飞过县城的惊吓经历，可我父亲和母亲还没领教过飞机轰炸、扫射的场面，仿佛那些铁蜻蜓不过是吓唬一下城里的百姓，让他们开开眼界罢了。这样的吓唬对一个孩子，远比狼外婆或鬼怪妖魔威慑力强大。至今我还清楚地记得我第一次看见飞机时的感觉，它经常在我的噩梦里重现。在急促恐怖的钟声和乱哄哄奔跑的人群中，母亲抱着我向城外狂奔。刚跑进一块庄稼地，震耳欲聋的嗡嗡声呼啸着向我逼近。母亲把我按倒在麦田里，使劲捂着我的耳朵。一个庞大的灰色影子像老鹰扑鸡似的从天空俯冲下来，翅膀擦着庄稼叶子，发出可怕的轰鸣。鲸鱼似的大嘴巴从我头顶掠过，嘴巴周围飘动着黑黑的胡须。翅膀上那块血红的圆团逼着我，麦苗被它扇起的风吹得向一边歪倒。我怕极了，瞪大眼睛看着那个逼近的怪影，绝望地找不到藏身之处。红膏药符号的可怕，深深烙印进我的潜意识，使我多少年来不敢把日本人看作是和我们同样的人类。在我的童年和少年时代，一听到飞机的声音，心脏就会缩紧，身体就会战栗。直到20世纪60年代，飞机的声音仍会使我神经紧张。

对飞机恐惧的条件反射，大约与我在母腹里的经历有关。

民国二十九年春天将尽的时候，我已经成为母亲身体的一部分，她的血液开始注入我的生命，我在人世间拥有了一个温暖、黑暗的空间。我的生命与城门楼上的警报钟声联系在一起。警报响起一长两短的声音时，城里人用惯常的犹疑不定的态度，把栅板门下入门槽，一扇一扇推进去。那时我们家的房屋还没翻修，临街门面使用着绸缎庄原来的门板。那些木板早已老旧变形，把十六块板挨次推进去，让每块板的楔子咬紧，需要耐心和熟练。

这件活儿通常由在我家当学徒的堂兄拴去干，他摆弄惯了，不会把门板的次序弄乱，知道哪块板有什么毛病，怎样推才能顺当地进去。可是那天好像出了邪，拴把一块门板斜卡在门槽里，推也推不进，拉也拉不出。这时城楼上的警报变成当当当的乱响。父亲把拴推过一边说，快跟你二婶出城去！母亲抬起头看看天，然后又看看父亲的脸："我看不要紧吧？"父亲严厉地挥了一下手，还没说出话来，嗡嗡嗡的声音已经响彻天空。他们从来没听到过那么响的声音，站在门槛边愣了神。跑警报的人眨眼间消失得无影无踪，除了躲在商号门廊里的乞丐，大街上看不到一个人影儿。"来的飞机可不少啊。"拴嘟囔着说。父亲跺一下脚说，还不快走！到天主堂去！拴背起我二哥，扯着我大哥，母亲和二姐跟随着，从西城墙绕过内城河，跑向天主堂后门。天主堂墙外挤满了人，他们身体贴紧教堂后墙，仰起头，转动脖颈惊恐地望着天空。教堂钟楼顶上悬挂着一面红、白、绿三色旗，惊魂不定的人们提心吊胆地看着它，不知道这面在风中飘动的意大利国旗能不能保佑他们平安。急促的奔走使母亲虚弱、疲惫，她面色苍白，倚在教堂围墙上喘息。父亲还留在家里，他能不能顺利地把那些别扭的门板上好？飞机会不会扔炸弹？……房屋、货物……父亲？大姐在学校里。女校后边有防空洞。可她很任性，会不会在洞外乱跑？防空洞能不能容下那么多学生？嗡嗡的响声越来越大，教堂的围墙、脚下的土地、周围的空气仿佛全都应和着这声音震响。飞机以空前威武的阵势覆盖了县城的天空。拴从围墙影子里伸出脑袋，眯起眼睛盯着天上那些可怕的阴影，嘴里喃喃地数数："……二八、二九、三十……"飞机盘旋得越来越低，堂兄数不准飞机的数目,弄不准它们究竟是三十二还是三十五。他把脖子伸得更长些,打算再数一遍。这时他看见贴着飞机的翅膀掉落下一些黑色的东西,像灌满了粮食的布袋,接着是一片惊天动地的爆炸声。他以为飞机把炸弹投在了脚边,看见烟雾从西门外升起,才明白教堂周围并没有挨炸。"捂紧耳朵!"母亲大声向她的孩子们喊叫。她弯下腰抚弄着想要大哭的二哥,把他更近地揽在自己腿边。咕咚——咕咚——咕咚——爆炸声一阵接着一阵,内城河的水哗啦哗啦荡起一层一层波浪,火光和烟雾随着每一声巨响冲上天空,房屋倒塌的声音夹杂着竹木燃烧的爆裂声,噼噼啪啪,轰轰作响。

爆炸声和嗡嗡声消失后,教堂墙外的人仿佛都变成又聋又哑的傻子。他们呆愣地站在那儿,不知道自己是不是还活着。母亲说她的耳朵像灌了铅,好像有一只秋蛉爬在脑后扯长声鸣叫,使她的耳膜鼓胀难受。我堂兄拴的嘴巴一张一合,两手在空中比画。我大哥仰起脸扭动着脖子用游疑的目光在天上寻找。人们慢慢离开围墙,互相呼唤着向回家的路上走。父亲的身影出现在内城河边的小路上。他急匆匆走到姐姐哥哥身边,把二哥抓起来,举过头顶,让他骑在他的脖子里。在父亲转过身去的那一刻,母亲突然感到一阵晕眩。她手扶墙站了一会儿,心中遮上一片阴翳。她不知道这片阴翳是怎样产生的,父亲拱着他的儿子的背影,使她感到莫名不安。就是在那一刻,母亲觉察到了我的到来,我使她的心情变得烦躁沉重。从那时起,要不要我这个多余的累赘,就成为母亲没法摆脱的心事。父亲一边走一边急切地和他们说话,好像一家人分别了很久。当他们还沉浸在逃脱劫难的喜悦里没来得及在椅子里坐稳的时候,城门楼上再次响起紧急警报钟声。堂兄迷惑不解地说,它们怎么又来了?还没炸过瘾?刚从防空洞里出来,或是刚从城外回到城里的人们立即又陷入一场骚乱。

三十二架日本飞机一天两次轰炸县城,成为家乡流传久远的故事。它是我在母腹里开始人生经历的第一幕。我仿佛亲眼看见那些焦黑的梁檩斜挂在冒着黑烟的断墙残壁上,繁华的码头和热闹的西关变成一片瓦砾。清真寺旁的大树上挂着一截血肉模糊的人腿,零散的肉块和衣服碎片在树枝上当风颤动。老五奶和她的孙子一起进城赶集,刚跑出南阁,一块弹片把她的半边脸削飞。人们围着她的孙子,问他是哪村人。那孩子面色苍白,什么话也说不出。西关刘表姨刚跑到防空洞旁边,一颗炸弹落下来,六口人只找到四块不完整的尸体。

伴随着使人毛骨悚然的画面,我心里还晃动着一个身穿便衣、腰里挎着驳壳枪的神秘影子。他在我的想象里有时是个长满络腮胡的莽汉,有时是身材细高,面目清秀的军人,稍稍有些弓腰,脸上没有表情,眼睛里透出几分威严。我仿佛看见他带领一支身份不明的队伍,赶着一帮马车,车上覆盖稻草,鼓鼓囊囊满载让人猜疑的货物。在母亲的故事里,他的行为深深打动了我。日本人的飞机飞临县城上空,他对他年轻的妻子说,你走吧,我和这些东西死在一起了。反正逃跑也得挨枪毙,炸死也是死,不能在这时候装孬种。他让别人去躲藏,自己一个人端着枪守护货栈,那里堆放着前线日夜等待的枪支、弹药。准是城里出了汉奸,向日本人通报了消息,他们的飞机才会这么在西关、码头来回轰炸，第一次没炸中，第二次又来。我们的县城遭受了那么大的灾难，死了那么多无辜的百姓，军火总算没受损失，当天晚上在码头装船，沿唐河运往襄阳。

这是个很标准的最终胜利属于我们的故事。我一直确信母亲的故事是真实的，它伴我长大，使我对这位冒死守护军火的刘营长充满向往。在此后的几十年间，我一直希望能够得到刘营长更多的细节，可是无论在民间传说，还是在能够查找到的资料中，甚至连这故事的蛛丝马迹都未能找到。在不久前新编的县志里，对这件事的记载只有寥寥数语："1940年5月4日（农历三月二十七），日机三十二架在县城西关先后投弹一百余枚，发射机枪子弹数千发，炸死二百多人，伤残一百多人，炸毁房屋七百余间。"好像根本不存在西河码头储放军火这回事。这使我深感失望，虽然它并不能减少我被孕育为生命的过程中的色彩。因为从那天起，我在母腹中就开始了背井离乡的流亡。县城被轰炸后的第二天，日本人逼近县城，三叔赶来一辆大车，把家中的细软和能够带走的货物装在车上，父亲用手推车推着二姐和二哥，母亲带着大姐、大哥，跟随逃难的人群到乡下去。

第三天，日本人占领了县城。

母亲孕育我的十个月内，县城周围发生过五六次激战。小时候我常跟随哥哥到竹林寺西边的抗日烈士陵园去扫墓，那是几次战役中的某一次为县城留下的景观。几级宽阔的台阶走上去，一座高大的纪念碑矗立在两行墨绿的柏树中，碑后有一座很大的圆顶坟冢。我伸长脖颈仰望墓碑上密密麻麻的小字，嘴里喃喃念着"李啥啥，张啥啥，啥啥啥，王家啥……"。微风荡过陵园四周的灌木丛,蟋蟀在寂静中鸣叫,我心中充满神圣的遐想。不知道这些人是什么模样。他们死在我正被母亲孕育的那一年,仿佛和我的生命有某种联系。在我读初中的时候,这地方被平整为学校新扩建的校园,墓碑被扒掉了。北阁街的牛海柱傻唧唧地问我:"这不是烈士墓吗?"我说:"他们已经不是烈士了。""为什么?"我看着牛海柱的脸:"为什么?瞧瞧这墓碑上是谁题的字?"牛海柱把"浩气长存"下边的落款念了念,恍然大悟地说:"呸——国民党反动派!"大坟掘开后,我和想象中的一百多名官兵见了面。他们头朝外足朝里,排成环形躺在墓坑里,从里到外,排了两圈。虽然人已变成白骨,军装却依然穿在身上。那些军装看起来很完好,用手一碰,立即化为细粉。像当初读墓碑那样,我和牛海柱嘻嘻哈哈读他们胸前徽章上写的番号、姓名、籍贯和年龄,觉得这些家伙真傻,为什么不去参加八路军?教生物的钱老师脚穿胶靴,面戴口罩,手拿火剪,踏着尸骨在墓坑里翻拣,挑选出一些骨头,刷洗干净,涂上白漆,用铁丝穿起来。这架人体骨骼标本至今还保存在学校的生物实验室里。每当钱老师把这个白色幽灵放在讲台上,用小棍指点着向我们讲解时,我眼前就会浮动起大墓挖开时的画面,仿佛重又嗅到那股腐烂的尸体的气味。那块墓碑在大炼钢铁运动中被当作石灰石,砸碎送进了小高炉,我们县的跃进形势因而平添长存的浩气。

我的出生地是北乡一个偏远的小村,当地人叫它列棚,后来才知道它叫李棚。日本人和二十九军正在为争夺县城激战,父亲带着全家逃亡到这座几户人家的小村,寄住在一个贩卖山货的朋友家中。

我出生在蛇年正月初十。这一天是石神的生日，按规矩乡下人要在石磙、石碾、石臼、石槽旁摆上供品，点化香裱，插上几炷香。各家各户烙薄饼、卷菜，叫作十烙，暗含"实落"的意思，祝祷新的一年五谷丰登，日子富足，家有节余。

和石头共一个生日，我从小就觉得自己很坚硬，常和邻居的孩子比试，和他们碰头，在牌坊街所向无敌。

我大哥说，那一年的雪非常大，三十晚上睡下，初一早晨门窗被封进积雪里，父亲费了很大劲才把门打开，用铁锨一点一点在雪里掏，掏了很久，掏出一点亮光。父亲在院里挖出一条蛇似的小路，使全家人得见蛇年的第一个白昼。父亲的朋友端来一瓢白面和半盆萝卜馅，母亲开始为一家人包新年饺子。一阵隆隆声从天边传来，父亲竖起脖颈仔细倾听着说："不是打雷吧？"母亲把手里的饺子皮扔在案子上，走到门外去听。"是在东边。"她满脸疑惑地说，"今天是大年初一呀！"她不相信日本人会在大年初 到这偏僻的乡村来轰炸。可是没过多久，父亲的朋友就走进来说，日本人轰炸了源潭镇。那里离我出生的李棚村只有十几里路。飞机到来的时候，源潭镇上的人们刚刚放过鞭炮，正在踏着雪串门拜年。日本人一点也不在乎他们下进锅里的饺子还没来得及捞到碗里去，他们用炸弹和扫射为镇上人送上了蛇年的新年礼物。飞机飞走之后，镇上的农民套上大车，为正在前方作战的部队送军粮。他们没料到日本人会第二次再来，像当初轰炸县城那样，出动了同样多的三十二架飞机。似乎日本人特别偏爱三十二这个数字，偏爱两次这个数目。送粮的车队在雪地里向北行进，茫茫雪原把他们一览无余地暴露在日本人的飞机下。这故事似乎印证了县里有汉奸的说法，它是个完全的悲剧，胜利没有属于我们。一百多个农民和二百多头耕牛被炸死在旷野里，军粮被炸烂在死尸堆中。在我长大成人的过程中，我常为那支盼望给养的军队担忧。没有了粮食，他们以怎样的绝望心情度过那个催我降生的又冷又饿的新年？直到学校旁边的烈士墓被掘平之后，我才感到释然，反正都是国民党军队，没来由去同情、惦记它。何况我母亲已经习惯了我们的军队总打败仗，老百姓并没把一时半会儿的胜败放在心上。小日本厉害，咱们国土大，他能打，咱能跑。

日本人在正月初九——也就是我出生的前一天，围困了县城，战事在县城周围激烈地进行。出于亲历战火的好奇心，正月初十清晨，在县城陷落的那一刻，我来到了人世。

正是黎明时分，黑夜将尽，太阳还没升起。母亲本来打算熬到天亮，可是我在母腹中听到了从县城方向传来的马蹄声，我看到身穿黄军装、挥舞着战刀的东洋马队追逐着我的影子在雪地上飞奔。我在一片没有树没有草的光秃秃的沟壑中奔跑，像被天上的飞机追逐一样，胆战心惊地找不到藏身之处。我仿佛看见屋檐上垂挂的长长的冰柱在雪光中闪烁，豆油灯的亮光在黢黑的窗口摇曳。冰雪覆盖的后半夜，寒冷沁透了母亲身上薄薄的棉被。父亲穿上衣服，裹紧袍角，端起油灯，照着母亲的脸。她隐忍着齿缝间的呻吟，翘头看着窗外说，天怎么还不亮啊？父亲走出去，在雪地里摸索。回来时，怀里抱着一捆豆秸。母亲床前生起了一堆火。明亮的火光蹿跳着活泼的焰头，灰烬像飞蛾一样向屋顶的暗影里飘旋。母亲的脸庞被阵痛扭曲，冷汗在她额头闪光。母亲没有为我准备襁褓，她探头看着床前的尿罐——小时候每当我调皮捣蛋的时候，母亲就会指点着我说，早知道那会儿该把你填进尿罐去！那时她当然是在开玩笑，我已经长大，尿罐装不下我这么大的个子，它连我的一条腿也装不下。可是在我出生的时刻，母亲的尿罐对我确是一个实际的威胁。正当我为自己落地后的遭遇担心的时候，窗外响起我堂兄拴的脚步声。他急匆匆地喘着气说，日本人的马队过来了。母亲说，你们走吧，这孩子反正来得不是时候，他怪不得咱们。屋里屋外陷入沉默。那时我觉得母亲的尿罐对我绝不是一句戏言。片刻之后，堂兄拴说，把他留下吧，二婶，好歹他也是一条性命儿。他说这话的时候鼻子有点发囔，父亲背转身不敢看母亲的脸。拴在雪地里把贴身小褂脱下，从门缝中塞过来。母亲说你穿一件空筒棉袄能行？拴说没事，我不冷。拴的小褂解除了我的危机，至少我不必担心一落地就被冻死。母亲吸一下鼻子说，你们走吧，我自己伺弄他。

天亮了。雪野反射出刺目的白光，村外大路上响起枪声。父亲犹豫不决地站在那儿，母亲生气地说，你还不快走！走！我一个人能对付。父亲一边向外跑一边不住回头看。就在这样的时刻，我发出了来到人世的第一声啼哭。我听到的人间的第一个声音，是划过村子上空的枪声。堂兄身上的汗味温暖着我，我不知道自己为什么要到人世来，既然人世是这样混乱、肮脏、叵测。如果当时我被倒提着插入母亲的尿罐，世上的一切对于我就没什么关系，我也就不必让自己的灵魂被血肉之躯的欲望和苦难所蹂躏。可是，见到了人世的光明，我不知道自己还有没有别的选择。人世毕竟是人世，再大的磨难也抵挡不住花花世界的诱惑。

"我用拴的小褂把你包起来,天灰灰明,日本人的马队跑过来,一边跑一边放枪。枪子儿啾啾地从你爹头顶飞过,他一头窜进大北沟,才躲过日本人的追赶。"也许因为我命大,也许大日本皇军压根儿没看上这几户人家的小村,马队从村外跑过,没有进村。日本人一边向逃跑的人放枪,一边纵马飞驰,马蹄下腾起一溜白烟。

在日本马队的追逐下,村里人对于石头的生日就不那么认真,我出世的时候,列棚的人没有给石器上供、烧香、点纸,也没按老规矩烙饼馍。我到人世来的第一天就扰乱了家乡的传统礼仪。

父亲跑回村的时候,我母亲正抱着我躲在高粱秆垛成的柴垛里。李棚村的高粱秆垛,是我来到人世的第一个旅栈。我缩在堂兄的小褂里,在母亲的胸脯间拱动。当我浑然不觉地仰望着父兄陌生的面孔时,我不明白他们的脸色为什么那么阴暗。我并不知道此时此刻,人世间正有一些人骑着马拿着枪,把另一些人从他们的家园里赶出来,在无遮无拦的雪野上奔跑逃命。我也不知道那时我们家不光是生活上已经陷入窘境,父亲、母亲和大姐构成的亲密世界也正经历着前所未有的危机,选择这样的时候到这个家里来,证明我这个人从生命的开头就不谙世事。

大姐来到我身边,我被一张娇柔的面孔吸引,目不转睛地望着她。我好奇地盯着她面颊上的两团潮红,那桃花般的颜色和她眼窝里的暗影为她增添了妩媚。她看到我红通通的婴儿的脸,额头上那一层皱巴巴的细嫩的皮肉。又一个男孩!她脸上复杂的表情使我弄不清大姐是高兴还是感伤,还是喜悦与凄伤参半。我庆幸在这个兵荒马乱的穷乡僻壤没人为我算命,没人把一条石神的蛇的到来与一只寒冬的虎的境遇做出联想。一条阳性的蛇和一只阴性的虎，按命相学的说法，这本身就是一个悖谬。大姐的面孔和我的面孔相对的一瞬间，我们的眼神是不是闪射出别样的含义？冥冥中仿佛有一个声音响起："瞧他的眼睛，看人了！"两片红红的湿润的嘴唇在我眼前嚅动，绽露出一排闪光的白牙。我吸弄一下小嘴巴，发出轻微的响声，鼻洼里耸出几道皱纹，打了一个呵欠。

这怪模怪样的表情把他们逗乐了。面对几张露出笑容的脸，我知道我不会再被抛弃，我肯定能赢得父母的溺爱。也许由于母亲在我出生时真的动过把我填进尿罐弃之荒野的念头，在此后的岁月里，她会给我加倍的疼怜。她把一个长命圈套在我的脖颈里，那是一个淡绿色玉石雕成的佩环，坠在红绒线上。经过年深日久的摩挲，晶莹剔透，滑溜宜人。它蹭着我稚嫩的胸脯，把母亲的祝福沁入我的肌肤。

外祖父的棺材和外祖母的驴子

既然我来到了人世，人间的一切便不再与我无关。那位曾经在南阁街居住，有一手雕花手艺的姓田的木匠，无论他生前多么穷困潦倒，无论他的脾气多么乖戾，我都得承认他是我亲爱的外祖父。以我的想象，外祖父的颧骨是凸出的，眉棱必定很高，瘦削的双腮上经常斜亘着两道咬肌。他有一口刚健有力的牙齿，这一点我印象深刻。外祖父的手指粗糙结实，掌上布满皱纹和老茧。他不光从表外爷那儿学到了木匠手艺，还从他那儿学到一些其他的本领。这可以从他额头上的伤疤得到证明。每当外祖父教训舅父的时候，他就会指点着那块像韭菜叶似的疤痕说，想做人学手艺么？我七岁跟你表伯学活，那是我表哥呀！可他一点情面都不讲，什么活儿也不教，全靠自个儿留心。夜里干活端灯，灯要跟着他的手走，跟不上晃了眼，就是一顿臭骂。瞧这儿，打了一个盹，灯在手里晃了一下，你表伯的拐尺砸下来，脑门立时开花。

外祖父没解释外祖母额头的伤疤是怎么回事，虽然她夜里也曾为他端灯，灯光跟不上肯定也会有一顿臭骂，可外祖父夜里干活的时候很少，外祖母倒是经常要在夜里纺棉花。她纺棉花不必点灯，只用在纺轮上缚一支点燃的麻秆，车轮一动，空中划出一圈明亮的光环，照亮纺锤、棉捻，照亮外祖母的手和脸。

外祖父的另一个骄傲是他断缺了一截手指的左手。它证明着外祖父的斧子很锋利，下去的力量扎实、利索。它还是外祖父一生最风光的时光的证明。在外祖父留下的传说中，再没有比为曲八老的女儿做嫁妆更辉煌的业绩。"双箱双柜，葡萄架子床，镂花屏风，桌椅、梳妆台、洗脸盆架，全是雕花手艺。"曲二小姐出闺那天，嫁妆从西关一直排到牌坊街，满城的人都出来看。他们都看傻了眼，这是谁做的活儿呀，这么漂亮？南阁街的田老庚出了一阵风头，他不但可以站在牌坊街夸耀自己的木活儿，还可以向人们讲曲二小姐的嫁妆用的是什么油漆，经过了几道手续。有这份荣耀，损失一小截手指又算得了什么？像两个舅舅那样终日游手好闲，抽大烟，串赌场，手指再完好又有什么用？

外祖父做活儿的神情肯定很专注，血滴飞溅起来的时候，他没在乎出了什么事。他把砍好的木坯拿起来，和另外三根比了比，然后揉去眼睛上的血迹，拣起那截软糊糊的东西，骂了一句脏话，对蹲在旁边抽烟的曲老三说，把烟布袋给我。曲老三把烟布袋递到外祖父面前，帮他撕开袋口，慷慨地让外祖父随便用他的烟沫。外祖父在断指的伤口上按上烟沫，从裤子边扯下一块布包好，然后到院子里，把那截东西抛到房顶上去。就像我小时候换牙，米汤姑告诉我要把换掉的牙齿扔到房顶上。曲八奶奶走进来，看见地上的血迹，看见外祖父包着的手，她吃惊地说，哎呀田相公！你的手怎么了？外祖父温雅地笑了笑，没什么八奶奶，蹭破点皮。八奶奶从条几抽屉里找出一块墨鱼骨，还给他找了一块生白布——没经过洗染的干净的家织土布。中医包扎外伤特别讲究用这种布。它是我们那儿外科医学的专用名词。外祖父不好意思当着曲八奶奶的面包扎,也不好意思把别人的东西拿回家。他把墨鱼骨掰下一半说,好了,这就够了。这半块墨鱼骨成为外祖母的珍藏。舅舅、母亲和邻居的孩子们哪儿磕着碰着,外祖母就拿出墨鱼骨,用小刀刮下一些雪白的细粉,撒在伤口上。

　　我想外祖父在曲八老家肯定不像在南阁街那样阴郁、粗鲁。其实南阁街的人都这样,他们在不同的地方有不同的脾性——这是南阁街和牌坊街的区别。南阁街除了木匠、石匠、炉匠、篾匠,还有磨坊、香表坊、馍店、帽壳铺。这些人很看重自己的饭碗,他们对和蔼可亲的表情有着天生的警觉,为了提防别人从自己那儿窥走什么,他们认定世上绝不会有人无缘无故地向你微笑。而在牌坊街,"和气生财"是每家商行门头上的对联,无论京货、杂货、山货,还是铁器、茶叶、丝绸,伙计进店的第一课就是如何察言观色、应酬世故,把什么心事都藏在笑容里。外祖父像南阁街任何一个有脾气而又泼辣能干的人一样,有一副不苟言笑的面孔和一对手艺人的冷漠的眼睛。在南阁街,他和每个手艺人一样阴冷、奸诈。到大户人家做活,他却勤谨懂事,讨人喜欢,不但善解人意,能把吩咐的活儿做好,还能修修补补,把主家犯难多日的小不如意的地方收拾妥帖。在外祖母和母亲的传说里,我清楚地感觉到她们是多么喜欢在曲八老家的外祖父,那是一个和家中的外祖父完全不同的另一个外祖父,像牌坊街的生意人一样体面、仗义,说话和气、得体,做事正派、周到,由于勤劳和谦恭,深受曲府的赞赏,不但一日三餐有小菜,每天回家还能得到曲八奶奶额外的赏赐。外祖母、舅舅、舅母他们对这段往事津津乐道,说起来总禁不住眉飞色舞。

我爱把舅母的形象和外祖母混淆起来,在记忆中分辨不清。她像妈妈一样有一副瘦高、利落的身材,一双扎着腿带的细细的脚杆带动着一副常年裹着包脚布的尖足,即使到了八十多岁的晚年,也并不显得佝偻、愚笨。她絮絮的轻言慢语亲切宜人,不断夹杂着"你说不是?"这句赘语,使我感到可心的甜蜜和温暖,没法想象她年轻时曾经怎样虐待外祖母,以至于惹得母亲和她反目,多年不相往来。也许那只是姑嫂间不可避免的龃龉吧?舅母说起曲八老家的小馒头,至今还不免眼睛放光:"那小馍儿是那么有样子,像从模子里倒出来一样,上边磨角,下边规规矩矩,馍背上轧三道花线,咬进嘴里又筋又甜。"外祖父为曲八老做活的那些日子,每天晚上一家人都磨蹭着不肯睡觉,他们要等到深夜,等外祖父回来。外祖父怀里揣着两个曲府的小白馍,那是曲八奶奶的赏赐。舅母、母亲、外祖母和小舅,每人可以分到一口。

这一口又筋又甜的小白馍的余香,使外祖父全家对曲家的感念传延了三代。1968年,小田庄村外修公路,表兄带着民兵在青龙河修桥。一个身穿杂色补丁小袄、鼻梁上架着眼镜的人在工地上挑土。这种人,打眼一看便知道他的身份。尽管他们的穿戴和社员没多大区别,可那落魄的情状和别人不同。这种人身架比别人单薄,干活比别人笨拙,不像种田出身的庄稼汉那样熟练、猛壮。这种人不像社员们在一起那样无拘无束,吵吵嚷嚷,开玩笑,骂人,说粗话;他们只是闷头干活,很少和人搭茬,休息时独自坐在一边,眼睛看着远处。表兄觉得这人眼熟,仿佛在县城中学里见过,虽然他们并没有说过话。他叫着那人,仔细打量他的脸,他说,你是不是姓曲?那人用狐疑的目光看着表兄,没有回答。表兄说,从前在县中学教书?那人啊了一声。表兄说,以后不要在那边干了,到我们这边来。表兄把他安排到小田庄排,让他记工,量土方,量石方,让他在民兵排的大棚里吃饭。舅母那时已经七十多岁,她满脸笑意地对表兄说,娃呀,去把曲娃领到咱家来吃顿饭,咱们得过人家的好处哇。表兄把曲娃从工地上带回去,舅母给他包了一顿萝卜干饺子,摆上小桌——舅母家吃饭一般不用桌,只有客人来了,才会摆桌子。曲娃坐在小桌边吃,舅母坐在一边看,絮絮地和他说他爷爷、他奶奶的往事。我想这肯定是表兄为舅母做过的最让她满意的事。

曲八老家的小馒头对舅母的意义不只是又筋又甜(当然还有又白)的记忆,更重要的是,由于曲府馒头的诱惑,外祖母和舅母才决定干卖馒头这个营生,卖蒸馍,成为舅母一家人的生计。

外祖父用从曲府挣来的工钱买一盘石磨,又买了笼屉和锅。曲八奶奶出面担保,在西关外的粮行里赊到三升小麦。母亲对舅母虽有诸多微词,在这件事上却有公道的评价。她说舅母这个人干啥啥不成,就是会蒸馍!她一上手就做得很漂亮,既没发酸过面,也没塌过锅。老田家馒头面硬、个大,个头儿均匀,样子好看,不到半个月就在杨家楼馍市上卖出了名声。"你舅母,她该吃这家饭!"

这样的评价并不能消减我母亲对我舅母的怨愤。我母亲应该在六岁开始缠脚,可外祖父说二尺包脚布得五个铜板,缠它干啥!这样,母亲的天足一直拖延到八岁还没有收拾。母亲并不指望将来做大户人家的媳妇,对自己的脚一点也不在乎,让它想怎么长就怎么长去，她乐得在街上跑来跑去，到南阁外菜园去拾菜，到南门口柴市拣柴。如果是年关，还能到爆竹作坊去编炮、打眼、按捻，过年用自己挣的小钱扯一件士林蓝褂子。家里开了蒸馍店，她不但要和外祖母、舅母一起推磨，还被严厉地要求开始裹脚。舅母说，小妮的脚再不裹就晚了，长大了怎么嫁人？现在家里已经拿得出五个铜钱为母亲扯包脚布，她再不能放任自己的脚自由自在地向宽大处去长。舅母很有手劲，对这件事又很在行，她说女孩家刚开始要狠着点。在开头几个月里，不但缠得特别紧，而且夜里也不能松动。一放松，工夫就白搭了。受一点疼，在一段日子里脚不能点地，手扶着墙走路，对一个想要一副惹人夸羡的玲珑小脚的女孩，实在算不得什么，那是一个女人一辈子的荣誉，不但会赢得婆家人的尊敬，还能成为街坊邻里传诵的佳话。在裹脚期间，母亲可以不推磨，她只需帮着外祖母收拾麦子，用湿抹布把笸箩里的麦子掭净、濡湿，让它带着潮气。母亲有她自己的办法，她总能偷偷把缠脚布弄松。母亲的脚虽然变得尖了一些，但最终还是没能裹好。外祖母很伤心，她不得不为女儿的脚听受舅母和亲戚邻居的风凉话，为将来相亲的人家可能对女儿的脚挑剔而上愁。

虽然从曲家小姐出嫁以后，外祖父再没揽到过像样的活儿，但曲家带来的好运的确改变了外祖父一家的生活。有了磨房，大舅不能再天天出去游荡。他要在每天中午和每天傍晚到杨家楼去摆馍摊。头遍、二遍筛出的最白、最细、最有筋道的面粉蒸出的馍馍卖给有钱的大户人家，三四遍磨出的面粉做的馍馍就没那么白，价钱便宜一些，卖给小商、小贩、赶脚汉和挑夫。麸皮兑换成高粱、谷糠，自己吃。

后来他们买了一头灰色小毛驴，这是外祖母的第一头驴子，一家人非常钟爱它。这家伙个头虽然很小，但对拉磨这一行很熟悉，小舅把它牵到磨道里，它很懂事地站在那儿，让人给它系扎脖。小舅掂起套绳，它会自己把屁股调进去，等他给它勒肚带，戴眼罩。一切收拾停当，在它屁股上轻拍一掌，喝一声"呔"，它立刻四蹄有力地扣击磨道，呼噜呼噜拉起石磨绕圈行走。舅母头顶蓝布帕，跟在驴尾后，把粮食倒在磨顶上，在磨眼里插上笤柱，以免麦粒在磨眼里棚架。磨碎的粮食从磨扇下流出，舅母手持笤帚和小簸箕，一边走一边收扫。外祖母坐在面箱边的土墩上，脚踩箩杆，让面箩在面箱里发出啪嗒啪嗒的声响。

外祖母回忆这段最让她称心的岁月，总不免念叨那头小灰驴，她不明白这头小畜生究竟是给家里带来了运气还是带来了不祥。她说不清城里的时局是怎样在不知不觉中一天天变化，直到有一天，好像一切都不再是原来的样子。

在外祖母和舅母的故事里，我从没听说过"战争"或是"打仗"这样的名词，县城大多数人都把战争称为"逃反"，大约是逃避造反的军队的意思。这种习惯一直沿用到1949年。不管是什么军队打仗，老百姓通通说是"逃反"。外祖母的故事里也没有"军队"这个词，她们把军队称为"队伍"。大概那些号称什么军什么军的队伍太多，她们无法分辨他们和土匪杆子有什么区别，只能笼统地把他们称之为队伍。

有些人说"逃反"这个词是从第一次过捻子兴起的，外祖母不同意这种说法："过捻子谁也没跑。那时城里只有六个马快，没人跟捻子作战。他们只是从这儿过了一趟。"那时母亲还没出生,是一个冬天,外边下着雪,外祖母搂着一岁多的小舅偎在被窝里。她听见大街上有人的声音和马的声音。六岁的大舅从床上跳下地,跑到门口去看。他说妈,妈,快看哪,街上来了马戏班子。外祖母刚走到外间,有个头上裹着黑布包头的人来到屋门口,他探身在屋檐下,一手推门,一手提着长矛,用一种奇怪的口音叽里咕噜地说话。外祖母好不容易才听明白他是在问,屋里有人吗?这个操蛮子口音的人虽然穿得很单薄,面皮黄瘦,但那面容并不可怕,像一个走江湖的艺人。外祖母走到当门,站在大舅身后。那人学着本地话问外祖母,外祖母似懂非懂。特别是当她明白那人在问有没有吃的时,外祖母更是装作糊涂的样子不停地摇头。他又问有没有柴草,外祖母还是摇头。那人闯进来,在屋里灶间巡看一遍,只有灶台上的破瓦罐里有一点盐,他把它拎起来拿走了。外祖母没有阻拦,那时她已经吃斋,入了观音老母道,觉得犯不着为两勺盐和一个外乡人争执。外祖父回来后发现灶台上的盐罐不见了。他说灶台上的盐罐到哪儿去了?外祖母说大舅把它打碎了。打了?外祖父勾着头四处察看,没看到撒在地上的盐,也没找到打碎的瓦片。他盯着外祖母的脸,外祖母吓得屏声息气不敢作声。大舅说,我没弄打,是那个人拿走了。哪个人?一个头上包黑布的人。这么说是捻子闯进咱家了?外祖母不知道什么是捻子。她只知道那是个蛮子,手里提着长矛。你知道那是什么人?那是起了反的人,迟早会被剿灭,杀头。你倒大方,让他把盐拿走,看你过年怎么办!外祖父开始动手打外祖母,外祖母跑回娘家住了四五天才躲过这场皮肉之苦。在这四五天里，外祖父自己也摊上了倒霉事。追剿捻子的官军从县城经过，给外祖父派了一捆马草。外祖父不种庄稼，没有谷草，只好破费一个铜板。不管是为官为匪，反正都是倒霉事，他也就没理由再去追究外祖母的过失。

那时外祖父没感到这件事对他的生活有什么影响。捻子过去也就过去了，他们从县城向南，然后又向西，从白云庄过了河就没了消息。他们留下的故事没过多久人们就不再感到新鲜，县城的生活又像从前一样平静地过着。以外祖母的说法，不管日子穷不穷，天下很太平，虽然也有一些盗贼之类的事情发生，那都是大户人家的事，穷人不必为此担忧。绅商富户都有自己看家护院的打手，老百姓没多少苛捐杂税。县衙门有六个捕快、一个班头。除夕之夜，他们在城门楼上摆一桌酒菜，敬上两吊铜钱，夜里自会有人来享用。这是对盗贼强人的慰劳，请他们新春佳节不要给城中父老添麻烦。过了年，外祖母就到天主堂去听意大利牧师布道。像城里乡下许多穷人一样，外祖母并没打算加入教会，她到教堂去，只是为了领一份圣餐。在教堂里坐一晌，听那位神父用惹人发笑的腔调讲一阵故事，就能领到两个高粱面馍，在春荒季节，这当然是很合算的事。再说，她觉得教会和吃斋入道劝人行善没什么两样，互相并不违背。所以，罗六爷率领齐心会砸洋人的教堂，外祖母感到不可思议。意大利神父给我们发圣餐，碍你罗老六什么事？捻子虽坏，他们还知道打富济贫，罗六爷是知书识礼的读书人，家里有几十亩好地，却没事找事地带一帮壮汉来砸教堂。他们把教堂砸了，外祖母就领不到圣餐，春天的白昼很长，不到教堂去，外祖母只有去找老母道的姐妹们念佛。念佛不但领不到馍馍，还要捐布施。外祖母只能把自己纺的线偷一些出来，那是唯一能遮瞒外祖父的东西。后来州府下了折子，要全县按户摊派银子，赔偿教堂的损失。虽然外祖父只摊了六钱，可他白白给孔家祠堂干了一年活，还难以还清这笔债。更可恶的是，罗六爷不仅使全县人向洋人赔了二万七千两银子的教捐，州府还取消了这个县参加州试会考的资格，乡试停考三年，这处罚使全县读书人丧失了前程。按照母亲的说法，那一年我老爷考上了秀才，正在等待州试会考——如果不是1966年黉学的石碑被红卫兵砸掉，那上边能找到我老爷张凤吾的名字。没有罗六爷教案，我老爷也许能考个举人，到京城去应殿试，放个道台、知府什么的，张家的门第也不至于败落下来，弄得父亲只能靠编灯笼为生，人们恨透了罗六爷。在官府缉拿他的时候，他逃进桐柏山，躲进他表弟王十二家，王十二把他绑送到衙门。在他被处斩那天，舅舅们都跑上街去向他啐唾沫。

  可是从此以后，天下就不怎么太平了。起初人们只是听说远乡闹杆子，乡下有钱的人都到城里来住。后来一些号称什么军什么军的人马一次又一次占据县城，衙门已经不叫衙门，改叫县政府，有时又叫司令部，书院也不再叫书院，叫民众教育馆，或自治会、县党部。

  看到牌坊街的绅商富户和西关码头的货栈遭到抢劫，成捆的布疋在大街上被许多人撕分，大户人家的少爷、掌柜被绑票，外祖父的脸上浮现出幸灾乐祸的表情，他倚在家门口那扇破门框上，时不时嗤一下鼻子，自言自语地冒一句："舅子们！"那时小舅特别眼红，他说，爹，我也去随建国军吧。外祖父立刻横眉竖目地呵斥道，还不干你的活去！

小毛驴来到外祖母家的那个秋天，外祖母的眼皮一直跳，她不得不把一截黍秆皮贴在眼睑上。中午时分，她听到一种响声，起初如风吹苇叶，后来像夏天的阵雨。她从屋里走到门外，门外一片昏暗。她怀疑是黍秆皮遮挡了阳光，她把眼睑上的东西揭掉，用手搭起眼罩，抬头向天上看。她看见天上有一片很大很大的灰黄色的云彩，从南向北旋转。她大声叫舅母出来，她说快来看哪，天上是什么东西？舅母和她一起站在街上看。南阁街的人们都走出来。灰黄色的云彩一片连一片，像潮水一样涌过天空。外祖母眯起眼睛，她看清了那是些颤动着翅膀的昆虫。"过神虫了！"蝗虫们很聪明很优雅地从街市上空飞过，在北门外的田野里降落，它们前队落下，后队跟进，簌簌的响声变成嚓嚓嚓的声音，庄稼和树木像蒙上了黄泥，转眼之间，大地变成一片赭红。

舅母的第一个反应是，粮食要涨价了。可是粮行里的人不比舅母傻，无论她用什么样的花言巧语，他们也不答应多赊欠粮食。外祖母倒不像舅母那样悲观："粮食涨价，馍也涨价，谁会赔钱卖馍？"可是舅母的理论是，遭了灾，小户人家谁还吃馍呀？"那就更不用去赊欠那么多粮食！"驴呢？驴怎么办？舅母不禁后悔起来，早知道还不如自己推磨，也能省去些草料。这一下触怒了外祖母："它是咱家一口，出力时有它，不出力时就嫌它？你歇着的时候咋不把你也卖掉？"

可是蒸馍的生意眼见得一天比一天清淡，从前一天能卖三锅，如今连一锅也难得卖完。舅母叹气的时候，外祖母说，你听听，南阁街叮叮当当的声音还有那么吵闹吗？织袜店的机器都停半月了。天塌压大家，你上什么愁？

外祖父一直没找到活干，他的脾气比过去更坏。当外祖母提议让他做棺材时，外祖父把手里的饭碗摔了。"做那玩意儿？我这手艺去给死人雕花？给棺材板上压光漆？"舅母不以为然地说，城隍庙街老梁氏都做起棺材来了，人家不比你手艺好？那是几十年的木匠铺！这年头，做嫁妆的不多，买棺材的可不少啊。

外祖父把摔破的碗捡起来。那是一只梁洼粗瓷大碗，老外祖父用过多年。如果把它扔掉，也许外祖父再也买不起这么好的碗了。他把它拿到西门外去，幸好碰上一位手艺不比他差的补碗匠。三瓣钉在一起，破口几乎看不出，多了几枚亮闪闪的铜钉，反而更好看。外祖父把碗捧回来，吃完饭，把它放在自己脚边，默不作声地蹲了好久，骂一句，人都活颠倒了！

外祖母给外祖父烙了一个很大的黑面菜饼，把几块光绪铜元缝在他的鞋底里。市面上已经换用民国钱币，还有号称袁大头的银元，但乡下人还是喜欢用光绪铜元，觉得清朝皇帝的钱更让人放心。外祖父怀揣菜饼到乡下去。他沿着桐柏河走。桐柏河两岸河滩里有很多茂密的桐树林，外祖父看得眼睛发热。其实我们那儿的人最崇尚的是柏木棺材，桐木只是小门小户人家才用。柏树价钱贵，外祖父买不起，即使买得起，除非有钱人办丧事，一般人家舍不得用那样好的棺木。外祖父沿着桐柏河走了两天，以最满意的价格买到两棵桐树。卖树的人家不但管放倒，让买主看着修截，还管把木料送到家门口。

院里多了四段粗圆的木头，一家人显得特别忙碌。把随车运到的枝权按粗细分拣，是一项严肃神圣的工作，外祖父亲自下手,不准别人乱动。那须要更换的磨杠、早就断了腿的椅子,一下子都不用发愁。外祖母不顾外祖父严厉的呵斥,趁势为自己物色到一个最如意的纺车轴。外祖父甩开上衣,赤着膀子把所有木料搬弄一遍,拿出墨斗,哗啦啦收紧墨线,冲外祖母翘一下下巴。外祖母跑过来,把墨线拉出来,一直拉到木头的一端。她有时给外祖父递东西,有时帮外祖父拉锯。木头斜缚在大木凳上,外祖父站在高处,外祖母坐在地上,每人抓着锯子的一头,沿墨线把圆木锯成厚板。

几十年后,在母亲晚年为自己做棺木的时候,我才知道棺材上有很多学问。一般木匠很难蒙住母亲。除了用料不同,棺材的规格还有一些讲究,通用的三、三、四,是指棺木的底、帮和前后围是三寸厚,顶盖四寸。富贵人家用四、四、五,小户人家用二、二、三,再薄,就只能叫匣子,不能称为棺材。街上那些没有后代的孤寡老人,或是无主死者,由公益会拿着善事簿到各商号去募捐,就用匣子埋葬。棺材的顶盖不能用独板,也不能用两块,必须用三块。三块板要刨出凸凹不同的槽,楔合在一起,不留缝隙,以免漏进灰沙。棺木的尺寸一般不准使用整数。比如它的长是六尺七,前高二尺七,后高一尺七……大约这是为了和我们那儿有关床的规定相协调吧。在我们那儿,做床要恪守"床不离七(妻)"的规矩。不唯长、宽、高的尺寸要有七,连床撑也必须是七条。

外祖父的第一口棺材还没做好,已经有几个买主来问。每当外祖母凑上前和人搭话,外祖父就做出一副漠然的样子,板着脸闷头干活,对那些不懂装懂的外行话露出鄙夷不屑的神色。

将近七月节，棺材做好了。外祖父过了河，到双凤山冈坡去捡回一担礓石，砸碎，筛出细粉，拌进熬熟的桐油里，做成批灰。先用糙石，再用细石，把棺材的每个面打磨光滑。外祖父显示出一个熟练匠人的细致和耐心，从早到晚佝着腰，伸长脖颈，手操批刀，一刀一刀把棺材的每个面批平，然后背手绕着这个横卧在院里的白乎乎的东西仔细察看。

那是一个夏末的清晨。舅母已经把发好的面团揉过一遍，凑着棉籽油的灯光搓弄手上的面絮。外祖父走到院子里，他摸了摸昨天批过三遍的棺材，拍掉手上的粉尘，抬头看天。星星正在暗淡下去，天顶透出清澈的淡灰色亮光。批灰干了，趁着好天，过一会儿就能架起锅来调油漆。他拿起细磨石准备干活，听见一个奇怪的声音从头顶掠过，像过年时候小孩子燃放零炮。他站下脚，侧过头仔细倾听，啪——啾——啪啾——响声一下一下不连贯地从街市上空传来。他急忙把外祖母叫醒，他们一起站在院里听："是哪儿在打枪？"舅母也走出来。街上传来杂乱的人声和奔跑声，两个舅舅刚出屋门就听见街上有人喊叫："李老杠进北门了——李老杠进城了——"外祖父扔下手里磨石，急匆匆地把母亲叫起来："快！到天盛德后园去。"母亲那双没裹好的大脚这会儿不再被舅母讥笑，她一阵风似的奔出大门，转眼消失在对面小巷里。大舅和小舅冒着枪声随着乱哄哄的人流跳过寨河，向不远处的高粱地里猛窜。外祖父把大门上好，让舅母转回屋里，用灶底锅灰抹脏脸，换上一方污秽的黑头帕，坐在灶屋暗影里。

枪声并不激烈。李老杠的人在大街上放枪，是为了告诉人们，他们已经成为县城的主人。杂乱的脚步响过之后，南阁街一片寂静。外祖母的耳朵仿佛变成两眼很深很深的井,耳膜上不断震动着咕咚咕咚的声音。她听见自己的下颚在不停地颤抖,牙齿发出嗒嗒的响声。她摸摸索索回到床上,把被子披在身上,两臂交叠,抱紧肩膀,还是止不住浑身瑟缩。她用耳语般的声音问:"他们怎么还不来?"外祖父从鼻子里嗤了一声:"傻蛋!码头,西关,牌坊街,够他们忙的,谁有工夫到这儿来!来这儿抢你的破被套?"外祖母期期艾艾地说:"那口木货……你刚把它批好。"外祖父说:"这些人沟死沟埋,路死路埋,他们用不着棺材。"外祖母看着外祖父的脸:"小妮到天盛德……""杨掌柜的表兄在李老杠那儿当参谋长,他后园有夹墙。"

外祖母长长地噢了一声。可她还是觉得身上很冷,腿弯不停地颤抖。

外边响起敲门声,外祖母蜷坐在床角落里,大气也不敢出。外祖父家的大门是一扇破旧的木板,虽然敲门的人拳头很重,发出的声音仍然很沉闷。

几个拿枪的人走进来。他们腰里缠着五颜六色的绸缎,身上斜披着刚抢到手的皮货、大褂。"这儿是蒸馍店?"外祖父恭顺地哈一下腰:"面还在案子上呢,老架。"几个人走进灶间看了看,他们并没理睬勾头坐在灶门口的舅母。"马上做!弟兄们都饿了。"他们站在外祖父的棺材前看了一阵:"还做这玩意?"外祖父又哈一下腰:"凑合着养家呗。""这儿还有没有锅?""有,有,有。""老幺——"说话的人转身吩咐说,"把那几只鸡弄过来,让掌柜帮咱们煮煮。"

外祖父大声吆喝外祖母:"还不赶快给老架们做饭!"外祖

母低头走进灶间。她让舅母在锅里添上水,坐在灶门口烧火,自己到案子边去抟馒。外祖父到外边去打回一担水,把他们提来的鸡收拾干净,煮在锅里。太阳高高升起,照亮南阁街参差错落的黑色屋顶。烟雾从灶房屋檐下蒸腾出来。十几个陌生人聚集在院子内外,有的蹲在街边台阶上抽烟,有的边骂玩笑边摆弄抢到的东西,两个小伙子在地上画方格,用高粱秆走棋。他们都在等着灶房里的馒头和鸡。

馒已经蒸好,舅母刚把笼屉掀开。鸡也煮熟了,外祖母刷洗好了大瓦盆。为解决筷子问题,外祖父找来一把高粱葶,拿刀剁齐,用抹布擦净。可是那些人没顾上吃这顿饭,一锅非常使人眼馋的又白又暄的大杠子馒他们连看都没看一眼。按照外祖母的说法,当她准备把锅里的鸡肉向瓦盆里舀的时候,东门外响起了枪声。按照舅母的说法,枪声是从北门外响起的。她们一致的看法是,那枪声和李老杠进城时完全不同。它们不像枪响,而像一个人在不歇不停地发笑,哈哈哈哈哈哈,哈哈哈哈哈哈,哈哈哈哈哈哈哈哈……李老杠的弟兄们抓起自己的东西向外奔跑的时候,枪声像过年的爆竹一样响彻了全城。那群粗壮的大汉如一群急着逃命的牲口,挤挤撞撞跑上大街。下棋的小伙子刚扑出门外,就像脚下绊着了门槛似的一头栽倒在流水沟里。

大约这是母亲一生中对于战争的最深刻的记忆。枪声平息之后,她捂着耳朵藏在天盛德文具店的后园里连动也不敢动一下。天盛德门口挂了一面小蓝旗,表示这是李老杠弟兄们的眷属,任何人不得进入。母亲和街坊上的女孩们躲在这儿,给杨老板帮了大忙,由于她们的缘故,那些穿灰军装的人不再追究杨老板的通匪罪。小舅去叫母亲回家,他的脚上沾满了血污。一堆死尸堵着天盛德的栅板门,小舅拉着母亲的手,从尸体上踩过。软乎乎的肉体在脚下散发出热气,腥臭气味熏得他们头晕眼花。从商号里抢出来的绸缎、布匹浸泡在黑紫色的血水里。

母亲刚回到家里,邓老五带着几个身穿灰军服的人走进来。他住在外祖父隔壁,是牛市上的经纪,南阁街的甲长。一个军官模样的人绕着棺材,用手里的马鞭敲着棺材板说:"这活儿做得不错嘛。"外祖父满脸堆笑地说:"还没做好,批灰还不干,老总。"军官伸长脖颈里外察看了一番:"没关系,我看不错。"邓老五凑过来说:"大哥,这是王参谋,他们想……""咱们有个连长牺牲了,为城里父老乡亲捐躯了。"外祖父翘起下巴看着王参谋的脸,外祖母从屋里走出来,声音急促地说:"这货已经有家了,人家给二十五块钱……"王参谋笑了笑:"我们是四十七军,老人家,我们的连长牺牲了,需要一口棺材埋葬烈士。"在那样的时刻,外祖母比外祖父显得更勇敢。她说,我们小门小户的穷人,靠这点手艺养家糊口,买这棵树,老货在河滩里走了两天,他两天只吃了一个菜饼子。可是王参谋一点也不在乎外祖母的唠叨,他既不笑,也不发怒,马鞭在手里挥了一下,指着外祖父说:"好吧,你跟我们去领赏。"外祖父看看王参谋的脸,再看看邓老五的脸,外祖母说:"跟你们说过,人家已经给过钱了。"王参谋不理睬外祖母,几个当兵的也不理睬外祖母,他们毛手毛脚抬起棺材,在走出大门的时候,在门框上磕碰了几下,外祖父喊道,批灰!批灰碰掉了!

直到黄昏时分外祖父才回家。他手里捏着一张纸条,那是四十七军的米票。

第二天一早四十七军开拔了。外祖父拿这张米票去找邓老五，邓老五说这碍我什么事，你到粮行去嘛，四十七军有指定的粮行。外祖父到粮行去，他走遍了西关七八家粮行，没有一家认账。外祖父又去找邓老五。邓老五说，你找我，我找谁？他们把我家的门板都摘走了，瞧，我这儿的米票找谁？

外祖父回到家，独自坐在院里。大舅、二舅都溜了，母亲和舅母躲在灶房里不敢大声说话。前一天李老杠的队伍留下一锅鸡肉，大舅、二舅他们都吃得拉肚子。外祖母把剩下的骨头煮了煮，给外祖父端去一碗鸡汤。她小心翼翼地把碗放在外祖父脚边，外祖父低头看了看，霍一下从地上跳起，揪着外祖母的头发，朝她身上乱踢乱打。母亲从灶房里冲出来，拼命把外祖父推开。

好哇！好哇！他气喘吁吁地喊叫着，把鸡肉偷吃完了，给我端一碗骨头！

外祖母什么话也没说，她转身走进屋子，包了两件换洗衣服，匆匆忙忙走出大门。

外祖父站在院里喘了一阵气，从门后拉出一把镢头，又找出一把铁锹。他用磨石把镢头和铁锹上的锈泥擦干净，背着家伙向外走。舅母小声对母亲说："快去找你大哥、二哥。"

大舅、二舅在南门外乱葬岗找到外祖父，他已经把四十七军那个连长的坟墓掘开。小舅说，爹，算了。大舅闷声不响站在那儿，看着外祖父掀开棺盖，把棺材顶撂到地上。棺材里的小伙子面目并不可怕，他军装胸前缀着长方形徽章的地方透出一块黑色血污。小舅说，爹，别弄了。外祖父头也不抬地干自己的活。他用镢头把死人的腿勾起来，放到棺材后围上，然后两手拽着僵硬的脚杆，把尸体拖出地面。大舅拿起铁锹，帮着掏空棺材周围的泥土。他们把棺材抬出来，再把死人扔进墓坑，填上土。

外祖父把棺材清扫干净，让它在野地里晾了半天，然后用磨石把棺材里外打磨一遍。他背着手在那座草草掩埋的连长的墓前站了一会儿，突然跳着脚大骂起来。他用最粗野最难听的话辱骂坟里的死人，辱骂乱葬岗上那些刚刚下葬的野鬼，骂邓老五，骂王参谋，骂大舅、二舅、外祖母。他越骂越生气，止不住用脚踢那座坟墓，踢那口棺材。

母亲说，从那时起，外祖父中了邪，他不吃饭，不做活，狂躁不安，脾气乖张，动不动就毫无来由地打人、骂人。大舅、二舅每天在外边游荡，不敢进家。舅母也回娘家去躲着。外祖母上街买了鞭炮、纸钱，蒸十个供香馍，到连长坟前烧祭。她说，长官，那老东西脾气不好，求你别和他一般见识。我让孩子给你添坟，请法师为你做法事，保佑你早一天升天成神。东关的马法师到家里来做了一场法事，外祖父开始吃东西。他不再发脾气，也不再烦躁不安，每天脱了鞋，半蹲在棺材旁边小椅上发呆。

如果不是驴子丢了，外祖父的病也许很快就会好起来。他已经照外祖母的吩咐，把棺材漆好。外祖母说，那位长官给她托梦，说他升了团长，调防到山东去了，用不着这口棺材了。

由于时局不好，蒸馍生意间间断断，粮行不肯赊账，小毛驴没多少活干，一直拴在灶房后的驴棚里。头天夜里临睡时外祖母给它上过一伙草，第二天一早不见了。那时大舅、二舅都不在家，起初外祖母以为是小舅把它牵出去遛了。后来小舅从外边回来，一边走一边打呵欠。外祖母问，驴呢？小舅说驴不是在屋里吗？外祖母说你没把它牵出去？小舅说，我在鸭子那儿玩，天晚了没回来。外祖母到南阁外去找大舅，大舅在赶驴贩们的大炕上抽大烟，他把烟枪从嘴里拿出来，翘起头说，驴丢了？那可省事了，草料也省了。外祖母骂他，说肯定是他把驴偷出去换大烟了。大舅说你怎么不去问老二，看他昨天晚上输了多少钱？舅母说昨天晚上听见大门响，听见驴蹄子从院里走过，只有老二回来了一趟。外祖母追问小舅，小舅发誓赌咒，要是我偷了驴，让我双手从胳膊弯那儿烂掉，要是我没偷，让诬我的人嘴上长疗疮。外祖父掂起一块劈柴棒子去追打小舅。小舅撒腿就跑。他跳过寨河，消失在郊外的大路上。

那天夜里，小舅拨开大门，来到母亲床前，从衣袋里掏出一块霜糖。他说，你到咱妈屋里去，把墙上挂的那双鞋偷给我。我母亲蹑手蹑脚把那双鞋从外祖母床后的墙上偷出来。那是外祖母为小舅做的新鞋，黑土布面，麻袼褙底，逢年过节或是走亲戚的时候才能穿。母亲和他一起走到大门口。她说小哥，你到哪儿去？小舅说我去投四十七军。母亲说他们不是走远了吗？小舅说，他们还在鹿头镇驻扎着。母亲站在大门口台阶上，看着小舅的身影匆匆隐进夜雾。从此以后，小舅再没回来。牌坊街的范掌柜说，有位跑汉口做生意的客倌，在汉阳碰上四十七军枪毙人，有个穿军装的小伙子被绑着游街，一边走一边喊牌子，说我叫田春贵，家住唐县南阁街，哪位客倌路过我家，给我父母捎个信。可是不久之后，又有人说在老河口看见小舅，说他当上了师长的马弁,那人还和他一起到酒馆里去喝了酒。1983年,有位台湾回来的退役老兵,通过乡政府打听田春贵的家人。以表兄的说法,小舅会在今年或明年从台湾回来探亲。可是直到现在,小舅还是没有消息。

小舅出走后,外祖父不准大舅进家,把他和舅母的东西扔出门外,手提柴棒守在大门口。我大舅用稿荐卷起破被,带着舅母在火神庙廊檐下过夜。因为舅母和南门大街方家是远亲,托人说情,去给方家看祠堂,住进方家祠堂的边屋里。

那时母亲已经十六岁。她到光华烟厂去做撕烟工。母亲和烟的渊源也许就是从这里开始的吧?在一座尘埃弥漫的大屋子里,十几个女孩叽叽喳喳搬弄刚从马车上卸下的苇席包。剪断捆扎在包上的草绳,打开苇席,黄褐色的烟叶从包里散落出来。女孩们猛烈地咳呛着,将粘连在一起的烟叶一片一片揭开,叶梗择下来,捋放整齐,抬送到碎烟机旁。伙计验看了箩里撕好的烟叶,过磅,发签。攒够二十支签,母亲就能到账房去领一个铜板。

外祖母认为那口棺材不送走,外祖父的病就不会好。她托一位远房亲戚,把棺材捐给十八里河祖师庙,拿自己出嫁时的银货到当铺去当掉,捧着钱回来,对外祖父说,棺材卖了,价钱还不错。

外祖母到大牌坊郑家酒馆去买了一壶热黄酒,在杨家楼口买一包炸焦鱼,当她跨进家门的时候,看见院里的椅子上没有外祖父的身影。

她一手提着黄酒,一手举着荷叶包,探头向屋里看,看见外祖父斜躺在当门席子上。她说,天都晌午了你还躺着!

看外祖父没有动静，外祖母踏着席边走进屋里。她说，不是跟你说了，天都晌午了嘛！

外祖父仍然没有动静。外祖母弯下腰，俯在外祖父脸上。外祖父的头下垫着一块砖，头歪在砖沿上，嘴角淌下很长的涎水。他手边滚落着一坨乌泥似的东西，上边留着鲜明的牙痕——外祖父在鸦片上留下的牙痕，使我对他那刚健的牙齿留下很深的印象。他不像县城一般人那样去投井、上吊，在选择离开这个世界的方法上，外祖父表现出反传统的精神。

做了一生木匠的外祖父，终于没能享用棺木。为了避免泥土直接落到外祖父脸上，母亲用撕烟挣到的铜板为他买了一领苇箔。1958年，县城跑步进入社会主义。为了超英赶美，在大炼钢铁运动中，全县城乡掀起挖坟掘墓热潮。挖掘坟墓不仅是贯彻农业八字宪法、深翻土地的需要，更重要的是，小高炉，遍地起，它们日日夜夜需要冒烟，需要填进能够燃烧的东西。人们把村了里和田野上的树木烧光之后，不能容忍那么多上好的木材被死人霸占着。他们并不在乎有没有铁水流出，那些油漆过的棺材板在小高炉里噼啪爆燃，人们就得到了一种破坏旧世界的豪迈和满足，获得了"大跃进"的快活。我们新民街民兵营长余木锁，带领民兵营的同志们去挖掘南门外的乱葬岗。他挖开外祖父的坟头，发现墓坑中只有塌陷在泥土里的朽烂的苇箔。他啐了一口唾沫说，这家伙真狡猾。他当然不知道他所干的事我外祖父三十年前已经干过。我父亲去世的时候，母亲倾力为他办丧事，为他使用了最好的柏木棺材，在1958年掘坟运动中成为首选目标。我母亲让我大哥从郑州赶回去，希望他能找县里的领导讲讲情，保住父亲的坟墓，结果未能如愿。父亲像所有坟墓里的有产者一样，被赶出棺材，抖乱尸骨；外祖父却完好无损地安然睡他的大觉。他比那些在与旧世界的斗争中只会失去镣铐的无产者更彻底、更先锋，他连镣铐也无从失去。外祖父没戴过镣铐。他什么也没失去，甚至连一床被子也没留给这个世界。他把被子当掉，买了鸦片，他吞掉的其实是自己的被褥。

外祖母并没有过多的悲伤，她只是有些愤愤不平："这老东西，他倒自在！"

外祖父去世不久，有人给母亲提亲。男方是常在牌坊街摆摊的灯笼匠，家在文峰塔东边，离城三里路，不算大户，也不算穷人，父母弟兄聚居，十几亩地自种自吃。外祖母去相了亲，觉得还不错。给儿女定亲是父母的事，无须征求儿女意见。为了避免青春年少心生不端，不到结婚拜天地，不让他们知道对方是谁，更不能私相来往。可是外祖父对这一切烦琐的俗事已经撒手，舅母在事关婆妹的婚事上不愿插言，母亲又很任性，外祖母只好违背常礼，把母亲叫过来，和她商量这件事。

母亲说，他能给俺妈买头驴吗？

灯笼匠答应给外祖母买头驴，母亲就答应了这门亲事。

临出嫁的时候，母亲对外祖母和舅母说，是我给你们换了一头驴。

外祖母又有了一头驴子，牌坊街那个姓张的灯笼匠就成为我的父亲。

十七岁的杂货店小姐

母亲很少说起大姐，我和哥哥们也从不在她面前提起，我从小就知道这是个应当回避的话题。但在我十七岁离家之前，她的影子一直在我身边，伴随着母亲和我。

最早发现大姐的踪迹，是在堂屋的暗楼上。那是我少年时代的秘密世界，我经常独自躲在那儿，整晌整晌翻看姐姐、哥哥们留下的旧物。那些旧课本、旧书、笔记本、硬纸夹……散乱地堆放在两口没有箱盖的木箱里，这些被大人们不经意地扔弃的废品，对我却是一座神秘的宝库，不亚于《一千零一夜》中的"芝麻芝麻把门开开"的藏宝洞。每页书，每行字，每片夹在书页中的字条和干枯了的树叶、花瓣，都散发出令人心驰神往的魔力。流连其中，时光变得混沌，岁月不再清晰，我如飘忽在一条溪流里，由大姐开始的姐姐、哥哥们的足迹和我的思绪联结在一起，从我寂静的怀想中汹涌流过。一本暗绿色封面的英文课本，扉页上有几个模糊的铅笔字，"张书桂"，这是我第一次看见大姐的名字。虽然没人告诉我，但我知道这就是她。那漂亮的道林纸书页，美丽的字母，一行行蚯蚓似的文字，代表着课文的意思的有趣的图画，对我有了一层特殊意义。在掀动书页的响声中，我看见一个神情专注的女孩，坐在明亮的教室里，酥软的手在这些书页上抚动，拇指与食指夹着一支铅笔，在课本的空白处留下她随手记下的字迹。

木箱里一条土黄色领巾,领巾背面有毛笔写下的小字,虽然被墨水洇染得笔画模糊,但还是能认出她的名字。不知道母亲是不是留意过,我经常拿它在自己肩头比试,揣想大姐身穿校服,扎着领巾,胸前佩戴校徽的神气。在姐姐、哥哥读书的年代,学校的校服都用土黄色,西大冈的红土块因而成为每个学生家庭熟悉的染料。把白布丢进红土泥浆里泡一夜,踩上几道,漂洗干净,用稀面汤浆硬,放在青石板上摚展,淡雅、庄重的军人风度展现在每个学生的身上,加上一顶土耳其军帽,使他们透出几分法西斯味道。大约这是那个年代青年学生们最时髦的形象吧?

在旧物箱中,我还找到一条打成绳结的线绳,和大姐的领巾一样,是用红土染成。后来找到一本童子军手册,才明白了这条绳子的奥妙。原来它是童子军军训时的装备,不但能拴缚东西,还能用作互相联络、传递消息的信号。线绳打出不同的结,表达不同的意思。

在此后一段日子里,一有空闲,我就躲进楼上,按照童子军手册里的图示,学打绳结。它给我一种新奇的乐趣,我仿佛返回到出生前的年代,和大姐一起排列在女校的队伍中,我们一起穿着童子军服到野外去远足。大姐掉队了,我在路口留下绳结,告诉她前进的方向和会合的地点。我在约定的地方守候,等待她的消息。在我的梦中,我总是站在路边柴棚里焦急不安地向道路远方眺望,大姐在很远很远的一条荒凉的山路上行走,危机四伏,我不敢大声叫她。大姐的同学们都已远去,我眼巴巴地看着她飘然的身影,没法和她会合。她回头一瞥的眼神,使我的心沉沉下坠。

大姐第一次从虚幻中走出，在我眼前显露她的面目，是我读小学的时候。无意中我在母亲的针线包里翻到一张照片，那是一个十五六岁的女孩，剪发齐耳，面颊丰润，眼睛奕奕有神，一副善良、温存、娇气十足的表情。看我举在手里端详，母亲抬起头说，那是你大姐。我把大姐捧在手里看了一阵，又把它放回那个像扭结的花瓣似的小袋里。母亲的针线包对我是一个复杂的世界，小时候我常在其中迷失，蓝布封面、桑皮纸折叠的长方形包包，似乎有翻不完的夹层、暗兜，在一个地方看到的东西，想再找到它，就只能碰运气。此后我再没看到过这张照片，可是我知道大姐就在母亲的针线包里，她在迷宫似的夹层、暗兜中穿行，在闪闪发光的各色丝线，形形色色的布纽扣、钢针和花花绿绿的碎布头、印蓝纸描成的花谱之间悠游。针线包里还有一包笛膜，是从竹筒内壁取下的竹瓤，我因而猜想大姐一定很喜欢吹笛。黄昏之后，她趁着暗夜的寂静，从藏身的地方飘曳出来，吹着笛子在院里和屋顶的暗影中翩飞。

在我从小长大的过程中，大姐只是我家坟地边缘的一个土丘。她独处于一块庄稼地的路埂边，与祖父、祖母和父辈们的坟茔相隔几垄土地。按照风俗，早夭的未成年人不能进入家族墓地，大姐成为父辈身边与大人遥遥相望的永远的孩子，一个有别于成人的小小的坟墓。每到过年、清明节，或是十月一，跟随兄长们到墓地去扫祭，在祖辈、父辈坟前摆上供品，洒过三杯酒，点上烧纸，总不忘分出一沓，踏过庄稼地，送到她的脚边。袅袅青烟在荒草灌木间缭绕，仿佛大姐冉冉的脚步。

有时候，母亲会忽然叹口气说，你大姐若活着，今年都四十多岁了。母亲的感叹并未引起我的共鸣，四十多岁的大姐对于我是不可想象的，大姐只有十七岁，如果她活着，她还是十七岁，怎么可以想象她不再是纯洁的少女，不再如我心中那样清纯俊美？

但我确实有过种种假设，想象过如果她活着，我会有一个怎样的大姐？

在我读四年级的时候，学校新来一位音乐教师。她刚从师范毕业，年轻单纯，热情和悦，我和我的同学们都很喜欢她。她姣好的身姿，宜人的微笑，使整个校园充满生气。我私下和最要好的同学马宏说，若是我大姐活着，她也会读师范，毕了业也会像郑老师这样到咱们学校来教书。"你大姐会唱歌？""当然会。"我斜觑着马宏，对他的怀疑表示不屑。"我大姐还会写诗、吹笛、吹箫、画画。"我不无自豪地说。可是郑老师在学校里风光的时间并不长，起初有人说她爱到教导处陈老师屋里去，我们因此对陈老师生出无端的憎恶。后来各种各样的传说在校园里传播，像春天的飞絮一样不断沾惹她，我们也就不得不用异样的目光注视着她的变化。她不再像原来那样开朗活泼，神色逐渐变得晦暗，目光日见呆滞，眼窝里罩上了阴影。有一天，学校已经放了晚学，教师会议室里还亮着灯。我和马宏从放学路队里溜出来，伏在窗下暗影里偷窥会议室的情景。郑老师和陈老师垂头站在会议桌边，教体育的高老师正在慷慨激昂地发言。屋里气氛紧张，老师们正襟危坐，像发生了什么大事。不久后，校园里不见了郑老师的身影，陈老师也不再待在教导处，他和工友老常一起负责管理学校的菜园。在我升入初中后，偶尔在牌坊街碰上郑老师，我几乎认不出她了。她穿一身前襟翘起的蓝制服，体态臃肿，腰身发胖，白皙的脸变得粗糙青黄。最让我失望的是，她的唇上浮起浅浅的汗毛的阴影，像正在生出胡须。一个小男孩在她怀里挣踹哭闹，她一边喝哄，一边用手替他抿鼻涕。我因而暗暗庆幸大姐没有活着，没读师范，没到我们学校来教书。如果大姐也变成这样，那实在太可怕了。

于是我明白了乡下人所说的"黄柏树下没老少"。人一旦死去，年龄就不再改变。在黄柏树笼罩的另一个世界，无论八十岁的人，五十岁的人，还是十岁、八岁的人，都保持着他们去世时的模样。我因此而对大姐心存欣慰和羡慕。她领略了人世的繁华与纷乱，享受了比我们更多的爱和牵挂，又保持着永远的青春，一个永远纯洁、完美的少女，不受尘世罪恶的侵染。父亲、母亲去世后，她仍然是他们溺爱的女儿，会继续得到他们的宠爱，成为他们在那个世界的安慰和快乐。

她是我出生后第二年离开人世的。那时我家的院子被茂盛的扁豆棚笼罩在绿荫里。我扶着墙壁，拖着因为穿了虎头鞋而显得特别笨重的脚，沿着东厢房的墙根来来回回蹒跚学步。我走近一个房门，手扒门框，对着屋里牙牙喊叫，屋子深处的暗影里传出一个柔弱的声音，牙牙地和我应和。暗淡的光线映照出一张白皙的脸，她探身向前，用幽幽的目光望着我，好像在向我微笑，又像在对我注视。她没有让我进去的意思，我也不想进去，屋里的气氛和她的目光使我好奇，我感到陌生和恐惧。我在门口逗留一阵，牙牙地和她说一阵话，然后沿着墙脚返回堂屋。但我好像仍然被那里的情景吸引，重又扶着墙壁从堂屋走回去。这样反反复复，直到厢房屋里不再有什么反应。她疲倦了，或是已经睡去。我离开那儿，向二门方向攀缘。在我这样来来回回走动中，厢房里那张娇弱的脸不知何时从我的记忆里消失，潜入不可知的黑暗，一去不再回来。

大姐的故事开始于一个红脸膛的老头儿。我不知道这老头如今还在不在人世，民国二十八年左右他肯定是在世的，而且很健康，在牌坊街很有人缘。虽然半个多世纪过去了，提起他，城里的老人们还会马上想起来，大声笑着说，不就是河西的王月老吗？短头发，圆胖脸，嘴巴光光，像个笑面弥勒，什么时间看见他，脸上总是带着酒色，和谁说话都像老朋友一样亲热。尽管人们好像对他很熟悉，却没人能说清他的身世，甚至连他的名字也难以记准。王月老是牌坊街人们赠予的绰号，叫久了，也就没人再说他的真名。他不过是一个"赶闲集的"——这是县城里的一种职业，不知兴起于何时，一直延续到合作化之后。赶闲集的人大多居住在离城十里八里的村庄里，除了秋收、麦收、大雨、大雪，他们每天进城，在大街上闲逛，到店铺里串门。我童年的记忆里，我家的店里经常有一两个这样的人。生意闲的时候，他们蹲坐在长凳上，抽着烟袋和母亲拉家常。来了顾客，他们帮助招呼客人，以一种既是局外人又是内行的口气给客人推荐货物，介绍情况，帮忙出主意。如果店主和顾客为一个价码争执不下，他会以斡旋者的态度说："好了！好了！我替你们当个家。十二块，拿走吧。"母亲就会笑着说："×大哥把话说出来了，赚不赚钱无所谓，拿走吧。"买主一边付钱一边继续唠唠叨叨："什么亏了光了，几尺高的人说出口了，还有啥说！"如果民国二十八年左右搞了合作化，乡下人都成了社员，每个村都挂起一块破犁面或是炮弹皮当钟敲，一年四季，无论刮风下雨还是逢年过节，生产队总有活干，不要说进城逛街，就是到卫生院看病也必须请假，否则就扣口粮；20世纪70年代我们那儿出了一个有名的县革委会主任，他给县城和全县各集镇规定一套新的集市办法，只准商店逢五开门，其他日子一律关门下乡。如果是这样，王月老就没法进城赶闲集，大姐的命运也许就会是另一种情形。可惜那时没有合作化，甚至连土地改革这样的名词也还没传到县里来，乡下人好像总是很闲，赶闲集是他们的乐趣。我三叔和在乡下的两位堂兄都有赶闲集的习惯。

当王月老出现在牌坊街，第一次在我父亲的生意摊子前蹲下来，玩赏着摊上的东西，有一搭没一搭地问价钱，评货色，聊着城里乡下的闲话的时候，我父亲和我母亲肯定不曾料到女儿的命运会与这个笑模悠悠的红脸膛老头有什么瓜葛。人们愿意和他聊天，因为这个人不讨人嫌。在看似直率豁达、不拘礼节的交谈中，他懂得哪些事可以开玩笑，哪些事应该回避，哪些话无伤大雅，哪些话容易伤人。和一个非亲非邻、没有利害关系、不含目的性，而又善于体谅人、宽慰人的人交谈，是一种难得的轻松、愉快。王月老是赶闲集的人中最成功的一个。他似乎并没处心积虑去钻营什么，但在日复一日的闲聊中，赢得了越来越多的商户、摊贩、市民的信任。一旦人缘成为资本，他在人们眼中的地位就不再无足轻重。王月老不光有一副古道热肠，还有灵敏的耳朵和好使的脑筋。他的头脑好像是专为做媒人生成的，街坊间有意无意的闲聊，都能变成他大脑信息库中有用的储存。我没法知道他第一次做媒是为哪家，被他撮合的第一对夫妻是谁，但在我出生前后的十几年里，他已经是牌坊街有名的媒红。他大脑的信息库里，储存着随时可以调出来使用的少男少女们的资料，年龄、属相、家境、亲族、长相、脾性……如果王月老晚生十年，他搜集、储存信息的智慧也许能干些正经事，像我们街政府的治保主任那样。可惜那时没有街政府，也没有诸如街支书、民兵营长、治保主任这类职务，只有保长、甲长。保长、甲长根本不需要这么有才干的人去干。王月老算是生不逢时。可他在牌坊街倒是常有酒喝。他所扮演的角色，难免喝酒也最适合喝酒。醉眼为他增添憨态，酒意使他不避莽撞。我猜想，父亲、母亲接受这个媒人，不仅因为他脑子里有信息，更重要的是，对于牌坊街的人，他不带任何背景，没什么偏见，而且喜欢喝酒。像大多数接受他的人一样，父亲、母亲愿意和一个醉眼蒙眬的人周旋。带酒交谈，于双方都更方便，既可枪刀见血，把清醒时不便说的话说出来，又可半真半假，过后只当一场玩笑。

也许王月老看似无心的上门早已经过细心揣度，也许他的到来只是一个偶然，但无论如何，王月老这个人，在民国二十八年这一天，在那样的时机来到我家，很难说不是冥冥中的安排。牌坊街的人不会不知道大姐在我父亲、母亲心中的地位，他们也应该知道母亲曾拒绝了一个又一个上门提亲的人。到了民国二十八年，母亲虽然嘴里仍然说孩子还小哪，可心里不免犯嘀咕。在小小的县城里,十四岁尚未定亲的女孩,错过好人家的危险与日俱增。这一年也是县城时局大变的一年。人们从没看见过那么多军队,整师整团地聚集到县城周围。高大的骡马拉着大炮,驮着机枪,士兵们一副长途跋涉风尘仆仆的样子。南阁外的山陕会馆变成信罗师管区,驻扎上豫西战区司令部。抗日救亡宣传队每天上街活动,各商号都为抗战募捐。战争实实在在地降临到人们头上,日本人不再是遥远的传说。在县城东边,他们已经从平汉线打过了桐柏山;在南边,东洋马队经常深入县境"扫荡"、抢粮。战事威胁到每个家庭,父亲、母亲择婿的心境和前两年大不一样。

王月老到我家来的时候,我父亲到西关货栈里去了,我母亲顾不上照应他,她隔着柜台和他打招呼说,包壶里有茶,你自己倒吧。王月老倚在茶桌边,拿起桌上的茶碗给自己倒一碗茶,一边喝,一边和买东西的顾客搭讪。那时候,城南几十里的湖阳镇刚遭到日本马队骚扰,县城周围人心浮动,粮食和日用杂货看涨,店里的买卖很热闹,前半天的集市销出去不少货物,还做成了两笔批发生意,母亲心情很好。王月老没有走的意思,母亲也不想让他走,家里已经好久没来过媒人了。母亲打趣地说:"王月老今天晌午没酒场?"

王月老半开玩笑地说:"我把酒场放到你这儿了。"

"那好说,"母亲从柜里拿出几张钞票对我堂兄拴说,"去提两壶黄酒来。"

王月老笑了:"二掌柜家的当真了!我可不喜欢打人家的秋

风。你出酒,我出菜。"

母亲没让他买菜,她也用半开玩笑的口气说:"你不定想打我家谁的主意呢,让你买菜我心里不踏实。"

王月老拿手在脸前晃了一下:"谁家的媒我都敢说,就你家的媒我不敢说。"

"咋?我的儿女拿不出手?"

"二掌柜家的呀,谁不知道大牌坊铁器铺的儿女一个赛过一个?谁不知道二掌柜家的眼光高啊!"

父亲从店外走进来,母亲冲着父亲说:"听见没有,王月老他还没开口,先给咱们倒打一耙?"

父亲笑了笑说:"喝酒吧,说不说媒,酒都要喝。"

我父亲没把王月老让进客屋去,到客屋去坐在方桌边吃饭,显得过于郑重。他在二门里扁豆棚下摆一张小桌,气氛更随便。

大姐放学从酒桌边过,父亲乐乐呵呵和她打招呼。大姐只偏头冲他动了动嘴角,她从不在父亲的客人面前停留,这个红脸膛老头她没见过,不知道他是谁,更不知道这场酒与她有什么关系,因而对老头笑眯眯的目光也没在意。

那时我还没出生。我在一个很遥远的地方游荡,不知道人世间发生着什么。如果我已经出生,说不定我会赖在酒桌边,不吃几条焦鱼不肯走开。看大人们面酣耳热,表情夸张,用变腔走调的声音说话,是件很好玩的事。

王月老说出朱家轧花铺来,父亲和母亲的确有点出乎预料。他们愣了一阵,一时不知从何说起。我猜想,究竟什么样的人家才是满意的人家,连母亲自己也说不清楚。

王月老看着父亲的脸,高腔大调地说:"兴泰呀,元亨呀,还有我不说你也知道的城里那些绅士行里的……论头脸,论家财,比朱家强的多了,可像你二掌柜这样忠厚老诚的人家,我敢说你也不想攀他们。朱家在城里算不得高门大户,朱掌柜跟你二掌柜一样是本分的生意人,没什么靠山,也不巴结谁,只靠手艺、信誉在城里混人。弹花、轧花这一行,城里谁比得过朱家?谁的生意做得过他?"

父亲笑着点了点头。作为一个编灯笼、笊篱起家的人,父亲对高门大户总是心存戒备,一副敬而远之的态度。王月老知道父亲看重什么,即使那不过是一个手艺人的偏狭,往往不合时宜,可像父亲这样的人,对自己的信条很执拗。

母亲更看重女儿未来的地位。王月老说那是朱家唯一的男孩,母亲立即哎呀了一声:"那可不行。一个娇宝蛋,不定惯成什么样子。我这丫头被他爹从小惯大,什么屈都不受,什么活都没指望她干过,我怕咱伺候不住人家。"

"我知道,知道!要是惯坏了的,我敢跟你说?那孩子你没见过,腼腆得像个大姑娘,见了生人都脸红。从小到大,在学校没和人吵过嘴,在家没大声说过话。他家有伙计、女嫂、厨仗,什么活用得着媳妇去干?"

母亲一个劲说不行,可王月老醉意已浓,舌头开始发僵,他一边向外走,一边手揽父亲肩膀,嘴唇蹭着他的脸颊,咬着父亲的耳朵说:"朱家这娃在惠民中学读书,大名朱云海。你不能光听我一面之词,还是亲自打听打听好。"

父亲和母亲没有立即去打听朱家和他们的儿子。在要不要结这门亲的问题上,他们有过一番议论。朱家轧花铺是县城最早使用铁制轧花机的作坊,轴杠、轴承、刺条、磙子,这些轧花配件是我家经营的铁器,两家免不了生意上的来往,应该算是互相有所了解。朱家确如王月老的评价,在城里算不上高门大户,够不到士绅、头面的份,不过是靠手艺发家的殷实小康人家,夫妇俩确也算得城里名声不错的生意人,谁提起来都会说:"一百成的好人!"这比较投合父亲的心意,但真要做亲家,他们一时还难以拿定主意。

这期间县城发生了很多事。按照县志的记载,1939年5月11日,日军小岛吉藏骑兵团由新野进犯张店镇,第二天进攻县城,县城的人都逃亡到乡下。用我们那儿的话说,这是头一次"跑老日"。三十师和日本人打得很激烈,双方伤亡惨重,寨河边和城墙内外到处扔着死尸。5月12日县城失守;第二天三十师反攻,又把日本人赶出县城。

父亲带着全家逃到北乡一个小村。村里住满了难民,我家的大车停在村外树林里。三叔把牛卸下来,让母亲和两个姐姐躲在车下,父亲、哥哥和我的堂兄坐在车边。天已经黑下来,夜雾从田野上荡起。四月天气,麦田已经泛黄,在黑沉沉的田野里,手推车和杂乱的人影在大路上蠕动。母亲把从家中带来的冷馒头递给大家,姐姐、哥哥坐在大车的暗影中啃馒头。一个脚步声踏着荒地上的落叶走过来:"是张二哥吗?"父亲站起身,探头看着向他走近的人:"哎呀——"如果王月老没到我家来过,在这儿碰上朱广昭,父亲不会感到意外,东、南两面都有日本人,城里人只能向北逃,碰上熟人不足为奇。可是王月老到我家来过之后，碰上轧花铺的掌柜，父亲未免有点尴尬。"还没吃饭吧？"朱广昭绕大车看了一周说，"二嫂，这儿是孩子的姨夫家，等会儿，我给你们烧点热汤来。""不，不用，不用。"朱掌柜不顾母亲一连串的"不用"，转身到村里去张罗。他的殷勤、热情在伙计们看来，不过是老街坊、老熟人出门在外互相照应，而对于父亲和母亲，却另有一番意思。

这次逃亡时间并不长，父亲带着全家在这座小村停留了两天。在这两天里，朱家两口到车边来照应过几次，母亲感到很不自在。她不愿意在亲事还没认真考虑的时候蹛欠朱家人情，更不愿让朱家老两口借故来看自己的女儿。母亲嘟嘟囔囔对父亲说："八字没一撇，就来相人了。"父亲大度地笑了笑："看看也好，兴他们看，也兴咱们看嘛。"

父亲和母亲就趁机去看朱云海。他们拿了两包糖，在村外一家农民的地里买了两斤鲜黄瓜。朱云海姨夫家的院子在村北头，大门外是一个很大的场院。父亲和母亲找到他家时，朱云海的姨夫在场院里摊晒刚从地里收割回来的大麦。一个学生模样的青年头戴草帽，在场院里帮忙干活。听他们说找轧花铺朱掌柜，他放下手里木叉，走过来，望着他们腼腆地微笑。我母亲悄悄对我父亲说，我看这就是那娃。父亲盯着他说："你是云海吧？"年轻人咧嘴笑了笑。朱云海的姨夫向院里喊：广昭——广昭—— 这青年带着我父亲和母亲向院里走，朱广昭从边屋走出来："云海，这是你张二叔、张二婶！瞧这孩子，见了生人连个话都不会说。"

朱云海姨夫家的气氛很适合我父亲的心情。这个不雇长工的小地主,堂屋挂着字画,庭院里种着葫芦,桌几明净,笔筒里插着拂尘、纸媒。朱广昭逃难出来,还带了弹花家伙,一住下就给乡下人弹棉花。父亲说,这才是生意人。此后我家外出逃难,父亲和伙计们也都担着货担,无论走到哪个村,一停下就摆摊卖货。

在回家的路上,母亲对父亲说:"人长得粗糙,个子也矮。"

"才十七岁,个头儿还会长。"

从乡下逃难回来,王月老又来过几趟。虽然日本人在城里只待了一天,父母的心情却一下子改变了。货物、财产没受太大损失,只是栅板门丢失几块,大约被军队摘去修工事了;货柜被砸坏,然而生意前景却使他们感到暗淡。往日热闹的街市,如今冷冷清清。军队不断调动,日本人随时都会再来。父亲忧心忡忡地说,时局这么荒乱,孩子的事能早定就早定吧。大姐定下,二姐也不小了。我看朱家这孩子挺仁义的,学业也不错。五官端正,没什么毛病。男人长得太俊也不一定是好事。

母亲向王月老讨了朱云海的生辰八字,到西门外去请算卦先生测合。那是一位姓陶的先生,他说:"鼠、虎不欺,木、火相生,男方是旺春之木,有发达兴旺的兆头。"测完八字回来,父亲给王月老说:"让朱掌柜看个日子,我到府上去坐坐。"在我们那儿,男女订婚之前,男方要择一个良辰吉日,邀请女方家长到家里吃饭,亲自看看家境,询问孩子和家里的境况,提出女方的要求。如果没什么大的分歧,就可以商谈订婚的细节。陶先生算的卦,对促成大姐的婚事至关重要。在我从小长大的过程中母亲从不算命，大约和这次给大姐测八字不无关系。母亲没说陶先生的卦不准，她说："人的命，天注定，算也白搭。"

这年麦收季节接连下了三天暴雨，阴雨连绵，麦子在地里沤出了芽，新麦磨出的面粉像大麦面一样乌灰粘黏。市面上粮价上涨，纸币贬值。然而荒乱年月，城里人似乎对这样的小灾小难并不在乎，只要日本人不来，生意照常开门，人们脸上就有光明。父亲到朱家去，麦季已经过去，秋庄稼长势很好，日本人退到桐柏山以东，街上恢复了热闹，物价开始平稳下来。为了慰劳信罗师管区，大姐每天在学校里排练节目。

父亲既不抽烟也不喝酒，从朱家回来，他脸上红通通的，嘴里啰啰唆唆不停地说话。母亲说，朱掌柜这人真不地道，把你灌成这样！父亲眯起眼睛笑着说，朱广昭家的黄酒是过年时候榨的，现开泥封，没喝多少。

大姐的订婚礼在八月里举行。朱家看下的日子是七月初六，母亲说不行，七月哪兴过八字？——我们那儿把定亲叫作"过八字"。男方家长到女方家中去，抬上食盒，向女家下聘礼。食盒第一格放庚帖，用大红纸写着男方的生辰，年、月、日、时，天干地支表示，就是八字，加上"愿结秦晋"之类固定的套语，表示求婚的意思；第二格点心、糖果；下边几格是布料、衣服、鞋袜、金、银首饰。女方把写着女儿八字的庚帖和男方交换。除了生辰，还有同意定亲的话，再向男方回赠衣料、鞋帽之类的礼品，双方就算缔结了婚约。

大约这是母亲最不愿回忆也最不愿提起的事情，大姐订婚的细节和那一刻母亲的心情我无从得知。我知道那时我家已不像外祖父那样贫穷,儿女的婚事不再像小门小户那样随便。作为城里小有名气的大牌坊"永聚祥"铁器杂货店的大小姐,"过八字"不是一个游戏,无论对父母还是对街坊邻里,那都是一次神圣的仪式。牌坊街的生意人把信誉看得比生命更重要,即使此后父亲和母亲心有悔意,他们也没有勇气去退亲、悔约。

我问母亲,既然大姐不同意这桩婚事,订婚的时候她为什么不表示反对?母亲对我的问题感到好笑:"她根本就不知道,有什么同意不同意?"我惊讶地说:"给她定亲她不知道?"母亲苦笑了一下:"这是那时候的规矩。""可你们不是很疼爱她吗?""疼爱归疼爱,有点名声的人家,谁个不讲礼法?"我有点明白了:"父母包办就是这意思吧?""那时候谁不是父母包办?不到结婚的时候,男女双方不能见面。"我想了想,在弟兄姊妹之中,真的只有我一个人是自由恋爱。我既感到幸运,又感到后怕。这是几年对几千年的转折,看来时间对人的命运并不是毫无意义。

民国二十九年,也就是我即将在母腹里开始自己苦难的人生的那一年,城里举办了一次春季运动会。那是学生们的节日,满城洋溢着欢腾的气氛。运动会在天爷庙后举行,那儿原是庙里的菜园,天爷庙被国民政府改为学校后,菜园辟作操场。全城各校的学生都来参加开幕式。惠民中学的队伍比女校来得早,大姐们的队伍进入操场时,惠民中学的男生发出一阵阵起哄声,一些学生手指放在嘴里打呼哨。她们列队走入惠民中学旁边的空地,挨近的男生立刻大声怪叫着轰散开去。混乱中,一个男孩被推向女生队伍，差点撞倒在一个女孩身上。女校队伍里爆发出一阵哗笑，那男孩气恼地转过身去追打他的同伴，惠民中学的学生们哈哈大笑着奔跑开去。"弹花佬！驴粪蛋！"老君庙街的李兰君一边冲着男孩的背影喊叫，一边向我大姐挤眉弄眼，她身边的几个女孩看着我大姐咧嘴嗤笑。我大姐似乎明白了什么，她转过身看着周围的女伴，她们脸上怪异的表情使她羞红了脸。朱云海匆匆跑走的身影给她留下笨拙、窝囊的印象，在她毫无思想准备的情况下闯入她的世界。

大姐是个文静内向的女孩，在这次运动会前，她一直愉快恬静地生活着，喜欢吹箫，嘴边时常哼唱当时流行的歌曲："天空还有些儿残霞——教我如何……"她唱歌时很投入，二姐和大哥禁不住被她打动，心中充满羡慕和温情。我竭力想要找到通向她心灵的小径，找到她青春萌动时的心理脉络。我想知道，在朱云海突然打碎她朦胧的幻想的时候，她心中有没有自己的白马王子？可惜一切努力都没有什么收获，我只能说，要么她已经带着自己的秘密远去，要么她心中只有一个模糊的幻影。无论是哪种情况，在那个晴朗、热烈的春天，大姐所期望的绝不是这个被人称为"弹花佬，驴粪蛋"的少年。整个上午大姐目不侧视地挺立在阳光下，女伴们的目光在她脸上留下热辣辣的感觉，长久地燃烧在她的面颊上。运动会的进程像恍惚的梦境一般没能给她留下什么印象。

中午大姐回家，父亲和母亲正忙着招呼生意。她从柜台前匆匆走过，他们没注意她的脸色。吃午饭的时候，母亲没看到她。她问二姐："你大姐呢？"二姐向堂屋套间努了努嘴。母亲走进套间，看见大姐呆坐在书桌边，两手在桌面上掰弄指甲。"吃饭了。"见她坐着不动，母亲说："还不赶快吃了饭上学。"大姐仍然坐着没动。母亲嗔怒地说："没看大人忙成啥，吃个饭也叫不动你。"大姐扭过头说："你们是不是给我定了亲？"母亲弯腰看着大姐的脸，笑了一下说："问你爹去吧，别问我。"大姐站起来，穿过院子，走到柜台前说："爹——你过来。"父亲看着大姐气嘟嘟的脸说："怎么了呀？""你过来。"父亲一边笑一边向柜外走。大姐抓着我父亲的手，连扯带拉把他拖进自己屋里："你给我定亲了？"

父亲嘿嘿笑着说："你都十五了，妞。"

"是不是朱家轧花铺？"

"谁跟你说的呀？"父亲回头看着母亲，母亲摊了一下手，"你别看我，我可没说。"

"别管谁说的，有没有这回事？"

父亲只是嘿嘿笑。那一刻，父亲和母亲没把大姐的反应看得多么严重。在大姐哭起来的时候，父亲和母亲笑着说："傻妞，你能跟爹妈一辈子？谁家闺女像你这么大还不定亲？"

大姐哭得更厉害。也许那一刻父母的话使她忽然明白了，生为一个女孩，父母的娇宠是靠不住的。在父母心里，她迟早是别人家的人。

母亲把大姐的头扳起来，用巴掌替她抹泪："不要紧，又不是现在就让你出嫁，哭啥？"

"我不去，我什么时间也不去。李兰君说，朱家的人喉咙眼儿里呛棉花絮儿，饭碗里落驴粪蛋。"

"这是谁跟你这样瞎说白道?弹棉花,喂驴,这是人家的生意嘛。对一个本分的生意人,怎么能这样说呀?"

虽然父亲和母亲觉察到了问题不像他们想象中那样简单,但他们仍然觉得这不过是一个不懂事的女孩的一时糊涂,她迟早会明白父母为她选定的人家是合适的,最终会接受。

春天的一个黄昏,二姐受大姐指使,像个忠实走卒似的到老君庙去为大姐刺探情报。她在老君庙台阶上走了一转,又沿南门马道向东走。在轧花铺门口,碰上店里的伙计牵着驴走出来,碎雪似的棉絮和带着驴粪气味的灰尘从驴蹄下腾起,把朱家的两间临街房屋笼罩在灰暗、陈旧的暮色里。我猜想父亲到朱家去看的时候,朱家绝不是这样的景象。为了表示自己的忠诚,二姐绘声绘色把她暗访的情景一五一十说给大姐听,大姐清雅的脸变得更加白皙了。

二姐和大哥是最早感知大姐心情的人。他们经常看见她一个人坐在桌前默默流泪。他们依偎在她身边,听她吹箫,听她向他们朗读感伤的诗。我想象着一个九岁的男孩静静坐在厢房幽暗的窗前,听一个十六岁的女孩和他娓娓交谈。外面在打仗,大人们在纷乱中奔波,大姐为大哥营造出一段多愁善感的时光。她总是跟他说一些人活着没意思,天上的世界是什么样子这类他听不懂的话,跟他说她做了一个什么样的梦,人死了会有一盏灯。他瞪大眼睛,望着姐姐的脸,知道她并不要求他听懂。她诉说,只是因为他是一个什么都不懂的孩子。

我采下一片秋叶

丢入呜咽的山涧

去吧　轻轻地飘向大海　飘向远方

告诉那些英勇的战士

流浪的孩子们

在为他们赶制寒衣……

  大姐经常独自站在暮色里唱这首歌。二姐和大哥默默听着，望着大姐泪光闪闪的眼睛，分享她莫名的忧伤。

  在我出生前的一年，城里人开始习惯战争和逃亡。1941年春天，我在逃亡途中降生，大姐已经得病。她郁郁不乐的神情增加了父母逃亡日子的苦恼。母亲为她熬谷子茶喝——小时候我们常用这方法对付风寒发烧。后来请乡下医生为她治病。他说她没什么要紧，只是肝郁不舒，内里有火。回到城里，大姐又上了一段学，母亲眼见得女儿一天比一天悒郁，一天比一天消瘦，每天下午两颊潮红。他们为她请了城里最好的老中医侯先生。从此以后，大姐不再上学，我家小小的筒子院里每天弥漫着煎熬中药的气味，愁容笼罩了父母的脸。按照侯先生的说法，大姐是血郁气滞，得了"女儿痨"。"痨"这个可怕的字眼降临到大姐身上，按照我们那儿的民谚，"痨病气臌噎，阎王下到了贴。"我母亲哭了："那不是没什么救了吗？"

  小时候我知道朱家轧花铺，是因为他家的一个伙计。直到现在，提起"雪里迷"，城里的老人们都还记得。他是城里唯一的

"雪里迷",粉红皮肤,满身白毛,黄眼珠,眯着眼睛看人,像个可爱的动物。他从街上走过,我们总爱追逐他,在他身后喊叫"雪里迷!雪里迷!"雪里迷并不生气,他和善地停下来,友好地和我们说话,逗我们玩。我不知道他的名字,也不知道他的年龄,却知道他是朱家轧花铺的伙计,据说不但弹花、轧花手艺好,而且人老实、随和,深得街坊邻里的喜爱。

我知道朱家轧花铺,还因为它在老君庙对面,小时候我常到老君庙去玩。那是全城最小的一座庙宇,坐落在南城墙与西城墙的交会处,正冲街口,与尽北头的城隍庙遥遥相望,虽然不如城隍庙宏大,却有另一番景象。一座大殿,如皮影戏似的立着一群并不高大的泥塑神像。神堂两厢经常住着逃荒要饭的人,锅灶柴草,稿荐破席,女人们在神像前忙活,孩子在神台间玩耍。城里的孩子在这儿不会感到害怕,它还不如一些有钱人家的祠堂神圣、肃穆。我常爬到神台上去,和同伴们绕着神像捉迷藏。县城里各行各业都有自己的神,木、泥、石、竹业敬鲁班,推、挑、搬、运业敬关爷,医、药业敬药王,纺织、理发业敬嫘祖。老君是铁器业的神。小时候常听母亲说,老君爷在膝盖上打过三年铁。我家开铁器杂货店,堂屋门后有老君的神位,逢年过节要到老君庙烧香、上供。朱家轧花铺弹花、轧花用铁器,他们也敬老君。两家共敬一尊神,等于信奉着共同的宗教,在县城被看作是同一帮会。大约这也是父亲接受这门亲事的因素之一。

朱家的房宅坐落在街角上,比我家的筒子院宽敞。朝南两间大房临着南门马道,是弹花、轧花作坊,很远就能听到轰隆轰隆的响声,一些乡下人背着棉包进去,身上沾着棉絮走出来。黄昏时分,机器停息了,雪里迷牵着卸套的驴子,一边和邻居说话,一边让驴子在街边灰土里打滚。朱家轧花铺和它周围的环境很谐调,从我出生之前直到不知何时,房子、院落、驴子、机器,勤劳平和的伙计,年复一年,没什么起落,也没什么故事。20世纪70年代我从省城回到家乡,那里已经面目全非,原来的大院落被一片杂乱无章的房屋覆盖,我从未想起过这里曾有一家轧花铺,它的存在和它的消失如县城的岁月一样不经意。直到80年代开始写小说,脑子里才忽然跳出当年陈旧的图画,想起粉红皮肤、长满白毛的雪里迷。为什么在我回到县城之后从没见过他?是死了,还是到乡下去了?朱家轧花铺忙碌、平稳的日子是怎样结束的?朱家人到哪里去了?

回到故乡以后,我在祖辈生活的村庄做过一段民办教师。暑假期间,到公社中学去参加学习班。几十个来自村办学校的教师,在教室里打起地铺,每天听读文件,盘腿坐在席子上开讨论会。有天傍晚,我背朝教室蹲在院里吃饭,有位五十来岁的老教师一手端菜一手端汤从打饭的窗口走过来。院里到处蹲着人,他张望了一阵,找不到合适地方,只好就近把菜碗放在我背后的窗台上。我抬头看看他,把自己的菜碗向一边挪了挪。他没看我,也没表示感谢的意思。我蹲着,他站着,各人吃各人的饭。我站起来的时候,他还没吃完。他一手擎着筷子,嘴里咀嚼着食物说:"你姓张吧?"我扭过头看他,那是一张方方的脸膛,暗褐色皮肤,由于没什么特点,显得平庸、老诚。"您家从前在大牌坊开铁器铺?"我说:"是啊。"他端起碗喝汤,眼睛看着自己的饭碗。看他不想再说什么,我也就转身走开。后来我知道了他叫朱云海，是老君庙门前朱家轧花铺的儿子，在冈头学校教书。冈头是这个公社最偏僻的村子，翻过大冈，还有十几里土路。在参加学习班的半个月中，没见他在会上发过言，也很少看见他和别人交谈。我因而猜想这位老街坊的身份必定有什么问题，不宜攀谈。

后来知道了他是我大姐的未婚夫，暗自庆幸他没能成为我的姐夫。已经有了一个出身不好的姐夫和一个右派哥哥，加上自己没有亮点的历史，多一个朱云海，我的履历表必然变得更加灰暗。在大姐病重期间，朱家曾提议让大姐和他完婚冲喜。如果母亲接受了这个建议，不管我愿不愿意，这个冬烘老头儿就将不可避免地进入我的履历表。这建议肯定打动过母亲，也肯定使她陷入进退两难的痛苦之中。对于无望的母亲，任何能给人幻想的建议都应该不惜一试。可是她深深明白，接受冲喜的建议，就是把女儿不愿接受的婚姻强迫至死；而谢绝朱家的好意，又等于放弃最后一线希望。我不知道母亲如何承受这一切，做出艰难的选择，在最后时刻满足了女儿的心愿。大姐下葬时，母亲把她无数个日夜为女儿缝制的嫁衣全都拿出来，装进小小的棺材。据二姐说，那些嫁衣华美照人，熠熠生辉。大姐获得了一个完美的生命，带着自己的嫁衣，在另一个世界纯洁、自由地生活。

知道了他是谁之后，学习班偶遇朱云海的情景不断在我脑海里浮现，庆幸他没能成为我的姐夫的同时，我禁不住暗自发问，在大姐的婚事上，父母究竟有什么过错？这个朱云海五官端正，性情温厚，是惠民中学安分守己的好学生。城里有轧花铺，乡下有土地。在无产阶级并不被人崇拜的那个年代，论人，论家，父母也算尽了心，究竟是什么原因使大姐那样不称心？这问题当初父亲、母亲肯定不止一次问过大姐，也不止一次问过他们自己。大姐无言以对。她默默的泪眼不能成为父母退亲的理由。如果她能说出几条道理，比如身体有什么毛病，行为有什么不端；父母有什么恶行，家庭有什么缺陷……父亲肯定会不遗余力去满足她，牌坊街谁不知道她是我父亲的掌上明珠？

我常想，如果大姐早二十年出世，她就是我母亲。在一个穷困潦倒的木匠家中，不但没有英文课本、童子军领巾，甚至连一本书、一支笔也不曾见过，她所能够享受到的母亲的疼爱，只是让她把脚裹好，将来不至于嫁不出去。母亲的傲气，使她赌出一口气给家里换了一头驴；大姐的傲气，却因为要嫁给一个自己不爱的人，而忧忿辞世。两种生命方式的价值意义同样重大，我不知道该如何做出评判。

如果她生活在20世纪70年代，上山下乡，唱样板戏、语录歌，有"朗里夫契尔曼毛，朗朗来复！"这一句英语就足够用，一切不是很简单吗？如果是那样，她也就不至于把自己看得那么重要，也就不会像林黛玉那样脆弱多病，悲观厌世，没事找事地折磨自己，折磨最疼爱她的父亲和母亲。

看来女孩子不应该受到父母的宠爱，也不应该读书，更不应该娇纵自己的幻想。把自己看得太重要，就会害了她。

不久前，县城新修的环城路要通过我家坟地，我匆匆赶回故乡，为我的亲人们迁葬。大姐的小屋被打开，我终于见到了她。我为能亲手为她收捡骨殖——大姐留在凡尘的寄物，而感到欣慰。虽然我们俩只是在人世匆匆碰面的过客，她与我擦肩而去，甚至没能在我心中留下一点明晰的记忆，可是在悄然流逝的岁月中，我一直感觉到她的目光，倾听到她远去的脚步，仿佛我正循着她的心迹，继续着她的人生——我就是她。我替她做了男孩，替她完成着自尊和任性。像坟地里的每一个人一样，她的棺木早已在1958年被掘出，填进大炼钢铁的小高炉，成为跃进锣鼓声中的一缕黑烟，她散乱的尸骨深嵌进黏稠的黄泥里。我把它们一块一块从黄胶泥中抠出，擦拭干净，装进新打的匣子。五十年岁月停驻其中，骨肢如古铜色的大理石，坚硬，光洁，依然呈现出稚嫩、娇小和精巧，大姐的孤傲永驻其中，保持不衰的气质。她仍然在一个遥远的地方读书，一个女校。她在那儿唱歌、吹箫、做操、开晚会、朗诵诗歌。被我捧在手里，放入匣子的，只是她存放在家中的纪念，就像她留在木箱里的课本、领巾一样。

可是在父亲、母亲都已成为我收拣的白骨的时候，一切都被时光湮没，有谁还会知道这些坟墓之间曾经发生过的故事呢？只有我知道，大姐是个永远十七岁的女孩。

1944年的枣和谷子

当丘吉尔和艾森豪威尔们在英吉利海峡，日复一日地琢磨着法国的海岸线，为恶劣的天气大伤脑筋的时候，我母亲在为女儿的去世伤心。对于我的父母，第二次世界大战，诺曼底登陆，人类与法西斯的殊死战斗，远没有失去女儿重要。

在我长大的过程中，我常想为大姐构思一个有意义的故事，使父母对她的牵挂不至于那样委琐。如果她爱上了一个男孩，这男孩在一个深夜敲醒她的后窗，大姐在黑暗中穿齐衣服，挽起早已准备好的小包袱，蹑手蹑脚走过厢房。一个八岁男孩在厢房外间的小床上酣睡，那是我大哥。直到她去世，他一直住在她的外间，分享着她的寂寞和忧伤。可是在那样的时刻，她来不及看看他睡梦中流着涎水的小脸。她急切紧张地走到门边，让门闩在手里无声地移动，房门慢慢打开，发出一声轻微的响声。黑黢黢的大街弥漫着浓重的夜雾。两个身影相跟着走下码头，河水在他们脚下闪光。男孩牵着女孩的手沿过颤动的跳板，弓身钻进船舱。县城像一堆怪影，摇曳着向远处退去，隐进深灰色的天空……此后大姐也许会身穿肥大的灰色干部服，出现在宝塔山下，延水河边，唱着"花篮的花儿香，听我来唱一唱……"。虽然私奔在现实生活中绝不像在小说里那样美好，无论发生在谁家，发生在什么地方，都不会被当作光彩事对人夸耀，尤其在我们那座历史悠久有着令人自豪的文化传统的小县，谁愿意家里出现这等丑事？这故事也许父母不一定喜欢，他们根本不在乎私奔的革命意义，可是只要能让大姐活着，他们肯定接受。尽管保不准以后也许她会被打成托派、右派、走资派，或是别的什么。对一个献身革命的人，这是难以避免的。谁也没法预料，如果自己没被敌人残害会不会被革命残害？对一个短暂的生命，被敌人残害和被革命残害没什么不同。被敌人残害往往比被革命残害更荣耀，更直截了当，不必为恢复名誉费尽周折，让几代人不清不白地活着。可是，不管她在革命道路上遭遇什么，如果大姐私奔去了解放区或是投了根据地，她都会给母亲留下更值得传讲的故事，在我写这篇小说的时候，我母亲内心的伤痛也会被赋予更崇高的境界。何况也许她会幸免，光荣地享受革命成果。可是，可惜的是我大姐没和人私奔，她也没有心爱的人可以为之殉情，我没法为她的青春生命寻找到出路。她只是偏远的豫西南小城一个杂货店里的小女孩，除了上学和跟着家人逃亡，连我家的院子都很少走出。在第二次世界大战进行到最残酷最伟大的转折关头，在中华民族危急存亡的历史时刻，她什么也没做，甚至连书也没读，只是在我家厢房屋里害着病，吃着药，毫无意义地熬着时日，一天天衰弱下去，像燃尽油的灯焰。我母亲对她的忧心牵挂也只是小县城里一个寻常人家的亲子之痛，有如老牛舐犊，不过是人这个动物的天性，没法往重大的革命意义上扯。这个女孩的葬礼草草进行之后，母亲不再需要惦记为病人熬药，不再需要凑在窗前的亮光里，俯下身，看着那张一天不如一天的脸，问她想吃点什么。躺在暗影中的奄奄一息的年轻生命消失之后，母亲走过厢房门口，脚下有一种飘飘忽忽的失重感。洞开的屋门空空荡荡，家具都已改换位置，地面和桌椅干干净净，窗纸已经重新糊过，甚至那发黄的墙壁也被粉刷了洁白的石灰水。

这一切都是父亲的主意。1944年春天，母亲还没能体会到父亲的细心和周到。也许到这一年的晚秋，她才会意识到这一点。他们共同生活了二十一年，如果他们继续生活下去，一个又一个二十一年在如水的光阴中流逝，也许母亲会像每一个生活在丈夫的关爱中的女人一样，最终也不懂得如何珍惜父亲。何况我父亲对我母亲的确犯下过一连串错误，这些错误没有一桩能够补救。

首先他不应该比我母亲年长十八岁。如果他比母亲年长十九或是十七，也许母亲和外祖母都会原谅他。可他偏偏比母亲大了十八岁，使自己的属相成为母亲的忌讳。在这一点上，读书识礼的祖父就比大字不识的外祖母有见识。双方定亲的时候，外祖母很诚实地给他们送去了女儿的生辰八字，他知道母亲属兔，不能嫁给属虎的人。可祖父把父亲的年龄缩小九岁，又让我四叔代替我父亲去让外祖母相看。父亲是个孝子，他很听话地按照祖父的安排，直到拜天地的时刻才真身出现。我母亲头上顶着红盖头，入洞房前她没机会正眼看自己的新郎。其实她顶不顶盖头都一样，反正她从没见过他。三天回门走娘家的时候，外祖母面对我父亲憨厚的笑容愣住了，相亲那天他可没这么老气呀！外祖母和大舅气势汹汹地闯到祖父家去声讨，祖父客气地接待他们。他说，嫂子，老二是我这四个儿子中最懂事最中用的一个。虽说年龄大点，可他比谁都仁义。心善，脾气好，还有手艺。已经是亲戚了，您多担待吧。这个前清秀才的后代，败落到用欺骗的手段给儿子娶亲,也实在是出于无奈。那时候父亲已经三十七岁,再娶不到媳妇就有可能打光棍。外祖母连他家的饭也不吃就走了。在回家的路上,大舅愤愤地说,这老家伙,按说得给咱摆个全席。外祖母瞪了他一眼。父亲赶车来接母亲,母亲不上车。她宁愿走路也不坐我父亲的车。她跟在他的车后走回侉子营,算是表达了自己的抗议。爷爷设下的骗局造就了我们一家,好像证实着姻缘自有天定。母亲嫁给了父亲,我们每个人才得到那样的娇惯和宠爱。在我们的记忆里,无论母亲怎样发脾气、使性子,无论我们怎样胡闹,父亲脸上那憨厚的笑容总也不会改变,不要说打骂,就是粗言秽语也没说过。他宠着母亲,宠着每个孩子,勤劳、精明地奋斗着,心里充满了幸福,充满了甜蜜。

　　母亲和父亲成亲后的一段日子,祖母常把父亲叫到膝下,谆谆告诫他,女人不能惯,惯下了就没法调教。没是没非少跟她说说笑笑,说笑多了她就没了怕惧,就不再把你当一回事。祖母坐在高背木椅里,父亲垂手站在她面前,傻乎乎笑着听祖母教诲。这是一副标准的垂训图,历经不知多少年代,又被母亲传授给我。我因此知道了,要做一个好儿子,就必须像父亲那样善于在家人中做两面派。祖母未必不知道我父亲会对她阳奉阴违,正如我母亲知道她的苦口婆心只会被我当作多余的唠叨。在她们说出口的当儿,她们都知道不能对已经被妻子俘虏的儿子抱什么幻想。儿子们哪个不是娶了媳妇忘了娘的白眼狼?肯对父母耍耍两面派哄骗一下已经算是孝子了。这个简单的道理,哪个母亲都明白。可是,把自己一手带大的孩子交托到另一个女人手里,母亲们不能不表示自己的担忧。不厌其烦地把一些明知会被当作耳边风的道理不断提醒儿子，表明着母亲对儿子的忠诚胜过他宠爱的女人，她与儿子的情分，比与他同床的那个被他娶为妻子的女人更深。

　　父亲和母亲成亲后，祖父、祖母统治的大家庭还没有解体。除了农忙季节和大雨大雪的天气，每天清晨，鸡叫三遍，父亲就顶着星光起床，站在厨屋灶台边昏暗的豆油灯下，吸吸溜溜喝一碗高粱面糊粥，揣上两个深红色的硬硬的饼子——这是外出的人的特殊待遇，收拾好自己的货担，踏着晨光向村外的大路走。他不但常在牌坊街出摊，还经常到外镇去赶庙会。担着灯笼、笊篱，既不显慌张也不显吃力，一边走，一边和同行的熟人拉家常。赶会回来，手里举着一串用高粱葶穿着的水煎包。放下货担，先到祖母屋里，把他用手举了几十里路的这串包子敬献给他的母亲。祖母吃着包子，问他会上热闹不热闹？起戏了没有？生意咋样？父亲从怀里掏出钞票和铜元，当着祖母的面整理、清点，回忆一共卖出去几把笊篱、几盏灯笼，什么价钱，在会上花了多少。祖母从那些钱里抽出一两张小票，递给父亲，算是留给他的零花。然而，父亲的孝敬、忠厚并没有消除妯娌们的疑心，她们经常在祖母面前说父亲和母亲串通，暗自积攒了私房钱。祖母对她们的闲言碎语不加理睬。在妯娌们的钩心斗角中，母亲总能得到祖母的袒护，其中的缘由，除了母亲的伶俐能干讨得了祖母的欢心外，还应该归功于父亲两面派的成功。由于他的成功，弟兄们分家的时候，母亲手里已经有了足够的进城安家的储备。我猜想这一切祖母并不是不知情，正如母亲并不是不知道我对她所耍的花招一样。不是因为父母们懂得"水至清则无鱼"的古训，而是因为子女们自以为聪明的伎俩，父母们早已玩过，父母们如自己的父母一样在窃笑中佯装、默许、隐忍。他们知道，子女长到他们那样年纪时，会自然而然地明白，那些小聪明从来不曾骗住大人。

我不明白的是，祖父的骗局何以恰恰在外祖母那儿得逞？世界很大，即使一个小小的县城，有女儿要出嫁的人家何止十数？向母亲提亲的时候，父亲来到世上的三十七年中，祖父何愁没有让别人上当的机会？

"都是因为上辈子我欠了你们张家这群小羔子的债。"

母亲的解释，化解了我心中的疑团，为我带来宽慰。既然我们不过是在向她讨还前生的欠账，她的辛劳也便不至于使我不安。而今我的孩子们带给我的烦恼，我也不必太在意，那是前生我欠他们的债务。人到世间其实就是为了还债。

大姐下葬之后，大哥扛着纸筐，陪着母亲去给大姐圆坟。母亲坐在大姐的坟边当风哭泣。我堂兄把那座小坟添圆，从沟底挖一块草墩放在坟头上。我三叔用脚擦着铁锨上的泥说，讨债鬼！哭她干啥。三叔的话很管用。母亲止住哭声，抹去脸上泪痕，站起来，拍打掉身上的泥土和草屑，与我大哥一起回家了。按照我们的乡风，父母辛辛苦苦养大，不给家里出一点力就死去的人，就会被世人公认为讨债鬼。在我小时候的记忆里，讨债鬼对我们那儿许多人家都不陌生。我家两代人就出了五六个。我三叔家有一个儿子十几岁死去，我堂兄有一个女儿少小夭折，埋葬在我大姐脚边，两代讨债鬼相依为伴。按照堂姊妹们的排行，我大姐被称为四姐，我二姐应该叫六姐，还有一位五姐我从没见过。据母亲说，她其实是我四叔家的男孩，四叔为了使这个男孩平安长大，把他取名叫五妮，把他藏在女儿行里，然而这个讨债鬼，父母把他藏在女儿群中也白搭，四叔、四婶费尽心机，还是挡不住他讨完债走人。五妮在我大姐去世之前就离开了人世。

既然大姐到人世来只不过是为了讨债，父亲、母亲也便没来由太过悲伤。一个讨债鬼走了，还有一群讨债者围绕在身边，锅台上放着一溜木碗，他们不得不为打发这些空碗而奔波。父亲和母亲没能意识到我也是讨债鬼。和大姐相比，她的死使她的身份得到了确认，我没有死，因而讨债鬼的面目不曾公开。如果他们肯细心想想，那就不难发现，我的到来给这个家庭带来了什么？

从我被母亲孕育，直到父亲去世，我出生前后的五年中，县城灾祸连绵，我家的景况急剧败落。这一点，从故乡的县志里能够得到证实。

1940年，"5月4日（农历三月二十七日）日机三十二架在县城西关先后投弹一百余枚……县城第一次沦陷。"——我在母腹中开始逃亡。

1941年，"2月4日，日军主力与国民党二十九军之九十九、一九三师激战，5日凌晨（正是我出生的时刻）占领唐河县城"。

1942年，"夏季大旱，秋禾枯死，民食草根、树皮。秋末冬初，源潭镇出现'人市'，每日有二三十个小男少女头插草标上市出售"。

1943年,"春大旱。八月蝗灾。日军侵犯何庄,烧民房三百余间,抢牲畜十八头,打死打伤村民十多人"。

1944年,"4月,土匪杆首傅老三啸聚三千余人在城东王集一带烧杀抢掠,焚毁民房三百余间,打死打伤数十人,绑票一批"。

我到人世间来讨债,比我的姐姐、哥哥们威风,我随身带着东洋打手,带着鬼子的飞机和炸弹,还带来一连串天灾、匪患。

不知是出于我的记忆,还是来自母亲、姐姐和哥哥们谈话中的印象,父亲在我心中的形象是一个穿着宽大的袍子,身材高大,行动迟缓,正值盛年的男人。他既不曾年轻,也没有变老。松垂的皱纹和淤肉包围着他的小眼睛,使他的面容总像含着和善的笑意。也许因为他从不害病,干任何事情都如他说话的语态一样不急不火,那身体和脾性,常使我不由自主地想到一头在泥水与丛林中行走的大象,移动着笨重的脚步,伸卷着长鼻子,从容搬运重物。没人会想到它有什么不能承受,没人会想到它会在某一天突然倒下。1944年的春天,我父亲似乎没显出失去爱女的沉痛。和母亲相比,他显得很平静。他像从前一样身板硬朗,精力充沛,肚皮和面皮同样松弛。他如以往一样起早睡晚,用他低沉的嗓音和絮絮的说话声,使我家的小院还如从前一样安详。由于帮我讨债的东洋打手们蛮横肆虐,对县城不断轰炸、侵扰,城里的商户不得不到外镇、乡村去做生意。父亲风尘仆仆的身影又开始出现在县城通往乡间的土路上。三月三,他去赶叟刘祖师庙会。三月十八,到北阁外去赶城隍大会——那当然比较方便,不但每顿能吃上家里送去的热汤热饭,母亲还能随时到他的摊前去照料。三月二十八,东王集狗庙会,他遇上了日本人飞机轰炸,眼睁睁看着一个小脚老婆被飞机扫射的枪弹撂倒。这老婆倒在他的货摊上,替他守护那些笨重的麻袋,父亲能放心地躲进陈刺林去,不必担心东西被人抢走。四月八祁仪庙会,在庙会上维持治安的自卫团团长,是经常到我家来买废铁的铁匠,他只向我父亲收了两块钱抗战附加税——按自卫团的告示,父亲起码应该交十块。铁匠的人情让我父亲赚了八块钱。以后他经常到我家来买废铁、焦炭,我母亲一直不忘他对我父亲的恩情。

　　父亲的货担不像以前那样轻松。灯笼、笊篱不再是他货摊上的主货。有时我堂兄拴推着手推车,有时他们一前一后担着挑子,用草袋和麻包捆扎着夯实的铁器,锄头、镰刀、犁铧、犁面、耙齿、耧铧……祖父、祖母已经过世,父亲赶会回来,不用再手举一串水煎包。父亲的面目在我心中很模糊,他每次赶会回来的情景,却清晰地留在我的记忆里。常常在很晚很晚的时候,院里响起脚步声和说话声,一团融融的气氛骤然升起,孩子们全都从梦中惊醒,从被窝里抬起光膀子,在摇曳的灯光下眯起眼睛,看父亲的身影向我们凑近,一只宽大的结满厚茧的手伸到面前,掌心里抓着一把花生。那把花生大约不会超过五颗,但数量对于我们并不重要,重要的是那一刻欢快的心情无以言表。全家人久久不肯入睡。母亲和父亲说着话,我和二哥在被窝里用花生斗鸡。这是一门有学问的游戏,要取得胜利并非易事。首先要选择一只最厉害的鸡,拿出来就不准反悔。被选作斗鸡的这枚花生,不惟壳皮坚硬,勾嘴有力,而且要有匀称的个头,捏在手里既得力又能露出不长的勾喙。两颗花生勾在一起,我把全身的劲都用在握着花生的手指上。啪地一响,我俩同时发出欢叫。我的鸡被叨破的次数居多。这并不奇怪。如果他不能赢我,他还算什么二哥?他赢的次数虽多,但最终他会把赢得的花生拿出来和我共享,我也就没什么理由沮丧。剥开被叨破的花生,一粒一粒慢慢咀嚼,被窝里溢满焦香。我们就在这焦香里睡去。于是我从小就记住了父亲的养生之教:临睡吃几粒花生,既消食又润肺——不能多吃,三五颗即可。多吃了不但不香,还会上火起口疮。这是我家的秘传。

据我母亲说,1944年的天道很平和。也许经历了连续三年荒旱,人的罪孽已经受到了应有的惩罚;也许战争比灾荒来得更干脆,有了日本人的枪炮,天气好坏对罪恶的人世已经无关紧要。看到大麦黄了梢,熬过春荒的人们终于松了一口气,他们能吃上"碾转"了——那是真正的绿色食品。把浆汁饱满的大麦粒碾成黏稠的糊条,熬成粥,带着绿色,带着麦芒和麦皮的青香。对于在生命边缘挣扎的人们,吃"碾转"并不是为了尝鲜,而是意味着他已经活过来,今年不会被饿死。

吃过嫩绿的豌豆角,橙黄色的杏子被乡下人扛着出现在牌坊街,郊外的麦田一下子变得满眼金黄。集市上的人越来越少,很多店铺不再开门。空空荡荡的街巷刮过燥热的南风,县城充满收获季节特有的喜悦和宁静。三岁的我,根本不知道也不在乎D日登陆、关岛之战,对1944年的春荒没什么印象。由于头年夏、秋两季歉收,1944年的春荒很严重。在这个漫长的春天里,不知有多少孩子和女人头上插上草标,被领到人市去卖。父亲的身影在赶会的路上晃动,我们谁也用不着为春荒操心。大姐的去世,也许会使父母更疼爱我和我的姐姐、哥哥们。六姐(也就是我二姐)已经十四岁,她像我大姐(也就是我四姐)一样在女校读书,大哥、二哥都入了天爷庙——县城的一所小学。他们去上学的时候,我一个人无聊极了。我只能趁母亲忙得顾不上管我的时候,才能偷偷地踩一块砖,把哥哥们放在窗台上的蟋蟀盒搬下来玩。这年春夏之交我闯下的大祸,是把哥哥们最厉害的一只蟋蟀看跑了,他们回来后逮住我大吵一顿,二哥哭着埋怨母亲,说她不应该不管我,任我翻动他们的宝贝蛐蛐盒。因为理亏,我只能嘟着嘴双手背在身后,靠在墙上蹭。父亲说西城根有一只飞虎嘟嘟,他亲眼看见过,叫声洪亮,洞口有一只蝎子。听说有蝎子把门的蛐蛐,哥哥们来了劲,决定黄昏时分去捉它,我才被放过。

小麦收割的季节天气晴朗,打完场之后落了一场透雨。尽管日本人几次侵扰县城,望着茂盛的秋庄稼,乡下人还是忍不住喜上眉梢。风调雨顺,加上晴朗的阳光,这年秋天的田野色彩斑斓,一片丰收景象。进了七月,高粱成熟,谷子金黄,村庄里的枣树盖满浓红的果实。

住在河那边的表哥来了。他对我父亲说,今年秋天收成好哇!我父亲整理着他的铁器、农具,准备到乡下去赶会。他漫应着表哥的话说,收成好怎么着?打着仗,东西卖不出去,乡下人缺钱。

表哥说,我就为这来的。东边、南边都有日本人,水陆两路不通,村里有枣树的人家都发了愁。那么多枣卖不出去,他不能天天煮枣吃呀？

父亲抬起头看着他，表哥向我父亲的脸边凑了凑，趁便宜收他两车，一两个月之后还愁不翻两三个个儿？

父亲一边沉吟一边微笑。

表哥瞧着我父亲捆扎好的货担说，乡下人缺钱，他们有谷子，有枣。

我父亲笑了。别看我表哥一副老实巴交的样子，他的头脑可不笨，是个做生意的材料。他盯着我表哥的眼睛说，枣收起来之后咋办？

咋——办？表哥迷惑不解地说，想办法运出去，不就赚了大钱？陆路走泌阳，驻马店干果行里住着汉口老板。水路到樊城、老河口。

这我知道。我一辈子做惯了小生意，只求牢靠，不求发大财。父亲继续盯着表哥的脸。

路上的事我去跑，用不着你操心。

我不能让你拿命去换钱。我父亲的眼睛在皱纹包围中闪着亮光，不无得意地训诫我表哥，你呀，心眼还缺一点点。你没看过戏？"诸葛用兵唯谨慎。"找不到买主，这生意就别做。找个外地客商，咱们替他收，就地卖，路途上的事由他自己想法。少赚点钱，保险。

过了一些日子，表哥又来了。秋收已经完毕，高粱砍了，谷子割了，村庄场院里到处摊晒着红枣。表哥带来一个樊城商贩肖掌柜。父亲认识他。他和牌坊街很多商家有来往。他把本地的绿豆、芝麻、大枣、花生贩运到襄樊，四川、湖北的桐油、清漆、花椒、茴香、川贝之类销到本地。虽然操着蛮子口音,生意上很讲信誉,在本地人缘很好。

父亲决定和表哥合伙收枣,既是帮他做一桩生意,也能盘活我家一天不如一天的境况。乡下人需要农具、棉虫药、日用杂货,拿不出钱,就用农产品换。他们的农产品当然就得折价低一些。

我父亲没有告诉我母亲,在收枣期间,他还捎带收了两石谷子。我父亲是个善于精打细算的人,趁秋粮丰收的时机囤积一些谷子,不惟一窝小崽子不受饥寒,弄得好,冬、春季节还能赚一笔。他把收来的谷子存放在我三外爷家。三外爷的住处宽敞,有一间空出的偏屋,那间房子窄小低矮,不太出眼,如遇荒乱,用土坯把门窗垒死,不至于遭受损失。我家各个屋子堆满了装着大枣的席包,满院弥漫着甜甜、酸酸的气味,招来很多蝇虫,无法存放粮食。父亲把谷子囤好之后,对我三外爷说:"想吃新谷米,打二升去碾碾。"三外爷朗朗地回答:"放你的心吧,我有吃的,动不着你的陈谷子烂芝麻。"

我父亲的计划是无懈可击的。如果不是东条英机远在东京签发了一份密电,他的如意算盘很可能不会落空。这个小县城的小商人,煞费苦心地打着谷子和枣的主意,他对日本人的心思一点也不了解。如果我父亲在日本国军机处安插一个卧底暗探,他肯定不会对这笔枣的生意如此轻率。他不知道,为了确保在南太平洋上不至于吃更大的亏,日本人下决心要打通从中国内地到南海的陆上交通。我父亲一辈子没见过火车,他至死也不明白,那些呜呜叫着奔跑在两条铁轨上的怪物和他有什么干系。他不知道,为了让这些钢铁怪物能够畅通无阻地从北平跑到广州,日本人已经决定向平汉线两侧发动空前规模的进攻。这是日本人1944年的基本战略。一个与我父亲毫无关系的东条英机,决定了我父亲、母亲和全家人的命运。

那年秋天,县城驻扎着国民党五十五军七十四师,父亲觉得一时半会儿日本人还不会来。他没料到日本军队分两路绕过县城,向伏牛山区推进。秋收刚过,他们既不和中国军队决战,又能在乡下抢到充足的粮食和草料。当县城处于三面被围的情势下,很讲信用的肖掌柜失信于我父亲。堆放在我家的席包,散发出的气味由甜变酸,由酸发臭,肖掌柜仍然不见踪影。父亲意识到他和我表哥在干果方面并不在行,不该贪便宜,急着把乡下人没晒干的枣收上来,不但多占了重量,还使席包里的宝贝不可避免地发霉、腐烂。

父亲的脸色越来越难看。母亲的脾气越来越坏。瞧瞧,瞧瞧!永聚祥杂货店,成了烂枣行。父亲捎信到乡下去,让我表哥赶快来,一同想想办法,我表哥也如肖掌柜一样没有消息。

时局一天天吃紧,日本人向县城逼近。三叔赶来大车,接我们到北乡去逃亡。车上没什么货物可装。带上吃的、穿的、被褥,父亲把我们一个个安顿到车上说,你们走吧,我在这儿等肖掌柜。母亲说,这都什么时候了,你还等肖掌柜?日本人打进来你往哪儿躲?父亲说,打进来就打进来吧,他们能把我怎么样?母亲说,那些破枣,比你的命还值钱?你不走,我也不走了。三叔说,算了,这会儿可不是闹别扭的时候,想留下就让他留下。

七十四师在修工事,我看日本人未必能打进来。

这一次的确让三叔猜准了。日本人和七十四师周旋了一阵,没怎么打就向西开进。在乡下待几天,母亲带着我们回到城里,父亲完好无损。脸色虽然阴暗,看见我们还是很开心地笑了,一边和母亲絮絮说话,一边为我们张罗饭菜。瞧你们晒黑了,我可养白了。

隔一天,我表哥来了。听说肖掌柜没来,他说,他怎么会没来呢?前天我见他,他说第二天来。父亲眯起眼睛说,是不是让自卫团给扣了?自卫团没来由扣他,他又不是汉奸,又不贩鸦片、黄金。

过了几天,表哥终于和肖掌柜一起来了。

这个干果贩子一跨进屋门,就嗅着屋里的气味说,枣坏了,是不是?他抓开席包,一边看边伸手向里摸。我父亲看着肖掌柜的脸。我表哥从席包里抓出一把,伸到肖掌柜眼前,有一点点儿黑,晒个大太阳,没啥事儿。肖掌柜不说话,他把前前后后的枣包翻看一遍,咂着嘴说,这咋搞法么?我母亲走到他面前,二掌柜他今年走背运了。你看这屋里,杂货店成了枣行。什么货都换了枣。生意难做,全指望它了。二掌柜的为人你也不是不知道,他不是成心坑人,肖掌柜你早来半月十几天,打开席包晒几个太阳,还会有啥事?事情已经处到这一步,赔钱大家都赔一点,也不让肖掌柜你太为难。肖掌柜喝一阵茶,咂一阵嘴。我母亲到街上去炒几个菜,提了两壶黄酒,留我表哥和肖掌柜吃饭。吃完饭,肖掌柜说,就是一堆泥,我也弄走它,让它烂到船上去。价钱可是无论如何也得请你二掌柜担待,你不能让我一人赔。母亲说，到了这份上，咋商量咋好。都是生意人，不能只看这一桩买卖。

屋里总算腾空了，蝇虫也不再飞舞。不管赔了多少钱，一家人不再为这酸腐的怪味伤脑筋，倒胃口。肖掌柜留下很少现钱，其余的货款悬在那条曲曲弯弯日夜向南流去的唐河上，打不打水漂，只能听天由命。

屋里没什么货物，父亲向货栈里赊出一些焦炭到乡间小镇去卖。外镇的铁匠和我家一直有很好的来往。我父亲把焦炭送给他们，没有现钱，用他们打出的镰刀、锄头、牛转环、耙齿、犁辕之类铁器抵账。父亲把农具卖出去，兑付货栈的焦炭账。曾几何时，在牌坊街眼看红火起来的"永聚祥"杂货店，在我出生后的两三年时光里，败落到靠赊账做买卖。我父亲也从牌坊街的二掌柜，重又变成一个游乡小贩。

风吹、日晒、雨淋，对我父亲的一生，是很平常的事。五十八年岁月里，我父亲早已练就了在路途上淋雨的本领。村庄、瓜棚、茶庵、废窑洞，能躲雨的地方都如幻化出的仙庄，给人意外的惊喜。没有菩萨保佑，遇不上这样的仙庄，只能随他的便。我从小就懂得，过年不准吃泡馍，这是我家的规矩。过年把馍泡在汤里，出门爱落雨淋头。我父亲就因为过年往汤碗里泡馍，才经常半路淋雨。风裹着雨水劈头浇淋，衣服贴在身上，鞋子脱掉，夹在胳肢窝里，赤脚在泥路上挣揣。回到家，擦干身子，捂在被窝里，让我母亲给他熬一碗姜汤，狠喝一气，暖和一阵，换上干爽衣服，父亲像洗过一次透澡，刚从澡堂出来，红光满面，精神焕发。在几十年奔走于乡间的历史上，父亲从不会因为淋雨生病。

可是，确如我母亲所说，1944年我父亲走了背运。他应该听从西门外摆卦摊的陶先生的指教，以静制动，息事宁人。也许是我们这一群讨债人围绕在他身边，使他无法认输罢手，在那个秋天，我父亲肯定是憋着一口气要和运气较劲。人生如赌场，越较劲运气越不好。九月里，他到南乡去赶庙会，路上淋了一场雨。那只是一场小雨，没到集散，衣服已经干了。回来后，他不像从前那样喝碗汤就精神地下床。我母亲去端碗时，他恹恹地说，我困了。母亲说，困了你睡一会儿。睡到掌灯时分，我母亲把他叫醒，让他吃晚饭。他说你们吃吧，我再睡一会儿。第二天他懒洋洋地起了床，半开玩笑地说，这场雨还真把我淋病了？我母亲摸摸他的额头，额头有点热。我到西关去请个先生来吧。父亲笑了笑，这算什么事儿啊，用得着请先生？

正如他在生意场上从没失算过，败一次便败得惨，他一生没害过病，害起来就不轻。这一点，起初他并没认识到。过了几天，他终于说，这场雨还真把我淋病了。

母亲为他请了先生，抓了草药。我父亲没吃过药，我母亲在他的药碗旁边放一碗开水，再放一把冰糖。闭着气，别还口，一气喝下去，喝完漱口，嚼冰糖。

在一个晴朗的午后，我父亲感到精神好一些。他说他要到我三外爷家去。我母亲感到奇怪，不过年，不过节，去三老头儿那儿干啥？

我把放在他那儿的谷子盘回来。

你在他那儿放了谷子？

家里堆着枣，没地方。

听说父亲在三外爷那儿放了两石谷子，母亲不放心地说，你怎么不跟我商量商量？

父亲笑了一下，放在三叔那儿还会怎么的？

我父亲买了两包麻糖提在手里，去见我三外爷。

我三外爷看见我父亲就大声嚷着说，张相公你怎么到现在才来？我给你捎了几次信儿都不见你的影子。

我父亲感到诧异，他说没谁给我捎信儿呀。

三外爷大声骂着，你瞧，这赖孙，推水的五毛，他没给你捎信儿？

父亲说没见他。

三外爷嘴里不干不净地骂五毛，这个不是人的东西这么靠不住！他把我父亲手里的东西接过去，埋怨说，你来就来嘛，年不年节不节的，用不着拿东西。过了夏我看这边屋漏雨，怕把粮食糟蹋了，给你捎信儿你也不来，想着一定是在忙别的大生意。反正这谷子你也不等吃，我替你做主，把它粜出去了。不等我父亲插话，三外爷十分慷慨地说，我知道你不在乎这几个钱，可是，亲是亲，财帛分，我已经拿它去做生意了，等我赚回钱来，要钱给钱，要谷子给谷子。不就是二斗烂谷子吗？你三叔我不在乎它。

我父亲嗫嚅地说，最近一笔生意没做好，赔了钱。

我三外爷呵呵笑着说，在三叔我面前你别耍叉，你张相公做生意赔了钱？笑话，真是笑话。不管我父亲怎样解释，我三外爷就是不相信他做生意赔了钱。我父亲给他找证人，让他去问。他哼哼笑着说，张相公，你不如干脆把话说明白些，我这人喜欢直来直去，想要钱就是想要钱，别跟我编那些瞎话。对我不放心是不是？怕我赖账？你以为我会昧你这三升二斗烂谷子？到外边去打听打听，你三叔我在南阁街混人也大半辈子了，穷人富人见多了。

我父亲更加气短，说话也更不利索，三叔……我真的生意做赔了，眼下——缺钱……

三外爷正眼看着我父亲，对他的狡辩不屑一顾，张相公你这是成心玩我的难看，是不是？把亲戚这一层丢到一边去，就是街坊邻居，也不至于这样处世吧？好心好意让你把粮食放在这儿，怕屋子漏雨，给你桀了，这边出手，那边就逼着要钱。这何必呢？就是再不讲情面，也得等人翻过个儿吧？活了这把年纪，像你这样处世，我还真没经遇过。

三外爷的一番话使我父亲无地自容。老张家人终于领教了老田家人的厉害。我祖父虽然得意地骗了我外婆，让我父亲把我母亲骗到手，可我父亲这个五十八岁的人，像个乳臭未干的毛头小子，被我三外爷结结实实教育了一番，张口结舌，脸色灰白。

父亲回到家就躺倒了。我母亲和我外祖母一齐上阵，不但没能对付住我三外爷，还把原本存有一线希望的两石谷子化为泡影。母女二人回到娘家门前取闹，老辈人还给她们留什么面子？"到娘家门前来闹事？还不反了你们！干脆跟你说，谷子我吃了。随你的便！衙门大门朝南，想告你告我去！"

两石谷子使老田家内部失和，我母亲从此不走我三外爷的亲戚。"为二斗烂谷子跟娘家人断亲？只要不怕外人笑话，我不在乎。"我三外爷背手站在门口说。

父亲的病情日益加重，我母亲为他请来了侯先生。他是城里公认的名医，虽然没能挽救我大姐的生命，但我母亲一生都信任他。几十年来，不管我生了什么病，发烧、积食、痄腮、水痘、布袋疮、中耳炎（小时候我们叫它倒耳底）……母亲都会牵着我的手去找他。从我儿时起，侯先生就是一副仙风道骨似的形象，我在外面世界兜了一圈，十多年后重回故里，他还是当年模样，苍颜鹤发，长髯拂胸，瘦瘦的身材罩在一袭宽柔的布衣里。伸出修着长指甲的细长的手，久久压在病人平放的手腕上，屏声息气，全神贯注。把完一只手，示意换上另一只。静思默想之后，拿过处方盏，提起笔，在墨池边搛着笔锋，用徐缓、低沉的声音说，脉象洪大，中焦火盛，开一剂附子细辛汤吃吃看。侯先生的仪表、举止，把脉的神态，说话的神情、语调，无不显示出一个得道入圣的老中医讳莫如深、胸有成竹，令人肃然起敬的权威性。我家不管谁害了病，母亲都要请他诊治，直到侯先生年事已高，从公家的医院退休，不能再接诊病人，才不得不另请高明。在我母亲的晚年，为她治病的是一位中医学院毕业的陈大夫，医术不错，人也很好，无论白天夜晚，下雨刮风，他总是随请随到，不嫌麻烦。因为是在县医院工作，到我家出诊，既没有诊费，也没有加班费，甚至连挂号费也省了，完全是友情出演。尽管在县里已经小有名气，但他的年龄只有三四十岁，一家三口，和医院的护理员、勤杂工混住在家属院排房里，一间五六平方米的小瓦房，屋檐下支着煤球炉，杂乱地放着锅、碗、瓢、盆。不像当年侯先生有自己的宅院、店房、自己的药房。那些明亮的乌木桌椅，一溜贴着标签的药柜，在我童年的心中留下难以忘怀的印象。加上陈医生开处方使用钢笔，字迹清晰，谁都认得出药名，药方不再神秘；还经常让病人做化验、透视、心电图之类，仿佛那神机玄妙的把脉学问并不可靠。所有这一切，使他在人们心目中不能和侯先生相提并论，充其量不过是个聪明、用功、勤奋的后学者。

父亲害病的日子里，我不再为姐姐、哥哥们都去上学而感受孤独、无趣。母亲在柜台里做买卖，我坐在父亲枕边，和他说话，玩他的耳朵和肩胛，拔他露出在鼻孔外的长长的鼻毛。麻雀在屋檐上吵闹。它们晚上睡不睡觉？它们家在哪儿？天那么大，它们会不会飞迷了路？我用手抚弄父亲的胡子，奇怪自己嘴巴上为什么没有这些扎手的东西？父亲说去叫你妈，我要解手。我飞快地跑过院子，拍打着柜台喊叫，妈！妈！我爹要解手。母亲立即跟随我跑回堂屋。父亲的身体很笨重，母亲喊叫着让我的堂兄拴来帮忙。

店里生意不忙的时候，母亲给他做响饭。那是一种很细很细的挂面，汤里漂着葱花和油滴。母亲给父亲盛一碗，给我盛一碗。他慢模悠悠挑起闪闪发光的细面条，吸进嘴去，嚅动着嘴巴慢慢咀嚼。看我把头低在木碗上，捉着筷子使劲划动，吃得很香，父亲腮边漾起两道笑纹。

白天夜晚都和父亲待在一起，我感到从未有过的快活。他困了，我也困，我把头拱在他肩下，和他并排入睡。他醒来我也醒来，我学着母亲的样子，用手摸着他的额头，你退烧了，父亲咧嘴一笑。我向前院奔跑，喊着我爹醒了，他要解手。对我来说，这样的日子过去从没有过。过去每天我醒来，父亲已经不在身边；他回来时，屋里点上了灯，有时候我已睡过一小觉。现在我们不必像从前那样只在灯光下见面。整天和父亲在一起，我宁愿放弃睡在被窝里吃花生的享受。

秋天的一个清晨，我母亲意识到自己真要做这个六口之家的家长了。她从堂屋左边的夹道里走出来，在夹道拐角倚墙站下，眼前不断晃动刚刚看到我父亲的排泄物时的情景。那景象粉碎了她的幻想，告诉她，我父亲已经没有指望，从现在起，她必须自己拿主意，自己担当一切。她仰起脸看看天空，抬手擦拭掉流过下颏的泪水，擤一把鼻涕，掏出手帕把眼窝擦干。环顾生活了多年的小院，她像第一次认识它。阴暗的房檐包围着狭长的天空，碎砖铺成的甬路蒙着暗绿的苍苔，平日她漫不经意地用瓦片围成的小花圃里，经霜的指甲花耷拉下灿烂的花朵。窗台上一排形色各异的蟋蟀盒使她禁不住泪流满面。只知道贪玩没有任何心事的这群儿女，就要成为没有父亲的孩子了。十四岁的姐姐睡眼惺忪地提着铜盆到厨房去打水，十三岁的大哥和十一岁的二哥还在晨光中酣睡。三岁的我，蜷曲在病危的父亲脚边，在梦中吸动嘴唇，对即将降临的厄运浑然不觉。没人可以商量，没人可以依靠，这并不算太大的困难；困难在于她必须习惯从此以后人们将对她另眼相看。一个世人眼中的小寡妇，亲族、街坊以及与她毫不相干的人，谁都有资格对她猜忌、挑剔、说短道长。她必须习惯没有男人的生活，习惯在异样的目光里过日子。无论有多艰难，她都得一人承受。没人可以谈心，没人能听她倾诉。她必须学会把一切消化在自己心中。

她坐在厢房檐下的捶布石上，把我大哥叫到跟前。母亲第一次用我大哥的学名称呼他，她说："书勋，你爹已经不行了。"说完这句话，颤抖的嘴唇使她没法继续说下去。她从衣袖里抽出手帕，在手里握弄，任眼泪在脸上随意纵流。她吞咽着哽咽，努力使谈话显得庄重："你弟弟们都还小，你是长子，你爹这桩大事，我得跟你商量。"

十三岁的大哥一刹那间长大成人，懂得了自己的责任。从那个时刻起，他意识到自己必须如一个当家理事的人一样为母亲分忧。他所做的第一件事，是按照母亲的吩咐到对门颜料店去买一包洋桃红，拿着它到乡下去找我三叔，向他通报父亲的病情，把洋桃红交给三叔，让他立即动手为我父亲准备一领用红经绳织成的秫簿，以免父亲断气后无处停放。让堂兄砍一截柳桩，在父亲去世后扎成招魂幡，放在大门口，表示这家的主人已经归天。这根裹着草荐的柳桩，插上与死者年龄相等的哀杖，用白纸条糊缀，在父亲出殡的时候，由我大哥扛在肩上，走在送殡队伍最前头，在父亲下葬后，把它插在父亲的坟头上。它是我大哥在张家的地位和责任的象征。谁扛幡，他就是这家顶门立户的第一传人，未来的户主。

母亲到西河码头木行里去，选了一段最好的柏木，向木匠老梁氏交代了棺材的规格、质量。然后到斜对门惠家布店，扯两丈蓝缎子和几丈白市布，拿到大牌坊常家裁缝店，为父亲做两套从里到外的寿衣。接着是为父亲选购鞋、袜、帽子和腰带，为他准备银元、铜元和麸皮。死去的人要一手握铜元，一手握麸皮，用铜元向小鬼、判官行贿，以免在阴间的路上受虐待；遇到恶狗挡道，用麸皮打发它；嘴里含的银元，是给阎罗王的进见礼。阎罗王点卯的时候，回答一声"到！"银元就会从口中滚落地上，阎罗王见钱眼开，父亲就不会挨打。这是一次非同寻常的远行，阴间的路漆黑漫长，他要打一盏灯笼，在小鬼的押送下，涉过黑浪激溅的弱水河，走过奈何桥，在望乡台上最后眺望家乡亲人，然后进入冥间世界。

按照我们的乡俗，人必须在断气前移过房梁。父亲弥留之际，我母亲、我大哥和我堂兄把他移出里屋，停放在堂屋当门，为他擦去身上污秽，换上新做的寿衣。这是父亲一生中穿得最阔气的一次。灯影飘忽，母亲看着父亲吐出他在人世间的最后一息，不再发出声响。她感到一阵惶惑。一个活生生的人，仅仅是闭上了眼睛，停息了呼吸，就轻易地离开人世，永远不再回来。尽管她已经把他的后事料理妥当，从早晨起就在等待这个不可避免的时刻，然而当这个时刻降临的时候，她还是难以相信他真的再也不会醒来。她抚摸着这个在二十一年岁月中既是她的依靠又是她的出气筒的男人，宽厚的额角不再温热，慈蔼的脸膛失去了生气。繁乱的世界刹那间变得万事皆空，母亲仿佛一下子领悟了人世的真谛——世界原来就是这样无情、无义、无常、无意义。一个人说死就死，只是一息之差，人间的一切都不再和他有任何关系，所有的亲人恩断义绝。他不再顾惜你，不再牵挂你，也不再在乎他曾经那样怜爱的这一群孩子对他的眷恋。她没法想象他真的从这个世界上消失,孩子们从此不再有他的关爱。

在全家人的哭声中,堂屋中央架起那领刚刚织好的红经秫簿,父亲被移放在秫簿上。看着躺在停尸簿上的父亲,母亲还是无法相信他已经死去。

正是深夜时分,牌坊街的店房沉浸在漆黑的夜幕里,母亲点亮一盏灯笼交给我大哥,向他吩咐须要前去报丧的亲族:"敲开门,先跪下磕头,然后才能哭。"当父亲在黑暗中上路的时候,我大哥踏着夜路走出家门,去向各家亲友报丧。

黎明时分,惠家布店的掌柜送来了两匹白布,他知道我们家没有现成的孝布,一时拿不出钱去买。惠掌柜是个性情木讷的生意人,口齿不很伶俐,平时只是闷头做买卖,很少和邻居交往,开了几十年布店也未能红火起来,始终是一间铺面、一个伙计。后来连伙计也辞退了,父女两人站柜台,直到20世纪50年代。在母亲的晚年,每逢我和她一起走过大牌坊旧址,她都会扭头看着路边说,这儿从前是惠家布店,你爹死的时候,我没钱扯孝布,惠掌柜一大早送来了两匹白布,他是个好人。

那一天,我发现父亲没在里屋的床上睡觉。他身穿崭新的青布袍,躺在一领秫簿上。头冲堂屋大门,脚冲神案条几,头前摆放一张小桌。桌上点着蜡烛和香。两座用圆蒸馍垒起的小塔中间放着一盘肉,肉上斜插两支筷子。很多人在父亲身边忙碌。我走过去,伸出手摸父亲的额头。一个陌生人把我的手抓过去。我仰脸看着他。他说,你爹死了。我愣怔了一下,从乱糟糟的人缝中走出去。我不知道死是什么意思,但我知道一定是发生了什么事。

院里走动着许多人。厨房门口搭起一顶布篷。门口噼噼啪啪放起鞭炮。我捂着耳朵躲闪,觉得我们家像是在过年。没人顾得上管我,我独自走到大门外。一棵白纸扎成的美丽的白花树靠在大门边,树上的纸条习习抖动。我在进进出出的人流中游荡。姐姐找到我,她红肿着眼睛,声音嘶哑,什么话也没说,把我拖到厢房,让我脱掉鞋子,交给乡下来的嫂嫂。鞋子回到我脚上时,鞋面被缝上一层白布,黑鞋变成了白鞋。婶母把我拉过去,在我头顶裹上一块白布。姐姐、哥哥们披着白纱,穿着白鞋,打扮得像唱戏似的。我们跪伏在席子上,一拨一拨的人提着烧纸、蒸馍、油馍,向父亲叩头跪拜。姐姐、哥哥们啼哭,我掰弄着手指,茫然看着这些乱哄哄的陌生人。

我没法记住整个葬礼的繁缛细节。那么多不认识的亲戚不知从哪儿冒出来,白天前后忙碌,晚上在厢房、后楼、前店里打地铺。七八天闹哄哄的忙乱中,我很少和母亲在一起。她面容消瘦,目光炯炯,说话的声音比平常低沉、严峻,从早到晚在院里走动,吩咐、指派,安排大大小小的事情,好像既没睡过觉也没吃过饭。

我跟在姐姐身边,按照大人的吩咐去做,心里不再记挂父亲,好像他已经出门远行。

几天之后,客人们陆续离去,院子逐渐冷清下来。我家后楼上几只大笸箩里堆满了油馍,整座屋子弥漫着烧纸混着油呛的气味。在很长一段日子里,油馍成了我家的灾难。每顿饭不是馏油馍,就是煮油馍,散发着烧纸味的干硬的油炸食物,弄得全家人端起饭碗就想呕吐——这是整个丧礼给我留下的最深的印象。

临街的铺面重又开张。母亲收拾店房，站在柜台前做生意。

有客人抚着我的头问："你爹呢？"我头也不抬地说："装进一个大盒子，放在车上拉走了。"

侯先生为我父亲所下的诊断，我母亲以崇拜的心情念念不忘。"温季肆疟"，这夺去了我父亲生命的神秘的病名，令人闻而生畏，成为我从小铭刻于心的记忆。这个带着灰色阴影的词，我始终弄不清是哪几个字，也无法推断它出自哪部秘传典籍。有名的中医先生都有自己专用的行话，像他们的处方只使用自己看得懂的草字一样，别人是不可以明白的。长大以后，听母亲讲，父亲临死时眼珠发黄，全身透出黄褐色斑块，我怀疑是不是急性黄疸型肝炎。如果真是这样明白确切的病，父亲病逝的神圣性就会消减，我最好别妄下推断，宁愿父亲害的是谁也不懂的神秘的"温季肆疟"。

"是那两车枣、两石谷子要了你爹的命。"

这似乎不足以解释我父亲去世的原因。

"是你大姐把他叫走了，他是她的老奴才，她一人在那边，你爹不放心。"

我们都乐于接受后一个理由。父女俩在一起，当然比一个人好。

张二嫂和她的孩子们

店铺的房檐笼罩在朦胧的黑暗里。一团暗黄色光晕在一个男孩脚下晃动。我大哥走过幽暗的长街,过了三个十字街口,走过书院门前的高墙。霜露正浓,大街两边的房屋在昏暗中兀立,他费力地从那些相似的门面、相似的栅板门中分辨出我四叔家的店房。他一边敲门,一边喊着"叔——"门里传来睡意模糊的应答,一点亮光闪动,屋里点亮了灯。跨进屋门,看到灯影下身披长袍的四叔,我大哥双膝跪下,磕了一个头,伏在地上放声大哭。我四叔弯下腰,搀扶着我大哥的胳膊,别哭,娃,别哭。我大哥匍匐在四叔脚边,泣不成声地说,我爹……他已经……什么时候?刚才。四婶的声音从箔篱后传出来,哎呀,二掌柜撇下这一窝娃多可怜!二掌柜婆一改嫁,可叫几个孩子咋办?我大哥更凶地哭起来。

父亲下葬以后,亲戚们都走了。在葬礼中喧闹了七八天的小院,突然安静下来。几个孩子吃过晚饭,默不作声地散坐在院里。蟋蟀在墙根下鸣叫,蝙蝠在暗影中簌籁翻飞。母亲从厨房案子上端起一盏灯,六儿,睡去。姐姐答应着。姐弟几个像一群小鸡,跟在母亲身边怯怯地走进堂屋。一上床,一个个都把脑袋蒙进被窝。母亲坐在灯下,她手里的茶盅在桌上发出叮叮的响声,我清楚地听见茶水在她喉咙里往下咽。老鼠在房梁上唧唧呻唤。

父亲的身影像空气一样在黑暗中游荡，他走近床边，探身望着我，眼睛透过棉被在黑影中闪烁。我使劲闭上眼睛，双手搂紧母亲的腿。她咯噔咽下一口水，把茶盅放下，用手抚着我的肩膀，发出一阵咳嗽。听着母亲的咳嗽声，我身上不再感到寒冷，心里也不再害怕，身体慢慢舒展开，在母亲的身边睡去。

我和二哥睡着以后，母亲走到院里。我大哥依然坐在捶布石边的木椅上。当她走近他身边的时候，我大哥脸上闪动着亮亮的泪水。母亲在他对面坐下，轻声说，书勋，睡吧，明天你得去上学了。我大哥垂下头，鼻子里发出抽搐的响声。母亲望着大哥的脸，在黑暗中盯着他的眼睛，报丧的时候，你四婶对你说了什么？大哥哽咽着不说话。

母亲抽出手帕，揿拭一下眼窝，又把手帕塞进袖筒，用平静的声调说，只管好好读书，什么也别想。没了你爹，我还得叫你们过得更好。让他们走着瞧吧。

天不明，母亲的身影在院里院外走动，笤帚在昏暗中发出沙沙的响声。给父亲做学徒的全喜表兄把清扫起来的鞭炮纸屑、香烛残余装进箩筐，担到后城河去倾倒。大木盆里泡上抹布，仔细擦洗了柜台、桌椅、茶碗、水烟袋，在包壶里注满开水。我家的店房在太阳升起的时候打开了店门。

母亲如父亲在世时一样神态自如、面带笑意站在柜台里。

有人问二掌柜呢？母亲平淡地说，他过世了。

隔了一天，母亲到同康点心店买了两包什锦糕点，装进精美的木匣，红绒线系了，提在手上，带我大哥去拜见商会会长段中洲。走进客厅，母亲把大哥推到会长面前说，这是我家老大——书勋，往后请你段三伯多多照应。段三伯笑着说，好啊，我看这孩子有出息。

从此以后，我家店铺的字号由"永聚祥"改为"福盛长"，业主由张福祥改为张书勋。到了过年，给各商号递送贺年帖子，落款也改为"福盛长　张书勋鞠躬"。

我大哥从崇实小学毕业，进入惠民中学读初中，是班上年龄最小的孩子，可他从十三岁起就成为我家的户主。他名下的"福盛长"铁器杂货店，由一个四十一岁的寡妇照料，市面上人称她张二嫂，商会和税务局的人叫她张田氏。

张田氏主持的"福盛长"开张的时候，店里的货柜上看不到什么像样的货物。"永聚祥"留下的遗产是一捆鞭杆、半筐乡下人用作染料的橡子壳。摆在门口的农具、铁器，差不多都是从相熟的铁匠那儿赊来的。到了夜里，她把父亲留在床下的一包东西拉出来，就着昏暗的棉油灯，摆弄那些铁钳、铁剪、手钻、篾刀。黑乎乎的钳柄被父亲的手磨变了形，在灯影下闪耀着亮光。她把竹板劈成窄条，打磨光，钻上孔，比照父亲留下的样品去做。绿豆粗细的铅丝，在父亲手中弯曲自如，到她手里却像扳不倒、弯不动的钢筋。那些细米丝虽然绵软如线，摸弄半夜，手指还是被勒起了血泡。铁编活并不轻松，可它是我家的看家手艺。每到危难时候，灯笼、笊篱能使一家人不致挨饿。它本小利薄，牌坊街大商号看不上，全城只有我家编做。

张二嫂总是天不亮就起床，摸黑穿上厚厚的衣服，扎紧腿带，披上风帽，一路咳嗽着走过长街，到西河码头去迎候从樊城和社旗店过来的货船。这个身穿黑衣的女人，不像别的商行掌柜那样风风火火，急煎煎地四处看货，吵吵嚷嚷搞价。她在各条船之间转悠，和各地的客商攀谈，好像到这儿来只是为了会会熟人，聊聊闲话。当他们忙着卸货的时候，她眼睛看着，手里摸着，嘴上拉着家常。等他们落下货，端着货栈的茶碗喝茶的时候，看到张二嫂还在身边，就会自然而然地说，张二嫂你不要点什么？张二嫂笑了一下，想要一点，可我不能给你付现账，你得等下一趟才能拿到钱。那人哈了一声，这样说就外气了，张二嫂。要什么只管拣，啥时候方便啥时候结账。货栈账房里的李先生走过来说，跟张二嫂打交道什么都不用说，她拣什么货你给她就是了。张二嫂这个人做事比男子汉还硬气，她应许你晌午拿钱，绝不让你等到太阳偏西。张二嫂不动声色地微笑着，有李先生这顶高帽子，我在码头上还敢马虎谁呀？

　　李先生是个瘦小的偱老头，由于长戴花镜，鼻梁上留下两点凹痕。他虽然只是个账房先生，可在县城的生意场上是个谁也不能小看的角色。他在源通货栈干了大半辈子，账面通达，算盘飞熟，爱管闲事，爱打抱不平，城里的商家见了他又怕又敬。货主们把东西卸进源通货栈，交易上的事由郭掌柜和商店的老板谈，结账的事李先生说了算。他让谁十天结账，谁就十天来；让谁半年来，他就半年来。无论账上有没有钱，无论买主跟货栈有什么纠葛，一笔账到期，李先生一定会准时让你把钱拿走。通过钱庄汇款，货主只须交代一句话，人不来，照样能按时把钱汇去。李先生使源通货栈从不失信于商家，因而成为县城几十年间最可靠的商行。父亲去世前我家一直和源通有很好的来往，母亲也常在货栈出入，我家自然而然成为李先生喝酒、说话、闲坐的地方。父亲去世时，他拿了半刀纸、一挂鞭炮，自愿充当执事，前前后后招呼客人，记吊唁簿，指点佣人。父亲去世后，他每隔十天半月，就会到店里来晃晃，站在柜台外，用一种干巴巴的声调和伙计们聊闲话。有时天快晌午时突然出现在我家，手里举着一包炸虾、焦鱼，母亲就让店里伙计去提两壶黄酒，在二门外摆上小桌，母亲和全喜表兄陪他喝酒。李先生喜欢喝黄酒，可酒量并不大，三杯酒下肚，脸颊和耳根红成一片，眼睛像溢满了泪水，说话格外啰唆。那是我大出风头的好机会。难得看到母亲那样轻松愉快，我也就显得特别得宠，连我自己都不知道在他面红耳赤的时候为什么我会那么机灵，能说出一连串乖巧话，逗得满桌人开怀大笑。在那样的时刻，我可以毫无顾忌，平时不许说的放肆话母亲也不计较，还会开心地眯起眼睛娇纵地望着我，人来疯！越说越傻了。李先生给我夹菜，我装出忸怩的样子。母亲端起酒盅，哄我喝一大口，我吸溜着嘴，耸起双肩，像咽毒药一样痛苦不堪地挤眉弄眼，一桌人看着我笑，母亲乐滋滋地冲我嚷，快吃菜，快吃菜！

这年冬天雪雨很少，战局也比较平静。为了保护平汉线，日本人把兵力撤退到桐柏山以东。母亲每天到货栈周旋，年关到来的时候，"福盛长"门前有了热闹景象。荆条缚成长茇的神后大黑碗，汝州青瓷，显眼地码垛在店门口。马山铁锅、木瓢，南方来的花椒、胡椒、调料、海菜，社旗刀剪，李氏锄头、镰刀，香表、蜡烛，过年用品。货柜上除了日常杂货，还出现了油纸裹着的沉重的铁器，那是城里少有的冷门货，汉口来的轧花辊、刺条、钢套。年关是灯笼、笊篱热销的季节，母亲白天在货摊上忙碌，夜里和全喜表兄一起带着新雇的伙计，连明彻夜赶编铁活。

这是我们失去父亲后的第一个新年，一进腊月，母亲就忙着张罗年货。堂屋廊檐下挂起腌制过的牛肉，鲜红的肉块散发出花椒和食盐的气味，使人馋涎欲滴。掏出灶底柴灰，铺在厢房地上，把新鲜的豆腐切成大块，埋进柴灰，起干水分，腌成五香豆腐干。厨房门外垛起干柴，堂屋当门架起酒船。经过煮熟、发酵的糯米装进细长的榨酒袋，放在酒船上，压上大石，屋里日日夜夜响起淅淅沥沥的声音，酸甜的酒香弥满小院。

今年我家更换了新户主，母亲对祭灶的仪式更加重视。她从八月起就留意物色祭灶的供物，那是灶王爷、灶王奶的坐骑，当然不能马虎。她挑选了一红一白两只小公鸡，体形矫健，毛色纯洁，鸡冠威风。经过一个秋冬精心喂养，到了腊月，两只鸡都长得威武雄壮，浑身羽毛闪着灿灿的亮光。

二十三晚上，灶王爷、灶王奶的神位前点亮蜡烛，上了香，摆了供，全家人聚齐之后，由我大哥主持这庄严的仪式。这是一家之主的职责，从前都由父亲主持。我大哥讨厌这些烦琐的礼仪，他很不情愿地被母亲拉到神桌前，嘴里嘟嘟囔囔说怪话。母亲板起脸训诫说："祭灶的时候不许胡说八道！"大哥跪在蒲团上，我们站在一边屏声息气地看着。在神圣肃穆的气氛里，公鸡凄厉地叫着被交到大哥手里，母亲一句一句教他诵念祷文："……白马一匹，十万敬奉……上天言好事，下界保平安。"两只公鸡被当场杀掉，收拾干净，供奉在神案上。灶王爷、灶王奶的神像被揭下来，就着蜡烛焚烧。他们要在天上停留七天，向玉皇大帝述职,到大年三十晚上,母亲把从集市上新买的灶王神像供起来,灶王爷、灶奶才会重回我家。我喜欢祭灶的仪式,不只因为灶王爷的坐骑使我能在新年餐桌上吃到卤鸡,更重要的是,三十晚上可以分到一块灶王爷面前的灶糖,不管他在玉帝面前是不是为我家进了甜言蜜语,起码我的嘴被黏糊糊的灶糖粘住,在年关里不至于胡说八道。

三十过午,年集散去,母亲和伙计们一起收拣货物,关闭栅板门,把钱柜、货柜贴上红纸封条。铁钳、铁剪和各种铁编工具,被卷贴上红纸,敬奉在神案上,标示着它们在我家的神圣地位。父亲新丧,我家不能贴大红对联,母亲到冉家书铺买来了紫色纸,请李先生用白粉膏写对联。紫底白字的对联使父亲的影子伴着我家的新年,来客的脸上也都透出几分哀伤。

三十夜晚,母亲拆开一捆烧纸,分成小沓,打上冥钱铁戳,两手捏弄,把每沓纸划成一团团松散的花瓣,在篮子里放上一块肉、一壶酒、十个圆馍。大年初一清晨,我大哥和二姐、二哥他们换上新衣,扛着篮子去上坟,这是他们第一次向不在人世的父亲拜年。回来之后,母亲换上浆洗过的罩衫,站在神案前,接受我们姐弟四人的跪拜,给每人分发压岁钱。姐姐、哥哥们把母亲和亲友们给他们的崭新的小票子经心地压在箧底,过罢年,开学的时候,他们就有了学费。

春天到来了。从正月到麦熟,四乡庙会很多。春耕一开始,乡下人就需要犁、耙、牛具。母亲从货栈里赊一批焦炭,在游乡小贩手里收购废铁,把这些东西给铁匠、炉匠,从他们那儿换取犁面、犁铧、犁辕、耙齿、耙勾、耧铧……

然而春天的生意并不像母亲打算的那样顺利。春耕刚开始，战争的阴云就向县城围聚。日本人的步兵、马队翻过桐柏山，在通往县城的大路和集镇上出现，乡下的庙会不再像从前那样热闹，城里的店铺也变得冷清。赶集的人明显减少，买东西的匆匆来去，不到晌午，大街上已经看不到行人。

二月初十，日军在桐河镇和七十四师打了一仗。像大多数这样的战事一样，我们的军队没能打赢，烈士陵园又增加了一批为国捐躯的英雄。县城里有钱人家开始收拾细软，打点行装，准备逃跑。

在这人心惶惶的春季，一个黄昏将近的时分，李先生到我家店里来。母亲吩咐全喜表兄去提酒。他摆一下手说，不喝酒，不喝酒。

李先生侧身走进二门，母亲跟在他身后。他站在扁豆棚下凑近母亲，看着她的脸说，日本人昨天已经到了平氏镇，城里人心慌乱，湖北的李老板今天在货栈里卸下几包大青盐，怕日本人进城，急着搭今晚的船回去。我跟他讲好了，八块钱一包，一个月后结账。眼下战事吃紧，盐价一定会看涨，我把它进到你名下了。

母亲笑着说，既是先生看好，我听你的。先放在货栈里吧，用着再去提。

李先生一边向外走，一边回头嘱咐，你要有点把握啊，二嫂，不到顶杠别出手。

好，我记住了。

母亲嘴里答应，心里对这桩买卖并没什么把握。它违背了我父亲不贪风险的处世原则。虽然进价不高，不拿现钱，可谁都知道盐价如浮云，一阵风过，陡涨陡落。除了时局难料，还有很多难以预见的变故影响盐价。在那样的年头，盐价就是时局、人心的晴雨表，谁也没法预料。对于一个小杂货店，二千斤不是个小数目，万一一个月出不了手，赔钱不说，李先生的面子往哪儿放？

几天后的一个早晨，我家的店房开门以后，伙计们发现买盐的人比往常多。外镇一些商贩在各家杂货店走动，打听盐价。母亲吩咐店里伙计，把柜台上的盐收起来先不要卖，等她出去走一趟，回来再说。

天上下起毛毛细雨，带着寒意，绵柔如丝。母亲披上风帽，戴起斗笠，踏着街筒里的泥水，从西关走到东门。一路问过去，盐价由一角二斤涨到了二角一斤，从东门返回西关时，盐价已经猛涨到每斤五角。各家杂货店门前拥挤着手拿布袋、臂挽小篮、端着盆钵的人。我母亲赶到源通货栈，在仓房角落见到了李先生为她囤集的盐包。货栈的店房里围聚了不少商户。郭掌柜笑着说，早两天你们咋不来？一船货没人问。这会儿在风头上，我当不了家，你们只能去跟张二嫂商量，看她肯不肯出手。

午饭过后，襄阳沦陷，日本人从三面逼近县城的消息在城里传开，盐价飞涨。我母亲在邻家后院躲起来，直到天黑市面平静下来才悄悄回家。买盐的客商托了熟人，避开耳目，带着钱到我家来，凭"福盛长"开出的收据，到货栈去提货。

我母亲1945年春天做的这笔二千斤大青盐的期货生意，一夜之间，使张福祥的遗孤们摆脱了饥寒交迫的威胁，"福盛长"成为牌坊街小有实力的商户，人们不再暗地议论张二嫂会不会改嫁。

李先生一直是我家的常客。他一来，二门外扁豆棚下就摆起小桌。尽管母亲在小桌边为我摆设了小凳，可我还是习惯站在李先生身边。看他端杯喝酒，闪烁着泪汪汪的眼睛喋喋不休地说闲话，是我童年的一大乐事。由于李先生的缘故，我爱上了郑家酒馆的黄酒，爱上了那些红嘟嘟的可爱的炸虾和黄黄的焦鱼，碧绿的汝瓷酒盅。在母亲的赞赏下，酒桌使我体验到男子汉的豪情。但在这方面我从不敢与大哥、二哥相比，我大哥曾经醉倒在东厢房地上，过年连饭也没吃。我二哥在我大伯纵容下喝得歪歪倒倒，栽在楼梯下堆放的犁铧上，流了很多血，眉头落下一个伤疤。每当母亲笑着说他们这些逸事时，我心里就难免有一种酸酸的落寞感，除了"喝三盅赖四盅"的典故，我没有哥哥们那样豪爽的故事。可是不管怎么说，我们弟兄三人在喝酒上都胜过了父亲。

日本人在大麦收割后占领了县城。我们的军队几乎没和他们交战就撤退到伏牛山那边去了，烈士陵园没有增添新的英雄。日本军队好像终于明白了我们的县城很重要，既然弄到手，最好别轻易丢失。这座县城虽然不算富庶，可它毕竟是豫西南一座有名的大县，历史悠久，地大物博，民情淳厚，据汉水之阴，扼荆襄咽喉，自古是兵家不可不争的要地。他们在城隍庙改成的惠民中学里驻上马队，把周围房子拆掉，设上了司令部。

城里人像每次敌人到来时一样，套上牛车，携儿带女，到日本人还没来得及占领的乡下去逃亡。

逃离县城前的一个深夜，母亲把酣睡中的大哥叫醒，带他到堂屋门后的暗影里。她把两个小小的布口袋交到他手上，袋里的东西沉甸坚实，碰撞时发出金属的响声。我大哥随着她的姿势弯下腰。母亲一手端灯，一手指点着从墙根向上，数到第六块砖。她把那块砖撬松，拿下来，墙里露出一个深洞。她把银元和首饰放进墙洞，再把砖塞好，在砖缝处撒上灰土，让它看不出动过的痕迹。"记住了，左边第二块，向上第六块。"这笔钱本可以做两桩像样的买卖，现在却不得不埋藏起来。她把秘密交代给我大哥，以免逃亡路上发生意外，好不容易挣得的钱财在黑暗中湮没。

从春到夏，一个女人带着四个孩子，在桐柏山下的丘陵地里穿行。一辆牛车在坎坷不平的土路上摇晃，我和姐姐、哥哥们坐在高高的车顶。有时候战争仿佛离我们很远，有时候敌人突然出现在眼前，坐在车顶能清楚地看见大路上尘烟腾起，马队驮着黄色身影在村庄与树林之间疾驰。逃难人群惊慌失措，发疯似的打着牲口没命狂奔，顾不得捡回车上滚落的东西。

然而对一个四岁的男孩，牛车上的日子比城里美多了。在行李包裹堆出的窠巢里，我被头顶的世界吸引。我从没看到过这样丰富多彩的天空，有时湛蓝湛蓝，像看不到底的清澈的湖水，湖水深处飘浮着水草似的云霓；有时有奇形怪状的动物变幻着姿势在天幕上奔跑。大车走进沟底，荒坡在眼前起伏，树枝蹭过头顶，伸手就能够到。到了河边，大家下车，脱掉鞋子，夹在腋下，挽起裤脚蹚水过河。牛在水中慢慢吞吞走，大车一歪一歪地移动，车轮带起水花，溅湿了车厢。我伏在母亲背上，看着耀眼的河水在姐姐、哥哥们膝下打旋，越走越宽，忽然露出了黄沙。母亲把我放下地，趁大人们收拾车子的时候，我像脱缰的马驹在岸边撒欢，赤脚跑过沙滩，到浅水里去蹿跳，直到三叔大喊一声"马队过来了——"我才回头向大车跑，在哥哥帮助下，爬上车顶，坐进软乎乎的小窝去。

每天在不同的路上流荡，每天在不同的地方过夜，天天都很新鲜，连那些村庄名字也充满神奇，在我的印象里留下了不同的颜色。大树赵是绿色的，胡李王是黄色的；陈刺园银亮，想起它就想起一片耀眼的塘水；毛胡寨黝黑莫测，进村时天已半夜，我在车上睡着了，下车两腿麻木，脚不能点地，只得让大哥背着走，它在我心里只是一片混沌。

王油坊村里的风景经常在我梦中出现，使我弄不清究竟是不是真的看见过。

我和二哥站在一个狭长的泥塘边，看许多人在泥里蹿动，铁锹、泥块飞舞，人们脸上、臂上、胸脯上和裤子上到处抹着乌泥，大人们欢叫着，忙乎乎地挖泥，孩子们争玩裹在泥里的螺蛳。那些螺蛳大得吓人，足有大人的一只脚那么大。此后我一直为没能捉一只这样的螺蛳让牌坊街的孩子们开开眼界而感到后悔。

一头母猪带着一群猪崽在村路上跑，那些活泼可爱的小东西扭动油光光的身子，快活调皮地东蹿西跳，逗得我直想捉一只抱在怀里玩玩。

夜里，我们住在这群小猪的主人家。她是个好心肠的女人，和我母亲的年龄相仿。她给我们做高粱面锅贴、酸汤杂面条，我们一家人就睡在她家的场院里。她在大笸箩里铺上被褥，为我做一张小床。我睡在笸箩里，透过头顶的枣树枝叶看天上的月亮，兴致勃勃地大声念儿歌："咯咯咯，天明了，山里桃花开红了……"

好了，别闹了，快睡。烟草的气味在我头顶缭绕，沁入我的摇篮。一点火光时隐时现，照亮母亲的脸。时而有一两声咳嗽，从她喉咙深处响起，像小河的流水在我梦中回旋。我沉沉睡去的时候，母亲坐在我身旁默默抽烟。

霜露下来了，母亲披在身上的棉袍蒙上一层湿雾。村子东头忽然传来嚷叫声，她站起来，一边倾听，一边摇醒我姐姐和大哥、二哥，快，背起林林，趴到村北沟里去。姐姐说，你呢？别管我，你们快走。

嚷叫、喝问的声音从村东向村西逼近，一群黑影风风火火闯过来，手里舞动闪闪发光的武器。

起来起来！收过路钱了！

这群人挨家挨户盘问难民，踢打那些拿不出钱财的人。

手拿枪刀的人走近我家大车，女主人走过来说："这是西门里福盛长铁器铺的张二嫂。"母亲走到月光下，和为首的大汉打招呼，像对顾客说话似的和悦地说，车上没啥贵重东西，老架们不嫌弃，拣几件铁器家具回去。

这群人犹豫不决地站在那儿，既没说话也没动手。

女主人说："一个女人家，孤儿寡母的……"

为首的汉子挥了一下手,一边去!

母亲掏出几张钞票,出门在外,全仗乡亲们照应。改日到城里来,请各位兄弟喝酒。

那汉子把钱接过去,回头冲着女主人说,张二嫂就住你这儿吧,好赖我们也是同宗。我张憨说的,谁打扰二嫂我跟他算账!走吧伙计们。

这番惊扰并没耽搁我睡觉,我实在是太困了,姐姐、哥哥们把我背到北沟又背回来也没把我弄醒。在迷迷糊糊的睡梦里,他们经历的一切我都不知道。

黎明时分鸟叫声把我惊醒,我从我的大摇篮里坐起来。晨雾还没散去,太阳还没出来。母亲像我睡去时那样坐在笸箩边,小烟袋上的火光一闪一闪,照亮她高高的颧骨和平直的面颊。姐姐、哥哥们都在酣睡,傻乎乎的睡相看起来很好笑。

"慢慢挤住——慢慢挤住——"

我动着脖子四处寻找,找不到是哪只鸟在叫。

三叔从村外走回来。害怕土匪抢那两头宝贝牛,他每天夜里都把牛拴到村外,在野地里露宿,天明再把它牵回来。

看见三叔走近,母亲说:"听,今年的黄莺怎么叫?"

三叔站下脚,像我一样循着声音动着脖子四处寻找。

"慢慢挤住——"黄莺的叫声更加嘹亮动听。

三叔脸上闪过诧异和惊喜:"它说慢慢挤住。"

姐姐、哥哥们都醒了,翘起头听黄莺鸣啭。往年黄莺怎么叫?二哥问。

恁大闺女不梳头——

经大哥一说，我们都想起来了，恁大闺女不梳头——恁大闺女不梳头——今年它怎么这样叫？

母亲把身上的棉袍掀掉，套车吧。日本人的日子不长了。

待我们坐上车顶，母亲让三叔把车头掉过去。三叔迷惑不解地看着她。

回家，不逃了。

城里驻着日本人啊。

日本人就日本人，咱们总不能老在路上过日子。

太阳升起来，早晨的雾气在田野上漫卷着飘散开去。我家的大车迎着逃难人流，向县城方向走。"慢慢挤住——慢慢挤住——"黄莺在路边的树上叫。

我们先回到侉子营，在老家住了一夜，第二天母亲独自进城去打探消息。侉子营大多数人家到外乡去逃难了，整个村子像遭过瘟疫似的，除了几个老人在柴垛边游荡，看不到大人、孩子，也听不到鸡鸣犬吠。三叔不准我们出门，姐弟四个蜷坐在磨房屋里轮流讲故事。过午之后母亲回来了，我们围上去，欢叫着听她讲城里的事。知道明天可以回去，大家都很高兴。

回家的时候我没像逃难那样坐在车顶，姐姐哥哥们在进城的路上奔跑追逐，我跟在他们身后欢跳。秋庄稼长得很茂盛，高粱、谷子盖绿大路两边的田野，路沟里的青草在风中涌动。和我们一起回城的还有全喜表兄、长拴二哥和三叔。进城的大路空旷、静谧，看不到逃难的大车、人群，也看不到军队和行人。伴着我们的只有身后高冈上静静矗立的文峰塔。县城从一堆黑色影子里透出来，我们不再蹦跳，也不再吵闹。流浪了几个月，看见县城像看见久别的亲人，一行人不转眼地瞧着巍峨的城墙、灰色的南门城楼，和耸立在县城上空的泗洲塔。直到走进城门，走到家门口，谁也没说话。

大街还是我们的大街，大牌坊还是我们的大牌坊，西城门还是我们的西城门，跟着母亲走过熟悉的街巷，县城在我心里并没有因为日本人的占领而有所改变。

母亲掏出钥匙，打开已经生锈的铁锁，全喜表兄和拴哥推开栅板门。一股灰尘腾起，屋里结满了蜘蛛网。全家逃走时，店里的伙计用土坯垒死了二门。三叔和两个小伙子拆除土坯，把二门打开。眼前景象把我惊呆了。满院青草埋过头顶，堂屋被荒草遮蔽，厢房只露出窗楣和房檐。三叔不让我们进去，他用铁锨在草里拨打一阵，然后才开始铲草。大人孩子一齐动手，铲除荒草，清理甬路。到了屋门口，他照样先拍打一阵，弄出很大的响声，然后才开锁。

几个月来第一次睡在自己家里，我在姐姐、哥哥们的床上蹦来蹦去，兴奋得好久不肯躺下。虽然逃难的日子带给我很多乐趣，但回到牌坊街狭小的院子，我还是感到在自己家里好。

正是捉蟋蟀的好季节，从前要到后城河去，现在我家院里到处都有。白天它们藏在墙脚下打盹儿，傍晚爬出洞口响亮地鸣叫。现在我明白了，乡下的蟋蟀不斗架，只有城里的蟋蟀才斗架。这是我在逃难生涯中增长的重要知识。在乡下，哥哥们也曾捉过蟋蟀，两只放在一起相安无事，谁也懒得理谁，根本不可能指望它们会凶狠地撕咬。

街上的店铺很少有人开门，大街上空空荡荡，像麦收季节似的，看不到赶集的人。每天清晨，日本人腰挂战刀耀武扬威地骑着马，从驻扎在城隍庙的司令部出发，一批一批走过大街，驰出城去。当夕阳西下的时候，这支马队从西关进城，仿佛是一支新来的部队。

县城虽然被日本人占领，可这些身穿黄军装的日本兵很少在大街上出现。维持治安，在城门口站岗，都是维持会的人。在县城人眼里，维持会的人不过是想混两个大馍吃，谁养他们，让他们手里拿着枪吆三喝四，他们就认谁是主子，像人世间少不了苍蝇、蚊子一样，县城里少不了这些人。不光自卫团、净街队、相公队、民团需要他们，县衙门、镇公所、各业公会也都少不了。没有他们，城里那些出力、冒险、得罪人的傻事、恶事就找不到人干。他们素来以泼皮、胆大、不要脸自夸，即使胆子不大，也要用这样的口号做旗帜。西关石家大少爷在日本留过学，懂东洋话，能和老日交谈，从前不被县党部重用，日本人一来，就当上了维持会长。当他带着勤务兵从街上走过的时候，人们总像很忙的样子，不肯抬头看他，尽可能避免同他说话。

夜里，母亲和我大哥端着灯察看他们的藏宝洞。灰尘蒙罩着砖缝，没有被动过的痕迹，母亲脸上露出放心的笑意。一家人风餐露宿，在乡下流荡多日，出去时身上没带多少钱，捎在车上的货物都被换粮食吃了，回到城里，一时半会儿未必能开门做生意，有墙洞里那些硬硬的叮当响的东西，一家几口就有了依靠。

大约是几天之后，母亲决定打开自己的保险柜。也许她需要拿一点钱出来买粮食，也许她感到一丝不安，想看看藏在里面的宝贝是不是完好。

那是一个夏天的深夜，整个县城沉浸在静寂的黑暗里。

她撬开那块砖，觉得一切都没动过。可是当她把手伸进洞里之后，却怎么也摸不到那两个宝贝疙瘩。她有点惊慌，但她坚信它们不会跑到哪儿去。她仔细搜摸了墙洞的每个角落，只在洞角的虚土里摸到几件散落的银首饰。

母亲颓坐在堂屋门后的地上，一时不明白发生了什么事。她一遍遍站起来，弯腰到墙洞里去掏摸，每摸一遍都感到难以置信。

它们到哪儿去了？

各种各样的念头绞成一团，让她心乱如麻。

她在地上坐了很久，父亲的影子在她眼前晃动。墙洞是父亲留下的，这儿曾经藏匿过他赚到的钱。父亲藏放钱财的时候，一定会让母亲到场。他什么也没说，但他的行动让母亲明白，埋藏钱财一定要向后人交代。

我怎么会把它放在这儿呢？他说过，一个地方不能用太久，可我没听他的。如果我把它埋在别处，也许事情就不会发生。

母亲相信我大哥不会出什么纰漏，虽然他只有十四岁，可他少年老成，父亲去世后，他早已像个当家理事的人，懂得为家里的大小事情操心，替母亲分忧。

父亲的影子在她眼前显现，他仿佛在暗影里看着她笑。从前每次丢了东西、出了祸事他都会这样看着母亲笑。当他向她笑的时候，母亲就会被激怒，忍不住向他大发脾气。她越发脾气，父亲越笑，直到她自己泄了气，半嗔半恼地说，还笑！"钱是鬼孙，丢了再挣，财去人安乐嘛！"四个崽子张着大嘴，这样轻松自在的话挡什么用！

现在没有了父亲，没有人笑着惹她发怒，引她发泄，用憨厚无用的话安慰她。无论是痛心、失悔、烦恼，还是悲伤、愤恨、自责，都只能由她自己默默承担。母亲披上夹袍，抽着烟，在深夜的院里徘徊。为了不把孩子惊醒，她放轻脚步，压抑着咳嗽。

星星向西天沉落，天顶透出一缕灰白。她从肺腑深处吐出一口长叹，自言自语地说，这都是命啊！也许这笔大青盐生意本来就不该做。太容易到手的钱财，走得也快。她想起两年前一个牵骆驼看麻衣相的人在西门里为她看相，你是兔命马相，易动不易静，是奔波的命，能给别人当靠山，不能依靠别人。她努力使自己的心情平静下来，仿佛听见父亲在她耳边絮絮说话，钱财如水，能去能来，不过就是一袋银元，有它没它日子都得过下去。她回到屋里，端起灯，把睡梦中的儿女一个一个照看一遍，心底涌上一股暖意，周身也不再感到寒冷。

睡吧，好好睡一会儿什么都会好起来。

太阳很高的时候她才醒来。看着窗外的阳光，她涌上的第一个念头是，今天得开门做生意。

全喜表兄疑惑地说，满街看不到人，开门有啥用？

有没有人，只管开门。

她把埋在焦炭里的杂货扒出来，打扫店房，整理货柜，把关闭了几个月的栅板门打开。

昔日熙熙攘攘的牌坊街，如今像一条空巷。全喜表兄闲靠在柜台边，懒洋洋地打呵欠。

天近晌午，店里来了第一个顾客，他是维持会的账房先生。

嚯，张二嫂开门了？

维持会不是出了告示，叫咱们回来做生意吗？带着一窝孩子，不能老在外边跑啊。

对嘛，跑到哪儿是个头？管他中国人、日本人，谁都得吃饭，穿衣，用东西。刘先生压低声音说，治安队二百多号人，锅碗瓢勺都没地方操持，生意人嘛，赚谁的钱不是赚？

母亲和刘先生拉了一阵闲话，拉得很融洽。

刘先生不是外人，会账的事——在我这儿你只管放心。

刘先生很聪明，他明白母亲话里的意思。他挑选了五荮大碗，几把笊篱、铁勺。母亲向全喜表兄说，给刘先生把票开好点。在全喜表兄开出的发票上，大碗变成了八荮，价钱也都高出了一二块。刘先生高兴地说，担上货，跟我拿钱去。

我不知道母亲从哪儿来的灵性，她知道中国人喜欢在交易中吃回扣——就像把男女姘居称为"打浑家"一样，我们那儿的人把贪污吃回扣叫"打拐"，从中足以见出我们这个古老文明县城的宽仁、敦厚。张二嫂让刘先生"打拐"，刘先生当然就让张二嫂有生意做。张二嫂这人善解人意，做事周到，讲仁义，刘先生不用担心她会出卖自己。

到我家店里来买东西的日本兵是个矮胖的曹长，围绕在腮边的胡髭和那圆鼓鼓的萝卜似的脑袋，使人看不出他的年龄。他每天上午从城隍庙走出来，穿过大牌坊，到西河码头去。回来时，身后跟着两个挑夫，担子里放着青菜、鸡鸭和各种日用品。也许是我们县城善良、幽默的民风感染了他，也许是他的性情特别适合我们县城的口味。现在已经很难弄清，最初究竟是城里人想戏弄他，还是他想戏弄城里人，当他出现在我家店房里的时候，"老头儿太君"已经成为他的官称。他一上街，人们就说，"老头儿太君来了"。街上的人回避石大少爷，却并不回避这个日本人。他嘻嘻哈哈和街上人开玩笑，用半通不通的地方话骂人；街上那些胆大的痞子也装出不正经的样子，拱动着身子对他说："太君，塞枯塞枯你的干活。"牌坊街的孩子们看见他，像看见一条过街猴子，以追逐、逗弄他为勇敢者的冒险游戏。老头儿太君扭动着笨拙的背影走过大街，他那肥大的屁股对半大的孩子们是个难以抑制的诱惑。我不像邻居孩子那样勇敢，虽然老头儿太君常到我家店里来，我却一次也没敢靠近。他笑嘻嘻地说："小孩——你的过来——"我躲在母亲身后羞怯地望着他不敢近前。我因此特别羡慕冉家书铺的孬蛋，老头儿太君从他家门前走过，他常常窜过去，跟在他身后，一边叫"老头儿太君"一边摸他的屁股。牌坊街的孩子们都很崇拜他。

然而，中岛骑兵队对城里人的幽默不感兴趣。他们出动时全城一片杀气，大家都远远躲着。我大哥和他的同学在城墙外捉蟋蟀，碰上骑兵队的日本兵。他们正在到处抓人，我大哥也未能幸免。他们把他带到河西，给他发一把镰刀，让他给皇军割草。幸亏我大哥机灵，他一边割，一边朝河边的庄稼地靠近。趁老日不注意，他扔下镰刀，一头钻进高粱地，撒腿飞跑。

大哥的历险吓坏了母亲。搂着惊魂未定的儿子，她为孩子们的安全担忧,当天便把我们姐弟四人送到乡下,只留下她和全喜表兄在店里做生意。

然而在侉子营我们经历了更大的危险。一天上午,日本人的马队突然闯进村来,他们沿用土匪的规矩,先在村口放了几枪,村里人吓得仓皇奔逃,四处躲避。三叔让大哥、二哥和我躲进磨房的面柜,三婶带着我姐姐钻进她的床下。老日端着枪冲进院子,像许多戏里演的样子,嘴里叽里哇啦喊叫,凶狠地用刺刀到处乱戳。三婶住在北屋里间,墙上只有一个木棍撑着的小窗。日本兵在屋门口喊着:"花姑娘的有!花姑娘的出来!"三婶和我姐姐吓得浑身打战,躲在床下角落里大气也不敢出。屋里黢黑,老日不敢进去,在门口叫喊一阵,听不到动静,转身走回院里,捉住我三叔踢了几脚,抢了一些粮食就走了。

经过这场惊扰,母亲决定把我们送到远乡的大姑家去。在侉子营,母亲每天早晨进城,夜晚回村,我能像以往一样在母亲的怀抱里,听着她的轻咳入睡。到大姑家去,是我第一次离开妈妈。每到黄昏时分,我脸上就泛起愁容,坐在大姑家门前树下,望着通往村外的大路发呆,任凭谁来叫我,也不肯进屋去吃晚饭。二姐代替母亲哄我睡觉,她为我唱歌,我嘴里不停地哼哼。后来我觉得自己病了,懒洋洋地不想起床,也不想吃饭。大姑把我抱在怀里,她的老蓝布裖子又粗又硬,散发出难闻的蓝靛气味。我从她怀里挣扎出来,独自坐在柴垛边,看几只鸡在场院里刨食。太阳像我一样软绵绵地在树梢上徘徊。大姑走过来,用手摸摸我的脑袋,快给你妈捎个信吧,这孩子在发烧。

母亲出现在我面前的时候,我已经睡过一觉,窗外的月光已经暗淡下去。她是在天黑时得到消息的。全喜表兄说,天这么晚了,路上又不太平,明天去吧。母亲说我还是现在就去。她把店铺检点一遍,交托给全喜表兄,在城门关闭之前出了城。虽然母亲的脚不像别的女人那样小,但那毕竟是一双裹过的尖足。还没走出五里路,天已经黑透。那恰是一个月末之夜,天上没有月亮,旷野漆黑,在微弱的星光下,黑黝黝的田地随着她的脚步起伏,庄稼和荒草像奔窜的野兽。恐惧使她的发梢根根绷起。出城时她根本没想过要过一条河,待走到河边,看见黑乎乎的河谷,她害怕起来,可她已经走出十几里路,没法再返回城去。一条白白的羊肠小道在陡峭的黄土坡上弯弯曲曲斜下谷底。她手扶着地,背朝下,一脚一脚探摸着往下走。独木桥悬在水面上,桥下波光闪闪。即使在白天,她也从没一个人走过这样令人目眩的独木桥。她伏下身子,两手着地,眼睛紧盯着桥板,一寸一寸向前挪动。看见大姑家的村庄时,她才感觉到身上的衣服已经被汗水湿透。

我从睡梦中醒来,光着屁股扑进母亲怀里欢叫。灯光下,母亲红润的脸庞美丽动人,她脸上的笑容光彩照人。我从未感到过这样快活。母亲搂着我,在我脸上亲,你不是病了吗,乖?

我没病,我是想你了。

从深夜到黎明,姐弟几个围着母亲叽叽喳喳争抢着说话。

第二天母亲要回城里去。我嘟着嘴说,妈你不能不走?

城里的生意谁照管呐,乖?

我不说话。

我给你找个干娘,好吧?

我还是不说话。

母亲的眼圈红了。她弯下腰看着我的眼睛,妈不做生意,咱们一家吃啥?

我垂下头掰弄自己的手指。二姐拉起我的手,走吧,姑夫给你逮白头翁呢,我背转身不再向后看。

母亲在原地站了一阵,脚步声缓慢地消失在村外的土路上。

我家的生意虽好,屋里却没多少存货。外地客商不来,柜台里的东西越来越少。往日桅杆如林的西河码头,如今几乎看不到来往船只,码头死气沉沉,听不到装卸货物的号子声。街两厢的货栈大多关着门,开门的商行也都冷冷清清,门厅里看不到货包。为了弄到一点能卖的东西,母亲不得不想尽办法去找那些骑自行车、雇挑夫的扁担帮。这些人把银元缝在裤带、鞋底里,穿过不同军队布防的地区,到驻马店、漯河、周口、蚌埠这些地方去进货,回来时买通关卡,伪造公文,费尽周折把货物弄回来。从他们手里买货,不但价格高,而且必须拿现钱。这两条无论哪一条对我家都不合适。"福盛长"自开张以来,做的都是不拿现钱的生意,只要码头上有船停靠,张二嫂就不愁没生意做。她每天夜里都做着相同的梦,梦见河里泊满了船,挑夫们杭育杭育扛着抬着大包小包,踏着埠头上的石板从河下走上来,货栈里堆满了各色各样的席捆、麻袋、木箱、绳捆。她每天都到码头去看,码头上只有几个维持会的人在盘查行人,河里静悄悄地泛着银波,水鸟在沙洲上悠闲地踯躅。

奔走了两天,母亲在跑蚌埠的扁担帮那儿没弄到一点东西。

眼见得"福盛长"的货柜变得空空荡荡，她索性把店门关了，到老缸娘家去串门。老缸娘喜欢抹牌，她家经常聚着一些相好的邻居。

看见母亲，老缸娘惊讶地说，你怎么有空来玩？太阳不是从西边出来了吧？

看你的牌桌不够手，我来凑一把。

生意呢？

生意不做了，关门了。

老缸娘看着母亲的脸，有什么事吧？

母亲坐在桌边，一边抹牌一边自言自语地叹了一声，要是能找到那袋东西也不至于这么作难。

听说她正为丢了钱烦心，老缸娘说，你怎么不去求臊胡爷？牌坊街和老君庙街的女人们有了不顺心事都去求他。那老爷子可灵验了。给他买个大烟泡往嘴里一抹，美美地骂他一顿，求什么跟他说说，抽个签，他就会指点你。臊胡爷最喜欢抽大烟，和女人骂玩笑。

在老缸娘的撺掇下，母亲买了一个大烟泡，和老缸娘一块到老君庙去。臊胡爷是一尊不足三尺高的泥塑神像，既不像欢喜佛，也不像济公和尚，倒像冉家书铺的冉五伯。从他嘴上、脸上涂满黑乎乎的鸦片膏可以看出，求他办事的人还真不少。母亲把烟膏往他嘴上抹，老缸娘用各种脏话骂他，摸着他的头一下一下挎弄。"我的钱丢了，你得给我找！找不到，我天天来骂你。找到了，我给你买大烟抽。"她们一边骂，一边摇神像前的签筒。母亲把抽出的签递给旁边的道士批讲（这当然需要上布施、拿钱）。道士批讲说，从签上看，这东西没走远，方向正东，五行占土。

没走远？五行占土？……

回家之后，母亲把墙洞扒开，发现东北角有个老鼠洞，洞口被虚土挡住，母亲多次摸索都没发现。她沿洞挖下去，找到一窝老鼠。两个装银货的布口袋被它们做了一个很舒服的窝。大老鼠逃跑了，小老鼠还在窝里唧唧叫，银元和丢失的首饰散落在老鼠窝边。

母亲给臊胡爷买了两个大烟泡，和老缸娘一起，绕着臊胡爷骂了半天，直到她们觉得这老头儿已经被骂得很开心了，才在他头上拍了几掌，高兴地离去。

为了犒劳老缸娘，母亲陪她打了一天一夜的牌，把赢的钱请了一桌客。老缸娘打牌总是输多赢少，可她喜欢热闹，每次散场还要恋恋不舍地央告大家："下午早点来啊。"

有了钱，母亲决定自己到外地去进货。她缝了一条宽腰带，把银元一块一块缝进去，让全喜表兄扎在腰间，搭牌坊街叶掌柜的帮，到漯河去买货。在外地跑生意的人都是结伙同行，带着自己雇的挑夫。买到货以后，日夜兼程，尽量少在外边逗留。路途上的吃喝花费，遇到土匪、军队拦截，花钱买路或是受了损失，都由同伙分摊。全喜表兄的第一趟生意跑得很顺利，来去不到七天就回来了。京货、杂货、布匹，除了自己卖，还能向别人批发。

第二趟他出去了五天，回来时两手空空，一副失魂落魄的样子，头发乱蓬蓬的，满脸污秽，衣服划破了几个口子。说起路上的遭遇，还显得心有余悸。在麻树坡，他们遭到一伙地方团队的拦劫，叶掌柜仗着和当地驻军司令熟，说话气盛，顶撞了他们，一行十几人身上的钱被搜走，捆起来往寨子里押。全喜表兄趁天黑路险，跳沟逃了回来。

母亲叹口气说，算了，以后不出去了，还是从别人手里批吧。

全喜表兄望着大街，啥时候能平平安安过日子啊？

母亲说，你忘了春天黄莺怎么叫？

慢慢挤住——它是什么意思？

耐住心，慢慢来。战事打了八年，总该有个头儿吧？

六姑娘十七岁

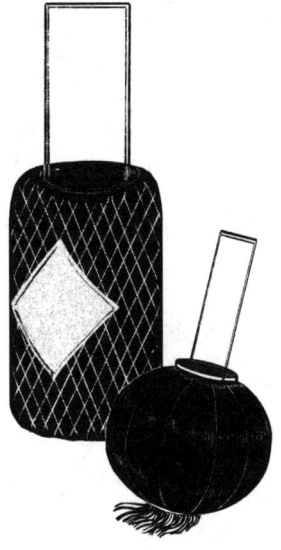

二姐没有乳名,长辈们称她六妮,母亲叫她六儿,我叫她六姐。母亲送我们到南乡去逃难,大姑一看见我六姐,就禁不住感叹地说,哎哟,你看看,六儿都长成大闺女了!经她这样一说,母亲才注意到她的女儿真的已经不再是一个黄毛丫头。经历了大姐、父亲的丧亡和两年逃难的日子,她的个头和母亲差不多一样高了,像母亲一样有一副高挑的身材和颀长的四肢,那双没缠过包脚布的脚像春天的茭白一样生机勃勃,使她的小腿也显得灵活、矫健。见到生人,她已经显出一点腼腆羞涩,不再大声大气说话,也不再像从前那样疯疯跑跑,叽叽喳喳地跳方、踢毽子。她待弟弟和家人的细心和关爱,使母亲看到了自己的影子。母亲这才注意到街坊邻居已经开始称她六姑娘。

六姑娘的确是在不经意间长大的,她出生不久就被抱到乡下去外奶。据母亲说,那时她的奶水不好,生意又忙,顾不上招呼她。其实根本原因还是母亲想赶快腾出怀来生男孩,没有孩子吃奶,怀孕就会更快。生不生男孩,对于已经生了两个女孩的母亲,是能不能在张家抬起头来做人的大事,她当然不能掉以轻心。由于六姐外奶,我母亲第二年就生下我大哥。我大哥一打头,二哥和我就排着队来到母亲身边,她不但有双儿双女,还多出一个我。母亲再也不必在意婶母们的脸色和话语,她在张家的地位也就如日中天。

六姐的干娘是河西一个小村里的农妇，她生下的孩子死了，由熟人介绍给六姐做奶妈。选择她的时候，母亲要她到我家来，亲自看她的乳房。这个农家妇女的胸脯虽然并不高大，可她穿的土布褂子被奶水打湿了一大片，在我家停留不到一个中午的时间里，就不得不掀起衣襟挤奶。母亲把六姐放心地交给了她。可是六姐并没吃到那女人的奶。我六姐被抱到她家不久，她的奶水突然没有了。他家既没有母牛也没有母羊，甚至连只母狗也没有。我六姐不但吃不上奶，面汤、小米粥也难得喝上。白面和小米在一个穷乡僻壤的农民家里像山珍海味一样是一种奢侈品，只有坐月子的女人才有喝它十天半月的福分。干娘的丈夫蹲在池塘边发愁。小鱼在水里忽聚忽散地嬉游，勾起他的心思。既然它们游到眼前来，那必然是为了救他们于危难，每月两块钱的哺乳费对他们太重要了，无论如何也不能随便放弃。干娘把丈夫捞上来的小鱼煮成糊糊，细心地挑出鱼刺，用鱼糊喂养我六姐。我六姐很争气，靠着干娘家门口池塘里的小鱼，长得又白又胖，居然瞒过了我母亲的眼睛，家里人都以为奶妈的奶水一直很好。有一次我母亲和她多日不见的小六儿亲嘴，她感到奇怪，这孩子嘴里怎么会有一股刺鼻的鱼腥味？一家人经过反复验证，鱼腥味的确是从我六姐身上发出的，事情受到父母的关注。在盘问之下，干娘两口不得不支支吾吾道出真情，从此我六姐一生都不再吃鱼。可这并不影响我六姐健康地长大起来，泼皮得像个男孩。

也许是为了在母亲面前显示她和大姐、大哥的不同，六姐好像并不喜欢读书。大姐、大哥在学校里以听话、用功得宠，作业干净整齐，成绩总在前几名；六姐的字写得马马虎虎，成绩忽上忽下，每到放假，她常把学校发给家长的通知书藏在书包里，不拿给母亲看。有一天，母亲正在柜台里忙碌，看见六姐拎着书包从学校走回来。她说，你怎么现在回来？还不到放学时间呐。六姐回答说，我不上他们的鳖学了。母亲惊诧地问，到底咋回事？

老师吵我，拿戒尺打我的手心，我不让他打，我说我不上你的鳖学了！

哎呀，你怎么能这样对老师说话呀！

他叫我收拾书包回家，我说回家就回家。

那是老师把你开除了，是不是？

开除不开除我才不在乎呢。他用八抬大轿来请我，我也不去上他的鳖学了。

这一下母亲慌了神，她撂下柜台前的生意，和父亲一起去向老师赔礼道歉，又托了本街有名的绅士杨掌柜去找教导主任、校长说情，费了很多口舌，才让六姐返回他们的鳖学去读书。六姐九岁时的故事使张书雯成为女子学校和牌坊街的知名人物，父亲、母亲冉也不敢对她漠不关心。

可是在乡下逃难的日子里，六姐好像很怀念她的学校。她经常和大哥、二哥说学校的事情，说起来就没完没了，三个人都很兴奋。在村外树林里，我和他们一起做上课的游戏，六姐装老师，二哥装校工。他手里摇着铃铛，嘴里念着叮当——叮当叮当，我双臂交叉架在胸前，两腿盘曲，做出端坐的姿势。六姐夹着教案，端着点名册和粉笔盒，庄严地从教室外走进来，起立——老师向大家鞠躬，坐下——今天，我们讲第三课……在逃难的路上,我接受了课堂的启蒙。我像姐姐、哥哥们一样盼着战争早点结束,也能像他们那样到学校去读书。

田野斑斓起来,高粱火红,谷子开始收割,看不见我们的军队,也听不到打仗的消息,逃难的人一家一家观望着向回家的路上走。邻居们陆陆续续回到城里,母亲也失去了耐性,她说,反正战事就这样了,你们也回来吧。

一回到城里,姐姐、哥哥都忙着去看各自的学校。女校住着维持会的治安团,母亲不准六姐到那里去。她说我不去,我到东门大街去找许玉秀。傍晚的时候许玉秀和她一起到我家来,她们一进门就兴高采烈地说,日本人投降了!

母亲瞪大眼睛说,谁说的?

女校里的治安团已经没人了。

真的吗?

真的。我和许玉秀到学校去嘞,那儿的人走光了,院里到处扔着碎纸、破书和治安团的旗子、袖标。

母亲沉思地说,怪不得没看见老头儿太君出来。

大哥、二哥他们都很高兴,咱们又能上学喽——

母亲留许玉秀在我家吃晚饭,六姐第一次在客屋里招待她的同学,像母亲招待远乡来的客人一样,摆起方桌,坐在高椅上。我很羡慕六姐,她坐在方桌边陪同学吃饭,母亲给她们上菜,这证明六姐已经成为大人。我和两个哥哥还只能围在堂屋小桌边吃饭,不得允许不准随便到客厅去。

日本人投降的消息传遍了全城。天黑之后,一些人从十字街口向城隍庙聚拢,从远处张望日军司令部的动静。庙院里火光闪闪,映红大殿的飞檐,杂乱的声音一直响到天亮。牌坊街的人们站在屋檐下,时而屏声息气,时而交头接耳,各种消息沿着大街传播,全城沉浸在激动不安的梦境里。战争真要结束了,母亲不像她原来想象那般轻松,在难以抑制的欣喜中,冒出说不清的悲怆。她弄不清这悲怆从何而来,是郁集在心底的苦难,还是对未来日子的迷茫?

听说日本兵焚烧了文件,把武器收缴在一起,把不能回国的伤员都枪毙了,不少人在庙院里哭,母亲甚至忘掉了他们对中国人做了多少恶,毁坏了多少家庭,给我家带来了多少灾难。她在暗影中凑近老缸娘的耳朵说,到了这会儿,这些日本人也怪可怜的。老缸娘咂一下嘴,可不是嘛,谁不是娘生父母养的呀?她们议论起老头儿太君,为这个爱和牌坊街男女老少开玩笑的日本兵担心。

到了第二天,大家的情绪明朗、高昂起来。太阳一出,人们心里阴暗的东西仿佛被阳光驱散,几年来第一次在大街上舒展地走,和熟人站在街边交谈,脸上带着无法压抑的喜气。商会的人下了通知,为庆祝光复,各商号像过元宵节一样糊灯笼,挂国旗,贴对联。

两年逃亡,所有的学校都只有空空荡荡的几座教室,门窗破损,黑板变成黑一块白一块的破墙。牌坊街的学生们从家里搬去方桌、圆桌、条几,挤坐在高低不一的长凳、短凳、椅子上。没有课本,姐姐、哥哥和母亲在街坊上到处奔走,找高一级的学生借旧书。直到开学很久书还没借齐,六姐只好和她的同学伙读一本书。

姐姐、哥哥背起书包去上学,他们不必再为家里事操心,如果放了学没有现成饭吃,他们就有权利嘟嘟囔囔发脾气,母亲就得用好言好语哄他们。只有我还如从前一样被母亲带在身边,像她的一条尾巴,在柜台内外绕来绕去,听客人们逗我夸我,我高兴理他们就理,不高兴就不理。那时我还不满五岁,即使个头不小,也还是没法进学校去读书。

六姐在过豆虫这一年长到了十七岁。她不如大姐那样文静,也不像大姐那样娇气,对于她的健康,母亲从没忧虑过。然而给父亲烧过三周年纸钱之后,母亲突然对六姐更加留意了。也许是大姐的坟墓触动了她,十七岁,对一个女孩像是一道坎。

那是我第一次真正记得父亲和大姐的坟地。母亲的篮子里装着白面馒头、一小块肉和几沓烧纸。我跟着母亲沿着荒凉的大路往前走,大路上爬满了杂色的肉虫,它们拱动着圆滚滚的身子,翘着头从大路一边向另一边移动。母亲不断安慰我说,不要紧,娃,这是豆虫,它们不咬人。可我的神经还是绷得很紧,我怕踩着它们,怕它们爬上我的脚面,沿着小腿爬进裤管。那些肉虫尾巴上翘起的针刺似的东西使我惊恐不安。我踮起脚小心地盯着地面,一步一停,寻找下脚的地方。母亲时不时弯下腰,用手把那些肉虫扒到一边,给我脚前腾出一片空地。我们从密密麻麻的豆虫队伍中穿过,翻过一道荒沟,来到父亲的坟前。母亲摊开包单,把馒头和肉摆好。点燃了纸钱之后,我才注意到大姐的坟头。母亲捏着一沓燃烧的纸,踏过地垄,走到田塍边的一个土丘旁。她把纸放在坟边,站在那儿看着它在风中燃烧。青烟飘旋起来,在坟地间缭绕,母亲的头发和衣襟在风中飘动。天宇灰黄,阳光像洪水一样在地平线上辉耀，田野上看不到一个人影，庄稼地静悄悄地随着冈峦起伏，母亲就站在这冈峦间凭吊着她的亲人。

向回走的时候，母亲抚着我的头说，过了八月，你六姐就十七岁了。我不明白她的话是什么意思，那时我还不知道大姐是在十七岁时夭亡的。我望着母亲的脸，我说，过了正月初十我六岁，对不对？母亲漫应了一声。风把一缕细发吹勒进她的唇间，初秋的阳光映在她清瘦的面颊上，她的神情和空旷的田野一样。我低头专心对付豆虫——它们还像来时那样没完没了地从大路的一边向另一边爬，虽然我已经不太害怕了，可我还是感到惊奇，天底下怎会有这么多豆虫？

六姐过生日的时候，母亲像往年一样给她煮红鸡蛋，为她做臊子面。她用审视的目光注视着十七岁的六姐，与大姑夸说她的时候相比，她已经是一个真正的大闺女了。不光是个头更高，手、脚更长大，臂肘、肩头和腰身都现出了圆圆的曲线，更重要的是，她的面容焕发出多愁善感的神态，眼睛变得费人猜详，不像从前那样清澈见底。注视她的一言一行，母亲总有点担心。在柜台边忙碌到深夜之后，她抽空到女儿床边坐一阵，和她随便说点什么。在她睡下之后，她小小心心翻检她的衣袋和书包，不放过任何一片纸头和来路不明的小东西。她一件一件仔细察看，然后按原样放好，像是从没翻动过。

母亲不安地搜索着我六姐的任何一点细小的变化。有一天，她发现我六姐的脸色有点灰暗，眼睛里流露出倦意，在母亲探询的目光下，她躲躲闪闪的神情掩不住一丝羞怯。在她躺下之后，母亲像往常一样坐在她床边，伸出一只手抚着她的额头，六儿，你哪儿不舒服是不是？六姐默不作声地看着她。

母亲抚着她的脸，是不是有点发烧？当六姐继续沉默着的时候，母亲俯下身凑近她的眼睛，像问一个平常的问题那样娓娓地低声问她青春期女孩必然会遇到的事情。问过之后，母亲用平淡的语气说，明天让方相公给你请个假，不去上学了，我带你去找侯先生看看。

六姐肯定不知道那一刻母亲心中的感受，她一整夜都没能入睡。又一个女儿在十七岁时碰上了同样的情形，母亲的不安竟然变成一个可怕的现实。六姐本是一个身体强健的女孩呀，而且她似乎没什么忧愁、烦闷、不顺心，她不应该如大姐那样在生命的开端就遭遇女儿病的威胁。揪心的感觉紧紧缠绕着她半睡半醒的梦境，也许这辈子命里注定养不活一个女儿了？

我家院子里又像几年前那样每天弥漫着煎熬中药的气味。六姐如当初大姐一样待在家中养病，不再与外边的世界来往。那是六姐出生以来最得宠最有优越感的时日，不读书，不上学，不做针线，不与人交往，不到外边跑动，除了吃药，什么也不干，想睡就睡，想坐就坐，想在院里走走就走走，感觉到自己是个病人，世界变得温柔娇弱，小院也显出特有的安谧。二门外的扁豆棚已经枯黄，留作种子的老豆角在稀疏的豆叶间摇曳。西墙上，伙计们用黑墨题写的歌谣依稀可见，俚俗的句子闯入眼帘，惹人发笑。把黏稠的一碗中药喝下去，再咯噔咯噔喝半碗不热不凉的白开水，呜呜噜噜漱过口，六姐每天的乐趣就是坐在厨房门前看城墙。厨房檐外是我家院子唯一敞露的空间，坐在阶沿下，不但能享受到明亮的阳光，还能看见灰色的城墙幻影似的兀立在房顶与墙头围出的天空里。为了坐得舒服,她把身体向后微仰,椅子后腿着地,前腿轧起。母亲讨厌这种坐相,不管谁这样坐,被母亲看见都会挨一顿训斥。现在六姐是病人,她有了特权,想这么坐就这么坐,只是出于习惯,在母亲走过的时候,她才会下意识地把椅子前腿落到地上。她的头顶是一片长方形天空,右手是堂屋房檐,左手是邻家房子的半个山墙,厨房在她身后与东厢房连在一起,延伸进狭长的天井,一堵碎砖垒砌的院墙把她圈护在这片天地里。隔着两座院子和一道护城河,城墙的影子好像很近似的逼着西邻的院墙,灰绿色的墙体浑然一片,像一幅古旧的图画。早饭过后天空浅蓝、柔和,城墙是一副清秀明丽的面目,太阳逐渐升高,城墙也逐渐鲜亮浑厚,过午之后,在耀眼的阳光里,堞墙的轮廓镶上了银边,黑白分明的城墙显出了威武的气势。

  我六姐是在无意间看见城墙上的小伙子的。城墙上有人走过,有人站下看看风景,这并不奇怪。下午的阳光很明亮,天空有一些秋天的乱云,像弹过的棉花,蓬松地在城头上舒卷。一个影子从城墙垛口闪出来,在我六姐的视线里晃了一下,隐进堞墙背后去。我六姐把目光转向别处的时候,这个影子从墙背后走出来,露出半个身子,居高临下俯瞰我家院子。我六姐抬起头用不客气的目光扫视这个不礼貌的家伙。那人似乎受了一点震慑,把身影从堞墙边缩回去。我六姐盯着城墙顶,看他还敢不敢出来。而这小伙子并没被她的目光吓退,过了一小会儿,他的影子重又显现出来,先露出半个身子,然后迎着我六姐的目光,从墙后走出来,把自己完全暴露在垛口中的空间里。我六姐看着他,他也看着我六姐。他们这样对峙了一阵,我六姐决定不再理他。一个没教养的人，犯不上和他较劲。看别人家的院子已经够没出息的，看人家院里的女孩，难道会是什么好东西？

我六姐把目光收回到院墙下的花坛里，坐了一阵，站起身到堂屋去帮女嫂王姑缠线。小伙子自己站得没趣，不知什么时候不见了。

可是第二天他又出现在城墙上，像昨天一样站在老地方巴巴儿地向我家院里看。与昨天不同的是，他似乎不再有什么顾忌，用逼人的目光毫不掩饰地看着我六姐。这样的情景持续了两天。他总在下午三四点钟出现，如果我六姐不在院里，他会耐心地等着，一直等到她从厢房或是堂屋走出来。我六姐用凶狠的目光瞪他，嗔起脸发出低声的威胁，小伙子反而像受了鼓励似的，眼神更加大胆。我六姐决定不再到院里去。可是缩进屋里她又感到很窝气，从哪儿冒出来一个野小子，竟敢这样欺负人，弄得我连自己家的院子也不能坐！她从厢房到堂屋，再从堂屋到厢房一趟又一趟地走动。要让他看看，不在院里坐，并不等于害怕你！在自己家的院子里，我为什么要怕你呢？

小伙子探身在城墙边上，像要一步跨下来似的，用殷切的目光看着我六姐。我六姐终于忍受不住这小伙子的无礼，她嘴里喃喃骂着粗话，激愤地去找母亲。

妈，快来瞧啊，有个坏东西天天站在城墙上向咱家院里看。

母亲跟着六姐走到后院来，城墙上的人已经不见了。她详细问了情况，又问了小伙子的个头、长相和年龄，明天他再来，让我看看。

第二天那小伙子出现的时候，我母亲隐身在前院与后院的拐角处，探出半张脸，仔细看城墙上的人。令我六姐惊奇的是，母亲看见那小伙子时的表情使我六姐感到迷惑，她既没显出气愤的样子，也不像她想象那样大惊小怪，母亲只是动了动嘴角，什么也没说就转身走开了。

王姑站在廊檐下笑。六姐问她，那个人是谁？王姑用逗趣的目光看着她，佯装糊涂地反问，谁？哪个人？

我六姐没好气地说，城墙上！城墙上站的那个人。

王姑煞有介事地打起眼罩仰脸朝高处张望，嘴里念念叨叨说，谁家娃子这般胆大，敢站在城墙上偷看咱家六姑娘！叫方相公带几个人打他去！

六姐感觉到了其中的蹊跷，她看出母亲根本不打算对这件事深究，甚至城墙上的男孩仿佛得到了母亲的默许，说不定家里人都知道他是谁。

她跟在王姑身后不依不饶，逼她说出真相，不给我说清楚今天你什么活也别想干。王姑摆出一副无辜受冤的样子，我怎么会知道啊，闺女，你咋不去问你妈？

我不问我妈，我就问你。

别装傻了，六姑娘，你真不知道他是谁？

我咋会知道啊？

王姑嘴里发出一连串啧啧声，该不是大柳营的曹相公吧？

大柳营？我大姑家的村子？

王姑不再说什么，我六姐也不再问她。我六姐突然忆起在大姑家村子里住的日子，禁不住有点失悔，她检点着自己当时的行为举止，想到在完全不知情的情况下被别人相看过，我六姐陷入一种深深的害羞的感觉里。

此后她改在上午到院里去坐,下午只待在王姑身边。城墙上那个年轻人的情况,一点一滴地从王姑嘴里泄露出来,她的猜测得到了证实。早在两年前,由大姑做媒,我家和曹家定了亲。曹家是大柳营的殷实富户,这男孩十几岁就在城里读书,刚从惠民中学毕业,在宏达石印馆做事。我六姐突然感觉到她的心里洞开了一个全新的世界。待在王姑身边,帮她干活,一个遥远而又亲近的隐秘在她心里翻动,勾起她的想象和幻觉。她和王姑絮絮说话,好像根本不再记挂这件事,对那个站在城墙上的傻男孩一点也不在意,甚至连探头望望的念头都没有。可是她时刻感觉到他的身影,感觉到他在那片耀眼的天空映衬下一动不动地站在那儿看她,他的一举一动她都看得清清楚楚。她得承认,那张脸并不惹人讨厌,虽然肤色浅淡,眉清目秀,却并不单薄。严峻的表情和直勾勾的眼神使他多了几分刚健。他干吗那么严肃啊?脸上连一点笑纹都没有,那副认真的样子,脾气肯定有点倔。

早晨来了,我六姐醒来之后感到从未有过的轻松,她把双手从被窝里伸出来,在头前举动几下,然后静静地躺着看窗户上透进来的晨光,一种异样的感觉温暖着她,那是一种从未体验过的感觉。知道世界上有一个人关心着她,牵挂着她,她的心像春风吹拂的花朵——被一个素不相识的男孩关心,竟能带来这样美妙的感觉。它和母亲的爱、兄弟姊妹的爱完全不同。在此之前,她对他一无所知,可是一旦知道了他们之间的关系,我六姐就觉得这个男孩并不陌生。他藏在一个她不知道的地方,现在突然从天上掉下来，其实他和她早就被一种东西联结着。

听到母亲的脚步声，她从被窝里慢慢坐起来。母亲推开房门走到她的床前，看她慵懒无力的样子，母亲不放心地瞧着她的脸色，六儿，今天觉得咋样？我六姐娇滴滴地说，妈，给人家拿包桑皮纸嘛。母亲惊喜地说，你好了？谁知道好没好，反正它又来了。母亲高兴地说，还有两剂药没吃呢！

母女俩款款说着话走出厢房，她们被站在院里的一个人吓了一跳。城墙上的小伙子像木桩似的立在二门里的甬路上。这么切近地站在眼前，和远远站在城墙上的感觉大不一样。我六姐情不自禁地向母亲身后躲闪，刹那间感到透不过气来。

小伙子挺直身子，脸色灰白，鼻子眼都像错动了位置。在这一瞬间，我六姐从他的目光里看到他在问，你的身体怎么样了？我六姐用目光和微笑回答他说，瞧，我很好。尽管那一刻我六姐感到浑身发热，可她还是觉得很高兴。几天见不到我，他沉不住气了。她听见母亲在问他，他在回答，可她连一句话也没听明白。母亲没露出不高兴的神色，也没表示亲热，她用长辈的宽容和威严不冷不热地和他说话。他比我六姐想象的更勇敢，在母亲面前他没显出畏缩，只是从那不连贯的答话中能感觉到他的紧张和惶乱。

还有什么事吗？母亲问他。

我想让她给我做双鞋。

母亲不置可否地盯着他看。他用坚持的目光回应着母亲，直到她脸上露出默许的表情。

这是我六姐有生以来第一次做针线。也许是女大自巧，在王姑指教下，她纳出的鞋底铺衬平整，针脚均匀，得到了王姑的夸赞。母亲拿起来看了看，脸上露出满意的神色，把最后一段鞋帮缝合在鞋底上，一双鞋终于做好了。两只鞋摆放在一起，我六姐在灯下欣赏着自己的作品，想象着他捧着这双鞋时的心情和表情，整夜沉浸在温暖和喜悦里。

六姐的病好了，她却没能回到学校去读书。放在她枕边的那双鞋，也未能及时交到那个年轻人手中。日本人投降后，八路军和中央军一直在打仗，起初县城的人们对这些零零碎碎的战事并不担心，大多数人觉得中央军毕竟是中央军，人员、装备、给养各方面都很强大，从省到县都是国民党的天下；像很多造反队伍一样，共产党只不过是人们私下议论的一个传说，有人把它说得很神，有人把它说得很可怕。"共产共妻"这一套宣传人们并不真正相信，天底下怎么会有这样混账的人昏了头去胡说八道？可是共产党的小册子里明明白白地说他们要实行共产主义，"共产"这个词儿难免使人惊惶不安，城里人不相信用这样的奇思怪想真能把老蒋推翻。正当我六姐养好了病，做好了鞋，准备回学校去上学的时候，八路军从伏牛山里打出来，唐河、白河流过的这片土地一下子变得动荡不安，城里人开始了又一次急急忙忙的逃亡。

牌坊街的人已经习惯了动乱的日子，从清朝末年起，几十年间几代人在动荡不安中生活，逃亡对他们算不得什么。没有哪一家会因为打仗而把自己的日子停顿下来。打仗归打仗，孩子该出生还出生，生下来的孩子该长大还长大，农民该种地还种地，生意人该做生意还做生意。习惯了，也就没人去怨天尤人。

正是深秋时节，像几年前一样，夜阑人静的时候，我母亲把我大哥叫醒，递给他一把铁锹，在母亲指点下，一个瓦罐被埋进楼梯下的暗影里。和那时相比，罐里的东西沉重了许多。比起几年前，我家的日子好过多了，我们都已长大，搬弄东西不必再如过去那样只靠母亲一个人。把店里值钱的东西垒进厢房夹壁，用土坯封死二门，三叔赶来大车，被褥和吃食装上去，天不亮全家就离开了县城。

有一阵子没逃亡，出了城反而感到新鲜，它使人想起坐在车上逃日本时的情景。这个县的地盘并不大，可乡下的地域好像很广阔，无论战争怎样激烈，无论有多少军队在县境里运动，我们总能找到躲避的地方。几口人的家庭实在太渺小了，对于家乡的土地，像一窝蚂蚁似的很容易找到藏身之处。好在那时人们没有择铺的毛病，无论到哪儿，不管是牛屋、车棚、草屋还是场院，稿荐摊开就能睡觉，没有稿荐铺些草也行。谁也没法预料战争何时结束，战争之后生活会有什么变化，听天由命反而使人轻松，每天的生活不过是寻找偏僻、安静的村庄，躲在那儿吃饭、睡觉、玩，什么心都不用操。唯一的遗憾是哥哥、姐姐们不能上学了。

六姐默默坐在车上，身体随着车身摇晃。宏达石印馆像别的商户一样关了门，仓促间不知那个姓曹的愣小子是不是逃出了城，现在他在哪儿。在逃难的路上六姐还如过去一样亲密无间地照料着我们，可谁都感觉到她心里不再像过去那样单纯、平静。这是一种奇怪的感觉，六姐和那个男孩连一句话都不曾说过，却比兄弟姊妹更令人牵挂。

秋末冬初，陈赓兵团攻占县城，王县长逃跑到乡下，在我们躲避的村子住了一夜。他是抗战胜利后第一个到县城来上任的县长，城里人为他举行了隆重的欢迎仪式。那时六姐刚从学校请假回家来养病，她牵着我的手站在店铺屋檐下看县长入城，那场面在我幼小的记忆里留下了深刻的印象。牌坊街各家各户门口摆上方桌，桌上摆放茶水、香烟、点心。从西关到衙门口，每家商户都站在门前迎候。县长在地方士绅的簇拥下从西河码头上岸，勤务兵和女佣走在前边，他们把商户门前桌上的点心拣一点放进篮子，再把一块银元放在桌上作为答谢。县长白白胖胖，容光焕发，和逃到村上来的县长像是两个人。母亲说那个身穿旧长裤、屁股边吊着一把盒子枪的人是县长，我简直不敢相信。同一个人，在不同的时间和地点，竟有这么大的差异，我感到不可思议。

县长的到来打破了村上的安宁，第二天一早母亲就让三叔套车离开这里。临行时碰上了西门里逃出来的王掌柜，母亲站在车前和他说话，不知是王掌柜的耳朵不好使还是为了让站在车边的六姐听到他们的对话，母亲大声问，你隔壁石印馆的杨掌柜出来没有？

他回杨岗老家了。

他家的伙计呢？

都走了，我出来前一天都回乡下去了。

母亲回身瞥了六姐一眼，好像在对她说，不用为那个愣小子担心了。

天黑的时候大车摇摇晃晃走近一座村庄，大哥看着朦胧的村路喊叫说，这不是大姑家的村子吗？二哥和我都喊叫起来。这的确是大柳营,尽管暮色苍茫,我们还是认出了这条熟悉的大路和村外那片狭长的池塘,逃日本兵的时候我们常在池塘边的小树林里玩,那里的陈刺林依然郁郁葱葱。按照预定的行程,那天我们应该去胡李王,它和大姑家的村子不在同一方向,谁也没想到大车在路上转悠了一天,竟来到了大柳营。我们激动地喊叫,六姐却没有出声。她默默看着越走越近的村庄的影子,脸上的肌肉绷得越来越紧。

车停在大姑门口,场院里立刻围满了人,认识的人亲热地跟母亲、三叔他们打招呼,更多的是些不认识的村邻和孩子。母亲不让卸车,她说我们只是从这儿路过,停一会儿就走。表嫂子打了水,我们在场院里洗脸。大姑、表哥把母亲迎进屋去说话,六姐一个人逗留在大车边,母亲和大姑好像把她给忘了,没人招呼她进屋。

一个小伙子从黑影中穿过,来到六姐身边。他们贴近地站在一起,互相看着。场院里乱哄哄的人影仿佛离他们很遥远,像一片荒林野草。他们在这片荒林野草的背景里相会,在昏暗的夜色里用彼此的眼睛诉说。我六姐与曹鸿志单独在一起的时间,取决于表嫂子锅里的红薯块被煮熟的速度。表嫂子以做活快当出名,远道而来的客人奔波了一天,饿着肚子,她没理由为这对少男少女留出太多缱绻的光阴。风箱呼嗒呼嗒响着,炊烟从烟囱里涌出,柴烟和水汽使厨房雾气腾腾。表嫂子做熟这顿乡村晚饭的时间,好像已经足够安慰两个初次相会的年轻人的想念。他们在黑影中默默相看,仿佛交谈了很久,慌乱过后,心情变得踏实。风箱的声音停了,表嫂子拍打着衣服上的柴灰出现在厨房门口。

眼看分手的时刻来临，他们才意识到互相还没听到对方的声音。我六姐说，鞋我给你做好了。曹鸿志说，不着急，我不等穿，一会儿让我妈拿给你。这个愣小子忽然抓住我六姐的手使劲握了一把。虽然站在黑暗中，我六姐还是羞红了脸，她连忙回头四下张望，不知道暗影中有没有人看见。

晚饭后我们离开了大柳营。母亲用三十里夜路的代价为我六姐和她的未婚夫安排了一次会见。虽然她什么也没说，可我们心里都很明白，她是为了六姐才绕道大姑家的。

六姐的婚事从一开始就和战争联系在一起。没有逃日本的经历，没有大姑看见六姐那一瞬间的感慨，也许她就不会想到要给她提亲。不是中央军和八路军打仗，母亲也没理由带她到大柳营去。按照县城的礼法，我六姐和曹家的小伙子在成亲之前绝不可以单独见面，更不可能在场院的黑影里站那么久。有了那次会面，母亲心里踏实多了。六姐的婚事不再是纯粹的父母包办，它得到了男女双方感情上的认可，这对那时的婚姻制度是个了不起的改革。在六姐的婚事上，大姐的牺牲显示出她的价值和意义。

此后的两年中，我们的县城再没有安定下来。今天八路军打进城，出布告，成立县政府；明天中央军打回来，把跟随共产党的人抓了游街、枪毙；过几天八路军再打回来，在墙壁上画宣传画，在城门上贴标语，向各商户散发小册子，抓住来不及逃跑的反革命区长、镇长、恶霸地主开斗争诉苦大会。牌坊街的人们把这局面称为"拉锯式儿"。"式儿"，是花样、技巧的意思。打仗双方这样频繁地争夺县城，牌坊街的人们从未经历过，在他们眼里，这场战争的确是打出了精彩，打出了花样。

我六姐的婚事在八路军和中央军的"拉锯式儿"里顺利地进行。第二年秋天，两家商定婚期，曹家送来了"好"——男家把娶亲的日子写在红纸帖子上，抬上食盒，送到女方家里来，叫作"送好"，因为这日子是由算命先生查万年历，按天干地支掐算出的好日子。

六姐的"好"日定在腊月初六，八路军也在这一天围攻县城。中原野战军好像是追着曹家的花轿到来的，迎亲的人们刚进南门，解放军的部队就从东岗开过来。他们在文峰塔下架起机枪，散开成扇面形，从东、南两个方向向县城逼近。曹家的人惊慌逃窜，坐进我家客厅，苍白的脸还没转过色来。

我六姐在她的闺房里化妆，王姑和乡下来的嫂嫂们绕前绕后帮她穿戴。

母亲走进来说，快点吧，花轿已经来了。八路军到了南门外，说不定今天又要打仗。

她的话音没落，枪声零零乱乱响起，大街上传来商户们乒乒乓乓关闭栅板门的声音。曹家的人面面相觑，不知道迎亲花轿能不能上路。

王姑把母亲拉过一边说，枪声越响越紧，我看不行就……母亲摇摇头说，六姑娘的一场大事，怎么兴随便把好日子给废了？人家什么都准备了，三亲六眷都到了场。

店里的伙计们面露难色，南门外遍地都是军队呀。

在这样的时刻，母亲反而显得格外冷静，态度也格外坚决。她安排抬嫁妆的人立即动身，出西门，过河，绕道河西。然后亲手给六姐披上霞帔，戴好花冠，送她上轿。我六姐坐进轿里，轿夫放下帘子，抬嫁妆的堂兄折转回来说，西城门关闭了，守城的军队不让过。

母亲说，抬起轿跟我走。

母亲对自己说服别人的能力从来都很自信。她带领迎亲队伍来到西门口，找到守城长官，没费太大劲就说服了他。他同母亲一起走进城门拱券，对守城的士兵说，把城门打开，让他们出去。

母亲站在城门口，看着花轿急匆匆出城，城门重又关上，才转过身慢慢走回家。

紧张、热闹过后，少了一个女儿，小院里冷落了许多。店门早已关闭，伙计们抬嫁妆送亲去了，王姑独自坐在堂屋里抹眼泪。母亲咧嘴笑了一下，六儿的喜日，咱们都不兴难过。王姑哽哽咽咽说，外边枪打得这么紧，咱们六儿……

母亲说，不要紧，不管他中央军还是八路军，谁会冲人家的喜事？

送亲的人在太阳偏西时回到城里，害怕家里挂念，他们草草吃了一点饭，连酒也没喝就急忙往回赶。堂兄告诉母亲，他们一路顺利，没碰上军队，曹家的客人不少，婚礼很热闹。母亲放心地点了点头。

解放军没有进城，他们在城外和中央军打了一仗就向南阳方向走了。

第三天是六姐回门的日子。按照县城的规矩，女孩出嫁，第三天回娘家,在娘家住七天,第八天由婆家来接,以后除了逢年过节,没什么特殊理由就不能随便回家。

母亲老早起床,收拾了客屋。天气阴沉,西北风在房顶上呼啸,不一会儿,天上飘起雪花。母亲看着天,心神不定地在院里走动。雪越下越大,店铺的屋顶蒙上一层厚厚的积雪。全喜表兄做好了饭菜,全家人等着六姑娘回家。

直到晌午过后,一辆牛车才从南门大街走过来。

女儿扑打着身上的雪花从车上下来,母亲嗔笑着说,恶女出嫁,又阴又下,这话可没错说。

六姐叫了一声妈,眼圈就红了,为了不至于当着大家的面流泪,她回过身去收拾车上的东西,把一个小包袱提下来,跟着母亲走进堂屋。

曹鸿志被让进客厅,第一次作为我家的"新客"接受招待,由我大哥和店里的伙计们陪他吃饭。从此以后,我家人都称他为曹相公。

母女俩像分别了很多日子似的亲热地坐在一起。母亲看着六姐吃饭,自己什么也没吃。她用满含怜惜的目光打量女儿,不放心地问她到婆家后的所有细节,凡是六姐吞吞吐吐的地方,她都更加仔细地盘问。

知道她拿下车来的小包袱是婆婆为她准备的鞋面和袼褙,母亲说,这可真是个会持家的婆婆,三天回娘家也怕媳妇歇着。

王姑在一边插话说,曹家婆婆也太苛刻了,七天就让六姑娘给她做五双鞋。

母亲盯着六姐的脸说,怎么?她让你做五双鞋?

看母亲面带愠色,六姐小声小气地说,公公、婆婆、小姑、小叔,加上他,每人一双。

吃完饭,外边还在下雪,曹相公套好车准备回去。母亲把他送到门外,板着面孔冷冷地说,我家六姑娘从小上学,只知道读书,不会做针线。回去对你妈说,虽说我家六女儿不做鞋,你们一家不过就是五口人,一年穿不了几双,我全包了。

这位第一次上门的曹相公,也第一次领教了我母亲的颜色,他唯唯诺诺点头,坐在被冰雪打湿的车上,淋着大雪出城。

曹相公来接我六姐的时候,母亲把请人定做的五双鞋给他拿上,把她婆婆家准备的鞋面、袼褙原封不动地包在小包袱里退回去。临行时不客气地对他说,六姑娘是你们家的一口人了,你不能难为她,你妈也别难为她。你二娘我这个人很讲礼,可就是脾气不好。

六姐再一次回娘家是大年初二,上午来,下午走,按规矩不能在娘家过夜。那天同时来的还有姑夫和另外两个表亲。作为第一年走亲戚的"新客",曹鸿志和姑夫坐在主宾位,是宴席上的主角。伙计们充分发挥闹新客的天才,耍了很多花招和他开玩笑,灌他喝酒。曹相公倒是很开通,即使伙计们的恶作剧搞得过分,他也没显出失态。虽说酒喝了不少,可还能应付。一顿饭下来,和我家的伙计们混熟了,摆脱了拘谨,人也显得更开朗。

这是母亲第一次对这个新女婿全面验收,曹相公显然在母亲心里过了关。

吃过饭,母亲把他和六姐单独叫到堂屋,用和蔼可亲的家长态度和他说话。

　　曹相公，书雯和你都是读书人。父母拿钱供你们上学，虽不指望光宗耀祖，可你们俩总得比我们这一辈人更出息。不是我瞧不起庄稼人，种庄稼用不着读这么多书。我把女儿交给你，想听听你有啥打算。

　　这问题有点出乎曹鸿志的预料，他嗫嚅了半天讷讷地说，现在时局不好，一时还没什么打算。

　　我知道，六姑娘是你家长房媳妇，你爹、你妈想让你们守着父母生儿育女，几世同堂，这是人之常情，可你自己得有主见。守着父母庄田，几年以后肚里那点儿墨水就变成了青菜。人年轻不了多少年，光阴不等人。乡下人有句俗话说，误了庄稼是一季子，误了人是一辈子，时局好不好自己当不了家，有出息的人不会坐着等天晴。

　　曹相公露出了胆怯，不知该怎样回答母亲的话，他想说回去跟我妈商量商量，又怕我母亲笑他没有男子气概。

　　看他半天答不上话，母亲笑了一下说，回去跟你爹、你妈商量商量，书雯你们俩也好好商量商量。人，总得把眼光放远一点，不要只看鼻子底下那一点。八路军正在南阳、开封招人，要是你们愿意，我拿路费。

　　母亲的话使曹相公更感意外，八路军在咱这儿还没站稳，您放心吗？

　　母亲从鼻子里笑了一声，等人家八路军坐稳了天下你们再去参加，不是耽搁了好时候？

少年远行

20世纪剩下最后十几天了,正当人们为地球日益变暖感到担忧的时候来了一场十年少见的大雪,城市增添了意外的情调,行人和车辆都有点不知所措,到处是打滑慢行的车辆。我大哥和我大嫂到一个叫作中医学院附属医院的地方去住院。夫妇两人同时住院,这还是第一次。孩子们全都动员起来,为两位老人奔忙。我冒着寒冷和冰雪到医院去探望他,我的心情还停留在我的小说里。六姑娘在前一章里出嫁了,接下来应该是我大哥订婚、结婚,离开县城,渡江南下,开始他的人生之旅。在我的故事即将叙述的年代,他刚满十六岁,是个早熟的多愁善感的少年,从他身上能明显看到大姐的影响和父亲早逝在他心灵深处投下的阴影。杂货店的大少爷眉宇间流露着忧悒,眼睛里透出聪慧和敏感,挟着一叠厚书,走在私立临泉高中的校园里,像一只羽翼正在丰满的小鸟,对外边的世界充满向往。牌坊街的邻居们用期待的目光看着他,觉得张二嫂家这个孩子将来一定会很有出息。那时我还没法体会"人生如白驹过隙,转眼即是百年"这句古书上的套话。直到人类纪元又一个千年即将到来的时候,当我坐在大哥身边,看他恹恹地歪在铺盖着白色被褥的床上,一只手伸出在被子外,两条橡皮膏在他手背上打了一个白色叉子,把他的血管和挂在架子上的滴滴溜溜的东西连在一起,他斑白的头发和皮肉松弛的面容，使我一下子觉悟到岁月的无情。面对病床上的大哥，谁还能想象到他1947年那英俊少年的模样？尽管他的面相并不算太老，可谁也不会把一位六七十岁的老人误看作十六七岁的少年，问他有没有女朋友？对于一个个体生命，时间的脚印无法掩饰，在不知不觉中悄然流逝的每一秒钟，都在人的生命年轮上刻画着痕迹。

俯身问候大嫂的时候，我脑海中跳出她和我大哥结婚时的情景。我刚读过我大哥1956年写的一份自传，一个满怀革命热忱的年轻人的影子在我眼前浮动，遮盖着病床上这副老病的面容。"1947年末，因解放战争学校停办，我在家闲住了三个月，1948年3月经媒妁介绍，个人同意，和本县汤惠兰同志结婚。"现在这位汤惠兰同志和张书勋同志一样手背上扎着吊针，仰面躺在病床上打点滴。漫长的人生怎么会这样短暂？以至于想要回忆也无从说起。她和我大哥结婚时我是压轿娃。按照我们那儿的风俗，男家到女家去娶亲的花轿不能空着，里边要坐一个小男孩。那年我七岁，正适合做压轿娃。我坐着轿到了她家，被让进堂屋，坐在椅子里等待新人上轿。我把椅子轧起来，身体后仰，想透过帘子偷看正在化妆的新媳妇。可惜有几个人围在她身边，屋里光线又暗，白费心机的遗憾使我一直记挂到如今。帘子后的新媳妇对一个小男孩的吸引还新鲜地保存在我的记忆里，这个新媳妇却已变成白发苍苍的老人，她的孙女都已长到了她出嫁的年龄。

在病房幽暗的灯光下，我一面和大哥、大嫂说着琐碎的病情方面的话，一面禁不住想起一座偏远荒僻的村庄，那村头的草地、村外的河滩和河滩里茂密的树林。我大哥在他的自传中含糊其词地说"在家闲住"的几个月,其实是带着两个弟弟住在桐柏河岸边的一座小村里。城里在打仗,八路军和中央军的"拉锯式儿"在热闹地进行,母亲独自在城里守店,大哥、二哥和我一起到乡下去投奔一个特殊的亲戚,这座名叫小车庄的村子便成为我梦中的一片景色。大哥自传中那干巴巴的文字,很像考古学家掘铲下的化石,无论怎样科学的考证,多么丰富的想象力,也没法猜出其中掩盖的秘密。大哥、大嫂老了,不必再为理想、事业拼搏、纷争,曾经被看作比生命更重要的国家大事,也不再使他激动。埋藏于白骨似的自传里的故事,只有在怀旧的闲谈中才会闪现出岁月的色彩。好在大哥、大嫂的病情已经大有好转,陈年旧事是病房疗养最适宜的话题,病房的环境对于读者进入我的小说也是很合适的氛围。这座村庄自然而然就成为这一章的开头。

小车庄

小车庄对我的吸引,首先是这个村名,它使人联想到逃难途中大路上随处可见的手推车。一个袒露古铜色上身的男人,风尘仆仆推着一辆装满破烂和孩子的小车,在坎坷的土路上迤逦前行,是那个时代最常见的风景。父亲活着的时候,每当外出逃难,独轮车的正中堆放包裹,两厢捆缚被褥,为了使车帮平衡,姐弟们按个头大小搭配,分坐在两边。父亲肩扛车襻,手握车把,把面前这座摇摇晃晃的小山端起来,让它像风中的小船,在他两臂间荡漾。"推小车,不用学,只要屁股掉得活。"如果那时有的士高音乐,父亲的舞蹈肯定不比舞厅里的年轻人差。他的身体虽然笨拙，可他的腰胯灵活，与上肢配合的反向运动既和谐又有节奏感。小车一路吱吱咛咛把父亲的身影带进遥遥的背景，给我儿时的记忆留下一帧难忘的图画。我家两代人在音乐、舞蹈方面的天赋，说不定就来源于父亲的手推车。

虽经二哥多次指点，我还是看不出这座小村为什么像一辆小车。不管站在哪儿看，它都只是一座普通的村庄，和别的村庄一样，远望是一片灰蒙蒙的林子，走近逐渐有场院、屋顶、柴垛和村路。倒是小车庄的乌鸦巢给我留下特别深刻的印象。到小车庄的时候正是深秋季节，地里的庄稼已经收割完毕，翻耕过的土地起伏着赭黄色犁沟，村里的树木落尽了树叶，苍劲的树干和高耸的枝杈显得格外挺拔。在很高很高的枝丫间，一簇簇黑乎乎的柴窝棚在其间，虽然村子上空风很猛烈，可那些柴窝稳稳当当卡在树梢上。夕阳西下，乌鸦漫天飞来，在树顶盘旋，聒叫的声音响彻天空。人们在这乌鸦的聒叫声中赶着牛、牵着羊，踏着暮色走过村路。家家户户的屋顶飘起炊烟，灶房里响起风箱的声音。

我一直怀疑小车庄并不是因为它的地形而得名，虽然它的地势像一块三角形，可这样的地势叫作犁铧或是燕子倒更贴切。我怀疑它是由小史庄念转了音。我们到小车庄去寄住在舍婶家，舍婶其实是史婶，她的夫家是村上的大户，应该是这村的主姓。"史"变为"舍"，"舍"再变为"车"，这样的推断并非没有道理。

我很喜欢史婶，她那白白净净的脸让人看起来很舒心。凭着孩子的直觉，我猜想她当年一定很漂亮。她的穿着并不比一般乡下女人更特别，可是同样的家织布，同样的老蓝布裤褂，在她身上显得干净、利索,落落不俗。她为我们做的乡村饭菜也总是很讲究,又家常又可口,还经常变换些花样。酸腊菜,咸豆角,芫花,醋蒜,掺了黄豆的芥菜丝,史婶的小菜至今还让我想起来馋涎欲滴。

大约我喜欢史婶还因为她对我们弟兄三人的宠爱。她对我说话时总是温存地看着我的脸,轻言细语,眼睛里充满了爱意,使我常有一种想要在她面前撒娇的感觉。冬天的夜晚,风在屋后树梢上呼啸,我们弟兄三人和史婶一起围坐在火盆边。豆油灯闪跳着柔和的光影。她一边给我们讲故事,一边转挪着身子在火盆里炒花生、爆银杏。看我们像一群贪嘴老鼠似的嗑嗑吧吧吃,她脸上洋溢着溺爱孩子般的幸福感。提起这段经历,我二哥就会得意忘形地向母亲夸说:"我们一个冬天把舍婶的花生囤吃见了底。"

令我终生难忘的是西屋廊檐下挂的鹌鹑笼。秋冬之交,地里没有了庄稼、草木,鸟兔无处藏身,动物更换了羽毛,正是乡下人打兔子、逮鹌鹑的好季节。西屋的主人是史婶的婆家兄长。我们初到小车庄的日子,每天天不亮,他就到田野里去架网。廊檐下笼里是他精心喂养的"唱子",它们被挂在唱杆上,立在离网不远的地方,在晨雾里嘹亮地鸣叫。大群鹌鹑被这发情的叫声引诱过来,惊飞后投落在网里。只要我能起得来,就能跟他们一起去,看他们怎样逮鹌鹑。史婶的兄弟对我没什么敌意,高兴时还常把逮到的公鹌鹑送我玩。但我能感觉到他和他的女人对史婶并不友好,正像我四叔、四婶和我母亲总有隔阂一样。大约这是弟兄、妯娌之间不可避免的心态吧。小时候,每遇乡下弟兄闹不和，婶母总是痛心地感叹："仇人造弟兄，一点都没说错！"我为此感到纳闷，一母同胞的亲兄弟，究竟是手足之情还是天生的对手？上天把前世的仇人造为后世的弟兄，是为了让他们亲密起来，弥补前生互相伤害的罪过，还是为了让他们继续为敌？

细想起来，史婶遭到弟兄的忌妒是很自然的。她的两个兄弟都有老婆、孩子，史婶独自一人，没有儿女累赘，十几亩地靠别人种，日子清闲、自在，无论吃、穿、用、住，都显得宽绰、富足，囤里存着吃不完的粮食，屋里挂着隔年的腊肉干菜，与弟兄们同住一院，当然会使别人不舒服。她对我和哥哥们的宠爱也便更加合乎情理。我们三人的到来，大大改善了史婶的处境。一个偏远乡村的年轻寡妇家里突然来了三个城里孩子，聪明、漂亮、懂事、有礼貌，她孤单的生活一下子变得欢快、热闹，在堂兄弟眼里史婶能不感到高兴和自豪吗？

后来我知道了，史婶亲我们，其实是因为大哥的缘故。许多次吃饭，大哥的碗里忽然出现异常情况。他用筷子翻动碗底，神色变得很不自然。史婶脸上闪射出满足的光芒，用既是会心又是怜爱的眼神瞧着我大哥，直到他把埋藏在面条下的荷包蛋或腊肉块慢慢吃下去。我大哥打了一个喷嚏，史婶立刻去翻箱倒柜为他寻找棉袍，绕着他追问，娃，是不是着凉了？天冷，别看书了，到火盆边坐着去。每次大哥回城去看望母亲，一过中午，史婶就会带着我和二哥到村头大路口去等待。大哥的身影一出现，史婶的脸上顿时现出灿烂的笑容，如风吹云开的秋天的天空，分外晴朗、清爽。

到小车庄不久的一个夜晚，我被一阵响动惊醒。睡眼模糊中,看见大哥、二哥已经醒来,屈腿坐在床上倾听窗外一个女人的哭声。在深夜的寒风中,她的哭声凄凉、悲切,小屋里的三个孩子全都坠入莫名的悲伤里。我没法想象脸上经常挂着甜蜜的笑意的史婶,为什么会在半夜里伤心啼哭?

大哥摸索着穿衣下床,打开房门,顶着冷风到史婶屋里去。他低声的劝慰没能使这哭声停止,史婶反而哭得更伤心了。在唔唔噜噜的哭诉中,她不断呼唤着一个名字。我明白了她是在哭她的女儿,一个叫作小凤的女孩,我和二哥呆坐在黑暗里悄声交谈。我于是知道了隐藏在史婶暧昧的感情里的秘密,也恍然明白了几年前逃亡王油坊的时候,为什么我大哥老爱站在村头向东瞭望。

大哥很小的时候,母亲就为他订了婚。逃日本时我大哥还没见过他的小未婚妻,可他知道她就住在不远处的村子里。站在王油坊村头,能清楚地看见那村子的树木、房屋和场院。一个女孩在那里出生、长大,在一片有着密密的乌鸦巢的茂盛的树木掩映下,走在蜿蜒的村路上。小车庄这个普通的村子,仅仅因为一个从未谋面的女孩,在大哥眼里变成一片令人心驰神往的圣地。那村头闪过的每个身影,都使他心潮起伏。知道这点秘密我感到很得意,想不到在我心目中如此完美、被我崇拜的大哥,心里还有这样的私情。

从那个夜晚之后,这个乡村院落在我眼里便蒙罩上一层神秘色彩。一个女孩的气息围绕在史婶身边,我处处感觉到她的存在,想象着她曾怎样在窗下读书、绣花,以怎样轻盈的脚步踏着院里的甬路,从石榴树下走过。她的面容和身姿,如水中的倒影一样缥缈、波动，在不知不觉中和大姐的影子重叠在一起，在我心底勾起深深的怀念。尽管我知道她已经在去年秋天死去，可我还是觉得她并没有离开人世，说不定什么时候我会在秋天的田野里看见她。她挎着一个很大的布兜从通向城里的大路上欢跳着走来，史婶像迎候我大哥那样站在村头看着女儿走近，用满脸的疼爱打量她，母女俩亲热地说着话走回家，她为她打洗脸水，冲鸡蛋茶，像父亲当初疼爱大姐一样为她张罗吃的。女儿在她身前身后绕动，喋喋不休地对她说学校和城里发生的琐事，母女俩絮絮的说话声一直绵延到深夜。

我不再为史婶对我大哥的偏心宠爱而暗暗失落。在这个世界上，除了我大哥，还有谁可以让她疼爱？每到黄昏，我脑子里就会闪现出一些奇怪念头：如果天不黑，太阳不落那该多好！那样我们就能老在史婶身边，让她高高兴兴。

晚饭过后，我们在史婶屋里玩耍，夜深人静也不肯离去。我们一走，她一个人躺下，吹熄灯，就会想起她的女儿。白天我们带给她的热闹和欢乐，在黑夜里会使她变得更孤单更凄凉。

在很长一段日子里，我眼前总是晃动着这女孩的身影。我站在村外，望着草木凋零的田野，想象着秋天的景色。哪儿是她走过的田间小路？哪儿是那片她伯母和婶母打架的地方？她婶母和伯母为什么争吵已经无关紧要，也许她们只是因为一件琐碎不堪的小事，甚至只是妯娌间的一句闲话。她正挽着草筐沿着收割过的地垄拣豆子，婶母和伯母越吵越凶，最后冲到一起厮打。她把草筐放下，跑过去想把她们分开。两个发疯的女人谁也不肯罢手，其中的一个在挥舞胳膊时把她推倒在地，这女孩墩坐在刚刚收割过的豆茬上，豆茬刺破了她的大腿。这点伤本来不至于要她的命，可是，第二天这女孩不应该去摘绿豆。"明知道她腿上有伤，我怎么会没拦住她？"每提到女儿的不幸，史姆就会悔恨交加，觉得宝贝闺女的生命完全是因为她的粗心疏忽而被断送了，如今受到上天的惩罚，是她罪有应得。

史妞的故事使我知道了在我们那儿流传很广的一种传说，受了外伤的人不能进绿豆地，绿豆秧毒气大，中毒的人会浑身起疮、溃烂，无药可治。在长大的过程中，我一直保持着对绿豆地的恐惧。在我下乡当农民的日子里，看见茂盛的绿豆秧，我身上就会陡起一层鸡皮疙瘩。摘绿豆是我最讨厌的活儿。成熟的豆荚是黑色的，表面有一层茸毛，既难看又痒手，稍不小心豆荚在手里崩开，豆粒散落，卷曲的硬挺的荚皮就会刺破手掌。幸亏摘绿豆的季节我从没受过外伤，否则我是不是也会像史家的玉凤一样生连疹疮，在不到两个月里就送了命？

我猜想我母亲和史姆对这门亲事都很满意，从她们在一起谈笑风生亲密无间的样子，我能感觉到母亲和史姆是一对互相欣赏的朋友。尽管我母亲在小凤死后不久就为我大哥另择新人，选定了如今和我大哥一起躺在中医学院病房里打点滴的这位汤惠兰同志，可她和史姆的友情一直保持得很好。

我大哥在小凤去世后的第二年春天和我大嫂订婚。为他提媒的是我家的邻居、母亲的牌友老缸娘。

春节刚过，各家商户还没正式营业，伙计们在为即将到来的元宵节忙碌，母亲被老缸娘约到隔壁去打牌。

老缸娘眯起眼睛看着手里的牌，抽出一张芝麻花准备往下撂，突然把手停在空中说，要不然，把对门帽壳铺汤掌柜的大妞给你家书勋说说吧？

我母亲愣了一下，汤掌柜的大妞？

是啊，汤大妞不比史妞强？

我母亲想了想，你别说，两家住这么近，我还真没留意。

老缸娘笑了，从前她天天晌午来给汤掌柜送饭嘛！

我母亲认真想了想，拍拍自己的脑门笑起来。

帽壳铺和我家错对门，汤掌柜和我家是多年的老街坊，每天抬头厮见，隔着大街打招呼。我二哥经常在他家廊檐下撅着屁股看汤大伯和王五下象棋。他和冉家书铺的冉五伯一样爱和孩子们逗玩，逗起孩子来比冉五伯更一本正经。他指着从大街上走过的一个女人对我二哥说，二娃，二娃，瞧刚才走过去的那是谁？我二哥一脸愕然地望着他。汤大伯唝着脸，盯着我二哥的眼睛，等了好一阵才卖着关子说，真不知道？二哥摇摇头。那是你妈，你亲妈，住在河那边。你是从河坡里抱回来的。我二哥望着那女人远去的背影勾下了头。他从帽壳铺回家后，一直枯皱着脸闷闷不乐，母亲叫他吃晚饭他也爱答不理。我母亲审视着他的脸，一直哄到深夜，他才用要哭似的声音嘟嘟囔囔说，我看见我亲妈了。这句没头没脑的话惹得母亲憋不住笑出了声，又是你汤大伯这老家伙逗你吧？我二哥说，你骗我！我是从河坡里捡回来的，我亲妈在河那边。我母亲在我二哥额上戳一指头，你个二蛋娃！那老家伙跟你闹着玩的话你倒当真了！第二天我母亲牵着我二哥去找汤掌柜，两个大人哈哈大笑把我二哥取笑一顿，当面拆穿了昨天的戏言,可我二哥还是半信半疑,经常望着大街上走过的乡下女人发呆。

和这样熟悉的街坊做亲家,有点出人意料。近在眼前的女孩,为什么从前没有在意?

可是此时的大哥已经不是七八岁的孩子,他现在是我家顶门立户的男子汉,县城最高学府临泉高中的学生,心气很盛,母亲不敢再如过去那样包办他的婚事。谁知道他怎么想呢?这个鳖子儿挑得很呐!

让他自己看看嘛。看对眼了我做媒。

在老缸娘的热心撮合下,我大哥同意到元宵灯会上去相亲。这是对县城婚姻制度的重大改革,我大哥争取到了自己相看对象的权利。可这权利不能给我大嫂。如果女孩也有了这样的权利,她们就会装扮起来,让男孩看不到她的真实面目。按照老辈人的教导,女孩骗起人来比男孩有办法,她们心灵眼透又会装模作样,男孩则粗心直肠,经受不住诱惑,容易上当。

汤惠兰同志在完全不知情的情况下,被老缸娘哄骗到大街上。她不知道那大老缸娘为什么那么热心地陪她逛灯会。她们亲亲热热像一对母女那样一边说话,一边看灯,从南阁街一直逛到西门外。街上热闹极了,人潮拥挤,摩肩擦背。各家商号门口悬挂着彩灯,狮子、龙灯、旱船、高跷,各类社火队伍一伙一伙敲锣打鼓从大街走过。母亲和我大哥站在西门外一家商行门前的台阶上。老缸娘带着我大嫂来看柏枝桥。为了让我大哥看清楚汤大妞的模样,老缸娘把我大嫂引到灯光明亮的地方,用手指着柏枝桥上那盏讨人喜欢的娃娃灯,让我大嫂久久地仰脸观看它。

大哥、大嫂的婚事证明了前世姻缘自有天定。史婶刻意追求多年的称心女婿，在即将到手的时候失去了。为了与我家般配，她把女儿送入女校上了几年学，到头来还是人算不如天算，只落下更多的伤心。而帽壳铺这个爱与牌坊街孩子们逗玩的小老头儿，短短的几天内就解决了大女儿的终身大事，好像他的大女儿这么大没找人家，就为了等着1947年正月十五这一天。

我母亲没想到事情会这么顺利。在柏枝桥下看了几分钟，她不放心地盯着我大哥的脸揣测。我大哥笑了一下，点点头说，你想定就定吧，只要你觉得行。我母亲可没那么好糊弄，她抓住我大哥的话头紧钉着说，你可别这样说。这是你亲自看的，你愿意就定，不愿意咱另找，免得以后埋怨我。我大哥只得老老实实地说，那就定下吧。

尽管弟兄三人在小车庄受到悉心照料，过着比家里还要舒适的日子，可十天半月之后，三个流浪少年的心开始对这里的一切感到厌倦。枯水季节的桐柏河像一绺即将断流的小溪，在裸露的荒滩上蜿蜒。冷风沿着河谷奔腾，摇撼滩里的枯树。我们连到河边去看一眼的兴致也没有了。大哥变得越来越烦躁不安，那些让他读不厌的书仿佛也失去了吸引力。我和二哥不想再到西屋去看斗鹌鹑，甚至史婶那无处施放的母爱也让人感到腻味。

弟兄三人坐在村头，无情无趣地看着通往县城的大路，牵挂独自留在城里的母亲。我伏在衰黄的草地上，臂肘和双膝撑地，翘着头，举起脚，听大哥吹箫，二哥跟着箫声唱歌。我虽然听不懂歌词的意思，可那呜咽缠绵的曲调在我心里回荡起莫名的忧伤,使我想念母亲,想念自己的家——那窄窄的天井小院,大牌坊下的月夜,大街两厢关闭了栅板门之后吞含着幽幽黑影的廊檐。夜晚和小伙伴们追逐玩耍,捉迷藏,挑老兵,上城,过星星,抵牛阵……直到母亲忙完当天的账目,到街上来找我,我极不情愿地哼哼着被她牵着手带回家。那样的日子还会有吗?

史婶从村里走出来,陪我们坐在草地上说话。你妈今天该来了。我知道她今天该来了,可我们谁也不想说这个话题。大哥又开始吹箫,二哥用他低沉的嗓音唱歌。

　　……西天还有些儿残霞
　　教我如何——不想她——
　　晚风吹动了我头发
　　教我——如何——不想——她——

我一动不动地绷紧脸听着这歌声,背过身不敢让史婶看我的眼睛。暮色降临,天黑下来。乌鸦在空中盘旋狂噪之后,平息了零星的啼鸣,卧进树顶窠巢里。史婶说,回家吧。我给你们做油茶喝。见我们三个谁也不想动弹,她捉住我的手腕,林林,站起来,咱们走。

我不甘心地站起来,拍打着身上的草屑,最后一次向县城方向张望。夜幕笼罩了田野,白白的大路淹没进混沌的夜色里。在我已经完全失望转身向村子走去的时候,黑暗中传来隐隐约约的脚步声。弟兄三人全都站下脚,扭身向田野深处倾听。脚步声虽然微弱,却越来越清晰,由远而近沿着大路传来。我清楚地听出那是妈妈的脚步,她裹过的尖足在黑暗中深一脚浅一脚地向前走。我大喊了一声妈——就向黑暗中扑去。母亲用欢快的声音答应我。她放慢脚步,等我奔跑到她跟前,弯下腰,搂着我,把她的嘴唇深深压进我腮帮的肌肉里。我摆动着头大喊,你的脸好凉!冰死我了——

大哥、二哥也都跑过来,接过母亲臂弯里的包裹,牵着她的手。我蹦蹦跳跳在前边跑着向村里走,史婶高兴地嚷叫着说,你要再不来,这三个孩子可都要疯了!

接近过年的时候我们离开了小车庄。史婶和我大哥商量,希望把小凤的尸骨迁葬到我家坟地去,大哥答应了。可是在这样一件小事上,母亲的态度却远不像我大哥想象的那样宽容。

那怎么行?让她迁进咱家坟地,汤姑娘不成了填房?

一个女孩的尸骨牵扯到这样严重的礼仪问题,我大哥当然不会因为自己的同情心而使汤家大妞没过门就变成续弦。

在我们离开小车庄的时候,史婶收拾了一大堆东西,干菜,腊菜,咸鹅蛋,咸鸭蛋,蜂蜜,黄蜡……大包小包,坛坛罐罐,确实够大哥忙乎的,顾不上提迁葬的事也就显得很正常。史婶心里好像很明白,她再没向我大哥和母亲提起。

临行时我不敢正眼看她。史婶把我们送到村口,站在寒风中擦拭眼窝。这情景成为她留在我心中的永远的图画。

后来我隐隐感到,母亲要我们离开小车庄,除了年关将近这个借口,也许还有别的更重要的原因。如果没有别的原因,我们在小车庄住了那么久,凭着母亲和史婶的感情,为什么此后多年两家几乎没什么来往，母亲也很少在我们面前提起她？大哥用"在家闲住了三个月"这样笼统的一句话把这段往事从他的自传中忽略掉，难道他的记忆真的出了问题？

直到我在外边的世界为自己写了许多浪漫故事，像一个落泊游子似的回到县城，重新见到她，萦绕在心底的牵挂才得以消融。不知她是从哪儿得到消息，得知我和母亲从省城回到了老家，住在南城墙迁盖的旧房里。她出现在我家小院里的时候，母亲一眼便认出了她，脸上现出由衷的惊喜，一把攥着她的手说，你这个老货怎么还这么俏！她仍然用那样满含爱意的目光看着我，仿佛我仍然是一个六岁的孩子。当我的儿子和女儿出现在她面前时，她不由得惊叹了一声，哎呀二嫂，这一转眼都……她皱起眉头在心里盘算了一阵，二十五年了！

史姅和我记忆里的样子没有太大的差异，除了穿着依然干净、整齐，那张明净的脸好像比二十五年前更光鲜。母亲攥着她的手，一直把她拉到堂屋椅子里。起初我母亲没留意她身后跟着一个人，直到那人把肩上的袋子放下地，带着泥土的鲜红薯骨骨碌碌从袋口滚落出来，我母亲才回身去打量他。那是一个五六十岁的庄稼汉，人虽瘦小，却很精明强健，旧草帽下露出一张憨厚的脸。史姅说，你赶集去，我在这儿跟二嫂说说话。老汉向我母亲微笑着点了一下头，很听话地握弄着倒空了的布袋走出去。我母亲盯着他的背影，把疑问的目光停留在史姅脸上。

这是老根儿。

母亲意味深长地噢了一声，史姅开朗地笑起来。

这时，我母亲惊讶地发现门外还站着一位二十岁上下的女孩。

这是小萍。过来，见见你二娘。

母亲这一下可真被弄得目瞪口呆，哎呀呀你个老货，怪不得你越长越嫩了！顾不得儿女都在身边，母亲开始用尖酸的俏皮话和史婶开玩笑，两个人变得像二三十岁的人一样活泼。

你怎么会想开了呢？

我凭什么替那个死鬼当地主啊？你说？地也分了，房子也没了，没儿没女，我还替他守什么？守他那两个缺德兄弟？让他们背地里捣鼓我，到工作队那儿告我的黑状？扭头一嫁，我也是贫下中农，谁还敢欺负我？

母亲指点着她赞叹说，你呀！你呀！你个人精！

我忽然记起在我们离开小车庄之前，村里来了两个穿灰制服的人，曾经在大门旁边的小屋里住，每天到农户家里去串门。史婶虽然还像原来那样照顾我们，可她像有了什么心事似的脸上晃动着阴影。那两个人也许就是史婶说的工作队吧？我恍然明白了我们离开小车庄的真正原因，也明白了大哥为什么在自传里忽略这段经历。

史婶应该感谢工作队。

母亲校正我说，不能再叫人家史婶，要改叫李婶！那个跟在她身后给我家背了一袋红薯的人叫李老根。他们的宝贝闺女叫李萍——尽管我知道她生在李洼，与小车庄毫无关系，可见到她的第一眼我就觉得好像在小车庄的田野里见过她。无论是白白的瓜子脸，伶俐的眼睛，长长的辫子，还是那一身素雅而普通的衣着，都和我想象中的女孩完全一样。所不同的只是那女孩神情郁悒,这女孩开朗活泼,在母亲和我们全家人面前毫无陌生感。她一进城就到我家来,一来就动手收拾屋子,洗菜、做饭,哄我的女儿玩,就像我家的一口人。

一年后,李萍嫁给了一个军官。我还在县城打小工的时候,她已经到武汉去做了随军家属。史婶像当初溺爱我大哥一样溺爱那个身穿军装的小伙子。

多年来我对她怀有的歉疚之情冰消之后,心里不禁泛起一丝落寞。我所念念不忘的桐柏河岸边的那座村庄,现在对于我还有什么意义?史婶已经变成李婶,一个和我毫不相干的李洼生产队队长李老根的老婆;那个把小车庄和我联系在一起的女孩如流星般掠过人世,早已遁入虚无;我猜想曾经被史婶视若生命的那一捧尸骨,恐怕连踪迹也难以寻觅。如果不是今天为了写小说而重新想起她,还有谁会记起她?记忆深处的东西一下子失去了依托,成为与任何人都无关联的幻影。人世间正在进行着的一切,无论对于个人是多么刻骨铭心,要不了多久,不是一样会被淡化、被遗忘,最后化为一无所有吗?时间像一个无私的清道夫,不断把人这个动物遗留在世界上的东西(不管是珍宝还是垃圾)清除掉,以免空间被历史阻塞。

大武汉

我大哥和我大嫂在1948年春天结婚。这个十七岁的英俊少年,不贪恋新婚燕尔,在我大嫂三天回门之后就离开了家。他应该被描绘成一个胸有大志、仗剑远行的好男儿,可在牌坊街人们的眼里,他不过是战乱中纷纷南逃的学生中的一员。在那样的年月,县城里不管哪户人家,只要有十七八岁的学生,都要想方设法让他们到外边去寻找出路。母亲第一次感到了对时局的困惑,不管战争怎么打,日子该怎么过还怎么过,这个固有的信念在两年多的"拉锯式儿"中产生了动摇。她已经清楚地感觉到,这个世界真的要变了。多年来她习惯了一遇战事就把孩子送到乡下,自己留在城里坚守店铺,有机会就开门做生意。可现在大哥已经长大,她不能老让我们在乡下东躲西藏。中央军和解放军的"拉锯"还在热闹地进行,今天是人民政府,明天是国民政府,城里总有人为了这"人民"与"国民"的一字之差而献身流血。当人们弄不清究竟该服从哪个政府的时候,没有人顾及学校什么时候开学。校长、老师各自逃命,院里长满荒草,教室门窗洞开,连门框和窗框都不知去向。在这样的情势下,只有不负责任的家长才会让孩子回到城里来。不仅那些啾啾叫着飞过空中的枪弹不分好人坏人,打着谁该谁倒霉;抓丁、拉夫更牵系着每家父母的心,孩子落在军队手里,比被枪弹打死还麻烦,一家人会永远为他担忧。一个小伙子,既不读书,又不做事,只在亲戚家里闲住,我大哥成为母亲沉重的心事。即使将来战事平息,待在县城又有多大出息?我大嫂的哥哥汤惠生在武汉大学读书,度完寒假,参加过妹妹的婚礼,即日要和他的同学马耀华一起返回学校,母亲毫不犹豫地决定让我大哥跟他一起走。汤惠生和马耀华是我们县城最早到外边去上大学的学生,不但品学兼优,更加一表人才,被牌坊街很多家庭当作发奋读书的楷模。我大哥虽然和他们并不相熟,可作为晚生一侪的学生,能和这样的人一起出去,他当然很乐意。

早春二月,天气还很寒凉,麦苗已经返青,树木还没长出新叶,大路两边的衰草正萌生出浅浅的绿意。对于祖辈生活在小县城的人家,十七岁的孩子出门远行是一桩神圣重大的事件。父亲一生虽然常到乡下去赶庙会,可他走出的最远的地方是祁仪镇,离县城六十里。而大哥所要去的地方,先得起旱(我们县城的人把步行称为"起旱",以区别于乘船、骑马、坐轿、坐车)四天,走过桐柏山北麓三百多里的丘陵和山路,到驻马店搭火车,沿平汉线跑一天,到达中国最有名的那条大江的岸边,再在汉口码头坐轮渡,到江对岸的武昌。母亲对汉口的熟悉,是因为那里生产的轧花机零件,诸如辊子、刺条、钢套、曲轴之类,多年来为我家财源兴旺做出了不可磨灭的贡献。提起汉口,母亲心里就会热乎乎的,像惦念一个关系非同寻常的亲戚。我对汉口的感情,是五岁时母亲曾托人从汉口给我带回一双胶鞋,下雨天不必再穿泥屐。尽管那双泥屐是有名的苏州泥屐,也曾让我在牌坊街孩子们中间骄傲过一阵,可它毕竟很笨重,套在鞋上拖拖拉拉,一不小心还会崴脚。胶鞋就不同了,我可以把它很方便地穿在脚上,在大街泥水中奔跑。那是我平生穿过的第一双胶鞋,也是牌坊街孩子们见过的第一双胶鞋。此后当我抠弄发白起泡的脚趾缝的时候,我就会用炫耀的神气对别人说,这都是穿胶鞋穿的了。这种脚缝发痒、流水的病症,对于生活在干旱的北方的人,无疑是一种时髦的象征。我大哥现在就要到出产这双了不起的胶鞋的地方去,我得意的心情可想而知。而母亲和我对武昌的感情却是因为一出轰动县城的戏。过年的时候有一个戏班子在县城演连本戏《蝴蝶杯》，发生在龟山脚下除暴安良的爱情故事成为店铺里每天议论的热门话题，母亲宁肯不吃晚饭也不愿耽搁了占顶台座位的时辰。看戏中间，她不止一次从袖筒里掏出手帕，抹去因欢笑或悲伤而涌出的泪水。儿子就要到发生这故事的地方去求学，他要坐轮船横渡那条江，那条烟波浩渺渔船荡漾的大江。急公好义、抱打不平而又风流浪漫的田公子，和孤弱多情、聪明智慧的渔家女胡凤莲，在这条江的江心月色下，在长不过丈二宽不满六尺的小舟上调情，这精彩的场面感动了县城的无数男女。在母亲心里，武汉三镇是个洒满月光和阳光的大码头，适合我大哥这样敏而好学的有志青年去寻求发展。

虽然是结婚三天仓促上路，母亲还是为她的儿子做了精心的准备。她亲自动手为我大哥收拾行装，每件衣物都做了仔细检点，给我大哥贴身的衣服里缝上暗兜，用来藏放零钱。早几天就请店铺里的伙计方相公把我大哥要穿的鞋子穿在脚上，使劲在硬地上踩平，以免上路后穿新鞋磨脚。时局荒乱，路途遥远，为防被人打劫，身上不能带钱。母亲到西关烟行里去采购了一担烟叶，让方相公担着这担烟，护送我大哥到驻马店，在那里把烟叶变卖，作为大哥南行的资费。

临行前母亲把汤家大少爷和马耀华请到家里吃了一顿饭，郑重其事地把我大哥托付给他的内兄。"书勋他年少无知，从小娇惯长大，没出过远门，热冷饥饱都得大人操心。这次出门，一切全靠你了。咱们两家从前是近邻，现在是亲戚。你是他的兄长，见多识广，有不到之处，多加指点。外边时局混乱，大人不在身边，你们弟兄之间互相照应，有事多在一块商量。到了汉口，勤给家里捎个信儿来。"母亲安排说，"书勋他不会操心，钱由你替他经管，出门在外，别的什么不说，饭一定要吃好。"

二月初六是个吉祥日子。一夜没有入睡的母亲，天不明就起床了。她把我大哥的行装再一次清点一遍，站在堂屋里想了又想，看还有什么应该带，还有什么应该收拾，还有哪些事没有交代清楚。我大哥走出卧房，她上上下下把他仔细审视了一遍，然后把他带到院里，低声交代说："汉口积庆里有兴华烟厂的办事处，咱家在烟厂入有股份。在武汉遇到什么为难，你就到积庆里去找宋万昌。"说完，她盯着我大哥的脸说："记住了吗？"看他点头答应，才走入厨房，去指点王姑为出门的人做早饭。

像送别六姑娘一样，母亲庄严地看着儿子走远，返回身再来安慰站在屋檐下抹眼泪的王姑。王姑在我们的生活里不但发挥着保姆的作用，还经常替我母亲扮演每个母亲都会有的软弱和婆婆妈妈的角色。有了王姑的眼泪，母亲才能使自己显得从容、大度。

新媳妇是个有教养的女孩，她对新婚离别没显出太大的失落，倒是很安心地独守空房，面对散发着油漆气味的新家具，每晚在灯下做针线、读书，帮助母亲料理家务。母亲很得意，她在四十五岁上实现了做婆婆的心愿，有了一房儿媳妇。出门远行的大哥也算有了家室，身上多了一份责任。

惊蛰已过，春分将近，正是二、八月里看巧云的季节，天空显得高远明净。前几天落过一场小雨，田野里流荡着清新的薄雾。三个年轻人背着简单的行装，方相公担着担子，一行四人走出东门,沿着坎坷不平的大路向东北方向走。连年战争,通往驻马店的官道破败荒凉,沿路的村庄也显得死气沉沉。第一次出门的新鲜感与第一次离乡的愁绪混搅在一起,跨出家门,我大哥就感觉到了自己的脆弱。连日来对江南的向往和就要走出县城的兴奋心情,一上路变成了莫名的惆怅,看着汤惠生和马耀华一路轻松说笑,他更感到自己的孤独和幼小,怀疑该不该跟他们一起出门?走出几十里路,在路边小店里停下,吃过一顿鸡蛋臊子面;太阳从云层里露出,村庄和田野在正午的阳光下闪耀,他还是觉得自己像在做梦。站在饭店门外的柴棚下,看着通往远方的大路,他心里想,如果这会儿返回去,天黑还能赶到家,突然出现在灯影下的饭桌旁,母亲一定会惊喜得满脸欢笑。跟着几个人背起包袱,两腿在晃眼的大路上移动,他一直摆脱不掉也许今晚还会回家的念头。沿路走去,眼前景色变得陌生起来,脚下的冈峦更加斑斓,远处的山影更加清晰。待他转过神,发现太阳已经坠向西方。在落日余晖里渡过一条河,走近一个山边小镇,他才真实地感觉到离家已经很远,今晚不能回家了。明天他会越走越远,走向他从没去过的大世界。

这是他有生以来第一次在家乡之外的一个陌生地方,和陌生的路人一起过夜,他从没住过这样的干店。一间大房子,地上摊着稿荐。一盏油灯在墙洞里摇曳,地铺上躺着、坐着形形色色的旅人。赶脚的、挑担的、小贩、行商、农民,经过一天劳顿,可不愿因为陌生人的存在而耽搁一夜好觉。他们坐在属于自己的三尺宽的地铺上,旁若无人地各自宽衣解带,裸露出不同肤色、不同胖瘦的身体。我大哥发现,这些陌路相逢的人,并不像他想象的那样隔膜,一旦并排躺在同一间屋子的地上,他们之间就会生出患难相怜的情分。搭讪几句闲话之后,方相公和身边的旅客开始互相打听路途上的消息,像熟人似的彼此关照。"八十五师放弃了许昌,准备在漯河和八路军开仗。那一带的小伙子这两天都在向南逃,东边的地面乱得很了。""你们明天千万别走沙河店正街,最好从小路绕过去,那儿的民团见人就搜身要税。"最吓人的消息是春水寨聚集了四五百土匪,几个村都被抢掠,今天早晨路口还躺着几具死尸。

出门来的第一夜,我大哥被惊醒了三次。每次都有一伙人披着棉袍,掂着枪,站在客人头前喊:"收店捐了啊!"如果有谁没动,他们就用脚尖挑着那人的脖颈说:"醒醒!醒醒!别让我动枪托。"没人敢问他们是什么人,也没人凑近去认真看看他们手里的家伙是真是假,反正要的钱并不多,破一毛、两毛的小财,总比挨打、搜身、被抢劫要好。到了后半夜,只要能让人赶快继续他们的好梦,三毛五毛也算不得什么。我大哥不明白"店捐"这个词的意思。方相公笑了一下,就是让住店的人捐钱呗。有个词儿,掏钱算是有个名目。至于为什么一夜有几伙人来收,那肯定也有它的理由。一个地方有那么多帮会、民团、军队,谁不需要过往客人的捐献?一夜只收了三次,已经是够幸运了。

离驻马店还有二十多里路,天已经黑下来。我大哥脚上的疱溃烂了,走路有点跛拐。四天路程快要走完的时候,几个人都失去了耐心。不管还有多远路,哪怕走到半夜,今晚一定要走到,绝不能再在路上住宿。方相公不断用谎话哄骗我大哥,他指着前边的黑影说,过了那个村就到。一个村一个村过去了,翻过一道土冈，终于看见地平线上闪出一片亮光。四个疲惫的人兴奋起来，欢腾的心情使我大哥那两条僵硬的腿又像刚出门时一样轻快。

还没走进这座城市，他听到一声怪叫，伴着"空空同同"的巨响和哧哧的喷气声，天空升腾起一团团黑色云雾。这声音使他激动，也使他惧怕，望着黑乌乌的城市深处，他猜不出火车这头钢铁怪物究竟是什么模样。

平汉线上的重镇是一个落满煤灰的车站，用喧嚣的声音、乱哄哄的人影和流着污水的街道迎接远道而来的客人。尽管和三个旅伴在一起，问路、找店都有方相公操心，我大哥这个初出远门的少年还是感到了自己的稚嫩和娇弱，隐藏在夜色中的城市使他窥不透它的面目，他像个怯生的孩子似的拘谨地跟在别人身后，不像走在家乡熟悉的路上那样轻松自在。

他不知道这个嘈杂的地方究竟聚集了多少人，一路走过去，几乎所有的旅店都住满了。方相公向客店的掌柜说了很多好话，他们才被安置在一座小楼的廊檐下。在灯光恍惚的店房里，他明白了，旅店几乎都被驻守平汉线的军官和逃出家乡的有钱人占据了。店里的伙计在楼上走道里给他们打地铺，四个人分睡在两条稿荐上。方相公小小心心把他担了三百多里路的宝贝烟叶放在地铺的头前，以免被走过楼道的人踢着。如果不是战争，这个从小县城走出来的少年绝不可能有这样的荣幸，能和腰里挎着盒子枪的营长、连长们混住在同一座楼上，和他们只隔一道板壁。一路的疲乏被板壁那边传过来的喝酒行令和男女调笑的声音搅散，这个没见过世面的中学生平生第一次听见军官和妓女们调情，他惊异地发现那些吓人的脏话能够被一些男人女人轻松自如地使用,只有夫妻俩在暗夜里才可以悄声言说的事情,一旦被许多男女大声说出来,也就没什么羞羞答答。像永生难忘听见火车吼叫的情景一样,一个军官唱的小曲深深烙印在记忆里,几十年过后他还能清楚地记得:"打牙牌呀么打牙牌,天呀牌,地呀牌……单把那人牌搂在怀。"在他迷迷糊糊将要入睡的时候,"哗——"麻将牌骤然推倒,一片喧闹腾起,哗哗啦啦的洗牌声在他头顶不远处震响。"妈啦个……"方相公小声骂了一句,汤惠生和马耀华也都转动一下身子,嘴里发出嘟嘟喃喃的声音。马耀华索性坐起来抽烟,烟头火光在暗影中一亮一亮,照着他脸颊上浮动的怪模怪样的冷笑。

门呀的一声打开,一个大兵一出屋便踢在我大哥身上。幸亏我大哥只是哎了一声,那个大兵没怎么发火,一路骂骂咧咧,脚步很重地踏着楼梯走下去。过了一阵,手托着买来的吃食返回屋去。屋里的麻将和喧闹声一直响到天明。

在走向大都市的第一个驿站,在后半夜的楼道里半睡半醒之间,这个在母亲卵翼下长大的少年,脑子里不断盘旋着"醉生梦死"这个书上读过的词儿,觉得自己也如醉了酒一样头晕目眩。他听见心里有个冷嘲热讽的声音在说话,你们这些小县城里的小市民啊!可真是愚蠢透顶愚昧透顶!狗苟蝇营,辛辛苦苦,成年累月日夜操劳,舍不得吃,舍不得穿,尖酸悭吝,看见穿军装的人吓得点头哈腰,俯首帖耳。交派粮、交派草,交各种名目的捐税,还把你们家里的孩子抓壮丁、拉差夫,可你们知道板壁那边这伙人是怎样防守平汉线、怎样和八路军打仗的吗?见过他们怎样花钱,怎样嫖妓,打牙牌?……这声音像一条沉重的带子缠绕着他,把他坠入黑沉沉的深渊。等他一觉惊醒,院里已经有很多人在走动,行色匆匆的客人们起了床,在院里哗啦哗啦漱洗。天一亮,夜里困扰他的那些乱七八糟的念头也都像破碎的梦一样烟消云散了。

方相公把烟叶担到烟行,变卖成钱,按照母亲的吩咐,把钱交给汤惠生,然后为他们买了车票,送我大哥上车。

看着一个钢铁的庞然大物裹着狂风挟着煤灰风驰电掣地扑过来,我大哥心惊肉跳地从站台边往后退,他看到,昨晚在很远的地方就能听到的"空空同同"的声音,原来是一长串巨大的铁柜子在轨道上奔跑。不等火车停稳,人们纷纷拥向车厢一端,抓住窄窄的铁梯向车顶攀爬。我大哥明白了,所谓坐火车,就是坐在火车顶上,爬到闷罐车的车顶去。爬上去之后,车顶周围既没有抓手也没有栏杆,四周是弧形斜坡,屁股下是光光的铁皮。他不禁为那些靠边坐的人担忧,火车跑开以后他们会不会被甩下去?可是事实证明我大哥的担心是多余的。尽管那天车顶挤得很满,不少人坐在斜坡边缘,我大哥至今想起来还为他们感到后怕,可成百上千的人坐在闷罐车顶上,迎着扑面而来的强风,驰过铁桥、弯道、隧洞,八百多里路,竟没一个人掉下去。令他惊异的是人们为了乘车而不顾一切的精神。他们争先恐后地向车顶爬,一些人直接从车厢壁上向上攀,拿出飞檐走壁的功夫。不大一会儿,车顶被密密麻麻的动物挤满,火车开始咻咻起动,还有人拽着铁梯不肯松手。在那样的关头,只要能爬上去,不使花钱买来的车票变成废纸,好像要不要命都无所谓。

说起武胜关隧道,我大哥爱用"抒"这个词儿。按照《现代汉语词典》的解释,抒,是"用手指顺着抹过去,使物体顺溜或干净"。过武胜关隧道,如果不知道低头弯腰趴下身子,你就会被隧洞"抒"下去。这使我想起一个惊险电影的镜头,坏人和好人在列车顶上追杀,坏人拿着枪面对好人,趾高气扬地挺立着,千钧一发之际,火车驰近了隧道,结果是"啊——"坏人从飞奔的火车上被"抒"了下去。1948年春天,我大哥显然还没看到过这样的警匪片,没见过好人与坏人在飞驰的火车顶上追逐打斗的场面,他不知道他第一次坐火车的经历,比起过山车、疯狂老鼠、魔鬼塔……算不上什么惊险、刺激。1948年驰往汉口的火车当然不是好莱坞的外景道具,人的生命在火车顶上也不会如电影里那样可以被随意"抒"走,电影里的人死后并不妨碍演员好好地活着,而我大哥坐在车顶可只有一次生命。后来,当母亲听我大哥讲述这段历险的时候,她的眼睛、鼻子和嘴巴全都像要崩裂似的张大了。可这故事接着就有了转机,时局虽然混乱,铁道管理者们倒大有聪明人在,他们在离隧道半里远的地方做了警告标记,提醒车顶上的动物不要忘记趴下身子。那标记很简单,只是在空中横一道粗绳,再在上面吊一排细绳,细绳的长短标出武胜关隧道拱顶的高低,只要碰不到这排垂挂的绳子,你的小命就不会有什么大碍。这办法虽然省事,却为挽救车顶的芸芸众生做出了卓越贡献,它使我母亲脸上的肌肉得以松弛下来,紧张的表情化为一声感叹。

我大哥已经记不得到达汉口究竟是下午几点钟,他们三人什么时间坐上轮渡,什么时候到达珞珈山。总而言之,他一路顺利,在离家后的第五天平安到达目的地。

从踏上珞珈山的那一刻起,我大哥就瞪大好奇的眼睛,打量这所在他心里如圣殿般的有名的大学。根据汤惠生和别的学生的描述,他觉得这所大学和他在县城就读的临泉高中差不多。武汉大学和临泉高中都建在远离闹市的郊外,坐落在俯瞰城市的高地上,周围是荒坡野树;一个临江,一个临河;一个是武汉一景,一个是县城八景之一。走进校院,他发现这里的一切都和他想象的相差很远。首先是它的校园不像校园,你没法知道它的边界在哪儿。临泉高中已经够大了,它占据着城北两座高冈,北楼是男生部,南楼是女生部,中间隔着一道号称北泉的溪谷,城里的孩子们到临泉高中去玩,要非常留心才不至于迷路。可武汉大学几乎完全占据了一座山,沿着迂回曲折的山路走,走一阵就会弄不清方向。它比我们的县城复杂多了。我们那座令人自豪的县城号称有四门两阁七十二条街,六里一百二十八步长的城墙,可它毕竟是一块平地,街道、房屋都很集中,道路平直,方向明白;而武汉大学不但范围大,而且建筑分散,上下错落,立体分布。最让人头疼的是这儿几乎没有一条不斜不弯的路,对于从小生长在北方平原里、习惯了认着方向走直道的人,行路就成为一件特别需要用心的事。既然无法确凿地说出东、西、南、北,那他该怎样弄清楚要去的地方,记住走过的路?

看到一条在晚风中飘荡的标语,他愣住了。

反饥饿!反迫害!反内战!

他扭动脖颈,默念这些粗黑的大字,用我们惯常使用的革命语言来形容,他"犹如听到一声惊雷",站住脚,半天没能回过神来。饥饿!迫害!内战!这三个词渲染出一种乱世飘蓬、风雨如晦的气氛,战争的火药味怎么会这样快这样浓就熏染了他心目中的圣地?离家时所抱的期望和幻想在一瞬间变得恍惚迷离,他心里涌上来的第一个念头是,我还能到这所大学的课堂里去做旁听生吗?

如果不是饭厅里宏大的开饭场面给他以振奋,来到江南的第一夜,他真不知道该怎样去驱散心底弥漫起来的阴云。武汉大学饭厅里的那顿晚饭至关重要,对于一个出门在外心神不宁的人,没有比吃上一顿丰盛的饭菜更好的安慰了,它会使人忘却烦恼,不再被想家的念头纠缠。那天晚上我大哥见识了大学生们怎样就餐,南方人如何坐桌吃饭。八人一桌,有荤有素,有菜有汤,米饭在大木桶里,谁吃谁自己打——这习惯被我们的各种会议聚餐沿用到如今。我大哥从没见过这样阔绰的饭厅,这样壮观的吃饭场面。在临泉高中,学生都在院里吃饭。天阴下雨,饭送到教室里,课桌就是各自的饭桌。每顿饭有一个高粱面和白面掺和的花卷杠子馍,一碗南瓜菜,或是茄子、豆角、白菜、萝卜之类,能喝上黏糊糊的面条,大家都感到很满足,乡下孩子会千方百计少吃馍,多喝稀汤,不吃菜。可在这儿,每桌有鱼、有肉,光是饭桌上和饭厅角落里的剩菜、剩饭,也足够养活牌坊街半条街的穷人。

我大哥的胃被美好的食物温暖之后,他对大武汉重新焕发出希望。走出饭厅,他在心里轻轻哼唱起马凡陀山歌:"往年古怪少啊,今年古怪多。板凳爬上了墙,灯草打破了锅……"武大饭厅里的情景使这个刚从小县城走出来的少年对校园里反饥饿的标语感到困惑不解。这当然要怪他没有接受过革命教育，不懂阶级斗争和辩证法，再加上从小生长在一个节俭成癖的家庭里，虽然没到城隍庙去看过劝世壁画，却接受了过多的父亲、母亲的熏陶，至今还保留着吃饭要把落在地上的馍花捡起来吹吹灰土再放进嘴里的陋习。他不知道这儿是大学，一个大学生不管家里穷、富，不管买饭票的钱是父母怎样省吃俭用、东挪西借给他们凑来的，在这儿都要做出挥饭如土的气派，否则就不像一个大学生。城隍庙的壁画骗不住这些读了很多洋书的摩登青年，他们知道人死之后没有地狱，无论生前怎样浪费粮食、暴殄天物，死后也不会被阎罗王插进磨脐去研磨。只有愚昧透顶的傻瓜才会在乎来世。可我大哥没见过这样的阵势，他不明白这些大学生吃着县城小康人家过年才能吃上的饭食，却在那儿大声疾呼地反饥饿，这事儿是不是有点古怪？如果我大哥是这所大学的学生，说不定他早已习惯了这场面，不会再这么小家子气地大惊小怪。汤惠生和马耀华以刻苦求学闻名于街坊，家境不比我家更好，在外文系读了三年，饭厅里的情景他们已经熟视无睹，"反饥饿"的热情好像比一般学生更高。这个看似老成持重的内兄，把妹夫送到斋房，就和马耀华一起急匆匆地和一伙学生走了。虽然他只说了一句"你睡吧，我有事"，可我大哥明白，他是去"反饥饿"。如果我大哥是这所学校的学生，说不定他也会去。闹闹学潮，把激昂慷慨的热情发泄一下，对精力旺盛的青年学生毕竟是件很过瘾的事。临泉高中和惠民中学的学生都曾利用运动会闹风潮，给小小的县城留下了不少难忘的故事。

汤惠生他们的宿舍是一大片依山傍坡的斋房，如果不是按照"天、地、玄、黄、宇、宙、洪、荒、日、月、盈、昃……"编了号，一个新来乍到的人，想在这些面目相似的排房中找到要去的房间，并不那么轻而易举。不知道这是哪位老先生的发明？是不是觉得1、2、3、4……太简单，而A、B、C、D……太洋气，甲、乙、丙、丁……太俗？亏这位老夫子想得出来，用学童开蒙的千字文四字经作斋号。按照20世纪90年代的规矩，也许他该荣获一项创意奖。

我大哥对武大的斋号有如此深刻的印象，是因为他来到珞珈山的第一夜就住进了"荒"字斋，事后每每想起来，它仿佛在暗示着他在人生道路上第一次出门的心境和遭遇。人的心情有时候就像天上的云彩，变化起来只在须臾之间，难以说清理由。走出饭厅时他心情蛮好，走进斋房就开始变坏，躺下之后，心情非常糟。宿舍里住着四个人，只有一个学生在屋里。这是个南方人，低矮的个子，颧骨凸出的脸，一口莺歌燕语般的南方话，你愈听不懂，他愈显得和气大度，仿佛和一个来自北方县城、听不懂南方话的中学生交谈是一种乐趣。这个南方人的名字也怪怪的，他叫邵赟惕，不知道这又是哪位老先生的杰作？如果在惠民中学，同学们不把他叫作烧鸡腿才怪。这拗口的名字和武大的斋号很相称，和我大哥对这个人的印象也很相称。他处处显示出南方人的优越感和洁癖，使我大哥感到别扭，他不想和他过多地寒暄，在汤惠生床上叠出一个被窝，及早上床睡觉。

大学生的宿舍虽然比一路上的小客栈好，我大哥却睡得很不安稳。他不知道烧鸡腿在磨蹭什么,迟迟不肯熄灯,好像有洗不完的东西,整理不完的杂务。我大哥像在乡下逃难时睡在别人场院里一样,把罩在外边的小夹袄脱下来,和衣而卧,内衣和裤子都没脱,仿佛预感到晚上会出什么事。

刚躺下不久,宿舍外响起杂乱的声音,多年逃难养成的习惯使我大哥警觉地翻身坐起。黑暗中有一只手伸过来,在他身上轻轻拍了两下,南方人那张瘦小的脸向他凑近,嘴巴差不多触到了他的面颊,烧鸡腿压低声音说,别吭声,外边在抓人。

吆喝、训斥夹杂着大声抗议的声音从宿舍那头传过来。我大哥披衣坐起,听着窗外越来越嘈杂的声音,烧鸡腿的话使他为汤惠生担心,不知道他现在在哪儿,会不会被抓走?

吵嚷声越来越激烈,斋房里的学生好像全都走出来和抓人的人争辩。校园里一片混乱,听得出军警在学生的围攻中开始撤退,学生们在后边追赶着喊口号。

叭——啾——叭——啾——

尽管经过了多年战争,这是我大哥第一次这么切近地听到枪声。它像过年燃放的起火箭,清脆炸响之后带着尾音划过天空。

"妈的,他们开枪了!"

汤惠生在天明之后回到宿舍,给我大哥留下些饭票。不管反饥饿运动怎样演变成轰轰烈烈的罢课学潮,武大饭厅里的饭还像原来那样按时开。

我大哥像个赶会看热闹的游客,吃过饭就到教学楼前去看学生们的大字报,听大学生们充满激情的演讲,站在校园路边,看游行队伍挥舞旗子高喊口号走下珞珈山。校园里很热闹,教学楼前聚集了很多人,几个学生指点着墙上的几个小洞慷慨激昂地演说。那几个小洞并不起眼,如果不是有人用红墨水把它圈起来,也许我大哥不会特别留意。那是昨晚军警开枪的证据,每个弹孔都被火药熏黑,带着恐怖的气息。弹孔下贴着昨晚被抓走的学生的名单,这面墙就像耶路撒冷的哭墙一样成为学生们演讲、集会的圣地。教务处开除学生的布告糨糊还没干,就被抗议标语盖上,布告栏周围的墙壁贴满了言辞激烈的文章。我大哥是不是在那儿受到了启蒙,他以后的文笔和口才才那样雄辩?

当大多数学生去集会、游行的时候,邵一个人躲在"荒"斋里读书。(我大哥这样叫他,听起来像一个外国人对中国人的称呼,和外文系的环境更协调。按中国人的习惯,省去名字比省去姓氏更亲近。大约邵并不知道我大哥用他的姓称呼他是因为有一天他忽然想到了这个字的英语单词很适合他。正如我们那儿乡下人把傻瓜叫能豆,把过分聪明的人叫老憨一样,用schmo称呼烧鸡腿是再恰当不过了。这个人太精明,太滑头,叫他"笨蛋"很合适。)他手里各种读物都有,还经常翻译一些文章。他让我大哥在那些日子里不至于因为没什么事干而寂寞。我大哥曾经有过一本英汉对照版的《少年维特之烦恼》,现在他可以和这位南方小子讨论歌德,听他用英语朗读白朗宁夫人的诗。有时候,他突然从床褥下拿出一本破旧的小册子,凑近我大哥的脸,神秘兮兮地说:"读过吗?"我大哥伸长脖颈,看着那印刷粗糙的书页,"一个幽灵在欧洲游荡,无产阶级的幽灵……"这样的句子一闯入眼帘,就像火种一样点燃了我大哥胸中的热情,使他的忧悒、烦闷、愤世嫉俗变成一种冲动。这些纸张低劣的印刷品仿佛有一种魔力，使年轻人一拿到手就着迷。在一段日子里，schmo像变魔术似的不断为我大哥变出这样的小册子和意想不到的旧书，那些旧书的扉页上往往有模糊不清的不知是哪个图书馆的印章。从马克思、列宁，到车尔尼雪夫斯基、别林斯基、契诃夫、高尔基，从《青铜骑士》《波尔塔瓦》《团的儿子》《铁流》《表》，到《差半车麦秸》《李有才板话》《中国社会各阶级的分析》……在武汉大学大罢课的日子里，"荒"字斋成了我大哥真正的大学。

学潮没有平息的迹象，到学校去做旁听生的愿望一天比一天渺茫。汤惠生把我大哥安置到山下一个叫作杨家湾的小镇，去忙自己的事了。解放军正在一天天向南逼近，他好像天天有忙不完的事要做，顾不上照顾这个第一次出门的内弟。他十七岁了，照理说应该能够自己照顾自己。汤惠生当初到武汉来，既没有伙计担着担子相送，也没有靠任何人帮助。由于家境拮据，他先在县城代课，挣到了学费才外出求学。读了邵先生的一些小册子，我大哥似乎明白了汤惠生为什么不像他期望的那样亲近。他第一次怀疑自己的阶级成分，这个靠父母惨淡经营养大的孩子，来到武汉，才开始独自面对生活。和汤惠生他们相比，在母亲娇惯下长大的历史使他感到羞惭。他暗自庆幸第一天晚上没把饭厅里的感慨随便说出来，如果汤惠生听到，他会不会也像那些壁报文章里指责的那样，把他看作托派、ＣＣ或是别的什么可耻的角色？

他突然觉悟到自己的形象和武汉大学饭厅的环境极不相称。

坐在油头粉面、谈笑风生的公子哥儿们旁边,他是个小县城来的乡巴佬,一身寒酸的穿着,一口惹人发笑的乡音,一副惶恐羞怯的样子。而在意气风发的革命学生当中,他又是个有产者的少爷,从如火如荼的北方逃出来的小资产阶级,他们有理由鄙视他。不管是摩登男士还是朴素的女孩,无论革命者还是古板的书呆子,看见这个和他们同桌吃饭的陌生的中学生,眼睛里都会流露出遮掩不住的疑问,这个土头土脑的孩子是谁?他怎么会坐在我们的餐桌上吃饭?我大哥只能低下头挺直后背,尽可能装出不在意的样子,才能吃完这顿饭。

汤惠生为他租的房子在一家皮鞋店的小楼上,阁楼里摆放着六张窄窄的小床,租给外地来的学生。在阁楼上读书,听楼下铿铿锵锵修理皮鞋的声音和小贩们的叫卖声,恍若回到县城。当清晨的阳光照亮阁楼的窗口,他从床上坐起,透过房檐下的窗棂俯看小街熙熙攘攘的人间景象。担着青菜的小贩,摆在路边的豆浆、油条摊子,赶早集的乡下人……想家的念头猛然涌上来,向他脆弱的心袭击。

  蓦地　我又回到了故乡　走进沉沉的小院　妈披着那件羊皮大袄　咳嗽着　喘息着　抽着烟　等待着　她远游的儿子的消息……

母亲在等待着。到了夜晚,她会坐在床沿上,久久地望着摇曳的油灯想他。她会在夜静更深的时候蓦然从梦中惊醒,呱呱咳嗽着,披上大袄,摸出烟。火镰、火石在黑暗中碰响,闪闪火星照亮她瘦削的脸,她吐出一口烟,随着一声长长的叹息,牵肠挂肚的挂念使她彻夜难眠。

可是她得不到儿子的消息。战争使邮路中断,即使他写了信也难得寄到母亲手中。我大哥也不想给母亲写信。叫我对她说什么呢?说这里在闹学潮,我一天到晚在杨家湾和武汉大学之间游荡?说这里像家乡一样物价飞涨,市面上发行了金圆券,你交给汤惠生的钱早已贬值,连到武大附中去报名的钱也不够?说我的零钱早已花完,口袋里的饭票所剩无几?说有几所学校在这儿专招南下学生,只要进了这样的学校,就立即有吃有穿,有薪饷?可我知道妈妈你绝不会让我贪图这样的便宜,去穿上青年军的制服,坐上火车,一直向南,向南,去为这场战争充当炮灰。说我想你,妈!我好几次忍不住半夜哭醒过来,再悄悄拿手背把眼泪抹干,恨不得立刻回家?我有很多很多话要对你说,可是叫我从何说起?妈,现在我什么也不能对你说。因为我不知道在这儿住着究竟要干什么,这样待下去究竟有什么结果?我等待着等待着等待着,等待有一天能够对你说些什么。

晴朗的天气里,从阁楼望下去,很多人家院子里晾晒起刚刚浆洗过的被单、衣、裤,像飘扬着大小不一花色不同的各种旗子。每天上午,妇女们和姑娘们纷纷走过小街,走上珞珈山,到各个斋房门口去收取学生们需要浆洗的衣服和被褥,然后成群结伴挽着大筐小筐一路说笑,到东湖边去洗。纯朴的小镇女孩无忧无虑的身影,给这个远离家乡的少年带来寻常生活的温馨,使他的心情在一瞬间变得清澈、明朗。为什么从前我从没发现这普通人家的生活这样美好?它能给人安慰,给人勇气,使人不颓丧,不消沉。

邵回他的家乡去了,"荒"字斋如这所大学一样在这个少年的心里荒芜了。他厌倦了校园,厌倦了那些不管是革命、反动,还是观潮、玩世的大学生们,除了吃饭,他从不到教学区、生活区去。杨家湾待腻之后,他最爱去的地方是农学院的桃园。他整晌整晌坐在桃园里,看粉红的桃花争彩斗妍,然后片片零落,在枝头的花苞里孕育出青青的毛茸茸的果蕾。没有学校可上,没有书可读,这个十七岁的少年流连在珞珈山上,耐心地等待着,希望有一天能给母亲捎信,说我已经坐在大学的教室里,开始旁听学业。他敬佩为武大选定校址的人,是谁最先发现了珞珈山?发现了这片幽静博大的山林,把教授们的住宅建在松涛涌动的山坡上,由于十八栋小楼而得名?如果没有十八栋,我大哥很难设想他会怎样度过那一段流浪闲愁的日子。当他被沮丧、想家、孤独折磨,陷于迷茫的时候,到十八栋来,看山势雄浑,林莽巍巍,一阵风过,松林像大海一样起伏,涛声如万马奔腾,大自然的神奇力量荡涤了他胸中的污泥浊水,使他心中充满惊喜。母亲的笑容在林海里闪动,母亲的手随着山风抚弄他的头发和脸庞,她的声音如云如烟在林梢上缭绕,他觉得他仍然是一个被宠爱的孩子,珞珈山松涛中的骄子。

有一天,楼下的房东站在他面前说,张书勋,该交房钱了。他恍然悟到在杨家湾已经住了三个月。母亲在他鞋底里缝的银元只剩下最后一枚。三个月,他觉得自己真正长大了,有能力对付遇到的困难,不需要别人为他拿主意。反正回家的路费也没有了,不必为什么目标着急。他决定明天过江,按母亲临行的嘱咐,到积庆里去找宋万昌。

坐轮渡横渡长江，如在十八栋听松涛一样使人振奋。他站在渡轮甲板上，任江风吹拂他的头发和衣襟，裤管在他膝下飘摆。望着滔滔东去的江水，江面上游曳的轮船冒着黑烟在波涛间驰骋，呜呜呜叫的汽笛声动人心弦。两岸景色随着船头移动，展示出大武汉的恢宏气魄。在纷乱的世界里独往独来，和谁也不相识，和谁也无关联，孑然一身，混迹于陌生人中，以无关痛痒的目光浏览周围的人群，在不经意间听别人交谈。如果不是躺在20世纪末的病床上和我一起回忆往事，我大哥很难意识到这段日子的宝贵。做纷纭世事的旁观者，人间大舞台的过客，人生能有多少机会享受这样的自由？

和珞珈山相比，汉口仿佛是另一个世界。江汉码头并不因为学生们惊天动地的大罢课而减少它的繁华，各种船只照样泊满码头，码头上车水马龙。装卸工们还像往日一样腰间扎着宽幅缠带，赤裸着深褐色的脊梁，低头弯腰，驮着沉重的大包，踏过栈桥，在船与岸之间往返。挑粪工喊着号子，挑着大得吓人的木粪桶从人流中穿过，满满登登的排泄物以它熏人的气味和斑斓的色彩，证实着人类这个动物世界的运动像长江一样滚滚不息，不因打仗、罢课或是哪一个人的生、老、病、死、喜、怒、哀、乐而停滞。

商人们还在忙忙碌碌做生意，市民们还在忙忙碌碌赶街，他们对革命与反动、民主与独裁、胜利与失败的兴趣没有对柴、米、油、盐更关心。货币贬值，商店门口出着大甩卖的招贴，中山大道的店铺里，留声机把花花世界的诱惑变成一个软绵绵的女人的声音："……今宵离别后，何日君再来……"这个十七岁的青年在1948年夏天听到这首歌和我们几十年后在卡拉OK歌舞厅里唱它不但心境完全不同，而且风味大不一样。留声机唱片旋转的沙沙声把一个女人的柔声细气扯得更细更长，更像一条风中起舞的蛇，每个从大街走过的人听到这歌声都不免意乱情迷，不能不驻足流连。在那个瞬间，我大哥觉得自己像街边小贩摊子上的麻糖，在珞珈山上还是硬硬脆脆的，走过汉口闹市就变得腥软粘黏，英雄气短，儿女情长。

跨进兴华烟厂办事处，面对一副从没见过的奢华气派，在一瞬间我大哥有点不知所措，他没敢正眼看屋里的人，不知道该怎样开口。就在这时，孙国涛走过来，在他肩上拍了一掌，高兴地喊着，张书勋——你怎么来了！这个有名的牌坊街孩子们的帮头及时解除了我大哥的尴尬，他像在县城充当小兄弟们的保护人时一样，亲热地揽着我大哥的肩膀，前几天张二婶托人来问你的消息呢！这才几天没在一起玩就见外了，到武汉这么几个月也不来江北找我？

听到母亲的消息，我大哥激动地问，我妈……她说什么了？

放心吧伙计，赵大发从烟厂来，说你妈让问问你的情况，我找到马耀华，问清楚了，让他给张二婶捎了信。说你在杨家湾住，一切都好。有我在这儿，她老只管放心。有什么过不去的，他一定会过江来找我。怎么样，你这不是来了？

孙国涛的热情、豪爽使我大哥有点不好意思。

跟着你那高才生大舅子，把哥儿们忘了。他连推带拉把我大哥带进套间，一边走一边嚷，三叔，看谁来了？

宋万昌从大转椅里欠起身子，看着我大哥的脸，这不是书勋吗？几时到汉口来的呀？

你还认识我，三叔？

宋万昌笑了一下，认识你？回家问问你妈去，看你们弟兄三人的名字是谁给起的？

尽管宋万昌的态度和蔼，可在这样豪华的地方，比在县城兴华烟厂经理室看见他更让人拘束，他没说让他坐，我大哥就一直站着。还没吃饭吧，娃子？不等我大哥回答，他转过头对孙国涛说，国涛，带书勋到咱们招待站吃饭去，别忙着走，在汉口玩几天。

兴华烟厂设在积庆里的办事处使这个县城来的孩子平生第一次看见地毯、沙发、写字台、电话机，知道了世界上有一种叫作盥洗室的地方，人可以在那些漂亮的白瓷池子里撒尿、拉屎，然后按一下机关，水会自动喷出来，把池子冲洗干净。这奥秘是孙国涛告诉我大哥的，他第一次演示时，顺手按了一下，唰的一声，我大哥吓了一跳，以为是哪个地方出了意外。

兴华烟厂的招待站就在办事处对门，走过一段狭窄的天井，后院是一座旧楼，楼下大房子是食堂，楼上住着从家乡过来的学生和小商人。孙国涛不在这儿住，他父亲是兴华烟厂的大股东，办事处特意为他家另租了房子。孙国涛带他到招待站看了看，向那里的伙计交代，这是西门里张家铁器铺的张书勋，烟厂的股东，来这儿吃饭、住宿你们多招呼。然后对我大哥说，今天中午咱们不在这儿吃，我把李子如叫过来，咱们一起去吃西餐。

正像汤惠生和马耀华是牌坊街有名的才俊之士一样，李子如和孙国涛则是牌坊街孩子们中间有名的侠义头头。这两个人学习不怎么在意，可就喜欢做孩子们的头领，从小学到中学，不当班长就当斋长，当不上斋长起码也要弄个路队长干。由于留过几次级，年龄比同级的学生大，个头比别人壮，虽然打架不在行，可喜欢管闲事打抱不平，还经常把自己玩腻的小刀、自动铅笔、胶木墨盒之类小玩意送给别人，从家里拿了钱出来和弟兄们一起下馆子，买烧鸡。谁受了外街外校学生的欺侮，他们就约一群孩子去为他报仇。如果打群架吃了亏，他们会把乡下亲戚家的孩子请来，非让对方托人说情服输才肯罢休。

当中原野战军穿过伏牛山向南挺进，南阳盆地战火纷飞，我们的县城已经变成一座空城的时候，我大哥和他的街坊校友孙国涛、李子如坐在汉口中山大道的面点坊里吃西餐。

"用不惯是不是？"李子如手里拿着明晃晃的刀叉教我大哥使用餐具，我大哥就成了我家最早接受西洋文明的人，知道了叉子要拿在左手，刀子则应该握在右手，大勺舀汤，小勺吃冰激凌。除了雪白的台布和餐巾而外，他对西餐的印象并不好，首先是它没法让人吃饱，其次是白兰地有股臊味。点心虽然如意，孙国涛只要了很少几块，他不好意思再要。

我大哥注意到孙国涛和李子如好像也没吃饱。他们在街上逛了一阵，在汉正街街口每人买了一个烤红薯。这东西比西餐可口多了，三个人吃得都很开心。那是我大哥第一次吃烤红薯，吃起来和埋在灶底烧出来的红薯差不多，只是少了一点柴灰味，不必再拿到手里拍，放在嘴下吹灰。

这是我大哥来到武汉之后所度过的最愉快的一天。两个身穿西服脚蹬皮鞋的阔公子，带着我大哥逛大街、逛码头。

在江汉关，我大哥看见路边小摊上摆着一些不认识的东西，一簇长长的瓜似的东西长在一起，看黄瓜不像黄瓜，看丝瓜不像丝瓜，黑黢黢的皮，透出褐黄色斑块。不等我大哥发问，孙国涛笑着走过去掂起几根，和小贩搞了一阵价钱，撂过去几张纸币，抓过来，一人递一根说："吃吧，这是香蕉，从外国运来的。"这玩意给我大哥留下的印象不怎么样，黑黑的稀巴巴的皮，剥开之后是黏黏糊糊的一条，使人联想到人或是狗的大便。我大哥对香蕉的恶劣印象使他多年后在郑州火车站再一次看见它的时候，不敢相信自己的眼睛。同样的形状和外貌，它们却是金黄色，外皮光洁漂亮，不像江汉关的香蕉那样黑不溜秋，惹人嫌恶。

晚上由李子如请客喝馄饨，吃蒸饺。这都是我大哥从没吃过的东西。据他说，那时的馄饨、蒸饺比现在好吃多了。喝完馄饨孙国涛要大家一起去大光明电影院看电影。我大哥从没看过电影，中午、晚上叨扰了别人，电影票总不能还让人家掏钱。这未免使我大哥忐忑不安，他口袋里只有一块银元几张纸币，如果在宋万昌那儿借不到钱，杨家湾的房租就没了着落，过江的船票也成了问题。即使舍得把压袋钱花光，也不知道三张电影票得多少钱？电影院门口的瓜子摊很招眼，保不准这两位公子哥会随手抓两包，那就会要我大哥的好看。在我大哥还没编出推辞的理由时，孙国涛已经把电影票买回来了，他还真在瓜子摊上拿了三包瓜子，每人手中塞一包。我大哥很感动，孙国涛这家伙真够朋友！

那是一部他非常喜欢的电影。电影里的插曲在县城的学生中早有传唱，可坐在大光明里看《马路天使》，对县城的孩子是不可思议的。年轻貌美的金嗓子周璇在银幕上飞着媚眼对我大哥唱那首著名的歌，本来今天我大哥很愉快，被她一唱，心里又充满忧伤。"家乡啊北望，泪呀泪沾襟——"我大哥哭了。一天的兴致被这场电影搅浑，直到走回积庆里，他心里还是感到很难过。这首歌像是专门为他演唱的，让他在享受了大都市的繁华之后，躺在积庆里的臭虫堆里想念家乡，想念母亲，想念他新婚离别的妻子。

积庆里的臭虫使我大哥大开眼界。灯一熄，枕下、身下、胳膊肘下，到处都有小动物在蠕动。半夜点亮灯，他禁不住倒吸了一口气。天呐！谁见过这么多这么大的臭虫啊？灯影下，吸饱了人血的小虫子圆滚滚地泛着亮光，像紫玛瑙一样密密麻麻地在床席上滚动，不少小生命被他的身体碾破，在枕头、床席上留下斑斑血迹和黑黑的碎皮。

第二天他们没在街上吃饭。兴华烟厂招待站食堂的饭还可以，在那儿吃饭能见到很多家乡来的人。和武汉大学的饭桌相比，这里是另一种气氛，周围全是乡音，使人心里温暖。随着南阳放弃，招待站的饭桌上每天都有新来的客人，他们刚从家乡逃出来，能给大家带来家乡的最新消息，把一路所见所闻讲给大家听。

这一天我大哥没塌欠孙国涛和李子如的人情，心里比较踏实。

到了晚上，两个公子哥儿穿着笔挺的西装，打着领带，皮鞋擦得锃亮，头发打了明晃晃的发蜡，兴致勃勃来约我大哥。

孙国涛手里掂着一双皮鞋，看见我大哥就把鞋撂在地上说，换上鞋，跟我到百乐门跳舞去。我大哥坚决地谢辞了。他不能去。除了钱这个硬头货压迫着他之外，即使换上一双皮鞋，这一身行头也没法和两位公子哥相伴同行到那样奢侈的地方去。推让了一阵，孙国涛只得遗憾地说，那好吧，书勋实在不想去也不勉强他，咱们走吧。

虽然积庆里的臭虫想起来就会使人头皮发麻，可我大哥还是耐着心住下来。在这儿住不仅能听到家乡的消息，最主要的是，他得找一个合适机会向宋万昌借钱。这个初经世面的青年虚荣心很强，开口借钱是件颇费踌躇的事。

第二天孙国涛和李子如再约他逛街的时候，他的情绪明显地有点消沉。街上有很多招生广告，"长沙通讯学校""江南机械学校""华东农林矿产学校""中山外文预科"……每看到一个广告，他心里就会翻一阵波澜。这么多学校竟没有我的份！收费的学校上不起，不收费的学校要文凭。如果他有一张文凭，不管那些不收费的学校是不是在为国民党招募炮灰，他也不惜去试一试。可现在他不但没有钱，而且连一张文凭也没有，高中他没毕业，初中毕业文凭没带。在武汉待下去还有什么意思？

孙国涛看着他的脸说，怎么了？张书勋，是不是想上学呀？

我大哥苦笑了一下，没钱，又没文凭，招生广告看着叫人眼红。

李子如拍拍他的肩膀，这年头上什么学呀！书呆子。

见我大哥眼圈红了，他哈哈笑着说，别这么死脑筋嘛，瞧你身边站着谁呐。有你这两个大哥，想上学还不容易？

孙国涛笑起来，张书勋他跟咱俩不一样，他就是喜欢读书。走吧，我给你弄张文凭不就行了。

我大哥瞪大眼睛看着他，不知道他的话是真是假。李子如在他肩上又拍了一下，孙国涛手里有的是文凭，惠民中学、临泉高中的他都有。只是有一点，你得拿钱，不拿钱可不行。弟兄是弟兄，事情是事情，印文凭总得掏印刷费。

我大哥半信半疑跟着他们到孙国涛的住处去。他打开抽斗，两套包括校长在内的印章和一叠印好的毕业证让我大哥看得目瞪口呆。他掏出口袋里剩下的唯一的一块银元放在桌子上，孙国涛在一张毕业证上填上他的名字，加盖了骑缝章，一瞬间张书勋就在唐河县临泉高中毕了业。看我大哥把这张宝贝文凭折好，放进口袋，孙国涛郑重其事地对我大哥说，张书勋，那些炮灰学校你千万不要去。外边很乱，你走远了张二婶会放心吗？你要真想上学，弄一张向北的车票就行了。到鸡公山去，那儿开办了一所中原临时中学，专招河南失学青年，拿着这文凭不用考试就能入学。管吃，管住，不要学费。到那儿，不是离家又近些？

我大哥忍不住流下了眼泪。他决定立即回杨家湾，收拾一下行装，明天就走。

向宋万昌借钱的时候他比自己想象的有勇气，话说出来并不难。他笑着说，三叔，在家我妈一再交代，叫我有什么难处来找你。我明天想去鸡公山上学，跟你借点盘缠。

宋万昌像是早已料到他会张口借钱，他顺手从抽斗里拉出一沓纸币说，娃子，时局不好，我这儿的开销你都看着呐，这点钱你先拿去用，不够再说吧。

鸡公山

口袋里装上一沓钞票，世界在我大哥眼里变得更加美丽。走出积庆里，他蓦然想起一出有名的京戏，一个流落街头的叫花子逍遥自在地唱:"天当被,地当床……要饭要三年,胜似做皇上。"此时此刻我大哥懂得了,只有空空的口袋里重新装上钱,这段戏唱起来才会叫人快活。明天要去上学,他得买点文具、本子,买双鞋,买件汗衫,添置些衣服。有了钱,他宁愿失去"天当被,地当床"的潇洒。就要离开大武汉,他还没一个人去逛过街,现在应该抓紧时间再去逛一次花花世界,而且不要像过去那样吝啬。人有了钱就难免想要放纵一下。

拐过街口,一面印着冰字的招旗映入眼帘,他的口腔里立刻涌出一些湿润。他学着孙国涛的气派,大大咧咧走过去,并不正眼看那个站在冰旗下的女孩,只用手指一下她面前的白木箱。小女孩诚惶诚恐地掀开木箱,一边低头翻拣,一边向他闪着亮亮的眼睛说,白糖还是橘子?我大哥仍然不正眼看她,他目光看着远处的商店,好像急着要去办一件重要事,就橘子吧。女孩递过来一根橘子冰棍。他像宋万昌那样顺手从口袋里掏出几张票子,把其中的一张从手指间拈下去。女孩没去拿那张票子,她的眼睛盯着他的手。我大哥感到奇怪,难道一张一百元的钞票还不够吗?他又松了一下手指。女孩的眼睛仍然看着他的手。尽管他有点心慌,可冰棍已经含在口里,他只能硬着头皮充一次男子汉。

女孩终于明白了这个大男孩不知道冰棍的价钱,她的眼神和声音都显得不大耐心,"五百。"如果不是冰棍在他嘴里已经开始融化,他很可能会把它退回到她的箱子里去。现在他别无选择,只能把钞票举到眼前,用眼睛默数一下,手指完全松开,再腾出手,从口袋里又掏出一张,这才转身走人。

现在他的心情和走出积庆里时已经完全不同。他不好意思在大街上掏出口袋里的钱来看，可在接过宋万昌递来的钞票时，他遵循母亲"当面点钱不为薄"的教诲，当着宋万昌的面数过一遍，是五千块。虽然当时他知道这一沓钱看起来很厚其实值不了多少，可他还是没料到它只够买十根冰棍。他不能靠这十根冰棍去付房租，更不能靠它到鸡公山去读书。他一时有点愣神，刚刚还在嘲笑"胜似做皇上"的叫花子，现在自己也差不多要享受这种快活了。

他走过曾经和两位公子哥一起吃西餐的大街，在西斜的太阳下感受一天中最后的炽热，心里不断盘算，是回积庆里还是到码头去？是向前走还是转回身？

到了码头，他决定不急着过江。在码头闲逛一阵，站在岸边看长江，看江里浮游的轮船和帆船。大江东去，浪淘尽……过尽千帆皆不是，斜晖脉脉水悠悠，肠断白蘋洲。没头没尾的句子不断从他脑际掠过，使眼前的景色一片茫然。

他到售票口问了问，最后一班船是夜里十一点发，他决定回积庆里。无论过不过江，再去吃他一顿不失为恰当的选择。

吃过晚饭，他的心情不再那么糟，对自己的行动也有了主意，决定回杨家湾。这决定在很大程度上是因为天一黑他就想起招待站的臭虫，在宋万昌这儿赚到的一顿晚饭，顶不上夜里为他喂养小动物所出的血。

在夜晚的轮渡上看江景，他开始哼唱"没有钱也要住间房……唰里格唰里格唰里格唰……"。虽然这支歌和"天当被，地当床"有相同的乐观精神，但它比盲目乐天的叫花子更讲究实际。

过了江天色已经很晚，从码头到珞珈山的最后一班公交车已经开走,我大哥不必再为省不省这趟车的车票钱动脑筋。一个人走在江南的夏夜里,比坐公交车更惬意。一弯新月在星光里徘徊,窄窄的路面泛出灰白的光。风从稻田里掠过,带来浓重的水汽。路两边虫鸣鼓噪,使人分不清蟋蟀、纺织娘、知了还是夏蛉,仿佛小昆虫们都在趁着凉爽的夏夜不甘示弱地起劲吵闹。他从没在这条路上走过,坐车和走路的感觉不一样,夜晚和白天也不相同。线杆上的灯泡像一团雾气,在很远很远的地方若明若暗地闪烁,每走近一个线杆,身影就由宽大变为细小,缩进脚下,从身后移到面前,再逐渐拉长变宽,融入暗淡的夜雾。鞋底摩擦沙石的声音在寂静中回响,整条路似乎只属于他一个人。他清楚地听到自己的脚步既稳重又有力,有点胆怯,却不犹豫。为了抵御道路和黑暗的压迫,他又开始哼唱"啷里格啷里格啷里格,没有钱也要住间房……"。大声唱几句,再小声哼一阵。房东那张皮鞋匠的脸时不时在他眼前晃动,很憨厚,很精明,黑黑的,瘦瘦的,一副典型的湖北佬长相。三天没回去,他不至于认为我逃跑了吧?我张书勋会因为三两块钱的房租把衣服、书都扔下去逃跑?真是笑话!

后来他越来越感到不对劲。白天坐车看到路两边没有这样深的草,也没见过这么茂盛的苇滩。他站下来想了想,这条路并不复杂,在杨家湾路口坐上车,一个弯也不拐就到了江岸码头,照理说返回来也只用一直走就对了。

他又走了一阵,腿脚仍然有劲,汗水却把短裤溻透。风似乎小了些,空气里的水汽也显得更浓。昆虫的鸣叫不再那么起劲,多了一些底气十足的蛙鸣和水鸡声。当苇林的喧哗越来越雄壮,逐渐变成哗啦啦的涛声的时候，他发现脚下的路正弯弯曲曲向黑黝黝的苇滩深处延伸。他站住脚，用疑惑的目光向周围打量，不远处有一片白白亮亮的东西从苇丛中透出，在黑暗中闪着波光。接着他听到了风卷湖水发出的浪声。一瞬间，我大哥的头发一根根竖起，毛孔一个个奓开，儿时听过的鬼下罩的故事涌到眼前。他不敢回头，也不敢向前，站在那里心惊胆战。我怎么会迷迷糊糊走到了湖边？是被溺死鬼下了罩？冥冥中想起了母亲的话：遇上鬼下罩应该立定脚跟，冷静头脑，运足精神，抵抗住鬼的蛊惑，猛然转身，两手甩开，脚步踏响。如果有乌泥砸你的后背，你要立即蹲下，抱头弯腰，把脑袋藏进腿裆。如果分不清东西南北，千万不可乱走，蹲在原地别动，过一阵心里清楚了再走。在这遭遇鬼诱的关键时刻，我大哥谨记母亲的教导，他在原地蹲了一会儿，觉得心里不再迷糊，站起来沿着来时的路往回走。

转过一片苇丛，看见远处有一点亮光在风中闪动，他忽然明白了，刚才是错过了通向杨家湾的路口，一直向前，走进了东湖。

灯火在路边闪跳，一张安详的老者的脸出现在电石灯下，宛如母亲故事中讲过的大路神。

大伯，前边是杨家湾吧？

老头儿抬起下颌向左摆动了一下，对头。

我大哥从他的摊子前走过，老头在他背后说，这位学生不喝碗馄饨？我大哥歉疚地回头冲他笑了笑。

回到住处，临街的栅板门还没关，皮鞋匠趁着夜凉在灯下铿铿锵锵干活。看我大哥走进来，他抬起头说，你有客人来了。

客人？我有客人？

说是从你老家来的。

皮鞋匠的话被楼上的声音打断，书勋——你怎么现在才回来呀？熟悉的乡音让他高兴得一步跳到了楼梯口。

这声音太熟悉了，一听就知道是他最要好的同学刘家祺。

他简直难以相信，在这深更半夜时分他的好朋友怎么会出现在这儿？

走上楼，在他那张三尺宽的窄床上坐着一个光膀子年轻人。

刘家祺，果真是你？

不是我是谁？

像久别重逢的亲人一样，他们并排坐在床沿上，灿烂地笑着，从家乡、路途到别后的情况，东一句西一句没头没脑地抢着说话。说了好大一阵，我大哥才想起问他什么时候来的，吃饭没有？刘家祺说他下午到汉口，一下火车就过江，过了江就找杨家湾，直到天黑才找到。我大哥说那你还没吃饭啦？刘家祺笑了一下，我不饿。我大哥摸着口袋，脸色灰暗下来。他不知道口袋里的钱够不够买一碗馄饨。

刘家祺向同屋的另外几张床瞥了一眼，床上还有几个学生，他们赤裸着身体，不耐烦地一边翻身一边摇扇子。刘家祺把身上仅有的大裤衩脱下来，递给我大哥，压低声音说，这是张二婶捎给你的，我替你穿了一路。

看着刘家祺光屁股的样子，我大哥忍不住咧嘴嘻笑。裤衩拎在手里沉甸甸的，触到裤腰上硬硬的一圈，我大哥心花怒放，他把刘家祺从床上一把扯起来说，走！到街口吃馄饨去。

他像刘家祺一样把全身脱光，穿上母亲捎来的裤衩，感觉到腰里围着一圈银元，胸膛挺直起来，脸上泛出熠熠光辉。

也许是为了报答老头的指路之恩，也许是太高兴，他一口气喝了三碗馄饨，比刘家祺还多喝了一碗。

第二天他们一起过江，在孙国涛那儿为刘家祺买了一张文凭，各自添置一些文具、衣物，买了两张到鸡公山去的火车票，兴致勃勃向北进发。这次我大哥没能领略坐在车顶猛闯武胜关的风光，坐在闷罐车厢里，不但看不到沿途风景，还要享受臭烘烘的人肉味和尿臊味的熏蒸，那情形比车顶差远了。

到达鸡公山，他们在山下的小饭馆里吃了一餐大米饭炒冬瓜，脱掉汗衫，把行李甩在光膀子上，顶着烈日上山。这是我大哥第一次爬山，虽然很累，却很有兴致，两人一路喘息，一路说笑，在震耳的虫鸣声里循着山路盘旋向上。爬了好久看不见山顶，也见不到人家，行李贴背的一面溻湿了，短裤像大雨淋过一样向下滴水，山风一吹，浑身湿凉。

正当他们又累又渴对看不到头的山路失去信心的时候，眼前出现了一条小街。盘桓的街路、高低错落的黑瓦房，像故乡的乡间小镇一样安详、亲切。女人提着水桶从坡下走上来，孩子们在片石砌成的台阶下玩，临街栅板门敞开，男人在小店柜台里晃动。我大哥和刘家祺长吐一口气，兴高采烈地撂下行李，坐进屋檐下的长凳上，每人灌了两碗凉茶。

老板，中原临时中学在哪儿？

老板抬手向屋后指了一下，往上走，站在颐庐往下看。

颐庐是一座灰白色建筑，结实、庄严、威风凛凛，就像建造它的那个北洋军阀的身影，历经了几十年风雨，骄傲地挺立在山坡上，睨视着山冲里那群琐碎的房屋。

一幢楼房和一些平房像几只金龟子，伏卧在一片不大的山间平地上。站在高处，白白的篮球场和球场上跑动的学生收入眼底。伙房的炊烟映衬着绿色山坡在山洼里袅袅缭绕，夕阳向山峦中坠落。两个年轻人在霞光满天的山顶呕吼大叫，不等山间的回响消失，我大哥和刘家祺一路小跑冲下去，在球场边差点把一个女学生撞倒。

噢，对不起，对不起。我大哥站稳脚步说，这儿是中原临时中学吧？

女学生斜睨着两个光膀子青年，看着他们肩上的行李，来上学呀？

对，来上学。

女学生脸上现出一个奇怪表情，对我大哥友好的微笑毫不在意。她向身后指了指，在那儿报名。她转身走开时的眼神仿佛在嘲弄两个愣小子兴冲冲的傻样。

孙国涛给他们的文凭很管用，那位赵老师眯缝起眼睛看了看上面的印章，什么也没说就给他们登上了名字。既不收学费，也不收伙食费，还给每人发了一双筷子一个碗。

赵老师把他俩带到楼下，指着地上的席子说，这是你们的铺，两人一张席。

刘家祺追着老师的背影问，老师，啥时间开学上课？

赵老师很干脆地回答："等着。"

第二天，我大哥朦朦胧胧明白了那女学生看他的目光。这所学校其实只是几座空房子,既没有桌椅板凳,也看不到教课的老师,谁也不知道究竟什么时候才能开学。各地聚集来的男男女女分住在两处空房子里,每天躺在席子上说闲话,吹口琴,到球场去打球。多数人只是来这儿混饭吃,上不上课他们并不关心。

我大哥和刘家祺在中原临时中学读到的第一课是开饭的训练。在这场训练中,母亲的教诲显然不合时宜,她使我大哥在来到鸡公山的前几天里几乎天天挨饿。当盛满糙米的木桶从伙房里抬出,冒着热气,还没在地上放稳的时候,男孩和女孩们迅速围拢饭桶。肤色不同、粗细各异的各种胳膊在人头间翻飞,饭碗发出叮叮当当的声音,木勺在身体缝隙里挥舞,年轻学子们头上、脸上、头发和衣服上到处沾着饭粒。我大哥在这样的场面里显得优柔寡断,等到人群散开,一顿饭全靠清理桶底、桶壁的残渣,吃不饱当然怪不得别人。那个女学生的目光由冷嘲变为怜悯。她用眼角余光瞥视着我大哥,看出我大哥来自北方,不善于吃米。她快捷、老练地动着筷子,仿佛在向他示范如何才能吃快、吃饱。我大哥的悟性很好,他看一阵就明白了要领。吃米饭不是他的强项,他必须虚心向来自鱼米之乡的学生学习。要吃得快,得首先学会沉着冷静地使用筷子,别把米扒散,要把米粒抟结实,一边吃,一边抟,一边向嘴里送。第一碗少盛点,赶快吃完好去抢第二碗。第二碗要压实、堆尖,能抢到多少就抢多少,宁肯吃撑肚皮也绝不可心慈手软。

他们学到的第二课是下山背米。虽然学校不开课,但一二百名学生每天要吃饭。火车把东西卸到山下站台上,即使是一些粗糙的大米和粗糙的瓜菜,没人背运它们也不会自己爬上山顶。背米背菜，消耗一下年轻人过剩的精力，权当上了军训和体育课。为填自己的嘴巴而负重爬山是天经地义的责任。我大哥记住的一个细节是，那个女同学在爬到半山腰时，故意把米袋摔破，让白米泼撒在石缝间的荒草里，后半段更陡峭的路程她肩上的重量就减轻了一大半。

这帮每天闲着没事干的青年，饭量不但不见减少，反而好像天天都在增加，他们背米的频率从开始的五天一趟逐渐变成三天一趟。也许是为了让活蹦乱跳的学生不至于寂寞无聊，后来干脆改为每天一趟，轮流下山。背米成为到中原临时中学来等待开课的学生们必修的功课，就像少林寺和尚每天起早运水一样。我大哥应该感谢鸡公山火车站到山顶的盘山小道，它及早地对他进行劳动教育，使他在几十年后能够胜任五七干校的学习，成为自我改造的积极分子。背米的贡献是使他感受到"天将降大任于斯人"，米袋把身上的疥疮磨破，汗衫和裤头上涂满黑色、紫色的图画，这个十七岁的青年老早就学会了欣赏抽象派艺术。

"疥是一条龙，先从手上行，腰里盘三圈，屁股沟里扎大营。"我大哥早已听商店的伙计们讲过许多关于疥疮的顺口溜，知道很多疥疮的知识，但他的指缝间出现红点身上开始瘙痒时，他还是没意识到染上了疥疮。他以为是睡在地铺上和很多人挤在一起，天热，生了痱子。背米时他看见顺着大腿流下的汗水呈现出紫红色，比变了色的酚酞溶液还要浓，两瓣屁股蛋中间黏糊糊的，又疼又痒，只能两腿叉开来走路。到这时候，他才明白是后大营里的疥疮溃烂了，正在流血流脓，背东西、爬山、走路，加上汗水浸蛰，那滋味比夜里想女人还要美。

晚上当他被疥疮折磨得睡不着的时候,他发现刘家祺也在不停地挠痒,凑着窗外透进的月光,他看见刘家祺的身体和他的身体没什么差别,两条赤裸裸的好汉身上都盘着紫色长龙。这发现增加了难兄难弟的情谊,最实惠的帮助是,自己的手够不到的痒处,另一双手可以帮忙。用谷草撒硫黄熏烤,是牌坊街伙计们常用的治疗验方,它进入我们那儿的民间谚语,成为那个年代的一种文化。形容某个人对某件事不可缺少,就说他"疙瘩(我们那儿的人把疥疮称为疙瘩)药少不了臭硫黄"。在牌坊街,硫黄很容易买到。我家店里有一口大缸,常年存放着那些石膏块似的黄中透绿的石砣砣,时间长了会粉化成碎末,散发出刺鼻的气味。我家的伙计治疗也就十分方便,只用到乡下弄一捆谷草就行了。可鸡公山不是牌坊街,这地方只有稻草没有谷草,硫黄也不知到哪儿去找。我大哥腰间的银元还有几块,可在一个偏僻的山冲里,只能听天由命,任疥疮折腾,想结痂就结痂,想溃破就溃破,长到什么样是什么样。反正不只是刘家祺,整个男生宿舍已经找不到皮肤完好的人。无论怎样倒霉的事,只要人人有份,大家就不会怨天尤人,用我们那儿的一句俗语叫作"天塌压大家,大家都不怕"。

虽然谁也不想天天去背米,然而不背米,不背菜,漫长的白昼就更显得百无聊赖。我大哥不喜欢爬山,也不想到远处去活动,每天只在山洼周围转。和刘家祺一起坐在山崖上,望着云雾从谷底升起,像海浪一样淹没层峦叠嶂,把山峰变成孤岛。风过云涌,太阳闪射出明亮的光辉,山色苍翠,林壑幽深,庄严肃穆的大别山令人感动。激情从沉睡中醒来,两个年轻人像发情的野兽一样用激烈的语言抨击世界上的一切。从社会、战争、军队、物价、学校、教育、课本，到过去的老师、现在的同学，甚至那年元宵节保安团在戏台场里维持秩序，打了临泉高中的学生……所有的一切都成为他们攻击的对象。有时候，一个细小的争论把他们引入歧途，两个人口沫飞溅，互不相让。一阵激奋过后，忽然有人起头唱歌，另一个立即跟上，年轻人激昂的情绪在歌声中变成浪漫幻想。

> 山那边呀好地方
> 一片稻田黄又黄
> 谁要吃饭来耕地呀
> 没人为你做牛羊——
> 大鲤鱼呀满池塘
> 织青布做衣裳
> 年——年不会闹饥荒——

这是我大哥在武汉大学的重要收获，他不知跟谁学会了这首歌，唱起它两个年轻人就会变得沉醉、愉快。神秘的山那边，朦胧的山那边，"大家唱歌来耕地呀，万担谷子堆满仓"对战乱中的现实世界像梦境一样美好。

坐在颐庐西侧的山坡上，我大哥看见他第一天碰到的那个女学生从学校所在的盆地里走出来，像个大蚂蚁似的穿过球场，顶着他的眼睛。当她的身体和四肢在坡上移动时，他注意到她身后跟着一个人。那是一个男人,肩上背着包袱,手里提着东西。她黑黑的头顶在他眼下晃动,两臂和腰肢随着山路变幻出不同的形象,逐渐清晰、高大,冒出坡顶。她一反常态地露出笑容,看着坡上的两个愣小子,主动和他们说话:"在这儿玩呀?"

两个小伙子有点愕然,他们迟钝地微笑着漫应了一声。

我要回家了。女孩喜形于色地用眼睛瞥一下跟在她身后的男人,我二哥来接我了。

是吗?

你们别在这儿等了。看两个男孩露出迷惑不解的表情,她显出很知己的样子说,连一个老师都没有,开什么学?她凑近一步把声音压低,他们根本没打算开学。他们在这儿等人,等够了人就把学校迁到湖南去。

是吗?

女孩没再往下说,她不想让这个话题冲淡她要回家的喜悦气氛。她更加友好地对他们笑着,向他们挥了一下手,有空到我们房圈来玩。

望着女孩的背影,刘家祺说,房圈是哪儿啊?

我大哥笑了,她说的是潢川,有空到我们潢川来玩。

刘家祺喷了一下嘴,潢川怎么成了房圈?叫我们去玩,谁知道你姓什么叫什么,家在哪儿?

人家不过是随口说说,你还真打算去找她呀?

女孩和他二哥的身影消失在颐庐背后,两个傻小子看着下山的路,脸上出现了阴影。

我可不去湖南!到那儿我水土不服,吃大米早晚会把我烦死。

天下可没有白吃的大米。

他们是不是想让咱们当青年军？

拉到长沙就由不得你了。离家那么远，开小车也开不掉。

两个年轻人一整天都在讨论这个问题。尽管这里的一切已经使他们厌倦，甚至山上的一草一木一土一石都令人痛恨，可是说起回家，他们又感到很茫然。为了从家乡走出来，刘家祺跟着一拨商人坐船绕道樊城，一路受了很多惊吓和辛苦，裤衩里替我大哥捎的银元在樊城外的一个小镇上差点被当地的民团搜走。虽然两个人嘴上不愿说出，穿过正在打仗的山区，他们还是感到胆怯。谁也想象不出驻马店以西几百里的县城、村镇现在是什么样子。有的地方驻着解放军，有的地方驻着中央军，有的地方是民团，有的地方是土八路县大队，这样混乱的局面对于两个年轻人就像过火焰山、盘丝洞一样令人生畏。无论鸡公山的日子多么难熬，前程是多么难以预测，小山冲里毕竟还有一天三餐不掏钱的饭吃，不受土匪、民团和各种军队的袭扰，整个中原一片战火，两个十七岁的少年很难下决心离开这块使他们满身疮痍、深恶痛绝的鬼地方。有时候他们已经下定决心要走，甚至开始清理东西；过一会儿，他们又决定留下来，吃了饭再说。吃完饭他们对自己说，学校还没什么动静，等到南迁的时候再逃也来得及。

有一天早晨，他听见起床哨已经吹过，窗外晃动着人影，纷杳的脚步声在操场上响。他觉得身体僵硬，费了很大劲还翻不过身来。挣扎了一阵，勉强从床席上晕晕乎乎爬起来。一面太阳旗迎着眼睛在风中颤抖，像经过一场血战之后的军旗，旗边不整，被硝烟熏成了黑紫色。他发现自己躺在一个黄土沟里，一群穿着黄军装的身影在沟坎上跑，扎着绑腿的小腿和穿着皮鞋的大脚在他头顶起落，弄不清他们是日本兵、中央军还是八路军。他竭力向沟崖边靠拢，免得被沟上的人发现。沟壁不断向下掉土，土块压在他身上，他很害怕，又不敢喊叫。一个模糊的东西走近来，在他身上乱拱，伸出湿凉的鼻子舔他的额头。一群狼狗包围过来，露出尖利的牙齿撕扯他的皮肉，他不知道究竟哪儿疼，只知道身上到处都在流血。他大声喊，妈——快来呀，你快来——嗓子被什么东西堵住，无论怎样使劲都喊不出声。他拼命喊，拼命挣扎，用力踢腿，脚终于蹬动了，他发觉自己还躺在宿舍的地上。一块湿毛巾从他脸上抹过，刘家祺的脸在他眼前晃动。云雾逐渐散去，他清醒过来。操场上学生们还在跑步，窗口有一面旗子。他忽然明白了，那是他夜里脱下的裤衩，溃烂的疥疮把裤衩浸透血污，硬邦邦地磨疼了他的大腿，他在昏迷中把它脱下来，隔窗甩出去。现在他看见它高挂在窗外树枝上，经风一吹，飒飒飘动。他听见刘家祺说，书勋，我看你得起来去抓剂药吃。他说不要紧，我再睡一会儿，就又倒头睡下去。

迷迷糊糊醒来，看着窗外的阳光，不知道是上午还是下午，他知道自己在发烧。脑子里出现的第一个念头是想喝一碗面疙瘩汤，这念头非常强烈。刘家祺到伙房去了一趟，回来时端来一碗菜汤。我大哥说，我想喝面疙瘩。刘家祺说伙房里没有面，你已经两顿没吃饭了，得凑合着吃点东西。我大哥翘起头看着那碗用剩菜冲开水做成的菜汤，摇了摇头。

喝一点，我扶你到街上去看病。

他慢慢坐起来，穿上汗衫，光屁股罩上一条长裤，勉强喝了两口剩菜汤，趔趔趄趄站起来。

在小街上，他先去找饭馆，看他们能不能给他做一碗面疙瘩。饭馆的老板不知道什么是面疙瘩。老板娘走出来，看着这个病恹恹的学生，问他想吃什么。他说我想吃面疙瘩。什么面改大？就是用白面拌成糊，搅进锅里。刘家祺替他解释说。哎哟——可怜呐娃崽，你等一哈儿，我到隔壁去给你找点面。

我大哥盯着老板娘的背影，她磨动细细的脚杆，急急忙忙去找白面的身影使他感到温暖。她的年纪和母亲差不多，脸上的表情和说话的语气也像母亲一样亲昵。只是她的个子比母亲矮，腰板也不像母亲那样直。

他终于喝上了面疙瘩汤。俯在冒着热气的碗上，一边吹气一边小口小口抿尝。老板娘站在一边看着他说，慢点喝娃崽，小心烫嘴，喝完了锅里还有。我大哥低下头，眼睛对着面汤，对自己的软弱感到不好意思。

他给老板娘留下一块银元。老板娘站在门槛边说，想吃啥子还来。

刘家祺陪着他到镇上唯一的一个老中医那儿去，把了脉，拿了药，然后再到饭馆老板娘那儿，请她帮忙熬药。

此后我大哥每天都到这个小饭馆来。听老板娘用本地口音亲昵地对他说话，成为鸡公山留给他的最美好的记忆。

那年夏天我母亲一直心神不宁，常常半夜醒来，一个人抽着烟在院里走动。只要听说有人从汉口回来，她就会立即赶去打听我大哥的消息。听说他和刘家祺到了鸡公山，她叹了一口气说，是福是祸，只能听天由命了。在武汉，她还能经常从往返于汉口和县城之间的各种人那儿得到儿子的消息，到了鸡公山，她再也无法知道他的情况。

母亲安排方相公到鸡公山去是在八月上旬，眼看仲秋节就要到了。她坐卧不安，觉得儿子在外边一定出了什么事。牌坊街的商户们组织了一个扁担帮到汉口去进货，母亲决定让方相公跟他们一起走。他担了一担棉花，到驻马店卖掉，拿上钱去找我大哥。

方相公到达山下是下午四五点钟的样子，他一路上山，问"中原中学"在哪儿？走下山冲，看见学生们正在场坪上开饭，他一眼便看见我大哥。他刚从米饭桶里抢出一碗饭，和刘家祺一起蹲在场院边，面朝外向嘴里扒。方相公走到他身后，拍拍他的肩膀，书勋，你妈让我来接你了。

我大哥扭回头愣了片刻，随手把饭泼在地上。刘家祺一扬手，米饭连同饭碗一起飞进了山沟。

他们一刻也没停留，立即收拾了自己的东西跟方相公下山。

按照母亲的安排，方相公在火车站让两个年轻人美美吃了一顿，然后带他们搭火车去汉口。在汉口买了一些轧花机零件，每人扛一点往回走。那时的土匪还保留着打富济贫的规矩，他们只劫货主，不劫挑担、带货的伙计。我大哥他们每人带一些货，把自己装扮成替人捎脚的人，就能避免被人打劫。

然而民团、枪会、保安团不是土匪，他们不理会土匪的规矩，这一点方相公没有告诉他们，他不想败坏两个小伙子的兴头。他挥着手说走哇走哇！两个傻小子扛着东西往火车上爬，像逃离苦海似的欢蹦乱跳。

鼠年的疥疮

"要回家了,心里的高兴劲儿简直没法说。照妈的吩咐,跟着方相公到汉口,买了一些轧花机零件,连夜动身往回走。一路兴头很高,顾不得身上的疥疮折磨人,也顾不得国民党军队正在向南溃退,时局变得更混乱。这一路我们走了六天。方相公担两捆轧花机刺条、辊子,我和刘家祺每人扛两根曲轴,用破麻袋裹着。像来时一样,先坐火车到驻马店,再从那儿步行回家。驻马店已经被国民党放弃,火车虽然还通,上下车的人不多,车站也看不到多少人,大街小巷都没有几个月前那样喧闹。在南关大街碰到一队穿灰制服的人,唱着歌在街上走。方相公凑近我的耳朵说,这就是八路军。我看见八路军的第一个感觉是,国民党真不行了。八路军装备简单、衣着土气,可他们一个个精神抖擞,胸脯挺得很高,好像很自豪,很骄傲,不像我这样心里只有赶快回家的念头,回家之后怎么办,连想都不愿想。

"走到张集,天已经黑了。住进店才听说这地方已经被县大队占领。他们身穿便衣,人称土八路。一个四十来岁的人看着我说,是外地回来的学生吧?我说是。那人笑了一下,跑啥呀,赶快回家吧,马上全国就解放啦。

"八路在这儿,夜里没人到店里来收店捐,也不担心土匪打劫,秩序反而比中央军、民团驻的地方好。方相公和店里人搭讪着说话,向他们打听前边的情况。店伙计说,再往西走就不行了。那边是黑红搅,有些地方是八路,有些地方是民团,乱得很。

"从第二天开始,一看到村镇,方相公就把担子放下,让我和刘家祺蹲在路边,他到村外去打听。如果驻的是八路军,就往前走;是中央军、民团,就想法绕过去。收捐税、要钱是小事,三个小伙子,我们谁也不想在回家路上被抓壮丁、拉夫子。

"路上行人稀少,也没碰上军队。秋庄稼茂盛的地方走起来心里踏实,路两边有遮挡。走到空旷的地方,心里就紧张,几个人在大路上走,几里外就能看见,碰上军队或是土匪,躲也躲不及。

"好在一路还算顺利,第六天下午就走进了县境,天快黑的时候走到源潭镇,这是城北最后一个大镇,离家只有二十五里了。

"一个背锄头的农民从地里回来,方相公把担了放下,凑过去向他打听消息。听说镇里驻的是民团,他扭回头说,咱们别进镇了,连夜绕道回县城吧。

"我们三个人绕过源潭街,脱了鞋袜,卷起裤腿蹚水过河。河水不算深,最深的地方到大腿根,裤子全湿了,上岸以后裤裆像绵羊尾巴似的向下坠着滴水。

"仲秋节快到了,大半个月亮升起来,把田野照得亮堂堂的。趁着月光赶到城下,天已经半夜过后。从远处看,城门好像开着,城上静悄悄的。我把东西放在地上,在北阁外坡下站住,等方相公到城门边去察看。他去了一会儿回来说,城上连个人影儿也没有,看样子狗日的中央军已经把县城给放弃了。

"在方相公带领下,我和家祺相跟着进了北阁,溜着街边廊檐走。街上鸦雀无声,听不到一点动静,商店门廊里的号灯黑着,整座城死气沉沉看不到一点亮光,往日半夜就起床干活的香坊、馍店、卖胡辣汤、油馍的饭棚、饭店都静悄悄的,好像全城人都跑光了。在静静的街上走,我尽量把脚步放轻,生怕惊动别人。在西门洞里看到一个乞丐,才感觉到一点人间气息,知道城里还有人。

"看见自家门廊,我两腿发僵,又累又渴,心像悬在半空里。方相公把东西放下,凑近栅板门看了看,悄声说,门是从里面插着呢,屋里肯定有人。我把脸凑在门缝上向屋里喊,妈,妈,这才发觉嘴上起了泡,嘴唇像撕裂了一样疼,嗓子哑了,发不出声音。到这会儿,方相公顾不得惊动四邻,举起拳头使劲敲门,嘭嘭嘭的声音在街筒里回响,震得屋檐上簌簌掉灰土。敲了半天,屋里没有应声,我的心悬得更高。我抓着门环摇晃了一阵,屋里还是没有声音。没办法,我只得抖起精神,用沙哑的嗓子连声喊妈——妈——是我,我是书勋呐——这喊叫很管用,叫了几声,门里传出了妈的答应声。她一个人睡在贴近栅板门的柜台上,深更半夜,门敲得越急她越不敢作声。听到我的声音,才一边答应,一边从柜台上爬下地。铁穿条忽忽啷啷拉响,门吱的一声打开了。妈连灯也顾不上点,跨出门扑到我面前,拉着我的手,直着眼睛看我。

"等方相公把东西搬进屋,门闩好,母亲才摸出火镰、火石,嗓子里吭了两声说,我给你们做饭去。我说,妈,你先给烧点茶喝吧。好,我给你烧茶。

"我跟着妈走进后院。院里空空荡荡,堂屋和厢房都上了锁,整个院子只有她一个人。你弟他们到北乡去了,汤姑娘回娘家了。王姑和伙计们都回家了。

"我站在妈身边,看着她把柴火往灶里填。她拿出火镰打着纸媒,脸凑在灶门口吹火。火光照亮妈的脸,那张脸比我离开她的时候更瘦了。她一边烧火一边和我说话。听着妈的声音,暖流在胸中翻滚,心里有说不出的甜蜜,所有苦楚都烟消云散,一肚子话连一句也说不出,只是呆呆地看着。能够这样站在妈身边看着她,听着她说话,真是幸福极了。"

1948年秋天,牌坊街张二嫂家的英俊少年带着满身疮痍结束了人生的第一次远行。经历半年漂泊,他以为自己已经长大成熟,回到家中,听着母亲说话,发现自己仍然是个软弱、娇气的大孩子。母亲烧开了水,往锅里打鸡蛋,在碗里放上糖,盛好了,端在他面前,站在他旁边,看着他把头垂在冒着热气的碗上吸吸溜溜贪婪地喝。

给你们烙油馍吧?

我不想吃油馍,妈。

那我给你摊煎饼。

母亲把开水装进暖壶,用抹布把锅擦干。方相公坐在灶前烧火,母亲在盆里调面糊,为走了六天一夜远路的人摊煎饼。

吃完这顿饭,天已经亮了。

妈说,中央军走了,八路军还没来,城里乱得很,你们到临街楼上睡去，别吭声。

她给儿子铺好床，在他床边坐了一会儿，看他躺进被窝，闭上眼睛，才轻轻下楼，把楼梯撤走，藏放在货柜背后的阴影里。

我大哥醒来时听见楼下有一个女孩细声细气跟母亲说话，他一下子便想起了自己的新婚妻子。半年多的分离，在想念中他已难以记起她的面目。虽然只相处了三天，这声音却那样熟悉，一听便知道是她。他把头探到楼梯口，看见我大嫂站在货柜与二门之间，在他向下看的时候，她刚好把头扭过来向上张望。母亲说，你醒了？他说，我想去解手。汤姑娘，把梯子给他靠过去。大嫂把梯子搬来，靠在楼梯口，用手扶着梯子，看着我大哥背朝外踏着梯子走下来。当着母亲的面，大哥没抬眼看她，也没和她说话，径直向后院走去。

母亲从乡下弄来谷草，到同济药铺买了疥疮药，在东屋生起火，让我大嫂帮他烤疥。我大哥不好意思当着大嫂的面脱衣服，他让她出去，她站在那儿没动。我大哥把她推出门，把屋门插了。母亲在门外喊，你一个人咋搽药？大哥在屋里说，叫安来，叫他给我搽。母亲只得把二哥叫来，让二哥帮助他。

害怕疥疮传染，大哥一直没到大嫂屋里去住，母亲让他白天躲在店房楼上，晚上住在东厢房。生火、烤疥、搽药，成为他回家以后的主要生活内容。刘家祺回自己的家了，他家在刘张营，离城三十多里，在一段日子里，两个好朋友很少来往。我家的店铺一直没开门，母亲把我和二哥送到方相公家，托方相公和他的母亲照料我们。方相公家在县城西北老冢庙，离城虽然不远，因为隔着两道河，很偏僻，是躲避战乱的好地方。

八路军进城了，这次他们没打仗。中央军悄悄扔下县城走了，八路军进城也没怎么张扬，一小队人留下，其余的人在南门外休息了一会儿。城隍庙街的何八爷带领一帮积极分子担着茶水去见部队的长官，算是代表全城父老对八路军表示慰问。寒暄一阵，部队向南开拔，留下的人在黉学大殿里设了一个办事处。何八爷成为开明士绅，县城的第一个人民代表，每天到黉学大殿里去帮助八路军工作。推水的五毛、在柴市上当经纪的余木锁和卖香烟、瓜子的三麻子，率先成为牌坊街的积极分子。到了晚上，何八爷手里提一盏红灯笼，几个积极分子跟在身后，从东关的黉学里走出来，穿过大街，走到西门口，查街巡夜，看城里有没有破坏分子。何八爷的灯笼上写着"我卖地你笑　你卖地没人要"。何八爷原是城里有名的绅士，做过一任县政府的师爷，乡下有一二十顷地，城隍庙街大半条街都是何家的房产。后来辞官不做在家闲着，抽大烟、下棋、唱小曲，把乡下的土地卖完，又卖街上的房屋，最后只剩下四间土瓦房够自己栖身，以替人写状子、打官司为生。街上的人笑话他，说他是败家子。八路军一来，斗地主分田地，有钱人倒了霉，财主们想卖地卖房也卖不出去，想当穷人也当不成，轮到何八爷打着灯笼笑他们了。

　　母亲感叹地说，瞧人家何八爷！我儿强似我，要钱做什么？我儿不如我，要钱做什么？人活在世上，谁能像何八爷这样逍遥？

　　何八爷的儿子何熙祥和我大哥是惠民中学的同学，像孙国涛、李子如一样，也是牌坊街有名的孩子头儿。看见我母亲在廊檐下站着和邻居说话，他亲热地喊着说，二婶，书勋呢？母亲说,他不在家。他不是回来了吗?回是回来了,又跟家祺一块下乡了。啥时回来让他到治保队来找我玩,我们队部设在簧学西陪房里。

他跨近一步,很贴己地说,要是谁为难你老,让书勋来找我!

母亲笑着说,好啊,祥毛,现在你出息了。

何熙祥和母亲的对话我大哥在楼上听得清清楚楚,他就躺在临街的小楼上。勾起头看着何熙祥的身影,他很想到簧学去看看。不管怎么说,八路军能让有钱有势的人倒霉,让街上那些无权无势平常被人瞧不起的下九流翻身,这总是件使人快意的事。

然而母亲坚持不让他在街上露面,你给我老老实实待在家里,治好疥疮再说。她交代我大嫂,把尿罐给他提到楼上,不管谁来找书勋,就说他不在家。

那些日子,我大哥除了吃饭、治疗,就是读书。好在他喜欢读书,一读书就会忘记一切。那些书大多是嫂嫂从娘家拿过来的,一本看完,再回去换一本,反正两家住得很近,跨过大街,走过南城河,就到了她家后门。偶尔我和二哥从乡下回来,满腔热情,像从前一样想和他一起玩,可是有嫂子在他身边,我和二哥都显得多余。他们在一起不再像我大哥刚从武汉回来时那样生疏,虽然很少大声说笑,但那窃窃私语的亲热样子使我和二哥都很忌妒。当他俩在东屋或是堂屋时,我就故意在窗外走来走去,大声嚷叫、唱歌。二哥把窗台上的蟋蟀盒摔了。大哥出来问,怎么回事?你怎么把蛐蛐给放跑了?二哥气哼哼地说,你又不玩,你管呢!在他转身回房的时候,二哥在他背后哼鼻子,我在他身后做鬼脸。现在他用不着咱们给他烤疥搽药了!

其实我大哥并不像母亲看到的那样乖,在她外出的时候,他经常趁机出去溜达,站在西门洞里看中原解放军新贴的布告,到小十字口,看八路军宣传员在墙上画画。长梯靠在兴裕商行的山墙上,一个身穿军装的年轻人站在梯子上用蘸满颜料的大刷子在墙上涂。两天之后,一幅巨大的漫画遮盖了整个墙面。解放军战士跨着大步向前冲锋,一男一女两个小人在他脚边惊慌失措地颤抖。一行大字气势磅礴地横过画面:打到南京去!活捉蒋介石!这些大字深深触动着我大哥,他暗暗盼望这场战争早点结束,蒋介石和宋美龄早点被解放军活捉,那时他也许就能回到临泉高中去,及早读完他的学业,像汤惠生那样到武汉大学去读书。在母亲的疼爱和妻子的温情中,外面世界的向往重又在他心里躁动,身上的疮疤还没长好,大武汉的流浪生活已经成为他闲愁日子的美好回忆。

我大哥每次从家里溜出来,都会发现城里的变化。牌坊街的积极分子在解放军带领下把城墙扒了。东门、南门先被拆除,然后是南城墙和西城墙。小寨门被扒开,南阁和老君庙之间畅通无阻。外城河本来就很少有水,现在干脆被填平,谁愿意在那儿种庄稼就在那儿种庄稼。内城河挖断以后变成各不相连的池塘。这举动吓坏了城里的大商号和躲在城里的乡下财主。没有了城墙和护城河,县城还算什么县城?整座城无遮无拦,谁想进来就进来,想什么时间进来就什么时间进来,咱们的财产和身家性命还有保障吗?自古以来有这样的道理吗?

可是牌坊街和老君庙的市民倒很喜欢。城墙上的砖石，城门楼上的木料，谁扒走归谁，人们乐得去做积极分子，连明彻夜地争着扒。那道让县城人骄傲了几百年的六里一百二十八步长的城墙，在短短的一二十天中就变成断断续续的黄土堆。后来人们发现，扒城墙不只方便了土匪和八路军，城墙的残余使城里人在几十年间盖房和泥不必雇人到乡下去拉土。20世纪60年代以后，一些因为种种原因没有工作又干不上临时工的人，就靠这残破的城墙糊口。城墙上的黄土变成一分钱一块的土坯，他们就有了购买黑市粮的钱。70年代以后，城墙又成为最廉价的宅基地，只用请街道上的人来给你扯起绳子量一下，出个证明，请乡下人来平整平整，就可以盖房。那时还不兴请吃饭，街道上的人来，只用买两包南阳生产的"白河桥"香烟就行了。大哥和母亲不曾想到，二十年后我家的房子也从原来的西城墙内迁盖到南城墙上。大约母亲与城墙有着不解之缘吧，南城墙的残基伴着她的晚年，她在这城墙改做的宅基上走完人世旅途，离开我们，像城墙一样融入回忆。

尽管这一次八路军在城中待的时间最久，除了何八爷，还有更多的积极分子追随，可各家商号还是犹豫观望，不肯轻易回城开业。有家产的人和没家产的人不一样，中央军和民团还在周围转悠，一旦他们回来，通共的罪名比关门歇业厉害多了。开门做生意，收用解放票，谁能保证它有朝一日不会忽然变成一堆废纸？

商人们的预感不久就得到了证实。在一天早晨，县城里的人突然发现八路军设在黉学的办事处撤走了。将近中午的时候，中央军的部队开进县城。大哥、大嫂和母亲透过栅板门的门缝，悄悄窥看走过大街的部队。在两年拉锯战中，我大哥从没见过这样威风的军队。士兵们不但扛着闪闪发光的新式步枪、轻机枪、小钢炮，还有三人抬着的重机枪和骡子拉着的迫击炮。一辆吉普车从西门外开过来，正在行军的队伍纷纷给它让路。吉普车停在大牌坊下，队伍也在大街上停下，就地休息。几个挂盒子枪的人走向商店的台阶，开始挨家挨户敲门。母亲惊慌起来，他们是要号房子了，书勋你赶快躲起来。大哥刚把梯子靠好，外边响起敲门声。不行，楼上不行。母亲挥着手，快到堂屋，躲东里房去。

我家的厢房被征用为营部医务处，堂屋也被占用，大哥、大嫂结婚的新房成了一个长官的办公室。这个军官还算文明，他允许母亲和嫂嫂与他共用堂屋的正间。除了外出，他轻易不出屋子，不在屋里大声喧哗，而且不准士兵们随便出入，谁要进来，必须先在门口喊"报告！"

屋里藏着一个年轻小伙，母亲尽量小心应付这个不速之客，碰面时和气地跟他寒暄，偶尔为他烧茶送水。大哥像坐月子的女人似的每天猫在母亲床上，不但不能走动、说话，连咳嗽的权利也被剥夺。他只能趁军官到隔壁小灶去吃饭的时候坐起来吃饭，在那个军官外出的时候到尿罐边解手。每天待在黑影里，即使大嫂坐在他身边，两人也只能默默相对，他在黑影中沉思默想。想久了，脑子里一片空白，连那些背熟的古文、英语单词也都不知去向。他不打呼噜，睡觉不成问题。可有一天夜里他忽然在梦中大声唱歌，大鲤鱼呀满池塘……大嫂惊醒了，她又是推搡又是拿被子捂他的嘴，他并不知道事情的严重性，醒来后不满意地嘟嘟哝哝斥责大嫂，母亲不得不用呱呱的咳嗽声制止他。母亲坐起来，悉心听西里房的动静。还好，那个军官好像睡得很熟，鼾声透过两道板壁，平稳有节奏地起伏着，大约白天的军务实在太繁忙，无暇理会两个妇道人家如此琐碎的小诡计。

七十五师进驻县城几天后，母亲正在门口扫地（根据军队的命令，各家商户每天必须把自己的门前打扫一遍，保证城市的清洁卫生），突然看见一个军官骑着马来到我家门口。跟随的马弁把马牵稳，他从马背上跳下地，看着我母亲笑着说，二表嫂，一向好吧？母亲手提笤帚，半弯起腰，疑惑地抬头打量他。我是牛文甫。哎呀你看……这是我们省保安团牛司令。马弁在他身边插嘴说。母亲手里捉着笤帚嘴里感叹着，哎呀，你看看！

这个民团司令是我奶奶的表侄，在我很小的时候曾经到我家来过，那时他不过是源潭镇一个正在败落的大地主家的浪荡公子，先在县城读书，后到省城，此后在外闯荡，如今居然混出了名堂，成了本省保安团的副司令。他把马拴在西城墙边的树上，乐乐呵呵被我母亲让进堂屋。西里房的军官恰好不在，母亲向东里房喊，书勋，出来见见你牛表叔。我大哥从东里房的黑影中走出来，结束了他躲壮丁的幽禁日子。

牛表叔刚在方桌边坐稳，他的马弁陪着一个年轻女人走进来。牛表叔向她钩着手指说，过来，见见二表嫂。

属于母亲的最后一间屋子，现在不能不奉献给牛表叔和他的三姨太做临时公馆。母亲把自己的床铺收拾好，找来两床干净被褥，在院里拍打拍打说，委屈你们了。

牛表叔倒是很谦和，成年在外跑，都习惯了，也不是外人。

他来不及喝茶，也来不及洗脸，不等母亲把被褥拍打整齐，就让马弁在床上摆起烟盘烟灯，一股焦香的鸦片烟味溢满堂屋。母亲悄悄把我大哥带出去，这烟味你可不能闻，闻了会上瘾的。你俩住临街楼上去，我一个人住堂屋阁楼。

过足了烟瘾，牛表叔才有工夫和母亲说话。

书勋这孩子不错嘛，我看挺聪明挺懂事的，在哪个学校读书呀？想不想出去干事？

母亲说，他还小，刚过了十六岁，正上临泉高中哪。

你还让他上什么学呀！十六岁，也不小了，想出去的话我给他弄个文书、副官什么的。

母亲微笑着说，文甫，劳你费心了。这孩子比不上你家的孩子那么出息，他是门里猴，出了门什么见识也没有，胆子又小，只衬读个书，以后当个教书匠就不错了，哪敢指望他成什么大气候？

牛表叔从鼻子里笑了一下，行啊，你的意思我明白。让他好好读书吧，别跟我学。

哎哟文甫，你咋能这么说啊？咱们这县城不大，能人也有成千上万，可哪个能混到你这份上！

牛文甫哈哈笑着说，二表嫂你别糊弄我了。这个破司令只是当一天说一天。人一辈子不过几十年光景，骑上这匹马，想下也难，只能走到哪儿是哪儿。上午有口烟抽，不说下午的事。

中央军和民团在县城驻扎的日子，牛表叔一直住在我家。有了这个牛表叔，母亲不再害怕谁能把她的儿子怎么样。住在西里房的军官很识相地挪了地方，大哥和大嫂终于住进了自己的屋子。这是他们结婚以来第一次开始自己的生活。大嫂很乐意地染上了疥疮，他们一起烤疥，互相搽药，从鸡公山带回来的疮痛使小两口感受到同甘共苦的幸福。挠着疥痂诉说南下流浪的往事，大哥的回忆也成为大嫂的财富。

可是大哥对这位远亲带给他的好处并不领情，看到母亲为他烧茶提水，在这对男女抽完了大烟之后为他们张罗夜宵，大哥冷言冷语地说，妈你不能早点睡去？人家有一群勤务兵，用得着你伺候？母亲笑着骂他，你不知道你妈没见过大官，爱巴结人？

牛表叔住在我家的日子里，我和二哥回去过一趟。表叔和三姨太躺在床上抽大烟，我站在床边看。我从没见过抽大烟的场面。两人横躺在床上，凑着一盏烟灯，左手拿着一杆粗大华丽的烟筒，右手捏着一支细长的钎子，一边抽一边挑动烟管里烧熟的烟泡，有滋有味、如痴如醉的样子叫人眼馋。我看着他投在床里墙壁上的影子说，表叔，你的影子怎么会是双的呢？

他嘴巴离开烟管笑模悠悠地说，等你抽大烟的时候，你的影子也是双的。

真的吗？

抽大烟的人都是活神仙，照出的人影跟凡人能一样？

我跳上床蹲在他身边试了试，在烟灯前，我的影子果然变双了。我感到很神奇，很想拿过他的烟枪抽一口。大哥的声音从板壁那边传过来，林林——别捣乱！还不快过来！妈——你也不管管他。

母亲闯进来，笑着大声训斥我，把我抱下地，带出东里房。

我不明白大哥为什么要多管闲事，不让我跟表叔玩。

人在烟灯前为什么影子会变双？这问题一直困扰着我，直到我去读小学，上晚自习的时候凑在两盏豆油灯下，才发现原来不抽大烟影子一样能变双。

我很想在家多住几天，不仅因为牛表叔和他那个嘴巴扁长、有着两个酒窝的姨太太——尽管她对我不算热情，可她的模样还是蛮讨人喜欢，还因为东厢房里的于军医和他那各色各样的药瓶、药械，以及大牌坊下经常出现的吉普车和军队来来往往的热闹场景。尽管我嘟嘟囔囔向母亲表示抗议，她还是态度坚决地把二哥和我送下了乡。

牛表叔在八路军又一次到来之前离开县城。他走的时候并没显出匆忙，先和三姨太一起抽足大烟，然后拿出一摞银元放在桌上，请母亲过去，向她道别。马弁牵来两匹马，把牛司令扶上去，再来扶三姨太。三姨太踏不着马镫，她回过头想找一个垫脚的东西，母亲把店房里的短凳拿出来，放在马旁边。三姨太在护兵帮助下踩着凳子，爬上马背，把脚插进马镫。他们一离开，我大哥立即对母亲大声吼叫，你给她搬凳子！在大街上给这种人搬凳子！

母亲说，我搬凳子又没让你搬，你嚷个啥！

我大哥气得满脸通红，嘴唇哆嗦了半天才说，人家有的是护兵，用得着你！

那是我的表亲，牌坊街谁没三亲六眷？

我嫂子连忙走出来，一边劝说一边把我大哥拉回屋里。

母亲突然笑出了声，瞧他那样儿！你妈打算拍她的马屁股，还没捞到空子呢。我要是拍了她的马屁，你还能把我给吃了？

进到屋里看见桌上的银元，我大哥一把把它抹到地上。

母亲把散落的银元拾起来，拇指和食指夹着一块，举到嘴边吹一口气，拿近耳朵听，斜觑着气呼呼的儿子，憋住笑对我大嫂说，听这响声儿——成色不赖，是不是？你妈啥时候见过这么好的银元？还是司令赏的！

第二天，号称"四野"的八路军进城。像上次国民党军进城时一样，母亲和大哥站在店房栅板门那儿，隔着门缝看这支大军走过牌坊街。正如从没见过七十五师那样的中央军一样，他们也从没见过装备这样威武的解放军。这支军队有轻、重机枪，还有骡子拉着的迫击炮、小钢炮。他们没到各家各户去号房子。除了在女校、簧学和山陕会馆这些地方设司令部、医院以外，士兵们晚上都在各家店铺廊檐下露宿。

母亲感觉到一场大战就要爆发，她让嫂子回娘家去，跟随家人下乡，让我大哥到老冢庙，和我们一起住在方相公家，她自己留在城里。

大哥又回到我和二哥身边，弟兄三人又能像从前一样亲密地待在一起，一块吃一块住一块玩，我感到很高兴。

老冢庙不像别的村寨那样有高大的土围子，它是一个很小的村庄，村砦是一道绿色的陈刺林。虽然已是深秋季节，这道围墙还是一片葱绿，肥大的针刺突露在茂密的枝叶间，鸡狗都难以钻过。从陈刺砦唯一的豁口走出去，向左一拐，就能看见村北的大土冢，土冢旁有闻名全县的"无事冢"祖师庙。大哥到来之后，我和二哥兴冲冲地带他到祖师庙里去看壁画。画里的故事除了一般庙院里都有的修行积德图外,还有"无事冢"的来历。我们家乡很多地方的风景都离不开王莽和刘秀的传说,"无事冢"也不例外。这故事发生的时候,伯利恒木匠大卫家的私生子耶稣还不到二十岁,他从加利利来到约旦河边,准备接受约翰的洗礼。而我们的刘秀已经是南阳义军的首领,称霸一方的豪强,为振兴大汉王朝,在我们家乡的土地上和王莽的中央军打拉锯战。为了摆脱王莽的追袭,刘秀走了七天七夜,从桐河嘴渡过唐河,来到城北这片丘陵地里。他脱下鞋子,把积存在鞋里的黄土倒出来,就倒出了这座大土冢。刘秀轻松地出了一口气说:"今晚无事,好好睡一觉吧。"他躺在"无事"冢旁睡过一夜,精神焕发地向北挺进,此后一帆风顺,一路打胜仗。"无事冢"成为保佑这一带太平无事的圣地。在耶稣还不到二十五岁的时候,我们的刘秀就得了天下,成为振兴大汉王朝的光武帝,开创了东汉王朝。我们家乡几千年间才出了这么一个真龙天子,我们怎不为他骄傲?家乡的风景当然都应该是我们为皇帝勠力效忠的证明。如果他像臣民们祝福的那样万岁万岁万万岁——其实有一个万岁也足够活到现在,世界就不会这样乱七八糟,家乡父老也不至于满怀一腔忠心,只能靠编一点演义故事来表达对皇上的怀念和崇敬了。

我大哥似乎对这故事并不热衷,他脸上的表情让我有点失望。我带他去看"无事冢",站在荒草萋萋的大土丘下,抬头仰望冢顶清澈的天空,仿佛有一个巨大的身影在云端里俯视着我。我闭上眼睛在心里默默祈祷,神,我求你了。求你保佑我妈,让她在城里太平无事。求你保佑我家的房子,别叫枪炮打中。我妈为了盖这座房子日夜守在架木旁边,落下了咳嗽病,我们家盖这座房子不容易。神，我求你了。战事快打完吧，叫我早点回到我妈身边，叫我家的店早点开门，我妈能做生意赚钱，让我上学。

睁开眼睛，发现大哥正注视着我，林，你咋了？

我不好意思地歪了一下头。

他伸出手摸摸我的额头，我脸红了，向二哥身边跳了一步说，不咋！我咋也不咋！

此后，我经常一个人到"无事冢"来，绕到大冢背后，躲在没人看见的地方，跪下向四方磕头，祈求神让战争早点结束，叫我早点回家。

很显然，老家庙是因为有了大冢有了庙才有村子。十来户方姓人家都是祖师庙的佃户，靠种庙上的土地为生。村里没有地主，也没人在城里开店。小村根本没有防备土匪的能力，陈刺包围的寨墙在正南方留出一个能走牛车的空缺，晚上用一扇荆棘缚成的刺团堵上，就算关了寨门。方相公是唯一到城里去学相公的人。他家有两间草房，他和他的母亲住里间，我和两个哥哥住外间，家里既没家具，也没粮囤，两扇破门没有门闩，夜晚用一根棍子随便顶一下，风刮不开就算了，没有防贼的打算。每天晚上，弟兄三个在当门打地铺，合铺一条稿荐，共盖一床被子。

一天晚上突然有一阵吆喝声把我从梦中惊醒，杂乱的脚步声走进场院，手电筒光透过破门在我头顶晃动。两个哥哥醒了，三个人一动不动，大气也不敢出。大约外边的人看这两间草房实在不成样子，透过门上的窟窿，屋里的一切看得清清楚楚。他们不知道这家屋里的地面比外面的地面低，三个城里来的少爷正睡在门槛下的黑影里。如果他们走近点，把手电筒朝下照，我和两个哥哥就倒霉了。其实，光顾这个村的土匪算不上土匪，他们只是附近村子里的农民。冬天到来了，地里没有了农活，家里也没有了粮食，他们白天蹲在柴垛边聊天，把草棒掐断当作棋子在地上下棋，听说哪村来了逃难的城里人，晚上提一根木棍，约两个小伙子，找他们去！他们不过是想弄几个钱花花。这些人一进村就咋咋呼呼喊叫，说不定还会亮出一个用红布包裹的笤帚疙瘩，假做手枪吓唬人。那晚进寨来的家伙很不走运，他们冒着黑夜的寒风至少走了十几里路，进寨还要费一番麻烦，说不定会被陈刺和荆棘挂伤，好不容易在村西头逮住一个城里逃出来的郭老胖，可那家伙死活不肯向外拿钱，他们只敢在他腿上出气，让这个守财奴第二天拄着拐杖走路。其实郭老胖不怕挨打，这村有个有名的道士，是祖师庙的老当家人，他配制的膏药、丹散专治跌打创伤，疮、疥、顽癣，而且施药不收钱，在方圆几十里都很有名。他不但治好了郭老胖，还使我大哥的疥疮从一条龙变成一片星，皮肤日渐平滑。

有了这次惊吓，为了使三个城里孩子更安全，不负母亲的重托，方大娘决定让我们到黍秆庵里去住。秋冬季节，地里收割回来的庄稼秸秆堆放在各家农户的场院里，成捆的高粱秆靠在一起搭成园垛。这些黍秆垛有的是实心垛，有的是用高粱秆围成的小庵，从外边看和别的黍秆垛没什么两样，里边却是一间圆形小屋。到了夜晚，弟兄三人钻进去，铺好稿荐、被褥，睡起来比方相公家的泥土地更舒适。寒风在柴垛外呼号，高粱秆上的枯叶呜呜咽咽，像谁在风里吹篾子。偶尔有一两声犬吠，悠悠颤抖着淹没在黑暗里。三兄弟头并头躺着，听着风声，感受着村庄上杳无人迹的荒寂，瞪着眼久久难以入眠。

这年的雪来得早，霜冻也来得早。早晨起来，高粱秆都像镶了一层玻璃，村里的树木披银挂花，"无事冢"和它旁边的大庙都覆盖在刺目的银光里。站在冈上，看见从河边通往小村的土路上有一个黑点在移动。

瞧，有人来了。

二哥这么一说，我和大哥都转过头，盯着远处的人影。田野在冰雪下闪光，那个孤单的人影顶着风向前走，黑色风帽在颈间鼓动。我说，那是咱妈。大哥站在那儿眯起眼睛一动不动地盯着看。我和二哥沿着大路向前走。

是咱妈，我说。

我没像在小车庄那样飞跑着向母亲扑，我学着大哥的样子沉住气迎着母亲，一步一步走到她跟前。

母亲给我们捎来了棉衣，还捎来一块肉，中午熬大锅菜，大肉、萝卜、粉条还有方大娘秋天晒的干梅豆角。比这顿午饭更使人开心的是，下午我们可以跟母亲回家了。由于我每天向老冢大神祈祷，战争终于要结束了，县城解放了，这一次国民党也许不会再回来。

我大哥又能和他的媳妇在一起了。虽然我很忌妒，但我还是很希望嫂子和我们在一起，她待我很好，我早已想她了。

牌坊街大多数人家都回城了。小商户陆续开门，大商户虽然勉强开了门，都是伙计们支撑门面，很少有主人露面，他们不是住在乡下，就是在外地躲着。八路军会怎样对待他们，他们心里没数。

　　何熙祥来了,他来约我大哥一起去投考干校。母亲没让我大哥见他,她独自在店里应酬他。何熙祥不再是人民治保队队员,神气也显得很落魄。有人说他是烈属,有人说他是反属。八路军撤退时,何八爷曾被绑在车上,从西关到南门游街示众,说他给土豪劣绅通风报信,是民团的奸细。如果八路军把他杀了,何熙祥的身份就有了定论,可是八路军没杀他,他们只把他绑走了十几天。一二十天后,何八爷又出现在牌坊街,晚上若无其事地在小十字街茶桌上抓筝,唱大调曲子。随民团一起回到城里来的地方士绅们说他是投共分子,八路军安排的暗探,当初绑他是何八爷的计谋,为了掩人耳目在街坊邻居面前做样子。何八爷打着灯笼嘲弄别人,这行为得不到县城里一帮守财奴的原谅,在中央军再次撤出县城的前夕,他被枪毙在城墙豁口。我们回到县城之后,县大队把陷害何八爷的人都抓起来镇压了。那些天我和二哥经常跑去看镇压人。城墙豁口一次就镇压一打,天爷庙后是半打。每次镇压人都很热闹,像起大会一样。看的人太多,把我的鞋挤掉了。待我从人缝中冲出去,人已经撂倒,正往土坑里埋,我只看到一双蜡黄的脚杆。回家以后,夜里一合眼就看到那双脚杆。害得母亲一遍遍地喊我,在我耳边念叨,孩儿,别怕别怕,看你以后还去看不看?

　　虽然害何八爷的人被枪毙了,可抓他的八路军也已开到了不知何处,没人能证实那次绑他的内幕,究竟是为掩护他做做样子,还是他真有什么出卖革命的罪行?

　　母亲没有让我大哥跟何熙祥一起走,她说他身上的疥疮还没好,需要再治一些日子。

何熙祥吞吞吐吐说,二婶,能不能借几个路费给我?

母亲很爽快地给他拿了五块银元。

何八爷虽然死了,可最早和他一起做积极分子的人都正走红,他们代替原来的地方士绅、镇长、保甲长,成为第一批街道干部,每天在大街上走动,夜里出来巡查。大牌坊下刻章的孙二拐子前天晚上因为撕掉了大牌坊上贴的标语被抓起来,连夜审问。这家伙不该说他是夜里拉肚子,一时找不到手纸。把革命标语当手纸,你说揍他亏不亏?

我和二哥高兴地领受解放的自由和快活。解放真好!学校还没恢复,我和二哥既不用上学,也不必到乡下去逃难。大哥也不再害怕抓丁、拉夫,每天有看不完的新鲜事儿。城里那些有钱有势、耀武扬威的人一个个蓬头垢面、衣衫褴褛,垂头丧气地被拉到台子上去斗争,斗争完了拉下去枪毙。军队虽然走了,文工团却留在城里。每天下午,牌坊街的孩子们老早就向西城门那儿聚拢。城门已经扒掉,城门旁边残留着一段拆去了砖石的城墙,光秃秃的土墩正好做天然的戏台。文工团住在女校教室里,他们每天下午从女校出来,一路奏着乐走过大街,在城墙下临时化装,在城墙土墩上演出。他们的演出使城里人大开眼界,不仅因为他们拿的洋乐器城里人从没见过;这种琴不放在腿上,而是用下巴夹在肩窝里,右手操弓,左手按音,在一排四根弦上蹦跳着拉奏,声音和听惯的丝弦不同。我们开眼界,还因为文工团既不演曲剧,也不演越调、汉剧、宛梆,他们用唱歌来演戏。内容都是一般人的生活,化装很简单,不穿蟒袍戏装,只把军装换成乡下人的衣服就行了。"雄——鸡,雄——鸡,高呀么高声唱,唱——得太哎阳红呀么红又红——年——轻——力——壮的小——伙子,怎能够躺在床上做呀——懒虫——"这些曲子轻快好听,牌坊街的孩子们很快就唱开了,店铺的伙计们更喜欢秧歌队。不光锵锵齐锵锵齐的锣鼓热闹,腰里扎着红绫子一边扭一边唱的宣传队员年轻活泼,他们唱的秧歌调也特别撩人。"大姑娘长到十七冬,又白又胖又年轻,谁看见谁欢迎,参加妇女会多光荣!光荣光荣真光荣!"伙计们把最后两句词按他们的需要改动了一下,这曲子很快传遍全城,成为最时兴的小调。

我大哥不像我和二哥那样开心,母亲不让他跟何熙祥一起去投考干校,也不让他随便外出,临泉高中又没有恢复的希望。每当他发牢骚的时候,母亲总是说,不是跟你说过了?好好治你的疥疮,治好疥疮再说。我的疥疮已经好了。母亲说,撩起衣服我看看,这不是还有几个地方没脱痂吗?

没办法,大哥只能闷闷不乐地待在家里。书看烦了,就和我们一起到城墙下去看文工团演出。他当然比我和二哥懂得多,县城里谁也没见过的那种像古筝不是古筝、像琵琶不是琵琶的乐器,我大哥认识,那是小提琴。他说,我在武汉大学跟邵学过。武汉大学成了他心里抹不去的记忆,我知道他总在盼望着有一天能到那里去读书。

天黑下来。村路上传来呱呱的咳嗽声。老堆二伯抽着烟,烟袋上飘出的火星在风里飞舞。

我大哥在他光线幽暗的新房里写小说。如果不是刘家祺来了，也许我大哥这篇小说不但能写完，还能拿到哪家报刊去发表，也许他会成为一个比我更成功的作家。大哥不知道，就是他这两行小说打动了我，唤起我对乡村生活的想象和怀念，我才产生了写小说的冲动。在他的旧书箱里发现它的时候，我已经是城关第一小学的学生。"老堆二伯"标题下的这两行字一下子便吸引了我，刺激着我浓厚的好奇心，使我一直期望着后边的两页白纸会出现更多的文字，有朝一日我会读到老堆二伯那天晚上抽着烟袋走进村子之后发生的故事。

2000年的冬天到来了，我写着这篇小说的小说。老堆二伯还停留在1948年的初冬。季节大致相同，天气也差不多，雪也比往年来得早。它是因为刘家祺的到来而被中断的。大哥心里还保留着他完整的形象，只是他可能不再走到纸面上来。

刘家祺来了。

听到他和母亲说话的声音，大哥放下手里那支关勒铭自来水笔——那是他离开汉口时在火车站旁边的文具店里买的，是他南下流浪生活的最后一个纪念。

他从他和嫂子拥有的那间小房间里走出来，看见自己的好朋友，他差点认不出他了。短短几个月，刘家祺的穿着、神情，怎么和一个乡下农民没什么两样了？蓝粗布短袄，前襟上打着补丁，肥大的宽裤腿像水桶一样吊在脚杆上。站在堂屋里，脸上带着几分自卑。如果不是额上的分头还留着一点学生味，你简直找不到他昔日的影子。

我大哥用惊异的目光看着他发笑，瞧你这身打扮，是穿伙计们的旧衣服吧?

刘家祺没有笑,母亲也没有笑。母亲瞟了大哥一眼,把他的话题岔开说,家祺你没吃饭吧?

吃过了,二婶。

母亲让他坐下,从包壶里给他倒了一碗茶,你妈还好吧?

刘家祺淡淡地说,她还好。

母亲盯着刘家祺的脸,她觉得他母亲也许不那么好,她用目光等着他把话说完。

我们家已经从大院里搬出去了。

他的话没使我母亲感到意外,她懂得这句话的含意。凡是这样说的人,就是已经被贫协会当作财主扫地出门,撵出了家。

你家不是只有四五十亩地吗?要说剥削,还不是因为你爹早就不在了,家里没人,把地租给别人种了?

这些道理谁也弄不清,贫协会说你是什么你就是什么。我妈的脾气固执,她像你这样活套就好了,二婶。她总是抠得太仔细,待佃户太苛刻,得罪人自己也不知道。

晚上大哥陪刘家祺在东厢房住。两人像每次见面时一样没完没了地说话,一直说到天快明。

刘家祺要到郑州去。有一个亲戚给他来信,说那里的学校都已经被解放军接管,正在招生。

母亲说,家祺你先去看看情况,安顿下来给我来个信。要是学校不错,让书勋也去。你们俩在一块,也好有个照应。

刘家祺走后我大哥的情绪很糟。妈你为什么不让我走?他冲着母亲喊叫,母亲坚持说你的疥疮没出根,要治好了才能出门。

我大哥很生气，可母亲不生气。得不到她的允许，我大哥生气也白搭。只是可惜了一篇能使他成名的小说。一个作家的情绪破坏了，这篇作品还能写好吗？老堆二伯失去了走出字面的机会，被埋没到今天。

我大哥一直等着刘家祺的信，没有心思做别的事。这封信直到腊月才来，虽然晚了点，但信写得很详细，非常鼓舞人。

妈你快来听听！大哥把手里的信纸抖得哗哗响，家祺上了工业专科学校，不但不收学费，还发助学金，每星期改善一次生活，两星期理一次发。家祺参加了学校球队，正在申请入青年团。你听听，妈！你听听！

母亲像个课堂上的小学生似的坐在那儿，仔细听儿子把四页纸的长信读给她，听完之后点点头说，那你就去吧，让汤姑娘给你准备换洗衣服。

嫂子说，离新年近了，你不让他在家过年？

母亲说过年不过年有什么要紧，他想去就让他去。

你不看看他的疥疮？

不看了，我想也该差不多了。

大哥高兴地拍了一下腿，我到郑州过年去，明天就走。

在大嫂紧张地为大哥收拾行装的时候，一个身穿灰制服的人走进我家店房。他一边察看屋里的东西，一边操着侉子口音用低沉的嗓音说，你是张田氏？

母亲说是。

厮跟我一起到镇委会走一趟。

母亲说有什么事?

厮跟我走吧。

拿不拿被子?

……先跟我去一趟再说。

那好,我换件衣服。

母亲到后院来拿衣服,她悄悄叮嘱我大哥,这是三麻子想找事。前几天他捎信给我,说工作队在调查咱家财产,他想敲咱的竹杠。我想过了,这时候不能给他钱,给了钱就让他拿了把柄,越发说不清楚。你记住,要是我被他们扣下不让回家,你们谁也别去看我,也别给我送饭。要是晚上我回不来,叫方相公找五毛去。对方相公说别给他拿钱,只说以后谢他。

她把戒指和耳环取下来交给嫂子,穿上一件旧衣服跟着那人走了。

那天晚上全家人没有吃饭,连灯也没点,全都坐在黑影里等待母亲的消息。方相公去找冉家书铺的周相公,周相公和余木锁是表亲。

他没完全照母亲的吩咐办,他买了一只烧鸡,提了一瓶酒,和周相公一起到余木锁那儿去。余木锁很慷慨地说,你们在这儿坐着,我去打听打听,一会儿回来。

半夜过后方相公回来了,他说掌柜的没事,是三麻子检举她,说她隐瞒财产,来带她的那个人是镇委会的胡政委。工作队的人只是问问,有多少地?多少房子?店里雇几个伙计?有多少资本?没打她,也没捆她。余木锁说只要找几个人证明一下,有人出面作保，事儿就算了结了。

方相公还没把话说完，就听见母亲在外边敲门。大哥连忙站起来把门打开，我们全都围上去，把母亲簇拥到后院。

本来他们打算让母亲在那儿待到明天，等他们调查证实后再让她回家。那位姓胡的政委看家里没人照面，就问母亲，你家几口人呐？我家四口，同志，家里有三个孩子，孩子怎么不来给你送饭、送被子？他们都还小，大的十六，小的七岁。胡政委走出去和隔壁的人商量。母亲听见胡政委说，天这么冷，她家里还有几个孩子，我看先让她回去吧。明天调查一下再说，好不好？三麻子从隔壁走过来，张二嫂！我跟胡政委说了，天这么冷，家里还有孩子，你先回去吧。好好跟政府配合，事不大。母亲说，谢谢你啦三兄弟。

嫂子立即点火做饭。全家人情绪高涨地吃这顿半夜饭，只有我没吃，我已经睡熟在灶前的柴草里，嫂子把我抱起来送到床上我也没醒。

第二天，大哥把嫂子为他收拾的包裹解开，衣服重新放进柜子，给刘家祺写了一封信：

家祺：你好！你的来信我收到了。你在那儿的情况很好，我真为你高兴。本来我打算立即北上，可是考虑到年关将近，妈的身体不太好，县里的情况又不很安定，我是家中的长子，虽然帮不了妈多少忙，起码在她身边能给她一点安慰，我决定明年开春再到郑州去，争取赶上春季班招生……

进步的田琴

胡政委是河北人。他把我母亲带到镇委会去了一趟,他们就算认识了。从街上走过,他常会拐进我家店里站一会儿。张田氏,最近咋样啊?……还行?好啊好啊,行就好。他摸着我的头说,这是你的小儿子?几岁了?我看看你的牙。八岁八,掉狗牙——你这牙怎么还没换齐?

后来泰瑞照相馆的许掌柜被抓走,许家的院子被充公,镇委会迁进去,成了我家正对门的邻居,胡政委到我家店里来就更随便了。店里有凳子,可他从没坐过,他总是站在柜台外。当母亲拿出烟让他的时候,他笑着摇摇头说我这儿有。他从口袋里掏出一包印刷粗劣的简装香烟,抽出一支,凑在母亲递过来的纸媒上,嘴里喷吐着烟雾。

张田氏,我看你这名字该改改了。解放了嘛,不兴封建主义了,还不给自己起个名儿?

母亲说,一个女人家,不读书不出去做事,要名字有啥用?

现在是新社会,妇女翻身解放,三从四德要打倒,知道吧?你这门牌上户主写的是张书勋,是你儿子吧?

母亲笑着说,那是我家老大。

看,这不是封建主义是啥?户主是你就写你,为什么要写你儿子?一个十几岁的学生,他能当家?明天到镇委会派出所来,我跟小马交代一声——那不,进大门左边那个屋,小马,他管户口,叫他给你改改。

其实小马和我母亲也很熟,镇委会需要的一些日用杂货,只要我家店里有,都是小马来拿。现在不管哪个机关来买东西,店里的伙计都不送货。牌坊街改叫新民街,伙计们改叫店员工友。工友翻了身,是新社会的主人,他们不再伺候掌柜,也不再伺候顾客。倒茶点烟、洒水扫地这些活工友们都不再干,更别想让他们送货。顾客进了店,得对店员客气恭敬,脸上赔着笑,看着店员的脸色,想要什么货要用谦卑的态度对店员说,如果店员顾不上,或是看他不顺眼,他得低眉顺眼站在一边等着,不能像从前那样挑三拣四、颐指气使。

那天晚上母亲像往常一样把柜里的钱倒出来,点清楚,在钱柜里留下几张小票子做压柜钱,然后端着灯在院里前前后后察看,东西是不是都收拾好了?灶底的火是不是已经熄灭?柴草是不是远离了灶门?直到各个屋子都插好门,熄了灯。她披着棉袍,抽着烟,咳嗽着,久久地在院里走动,我们谁也不知道母亲在为起名字激动不安,胡政委的话打动了她。用一个好听的、响亮的名字代替张田氏,这念头让她怦怦心跳。我们姐弟五人的名字是兴华烟厂老板宋万昌给起的,现在她要给自己起名,只能自己拿主意。外祖父在她八岁的时候曾经给她起过一个名字,外祖父说:"你叫翠莲中不中?"只是说了一次,此后再没提起。翠莲这个名字母亲不想再用,不只是因为在她看过的《大上吊》这出戏里,上吊的女主角,凄凄惨惨不愿和孩子分别的苦命女人叫翠莲,更因为这名字让她想起外祖父,想起从前的许多事。

母亲辗转了半夜，天不明就起床在院里转悠，吃早饭也显得心神不宁。一放下饭碗，她就到对门派出所去找小马。

小马歪头看着母亲，你想改名字？

母亲笑着点点下颏。

想好了？

叫田琴吧。

田琴？这名字不赖，比张田氏好听多了。

小马把我家的门牌从门头上撬下来，请木工把原来的字刨掉，用毛笔重新填好。

新民街128号

户主　田琴　四十六岁

全家人口　五口

工商业户

过了几天，四叔到我家来，他一进门就说，怎么了，二掌柜婆，听说你把名字改了？母亲说，可不是嘛，现在不是解放了吗，张田氏叫起来别扭，二掌柜婆不好听。

那你改什么名儿了？

田琴，你看咋样？

这名字挺俏啊！

母亲把下巴翘了翘，你也给四掌柜婆起个名吧。她比我大几岁，可她是我的弟媳，比我俏多了。

咱又不打算当镇委会的积极分子，她去赶啥时兴？积极分子可不是谁想当就能当啊。

过了几天,三叔来了。他说,二嫂你改名儿了?母亲说,是啊,有个名儿,开会呀,上税呀都好叫。三叔嘿嘿笑着说,啥名儿不能叫,叫田琴!都几十几的人了。母亲笑起来,三兄弟,名字还分年纪?你八岁那年叫张福贵,现在不是还叫张福贵?三叔抿嘴笑,咱们族里的人都是老思想……母亲笑了一下说,我也是老思想啊,现在不是解放了?胡政委说不改名就是封建主义。跟镇委会对门,胡政委天天来串门,不改名叫我怎么说?

因为改名,母亲在张家亲族眼里增添了一层色彩。三叔和四叔流露出的挑剔不满使母亲对自己的名字更得意了。她到隔壁孙拐子那儿刻了一枚手章,买了一个带印泥的章盒,在流水账的封面和店里使用的各种本子、纸张上盖上田琴的大印。她把章盒揣在口袋里,经常带在身上,半夜醒来还会摸摸那个硬硬的小东西,暗自把田琴这两个字念一遍,琢磨着它在别人嘴里说出来会是什么感觉。"解放了……"胡政委嘴边这三个字在她脑海里萦绕,名字一改,她发现想什么、看什么都和从前不大一样,"解放"这个词在她心里唤起了一种新奇的感觉。

三叔再一次到我家来时发现他不能再像从前那样坐在店房的长凳上拉家常了。我家的铺面从两间变成一间,另一间装了夹墙,租给了卖颜料、纽扣、小百货的杨掌柜。一间窄小的店面里,柜台外只有一条走道,客人在柜台外、廊檐下买东西,买完东西走人,不像从前那样能进到店里来坐坐,抽袋水烟,喝碗茶,聊聊闲话。

三叔转着身子看了又看，再从屋里踱到店外，站在大街上端详，眼睛里露出迷惑不解的样子。这个一天天发达起来在牌坊街小有名气的"福盛长"杂货店，为什么突然间变成一个不起眼的小铺子？三叔不由得咂了一下嘴，二嫂，你名字一改，店也改了？

母亲说，解放了，现在谁还想把生意做大？

你还真能下这个狠心！这可好，烟茶都省了。

胡政委跨过大街从镇委会门口走到我家来，田琴，把铺子改小了？

母亲说，铺子小点好照管，够吃饭就行了。

胡政委笑了，好啊，腾出工夫，街道上的事你也出来跑跑，别老关在家里做生意。

母亲有点受宠若惊，我能行？……我生意虽说没做大，可从前雇过工友，也算剥削过别人。

胡政委高兴地看着我母亲说，田琴你觉悟提高得真快，到底是出身好。你娘家从前很苦嘛，真正的无产阶级。你侄儿田大龙是新华街的积极分子，表现好得很。

母亲脸上掠过一丝绯红。她没想到胡政委会提起我表哥。父亲去世后，她很少提起自己的娘家。虽然不能证明我父亲的死与三外爷昧了我家的谷子有什么关系，可她还是不愿在别人面前提他们。为了照顾外祖母，她煞费苦心地在老君庙街为她租了一间房子，让她单独生活，这样，在她供养她的时候，老张家的人和老田家的人都没法说她什么是非。现在有人用褒奖的口气在她面前说她的娘家人，自己也沾上一点荣耀，心里未免感到欣慰。

新年到了。牛年的新年虽说商家门口少了很多奢侈，半夜过后没人再挑着五千头的大鞭一边放爆竹一边撒铜钱，可今年镇委会和街公所组织了热闹的活动，各街的积极分子都很活跃，放焰火，搭柏枝桥，龙灯、狮子、旱船、螺蛳，高跷，连多年不玩的背装、竹马、双头人也上了街。

和这热闹景象相比，牌坊街的多数邻居都很晦气。对门的许掌柜被抓进去，虽说没镇压，可判了几年刑。老缸娘是母亲最要好的牌友，以前她的日子最自在，城里有绸缎庄，乡下有一二百亩地。现在她的日子不好过了，一家人灰溜溜地躲在屋里，上街见了人都要低头走路，不敢随便和人打招呼。她家的牌场当然也取消了，过年母亲连打牌的地方也没了。冉家书铺、周家书铺，还有二哥的干娘刘家书铺，这三家人气最旺的文具店主都成了地主兼资本家，牌坊街的邻居们轻易不再和他们来往。今年过年，母亲尽量把我们都打扮得穷一点，全家人都没换新衣。母亲把平常穿的衣服浆洗一下，耳环和首饰包在破布里，塞进墙洞去。和他们比较，母亲感到自己很幸运。她虽然被镇委会叫去一次，惹出一些风言风语，可最终没什么事。胡政委瞧得起她，常到我家店里来站站，还建议让母亲改名字。年前我家的铺面一缩小，她觉得自己向新社会又靠拢了一步。

年集开始的时候，母亲开始惦记外祖母和舅母。往年过年，大表哥都要到我家门口来帮助母亲看一阵年市，临走时顺便从货摊上拣些东西。香烛、鞭炮、锅、碗、瓢、盆、花椒、茴香……货摊上找不到的，他会毫不客气地喊，姑——那木耳、黄花呢？刚才我还看见的嘛，转身就找不到了？母亲没好气地回答，二门后呢，啥东西能逃过你的眼！大表哥嬉皮笑脸地说，姑你又心疼了？以后你老了，受了谁的气，不还得侄儿娃子来给你撑腰出气？等你来给我撑腰出气，你姑都埋到土里了。母亲涩笑着，看着表哥手上的东西，心口一阵阵发胀。

和往年不同的是，今年一进年关母亲就惦记着表哥哪天来，她把一些须用的东西给他拣好，放在一边留着。大年二十八，表哥来了。他带着几个积极分子，说要为街公所扎龙灯、做旱船买材料。

这是我姑，需要什么只管到我姑店里来，她不坑人。

新华街街公所在我家买了不少东西。

表哥拿着为他准备的年货兴冲冲地往外走，母亲在他背后喊，龙——我进了鱿鱼，给你妈拿点去吧。

往年的社火玩意都在大商号门口玩，玩完由商号给赏钱，给挑龙头、甩龙尾的人赏点心、香烟、糖果，今年各种玩意都到军、工、烈属门口去拜年。我家既不是军属，也不是工属（参加革命工作的干部家属），更不是烈属。母亲正感到失落的时候，锣鼓声响过来，一条龙灯来到我家门口。那是一条很长的绿色的大龙，龙头威风，龙身粗壮，牌坊街被看热闹的人堵塞了。透过几乎垂到地面的龙须，我看见是大表哥在举着龙头。他身穿密扣子夹袄，腰扎宽缠带，头上裹着那个年代最时兴的白羊肚毛巾，舞龙的姿势威武雄壮。

我撞一下母亲的肩膀说，妈，这是我龙老表，他来给咱玩龙灯了。

母亲说，快去提壶茶，拿条香烟。

我大哥搬出一张小桌，嫂子把茶水提出来，在桌上放了两包点心一条香烟。

大表哥稳住龙头，身子从龙须里亮出来，田大龙给俺姑拜年啰——

挑龙身的小伙子们也都齐声呐喊助威，给姑拜年——母亲顿时感到满面生辉。

表哥的龙灯对母亲是很好的安慰，老田家从没让她自豪过，现在让她自豪了。外祖父的死，母亲的出嫁（她是为了给家里换一头驴才嫁给灯笼匠的），小舅吃粮当兵没有音信，舅母拐着小脚套磨、和面、卖蒸馍……母亲八岁推磨，十五岁做撕烟工……所有这些在人前不能提起的伤心事都成了可以在诉苦大会上炫耀的历史。大舅去世前，老田家的蒸馍店曾经在杨家楼红火一时，母亲曾经为舅父、舅母很费心思地策划过买房子、买地的事，而且已经谈好了河南的几十亩滩地。那块地如果到手，在河滩里种上百十棵桐树，用不了两三年老田家就会发家，不费多大劲就能把周围的滩地弄到手……想起这件事母亲感到后怕。幸亏大舅不听母亲的建议，他不停地抽大烟，使这计划泡了汤，她如今才可以骄傲地对胡政委说，我娘家上无片瓦、下无立锥，一家人几十年住在财主家的祠堂里，两个侄子在泥地光席上长大，从小没在床上睡过觉。三外爷吃了他们老张家几石谷子，老张家把她另眼看待。大舅虽然无法与何八爷相比，可如果他不抽大烟，没有在中年去世，扔下外祖母、舅母和两个孩子，也许老田家现在就没有如此光荣的地位。

城市贫民，真正的无产阶级！——这是胡政委说的。胡政委就是新社会、新政府。

流浪外乡去当了壮丁的二表哥这时也成了母亲的骄傲。他像小舅一样忍受不了家里的贫穷，跟随六十三军去当壮丁，几个月前在广西起义投诚，成了人民解放军战士。舅母寄住的方家祠堂门口因而荣耀地挂上了"军属光荣"的牌子。这块牌子着实让一道街的街坊邻居眼红。母亲心里也隐隐感到一点忌妒。

正月初二姐姐、姐夫来走亲戚，母亲开口第一句话就是"赶快参加去"。姐姐、姐夫穿着旧衣服，那副神态让人一看就知道是扫地出门的地主。这一次回娘家，姐姐干脆住在家里不再回去。婆家已经划为地主，房子和土地都被村上穷人分了，一家人只留下两间草房，还回去干吗？

姐夫说，我回家去拿几件换洗衣服吧？

母亲说，参加了，公家有的是衣服，回什么家？南阳正招干部，你们俩现在就给我走！

正月初六姐姐和姐夫走了。

一个多月后他们分别捎回了信和照片。姐姐剪短头发，戴一顶军帽，换上了干部制服。姐夫考进军政干部大学，到开封去了。母亲用她钱柜里的第一批解放票提供路费，挣来了"军属光荣"和"工属光荣"两块牌子，姐姐和姐夫今天才有离休干部的光荣待遇。按照传统的道理，这两块牌子应当挂在大柳营曹家门口。母亲的新知识派上了用场，她把它们钉在我家门上。新社会，男女平等嘛，谁说女方家属不是家属？曹家既然被划为地主，他们当然没资格来争。这两块牌子的意义使母亲在舅母面前不再感到自卑，你是军属，我也是。

正月十二我大哥提上那口曾经陪伴他南下武汉的小木箱，动身到郑州去。他和城里的几个学生伙雇一辆平车，走社旗，到许昌，在那儿换乘火车。没过多久，他从学校参加了工作，成为人民银行的干部。虽然"工属"牌一块就行了，可双料的感觉当然更好。

随着春天的到来，王姑和方相公相继来到我家。

母亲留王姑吃饭，和王姑拉家常，她说，你在我这儿帮了多年忙，替我做了很多事，从前不知道雇人是剥削，现在解放了，不兴剥削了，往后我不能再雇你。春天乡下没什么活，你愿意在我这儿住就住些天，权当给我做伴。有活帮着干，没活你纺棉花。王姑说，那我就在你这儿住一春吧，我和汤姑娘一起帮你照看后院。

母亲让她把纺车弄来，反正堂屋里有地方。平时你纺，闲下来我也纺两把。二十年没摸纺花车了，不知道还会不会？

王姑把她的纺车弄来，摆放在堂屋里。母亲和王姑一起搓棉捻，纺棉花，大嫂也跟着学。从此以后，嗡嗡嗡的纺车声再次在我家堂屋响起，成为我进入梦乡的催眠曲。

母亲跟方相公商量，牌坊街组织了店员工会，你若想做工友，先到店员工会去登记，看哪处商店需要店员就到哪个店去做。我这儿只剩下一间门面，自己能干多少是多少，不需要再雇人。

方相公感到很意外，他不明白母亲究竟是什么意思，二婶，你是不是嫌我哪些事没做好？我跟了你这么多年，大小事没出过差错，账目、钱财从来都是清清楚楚……

母亲苦笑了一下，方相公，你跟我四五年，我咋能不放心？只是你没明白现在和从前不一样了。从前当掌柜光彩，如今做工友光荣，雇人是剥削呀！

方相公涨红了脸，二婶你不用说下去了。他气呼呼地转身向西门外走，母亲追着他的背影喊了两声他也没回头。

过了一些天，母亲捎信让方相公来，她语气缓慢地说："方相公，你跟我学生意学了这几年，要真放不下，还想做生意，那你就来，只是不能再给我当伙计。"

方相公迷惑不解地看着母亲。

母亲微笑着，要是真想来，那就来和我合伙。这几年你在我这儿干了不少活，每年只拿一点工钱，本来我心里就过意不去。现在政府提倡合营，我想了想，要是你愿意的话，把这店里的货底盘一下，有多少是多少，二一添作五，算咱们两人合股。能拿出钱你就拿一点，拿不出我也不要。这些年做生意做累了，我想歇歇，不想再操心。我把生意交给你，随你做去，以后赚了钱把本钱还给我。你看好不好？

方相公瞪大了眼，若是做赔了呢？

不就是屋里这两架杂七杂八的东西吗？能值几何？赔了算运气不好。

方相公低头沉吟了一阵，二婶，说实话，叫我一个人干我可没啥把握。

你先支撑着门面，我在后面给你点拨着，一年半载之后我退出来，全交给你，行不行?

二婶你这么相信我，那就试试看吧。

生意上的事不能试试看，要答应就得全副精神去干，一开头恐怕里里外外不少事都得亲自去料理，三心二意可不行。

母亲和他一起盘点了屋里的货物，按市价折算，加上内外债务、货款，拉成清单，写明总计金额，田琴和方德明共同盖章，按指押，注明本金由两人平摊，方德明的一份在经营赢利中分期归还田琴。

按照母亲的建议，店名由"福盛长"改为"新合兴"，到税务局去做了重新登记，把营业证上的"私营"改为"合营"，业主田琴变成经理方德明，股东田琴。

胡政委很高兴，他站在我家门口台阶上喊，田琴，今天新民街成立中苏友好协会，你来吧，以后街上的事你得多出来跑跑。

田琴被推选为新民街中苏友好协会委员，成了街道上活跃的积极分子。她的口才本来就很伶俐，现在又加进不少新名词，说起话一套套的大道理。

夏天，母亲又得到了第二个委员的头衔。县城成立人民银行，银行的工作人员到各家商户来动员储蓄。一个新参加工作的女孩到我家来，她和我六姐寄回的照片很相似。一样的年龄，一样的灰制服，灰军帽，短头发，黑皮肤。开朗、活泼的性格，单纯、直率的神态，处处使母亲看到我六姐的影子。她们一见面就很投合，母亲叫小姚的口气像叫自己的女儿一样亲昵。她看着她的脸，抚着她的后颈和肩背，第一次见面就要留她在我家吃饭。母亲说服方相公，把"新合兴"的钱存入人民银行，还到隔壁劝杨掌柜，白天不用操心藏放，晚上不用担心贼偷，随时用随时取，还有利息，这样的好事到哪儿找去？母亲陪着小姚跑了五六家，这五六家店铺的掌柜都很赏光，在母亲劝说下把钱存入了人民银行。第二天小姚和她的科长一起到我家来，给母亲送来一枚铜徽章，图案是一面飘着穗子的小旗，上边印着"劝储模范"。母亲因此成为人民银行的劝储委员。

1949年夏天，田琴胸前挂了两枚铜徽章，穿着浆洗过的浅蓝褂子，干净、整齐，稍微有点发白，每天在街上跑来跑去。细高的身影飘飘逸逸，一对小时候裹过后来又放大了的尖足为她增加了几分优雅。脸上的微笑虽然比从前更谦和，在牌坊街邻居们眼里却显得很神气，很令人忌妒。母亲显得很忙碌，有时候顾不上吃饭，有时候到街公所开会，一开就是半夜。街上的人们不知道田琴为什么会有这么大的本事，解放不到一年，就成了新政府眼里的红人，比早几年投靠八路军的那些积极分子进步还快。

那位给母亲带来官运的小姚成了我家常客，不但经常让母亲陪她到各商店去劝储蓄，没事还到我家来和母亲、嫂嫂拉家常。小姚的家不在本县，节假日常到我家来过，碰上什么烦心事，也跑来给母亲诉说。母亲给她做可口的饭菜，像对自己的女儿一样亲她，安慰她，在她有什么事拿不定主意的时候帮她拿主意。由于小姚的缘故，她的同事们见了母亲也都大娘长大娘短亲热地打招呼。看到这位胸前挂着两枚铜徽章的军属大妈在戴灰制帽的人们中享有那么热情的欢迎，县城那些刚参加工作的青年人不知底细，他们为这位大妈编造了不少传说，说她曾在某年某月掩护过地下党，某年某月营救过一批投奔革命的青年学生。这类传说使我感到骄傲，虽然在我回家问母亲时她明明白白地说那是别人瞎编，可我还是宁愿相信这些传说都是真的。

到了八月，母亲又得到一枚勋章，图案还是一面红旗，上边印着"纳税模范"。方相公对这枚勋章不太赞赏，母亲高兴地把它别在大襟上走出门去的时候，他斜眼看着她的背影嘟嘟喃喃说："出风头！"也许那会儿他必须找个人把心里的话说出来，而我又正好站在旁边，他回过头对我说，林林，你说你妈现在是不是在街上跑傻了？税务所开会叫大家报营业额，谁都往少处报，你妈她往多处报。一个小牌牌哄住她，叫咱们多上几十万块钱的税，等于四五天没做生意。难道她一点都不心疼？那是些红通通的人民票啊！

方相公的不满是有道理的。母亲越来越热心开会，对生意上的事越来越不乐意操心。到了晚上，方相公像从前一样倒柜点钱、记账，向母亲汇报一天的买卖，和她商量明天要不要进货？听说贸易货栈到了一批桐油，要不要去探探价？母亲却迷上了她的《妇女识字》课本。她举着课本，眯起眼睛，高皱眉头一个字一个字读她的课文"东、方、红——太、阳、升——"。母亲举课本的手在灯那边，脸和身体在灯这边，稍不留神，眉毛、头发就会被灯焰燎着。她不但独占了柜台，也独占了这盏灯。方相公闲坐账桌边，被母亲的身影遮挡在暗影里。她念完一课书，美滋滋地回过神来，抱歉地笑了笑："你没法过账是不是？"方相公不吭声。母亲把身子偏过去，让出一点灯光。看方相公坐在那儿没有理睬她，就把灯端过去，放在他面前，好了好了！以后我不在这儿念了！

母亲改在卧室里念书，堂屋点灯的时间就比以往更多。她每星期到识字班去上三个晚上课，其他时间在家自学。那件蓝罩衫的大襟上，两颗布纽扣之间，多了一支闪闪发光的笔卡子。现在母亲随身携带的东西除了那枚田琴印章，又多了一支金星钢笔。她学写字比学编灯笼、笊篱更用心，一本识字课本没读完就为自己订了三个白纸本子，一个记账，一个记明天要办的事，一个写练习作业。那支粗大的黑杆钢笔在她手里显得格外笨重。她眯细着眼，一笔一画在本子上画。一堆柴棒似的图画歪倒在纸页上，不细看认不出什么名堂。她写字的时候总让我站在她身旁，写到哪儿拿不准，就扭头问我，这儿是不是还得再撇一撇？

母亲获得第四枚勋章的时候，我有理由感到光荣，因为我觉得其中有我的功劳。这一枚勋章的图案是一本掀开的书和一支斜插的钢笔，上边印着："识字模范"。

母亲变得更谦虚了，那四枚徽章她平时只戴一枚，隔一段换一个。她那淡蓝色褂子的胸前不断变换风景。

现在母亲往娘家跑的时候多了。不光因为娘家的形象已经改变，还因为外祖母不再单独在外租房住，她搬回祠堂院，和舅母、表哥们一起生活，母亲有名正言顺的理由回娘家。而那三间祠堂也已名正言顺地从地主资本家方家的名下分给了我舅母，房子虽然有点旧，可它让一个赤贫无产者拥有了自己的财产。

舅母劝外祖母回家自有她的盘算，她已经决定把刚刚拥有的三间旧瓦房卖掉，带上一家人回老家去。秋后土地改革就要开始，外祖母跟着她，她就能多占一口人的土地，多分一份财产。

过罢中秋节，舅母就举家迁回外祖父祖辈生活的小田庄。

外祖父的父亲离开老家是光杆一条，舅母回到小田庄是七口之家。他们一回去就分到了二十一亩土地、四间房屋，还分到了农具和耕牛。这笔财产如果是外祖父留下的，舅母就不会有这样光荣。一个除了七张嘴什么也没有的人，分到这些胜利果实显得格外荣耀。她和表哥不仅是响当当的贫农，还是村上唯一的军属。外祖母很自豪，她没增加舅母和表哥的负担，没白吃他们的饭，她为他们带来一份家产。人有了家产在家里的地位就会改变。母亲到乡下来看望她的时候，发现舅母、表哥和他的子女们对外祖母很孝顺，不但一日三餐由孙媳端饭伺候，每天早晨老太太还能像从前的地主婆一样吃荷包蛋。老田家重现了外祖母传说中的尊老爱幼、礼让亲和的好家风。

当舅母忙着下乡分地分房的时候，母亲也在忙着下乡。她放下自己的识字课本和繁忙的街道公务，到西乡一个叫老王坡的地方去。她去不是为了占地分田，而是为了把两年前在那儿买的土地想法处理掉。不知是巧合还是冥冥中出于谁的安排，母亲要处理的土地和舅母分到手的土地恰好相等，都是二十一亩。以母亲的精明，这二十一亩地也许是她一生中最上当的交易。母亲从小教育我们做事千万不可贪便宜："便宜后头挨着当。"可是1947年秋天不知哪个念头动歪了，她竟听信老缸娘的劝说，贪便宜买下了老王坡这二十一亩地。从地买到手那一刻起母亲一直没能摆脱上当受骗的感觉，只是没法说出口。地买到之后，她发现老王坡是个坐落在岗坡沟里的偏僻小村，村上只有七八户人，她一个远在城里的妇道人家如果不以很低的地租把地租出去，那就只好让它撂荒。幸亏这块地的老佃户很厚道,没怎么讨价还价就把地租下了。夏收之后,王四辈用手推车推着一袋小麦,走过十八里土路,过一道河,到了我们家,把粮食背进堂屋,放在地上。母亲让他喝茶,他说不渴,二婶,让他抽烟他说不抽,二婶。让他坐,他不坐。在堂屋楼板的压抑下,他细长的身体像条伸不直的虾米,二婶,地没给您种好,您老只好担待了……尽管王四辈说话有点前言不搭后语,母亲还是听明白了他不打算按租约给我家交粮食。他两手互相捏弄着,眼睛看着自己的双手,好像很惭愧,又像很抱屈,岗坡地,满地是石头,少肥没粪的,春天修公路又占了一亩多……这样一个老实巴交的乡下人,即使你不满意,又能说什么呢?结果从地买下直到这年秋天,我家只见到一袋小麦、两袋高粱,后来母亲连过问的心情也没有了,四辈,你看着办吧,有多余的粮食给我送点来,没有就算了。那时母亲只是为了少烦心,没有成心维持王四辈的意思,现在这点人情却帮了母亲的大忙。她到老王坡去,是为了请王四辈收下这块地,在土改时把它填报到王四辈名下。这个憨厚的乡下人竟痛快地答应了我母亲的请求。

尽管王四辈在过去两年中占了我家不少便宜,后来简直有点霸地不归的意思,可他痛快地接受了母亲的赠地,算是非常够意思了。即使他不答应母亲的请求,他也一样能得到它。他甘愿放弃了雇农的光荣成分(当时也许他没想到它会关乎子孙后代的命运),使我家没被划为地主,使母亲感念了多年。

母亲害怕他变卦,回到城里立即托源通货栈的李先生起草了一份文约:

立约人张田氏　王四辈　张田氏民国三十六年八月购买老王坡南地紧挨公路的一块长条地二十一亩，因地薄无收，无人照管，于民国三十七年以两袋高粱为代价转让给王四辈。空口无凭，立此存照。中人李奉先。民国三十七年某月某日。

老王坡的成功鼓舞了母亲，她把三叔请到城里来，到饭店去炒了两个菜，提了两壶黄酒。

三叔和我家关系一直很好，老弟兄们分家后，父亲分到的土地由三叔代种。按照一口人三亩地的土改政策，我家五口人，母亲作为工商业户不能占地，四口人十八亩半地，全部佃给三叔耕种。较起真来，我家算不算地主就很难说。母亲摆的一席酒使三叔在酒酣耳热之时愉快地接受了七亩地的馈赠，也就是说他自愿为我家分担了七亩地的负担。更重要的是，三叔还自愿把两兄弟之间的租佃关系说成是合伙耕种，没有分家。

三叔牺牲了下中农的地位，我家可以保住中农成分。母亲很满足，不分别人的东西，也不把自己的东西分给别人，名誉好听，也合乎天理人情。

秋天，我和二哥跟在嫂子身后到俩子营老家去。在母亲导演的保卫中农这场戏里，嫂子扮演着至关重要的角色。她带着大哥的户口，带领二哥和我回到俩子营老家。这是一支四口人的占地大军，按当时的土地政策，我家有十一亩半地，比应当占有的土地少半亩。在分地大会上，我嫂子慷慨地表态说，少半亩就少了吧，我妈交代了，这半亩地算我们让给乡亲了。土改工作组的人十分赞赏，瞧人家汤惠兰！到底是城里来的，有文化，有觉悟。

尽管嫂嫂还不满二十岁，可她一回到侉子营就被人们称为"四婶""四奶"。工作组的同志表扬四奶，张家的族人感到光荣。这个秀才后裔的小村里，想找个像我嫂嫂这样识字的人很困难，既然我家的成分没什么问题，汤惠兰被推选为侉子营村土地改革村民代表也就势在必然。汤惠兰同志一生的革命史就从侉子营的村代表开始，这一点我相信事先并没列入母亲的计划。

我和二哥跟着嫂子下乡的时候没想到当真会在那儿住下。像每次下乡一样，我觉得不过是在三婶家吃顿饭，跟着哥哥、嫂嫂们到地里去拾一阵庄稼就可以高高兴兴回家。嫂子带领我们住在堂屋的北间里。那是上房，爷爷、奶奶在这间房里度过了漫长的一生。这个前清秀才的儿子为中华民族的繁衍做出了不可磨灭的贡献。他和奶奶不但生育了我大伯，生育了我父亲，生育了姑姑、三叔、四叔，让五个子女顺利地长大成人，没一个变成少年夭亡的讨债鬼。除了大伯迟迟未能成家，在将近五十岁时才找到一个带着孩子的女人，别的子女都为中华民族的兴旺发达做出了自己的贡献，他们每家都生育了不少于四个的一群儿女，这些儿女现在又都生育了各自的一群。

爷爷、奶奶留下的院子仍然居住着张氏族人，他们留下的房子使我嫂子一回去就有安身立命的地方。她在堂屋正间支起一个小泥灶，在那座清代建筑的墙壁上掏出一个烟筒。炊烟从檐下升起，在发黑的屋顶上弥散。我和二哥端着饭碗蹲坐在爷爷、奶奶曾经在那儿出出进进的门槛上,和端着饭碗的婶婶、嫂嫂们一起,边说话边吃饭。吃完饭,嫂嫂带我们到南地去拔豆茬。豆子割过之后,镰刀在庄稼地上留下干硬的茬子。我们的任务是把它们连根拔起,摔掉泥土,拢成堆,装在箩筐里弄回家。我知道豆茬是很好的烧柴,尤其冬天烤火,火头旺,又没有呛人的烟雾,可并不知道拔豆茬是这样令人讨厌。我只干了一小会儿就跑到地沟里去追鹌鹑了。二哥吆喝我,嫂子说,别喊他,想玩让他玩去。嫂子和二哥手上都打了血泡,那么大一块地,要把那些豆茬一根根拔完,真不知道他们是怎么干完的。既然我们为了当中农来占地,我们就得证明自己能干活。地里已经没有别的农活可干,我们只能拔这些豆茬。拔完豆茬,剩下的就是三叔的活。他驾着牛,赶着拖车,来到地边,犁地、耙地,把小麦耩进去。

拔完豆茬我和二哥就算证明了我们是自己土地的主人,可以安心地回城里去上学,等待土改完毕拿土地证。嫂嫂一人留在村里。这个城里长大的女孩很适应老家的环境,在"四婶""四奶"这样甜蜜的叫声里,很自然地融入了张家的血缘亲情,自觉地担当起保卫张家土地的职责来。

一个晴朗的初冬的上午,侉子营的农民们从各自的院落里走出来,腰里扎着带子或是草绳,两手笼在油腻、卷边的棉袄袖子里,在工作组的召唤下,聚集在一个背风的场院里。汤惠兰和另外几个村民代表坐在场院的地上,每人身后放一个粗瓷大碗。村民们排着队从他们身后走过,把手里的豆子丢在他们背后的碗里。投票结束后,工作组的人和村里的几个老人当着大伙的面数豆子。我大嫂得了三十八粒,参加丢豆子的是四十一个人,如果不是村南头两家十年前因为到我家地里拾麦和我三叔吵过一架,我嫂子也许能得满票。

现在汤惠兰同志以一个老干部的身份去上老年书法大学,把自己的作品装裱成漂亮的卷轴,挂在"迎接新世纪"老干部书画展的展厅里,自得其乐地在自己的作品和别人的作品前流连顾盼,和1949年冬天佟子营乡亲们在她身后碗里投下的这些豆子大有关系。数豆子比任何一种计票方法都要简单明了,我大嫂就靠数豆子的办法当上了佟子营村第一任村委会委员。这三十八粒豆子对我嫂子的一生,不亚于刚刚结束的小布什和戈尔争夺佛罗里达州二十五张选举人票那样重要。如果佛罗里达州的选民们用丢豆子的方法投票,戈尔和小布什还至于把官司打到联邦最高法院吗?难道佛罗里达州不产豆子?

第二年春天,乡里的方政委对我大嫂说,汤惠兰,县里要招一批干部,你愿不愿意去?

我大嫂没说愿意,也没说不愿意,她说我得跟俺妈商量商量。

听说你妈不是很开明吗?

开明是开明,可我一走,家里就剩俺妈一个人了。

大嫂回到城里和母亲商量。母亲像大嫂回答方政委那样既不说不同意,也不说同意,她只是说,你自己看着办吧。

大嫂小心翼翼地看着母亲的脸,你不知道方政委那个人,他非让人家去,不管人家家里有多少难处,你不去吧也怪不好的。

那你自己看着办吧。

我觉得还是不去好,我走了,家里只剩下你一个人了。

母亲不作声。

嫂嫂瞥着母亲的脸,明天我见了方政委跟他咋说呢?

母亲笑了一下,你看该咋说咋说吧。

隔一天,一个绰号叫段三疯子的女孩来找我嫂嫂。这位段三疯子曾经和我姐姐在女校同学,她和我嫂嫂一样到乡下去占地,成为土地改革中的村干部,被乡里选中,进了县里的干部培训班。

她穿过"新合兴"的店房,推开二门,咋咋呼呼地喊,汤惠兰——方政委让我叫你来了。咋回事吗你?说好了怎么不来?

嫂嫂不回答段三疯子的问题,她拍着堂屋的椅子说,段淑兰,你坐,坐吧。

我不坐,人家都开始打扫卫生了,你还在家磨蹭。

段淑兰,你先坐会儿。嫂嫂给段三疯子倒了一杯茶,我还没跟俺妈商量好呢。

母亲在厨房里做饭。她一手拿着红薯,一手拿着刀,把那根洗净的红薯向瓢里削。段三疯子拉着我嫂子站在厨房门口,张二婶,我来叫汤惠兰去上班呢。

母亲转过身看着她,我也没说不让她去呀。

嫂子站在段三疯子的身影里,母亲手里拿着红薯和刀,面孔被屋檐的阴影遮暗,看不清她脸上的表情。

嫂子用不很响亮的声音说,妈,那我去吧。

母亲也用不很响亮的声音回答说,去你去。

嫂嫂跟着段三疯子走到二门边,又折转身返回厨房,小声对母亲说，你看看段三疯子这个人！我可没让她来。妈，你看我去不去？

母亲把刀放在案板上说，你还没吃饭哪。

嫂子说，你看这段三疯子！连饭也不让人家吃。

母亲凄凉地笑了一下，你走吧，家里这么多年不都是我一个人？

跨过二门，她回头看了一眼。看见母亲手里拿着红薯站在厨房门口望着她，她怕自己会再一次转回去，就追着段三疯子的背影急匆匆地走了。

模糊

夏季就要过去的时候,胡政委像往常一样很随便地走到我家店房门口,站在廊檐下抽着他的五百钱一包的香烟和母亲说闲话——你别误会这香烟的价格,那时人民币一百钱相当于现在的一分钱,一千元是现在的一角,一万元是现在的一元。母亲从胡政委的神态里看出他喉咙里有什么话在转悠。恰在这时,方相公说他要到西关贸易货栈去。母亲递给胡政委一支烟,他破例地接在手里,把烟头捏软,弹出一些烟丝。

"我离婚了。"他把弹空的香烟插接在还没抽完的那支烟的尾巴上。

那阵进城干部几乎人人都在闹离婚,胡政委离婚我母亲一点也不觉得奇怪。她笑了一下说,我约摸是这么回事,一直没看见你的家属来嘛。他给母亲解释,说他是从小由父母包办,参军以后没怎么回去过,跟家乡那个女人没啥感情。

父母包办,离就离了,有合适的再找。

胡政委嘘了一口烟,把自己的脸隐在烟雾里。他说,田琴你看许家那女孩咋样?

我母亲稍微有点意外,你是说……许泰瑞的闺女?

她叫许小玉,是不是?挺文气的。

母亲抽了一口烟,然后又缓缓地把这口烟嘘出去。

胡政委笑了笑，不知道人家会不会嫌我年龄大？

你才三十挂零，年龄倒不算啥……眼下这女孩正上学。

我就是看她正上学，家里挺困难的，跟我结了婚，我供她上学不是更好？

母亲沉吟了一下，她明白胡政委无非是想让她帮忙，就干脆爽利地说，要不，我替你打听打听，看她妈啥意思？

胡政委很高兴地说，那就麻烦你了。

这事本来和我没什么关系，我没必要去对别人说。可是我还是忍不住把这消息告诉了我二哥，因为我知道他和许小玉之间有点莫名其妙的纠葛。发现这纠葛是一年前的夏天，我和二哥在货柜背后夹道里摊一领席子躺着乘凉。无意间我看见货柜背后有几行粉笔字，"我×许小玉　我×许小玉　我×许小玉"。我一眼便认出那是二哥的笔迹。如果这样的句子出现在公共厕所或是街角的破墙上，我一点也不会感到奇怪。牌坊街的孩子们经常用类似的句子和别人开恶作剧玩笑，对心里不满的人发泄忌恨。我二哥把这样的句子写在家里的货柜上，骂的对象又是对门邻居的女孩，这着实让我吃了一惊。在大人们眼里，二哥一向被认为是我们弟兄中最温驯、最老实的一个，街坊邻居都称他为"模糊"，虽然我早已知道二模糊并不像大人们看到的那样模糊，可这几行字还是使我陷入困惑，我想不出什么理由会使我二哥对一个女孩怀有这么大的敌意？人民政府成立之前许小玉在女校读书，二哥在崇实小学，解放后县中成立，他们才成为同学，只是同级段，并不在同一个班级，他们之间很难有接触的机会。倒是店里的伙计们经常议论她。二模糊常在邻居的店里玩，和街上的伙计们关系密切。有关许小玉的脸蛋、胸脯和大腿,我二哥想必早已听店里的伙计们评点过。以我的揣想,他对许小玉的恶感跟店房里伙计们的尖酸评论有关,也跟邻居们对待许家的态度有关。照相这门行当本来就被牌坊街本分的生意人看作歪门邪道,摆弄活人的身体,招徕赶时兴的年轻人,大有败坏民风之嫌;加上许泰瑞油头粉面,摆出一副从大地方回来见过大世面的派头,结交的都是些县里有头有脸的人物,即使对街坊邻里装出和蔼可亲的样子,大家对他还是敬而远之。许泰瑞被人民政府抓走之前,我家和许家虽是对门邻居,可一条窄窄的小街仿佛把我们两家隔开在两个世界里。冉家书铺那样红火、富有,我和二哥都可以无拘无束地出出进进,去找冉家孩子玩耍,"泰瑞照相馆"我们却只是隔街相望,不只我和二哥没进去过,牌坊街的孩子们谁也没踏入过那道有台阶的门槛。栅板门打开之后,伏在我家柜台里看许泰瑞在对面店房里的活动是我小时候的一种乐趣。我猜想他并不知道有一个孩子扒着自家的柜台看他的一举一动,看他如何抓住那把紫砂小茶壶举到嘴边,有滋有味地喝,喝几口,把小茶壶放下,举起胳臂抖擞着,把衣袖抖落到臂弯里(这动作显示出他身上的绸缎是多么光滑),抓起一把白纸折扇,唰一下抖开,刚扇了两下,忽然全身挺起,两臂叁开,"阿嚏——"扯长声音的喷嚏声沿着大街回旋,西门里半道街的邻居都能听到。许泰瑞被抓走后,母亲不无惋惜地说:"牌坊街再听不到那么响亮的喷嚏了。"出生在这样家庭里的女孩,她的穿着打扮、举止言笑受到人们的挑剔也就十分自然,二哥对她的敌视完全符合牌坊街的人心。

在我默念那些字句的时候，二模糊坐在我身边看着我，不等我发问，很坦然地说，那是我写的。好像看出了我心里的疑问，他自言自语地说，小骚货！那胳膊、腿儿，还有那腰……没见她挂在橱窗里的大相片，一个比一个浪！是不是？我点了点头。经他这么一说，我也感到许小玉的胳膊、腿儿、腰和她的笑容有点浪。二哥瞧她不顺眼，肯定有他的道理。

许泰瑞被抓起来以后，母亲对许家的态度有了一些变化。从前她见到他家人只是礼貌地点点头，现在看见许小玉和她母亲都要亲切地打招呼，悄悄表示一点关心，有时还会让她们进到屋里来坐坐，问她家奶奶身体咋样，小生的学习好不好。当她站在我家门口微笑着和母亲说话的时候，我觉得她像画屏里可望而不可即的摩登女郎，又像戏台上让人仰慕的名角。我一点也没看出她有什么妖冶，只是觉得她和县城里别的女孩不同。直到今天，她的面目在我心里虽然已经模糊，可想起她，我就会想起那两条鼓蓬蓬的小腿。笼在白线袜子里的腿肚绷出结实的圆弧，往下连着脚脖、脚踝，勾出一条曲线，使人看着心里很舒坦，直想伸手去摸摸。有时候我觉得二哥对她的敌意也许就是这两条腿引起的，它们那样诱人，招来男孩的忌恨实在是活该。

尽管母亲对许小玉的态度有了变化，可二哥的敌意一点也没减弱。她站在廊檐下和母亲说话，二哥从她身边走过，他们像互不相识似的谁也不抬眼看谁。她走后，二哥不耐烦地对母亲说，这种人，你理她干什么！

多年的邻居嘛……一个十五六岁的女孩家，她爹的事跟她有什么关系？

不等母亲说完，二哥激愤地说，瞧你胸前那些牌牌，还是积极分子呢！什么人都同情！

如果不是学校排演《白毛女》，我二哥和许小玉也许永远没有接触的机会，他们之间也就没法发生什么故事。县立中学要排演《白毛女》，是因为新中国要成立，中学里又恰好来了一位从部队文工团下来的音乐老师。

有一天，老师在黑板上写了一行大字"中华人民共和国"，咱们的新国家要建立了，这就是新中国的名字，老师领着我们朗读。这个新国名比"中华民国"气派，给人一种庄严、神圣的感觉，班里的孩子们都很兴奋。为庆祝新中国成立，学校组织了各种不同的文娱队，秧歌队、腰鼓队、快板队、花棍队，县中还组织了合唱团、文工团。他们有一支很像样的乐队，在教音乐的刘老师的带领下，雄心勃勃地要排演歌剧《白毛女》。许小玉被选进文工团，我二哥也被选进文工团。刘老师要许小玉演喜儿，我二哥演杨白劳。我二哥不接受这个角色。牌坊街伙计们眼里的小浪货亲昵地坐在他两腿中间，让他给她扎红头绳，这场面他无论如何也不能接受。他红着脸说，我不想跟有的人配角，你把喜儿换了我就干。刘老师当然不肯轻易调换他选定的女主角，不管是嗓子、身材、脸盘，还是唱歌、表演，老师们都认为许小玉适合演喜儿。后来二哥的班主任岳老师找他谈话。岳老师对他很好，一直很关心他，他不能不照顾岳老师的面子。我二哥同意接受杨白劳这个角色，可许小玉又不干了。她说，既然张书铭不愿跟我配角，勉强他这戏恐怕演不好，你把喜儿换别人演吧。刘老师只好又找我二哥，张书铭，你演穆仁智吧。我二哥说，我什么也不演，我不想跟有的人在一个台子上演戏，我退出文工团好了。

刘老师没让他退出文工团，他派他负责提词。在演出中，提词的人站在舞台边幕后，手里拿着剧本，给乐队提示起奏，给台上的演员念词，提示他们上下场。这个角色很辛苦，看起来不起眼，实际上很重要。演员上台后心里一慌，什么都忘了，该接词接不上，该下场愣在那儿不动，如果没人提醒，场上不定会闹出什么笑话。

油印剧本发下去，乐队开始练谱。课外活动和早、晚自习时间演员跟着刘老师一段一段学唱。两三个星期之后，大家拿着本子对词，然后开始拉场面。

每到排演的时候，刘老师手一挥，开始。我二哥站在乐队旁边，手捧剧本，庄严地说……奏过门，风声。杨白劳上。唱。十里风雪一片白……喜儿开门。白。爹，你回来了？过门。唱。我盼爹爹急又急，爹爹回来又欢喜……

排过两遍之后，提词的人就不再整句整句念，除非演员忘了词，一般只念每句开头的几个字，人家闺女……你爹没钱……

不知是我二哥成心刁难许小玉，还是许小玉有意给我二哥找碴，排练过程中他俩经常闹别扭。有时候许小玉突然停下来，冲着刘老师说，算了，念那么响，我都没法演了，干脆让他念好了。刘老师向我二哥摆摆手，声音放低点。好，放低容易，我巴不得省点劲儿呢。以后逢到许小玉的台词，我二哥就把提词的声音压得很低，在嘈杂的音乐声中，只看见他嘴唇嚅动，听不到念词的声音。许小玉忘了词，二模糊不急着提示，让她尴尬地站在那儿愣一阵，然后才用蝇子嗡似的声音低头看着本子嘟嘟哝哝念几个字,她没听清楚,也没想起来。我二哥猛然抬头大吼一声,把她忘掉的那句词一口气喊出来,惹得排练场里爆起一阵哄堂大笑。

我二哥在文工团里人缘很好,男孩们是他的朋友,他和他们开玩笑、打牌,搂着脖子说说笑笑;女孩们因为他对许小玉的敌意而对他殷勤友好,张书铭,这是我的书包。张书铭,这是我的衣服。看好了,啊!她们这样随便地支使他,把从家里带出来的吃食给他吃。

也许因为老师太看重,许小玉在文工团里很孤立。她只有一个相好的女伴,她叫马心月,住在老君庙街——解放后这条街已经改叫新民街。不知是因为衣服宽大还是因为手脚粗短,配上一张圆圆的苹果脸和一头短发,人显得墩拔结实,走路说话有点风风火火。自从许小玉开始排戏,每天晚上放学以后马心月都到文工团的排练室来,等着许小玉排完戏跟她一起回家。泰瑞照相馆变成镇委会以后,许小玉不再是我家正对门的邻居。她和她弟弟住在靠近后城河的三间土瓦房里,那是镇委会留给她家的住房。一道土墙把三间旧房与许家原来的院落隔开,过去的后门变成她家的大门。上学放学她要绕过镇委会,穿过大牌坊,拐过十字街,再折进胡同,才能走到自己家门口。从前,牌坊街路南各家商号的后门都开在这条胡同里,高台阶上坐落着紧闭门扇的小门,胡同里行人稀少,经常有些卖花线、胰子、香粉的小贩摇着拨浪鼓在僻静的巷子里走动。一扇小门咿呀打开,一个女人走出来,到小贩的货担前去拣选她们需要的东西,和小贩搞价钱,拉闲话。人民政府建立以后,这条小巷变成一条真正的小巷,不再仅仅是女眷和女佣们出入的便道。把后门当作大门的不止许小玉一家,牌坊街各家商号深长的院落几乎都被分隔成两段或三段,要么是住进了机关,要么是住进了别的人家。从大街通到背巷那样一种幽深的宅式,现在只能在南方的旅游景点才能看到,孩子们已经很难想象了。马心月每天清晨四五点钟独自走过窄长的老君庙街,踏着小巷里的狗叫,走过幽深的巷子,到许小玉家门口,敲响她家大门,叫醒许小玉和她一起去上学。夜里不管许小玉排戏排多久,她都站在排练室等着,陪她回家。下了雨,马心月挽起裤腿脱了鞋子,在雨水中奔跑着回家,吃了饭,拿了伞,再到许小玉家,把她的雨伞、雨鞋和吃食捎到学校去。

如果不是马心月请了十几天假,我二哥也许就不会和许小玉闹一场冲突。马心月的小姨在武汉去世,她陪外婆去处理小姨的丧事。夜里排完戏,许小玉站在那儿望着刘老师说,我家门口那条巷子又黑又深,我一个人怎么走啊?刘老师回头看着正向排练室外走的同学说,哎,哎——谁离许小玉家近?送送她。拉大嗡子的陈安大声说,张书铭——张书铭和她家对门!男孩们嗷嗷叫着起哄,张书铭——张书铭——刘老师把我二哥叫住,你送许小玉吧。

我二哥没理睬刘老师,他追着陈安厮打着向校园外跑,刘老师喊了几声他也没回头,男孩、女孩们嘻嘻哈哈冲着他的背影嬉笑。许小玉默不作声地站在排练室门口。刘老师掏出哨子吹了几声,文工团的同学都回来——我二哥站住脚回头看。刘老师又吹了几声哨子,招着手说,回来——都给我回来!同学们全都转回来,刘老师板着脸说,站队!站好队!刘老师是个性情温和的人，像所有教音乐的人一样，平时说话只用嘴皮子发音，轻易不动嗓子，发脾气也不起高调。他用低沉的唇音口沫飞溅地讲了半个小时，训得所有的人都勾下头不再嘁嘁喳喳说话。

因为自己不听招呼，连累文工团全体同学挨训，二模糊感到很失面子。走出校门，陈安想和他开玩笑，拿手在他头上抚了一下，二模糊转身就是一拳，你妈啦个——陈安也恼了，你骂谁？我骂你！两人扑到一起，从路当中一直厮打到路边的沟里。

好了——好了！许小玉把他俩拉开。二模糊向地上啐了一口，拿衣袖揩着嘴角，滚吧你！

许小玉说，你滚！你爬！你骨碌！

我没说你！

我也没说你！

陈安走了，别的同学也走了，黑乎乎的大路上只剩下他们俩。

我二哥啐了一口，许小玉也啐了一口。

张书铭！今天你非得给我讲清楚不可！

我二哥用衣袖慢慢擦拭嘴角。

不讲清楚看你走了走不了。

我怎么了，我？我也没招你惹你。

我招你惹你了？你凭什么跟我过不去？

我二哥继续拿衣袖揩嘴角，许小玉冲过去把他的手甩开，少在这儿装模作样！你给我说话！

二模糊没想到这个温文尔雅的女孩这么厉害，他想使自己凶狠点，可发出的声音很喑哑，连他自己听着都感到有点软弱，我——我怎么你了?

你凭什么骂人?

我没骂你。

凭什么叫我滚?

刚才说过了,那不是骂你。

两人站在那儿僵持了一阵,他发现许小玉哭了。她背过脸,扭着脖子,发出压抑的鼻息声。我二哥没想到她有这一招,他傻在那儿,一时不知该拿她怎么办。

你为什么老欺负人?

我怎么欺负你了?

怎么欺负你自己知道。

她侧身对着二模糊,我二哥没法看清她的脸。抽抽搭搭的声音从她的身影里传出来,她掏出手帕在脸上擦泪,你欺负人!仗着你妈是代表……

我二哥把他的头垂下去又抬起来,看着那女孩的身影,嘴张了几下没发出声音。

许小玉一边擦泪一边转身向前走,我二哥默不作声地跟着她。

离我远点!我一个人能回家,我不要你送。

我二哥感到理亏似的乖乖地跟着她。

从那天晚上起,每天排完戏,我二哥都老老实实去送许小玉。在大街上,他们只是一前一后走路,进了那条巷子,许小玉把脚步放慢,我二哥赶上去,两人紧紧相跟着。到了她家门口,许小玉走上台阶敲门,我二哥站在路边,直到门里有人答应,门被打开，许小玉回身挥一下手，我二哥才转身走开。他一边走一边吹口哨，跺脚，逗得巷子里的狗汪汪吠叫。

幸亏马心月只去了一个星期，如果她老不回来，我二哥老去送许小玉，尽管他俩在同学们面前还是装出很冷淡的样子，谁也不搭理谁，可他的伙伴们肯定会嘲弄他，文工团里那些对他友好的女孩也会疏远他。

马心月回来后，我二哥又像从前那样，放了学自由自在地和街上的伙伴们说笑着往回走，不必惦记等许小玉，许小玉也不必走走停停不断向身后观望。

知道了胡政委托母亲说媒的事，我二哥立马到堂屋去见母亲。母亲把手里的识字课本放下，透过鼻梁上的眼镜睨着我二哥。

现在是新社会，你为什么还给人说媒？

那不过是人家托我做介绍人。

介绍人不还是媒婆？

那可不一样，介绍人是让男家和女家谈对象。

算了吧妈，你管得也太宽了。

母亲把眼镜从鼻梁上拿下来，翻着白眼看他，人家不过是托我问问，又不是包办婚姻。

许小玉她妈同意吗？

同不同意是人家的事，我只管问问。

胡政委真够呛，谈对象连阶级出身都不讲？

我看你管得比我还宽，人家的觉悟没你高是不是？明天还得请你去给胡政委上上课了?

母亲把眼镜重新戴好,拿起她的课本举到灯亮处,一个字一个字念课文。二哥走到堂屋门口,母亲探头喊着说,到学校不许胡说八道!

这话好像是在提醒我二哥。他第二天就悄悄给许小玉写了一个纸条:"晚上放学后在城墙拐角等我,有事儿给你说。"他在后边又加了一句:"别和马心月一起。"

第一次给女孩递纸条,我二哥的脸色很不自然,呼吸也有点急促。许小玉倒像很老练似的,他刚把纸条递过去,她就顺手抓过去藏进口袋,照样走她的路,像什么事也没发生。

文工团排练结束后,我二哥有意在排练室磨蹭了一阵,看着许小玉走出去之后才离开校园。

夏末秋初,夜晚的天气很凉爽,他走近城墙的时候月亮正在县城黑黝黝的影子里徘徊。

一个身影从城墙拐角走出来,他认出那是马心月。不等他躲闪,她已经走到面前,说说吧,找许小玉有啥事?

我二哥被弄得很狼狈,他吞吞吐吐半天说不出话来,她……在哪儿?

她怕给你沾上污点,不敢来见你。马心月抱着膀子抖动着一条腿,我不怕。你妈是代表,我爹也是代表,我家的成分跟你一样好。

我可不想跟你吵架。你对她说,胡政委托我妈当介绍人,想跟她谈对象。

那你妈可有了拍马屁立功的好机会了!

我二哥忍不住骂了一句脏话。

马心月毫不示弱地和他对骂。这女孩不忌荤腥,什么粗话都骂得出口,我二哥有点招架不住,他只好用一句话来抵挡,浑头!不讲理!浑头!不讲理!俩浑头!俩不讲理!……马心月的嘴比我二哥更快,她用一连串的算你的!算你的!算算算算算算……使我二哥不得不甘拜下风,他向地上啐了一口,臊气!在他转身走开的时候,马心月冲着他的背影喊,再欺负许小玉看我饶不了你。

这是一次非常不愉快的会见,接下来的几天里,二模糊脸上罩着阴影。母亲察看他的脸色,小心翼翼地逗他说话,结果反而惹得他更加烦躁。

在排练室,只要许小玉在场,二模糊就一刻也不安宁地同伙伴们开玩笑,放肆地骂人,夸张地笑。刘老师一离开,他们就在屋里追逐打闹,弄得烟尘飞扬,男女同学嗷嗷大叫着躲闪。

几天后我二哥走过校园,马心月突然从一棵小柏树后走出来,她目光平视,像根本没看见他。在走过他身边的时候,一个纸团从她手里飞出,砸在他胸前,拿好!给你的信。那瞬间,一贯骄傲自负的二模糊感到自己像个十足的大傻瓜,身体和手都很笨拙,一个小纸团让他费了很大劲才从地上捡起来。他把它捏进掌心,犹豫了一下才装进口袋。怕它滚落在袋角找不着,又伸手进去,把它捉住,急匆匆转过一个墙角,看看周围没人,才把它掏出来展开。

"晚上跟马心月走。"虽然只有几个字,二模糊还是把它读了好几遍。这几个字像藏着很深的奥秘,把他那聪明的头脑搅成了一盆糨糊。她是什么意思？她想干吗？第一次看见许小玉的字，那软软的、带着女孩气质的笔迹使他心驰神往。他仿佛嗅到一缕淡淡的香味，与香粉、香脂的气味不同，是一种令人迷醉的青春的气息。

我没法猜想我二哥是怎样挨过午后到夜晚这段时间的，他有生以来第一次感到了时间难熬，每分每秒都很漫长。许小玉在排练室里还像往常一样，既不理睬他，也不向他瞟一个眼神。排完戏，她从容不迫地整理好自己的东西，像没有任何心事似的沉着自信地走出去。

马心月在校门口等他。跟着她的背影，二模糊觉得自己像一只驯顺的羊羔。翻过城墙残留的土坡，内城河在杂树、野草中闪光，一条隐约的小路在城墙脚下蜿蜒。向南走了一阵，马心月停下脚步说，过去吧。

这儿是从前的小寨门。城墙没有了，小寨门只剩下两道台阶。许小玉站在那儿看他走近，在台阶上垫一块手帕，把一张纸递给他，他们就着台阶坐下去。

月亮从树木和房屋的影子里升上来，星光稀朗，几缕云彩在天空里聚散飘浮。看着不远处蹲坐在小树下的马心月，我二哥感到过意不去。

你妈问过我妈了。

胡政委托她，她没法推辞。

她笑起来，你还生马心月的气，是吧？

我妈压根就不该管这件事。

她又笑了一下，然后换一种郑重其事的口气说，你妈劝我答应他。她说她觉得胡政委这人不错，不会亏待我，往后我们家的日子也会好过些。

你真打算听她的？

她是为我好，也是为我们家好。

你不能听！那个侉子佬是个土包子，顶多也不过小学毕业。

人家是师范毕业，从前是小学老师。

那条件可不错呀，你还不赶快答应！

好了好了，咱们不说他好吧？她换了一种口吻说，咱们到寨外去遛遛好吗？

现在？

你看这会儿月亮多好，我好久没到城外转了。她看着二模糊的脸说，你不想去？

谁说我不想？

她转过身挥着手大声说，嗳——马心月——咱们跟张书铭一起到河边去转转好吗？

马心月高兴地跑过来，那咱们今晚回家又得说瞎话了。

我二哥从没和女孩们结伴玩耍过，许小玉真怪，天这么晚了竟然想和他一起到城外去玩。虽然一瞬间他也曾想过回家后怎么对付母亲的责问，可他还是不假思索地和两个女孩奔出了城墙豁口。

走过菜园，二模糊让两个女孩站在路边，他猫下腰，把身影隐进瓜棚，沿着地垄向里爬，回来时胸前抱着几个小甜瓜。两个女孩惊喜得差点叫出了声。

快跑！三个人撒开腿一气跑到河边。瓜罢园了，我把他们的瓜种给拧了。

许小玉嗷嗷叫着说，张书铭你真够坏了！

从乡下八哥那儿学来的这一招让两个女孩兴奋异常，整晚上他们都沉浸在干过坏事之后的快乐里。

他们坐在码头上，悠着两条腿，一边吃瓜一边看河里的船。船桅像风中的森林在月光下动荡，河水在船与船之间的空隙里激溅。

回来的路上，他们被一堵矮墙里的石榴树吸引。许小玉招着手，让我二哥和马心月凑拢到跟前，她和他们头抵头悄声悄语说瞧那个石榴，都长咧嘴了，咱们把它摘下来吧。我二哥抬头看了看，石榴树像一篷绿伞，把墙头罩在暗影里。透过稀疏的月光，能看见枝叶间闪烁着拳头大的石榴。

张书铭你蹲下，我二哥听话地蹲下去，马心月你抱着我的腿。

许小玉脱了鞋，踩在二模糊的肩膀上，马心月扶着她的腿。石榴可不像他们想象的那样好摘。许小玉在我二哥肩上摇晃，树枝在他头顶嚓啦啦响。感受着柔软的脚掌和脚趾的力量，他不由得绷紧了每一根神经。一声清脆的断裂声引来墙里凶猛的狗叫。许小玉像受惊的兔子似的丢开手里攀着的树枝，闪身跳下地，提起鞋就跑。我二哥和马心月紧跟着她。他们跑过一气，靠在路边树上喘息，许小玉穿上鞋，把手里的大石榴举起来。他们分吃着石榴，盘算着回家以后怎样向家里人说谎。

第二天我二哥见到许小玉，她又像原来那样端庄、矜持、温文尔雅，对我二哥还像从前一样疏远，既不抬眼看他，也不和他说话。从她身上看不到月夜漫游、码头上撒野、攀墙偷石榴那个女孩的影子。我二哥忍不住给她写纸条，递了两次她都收下了，却没有反应。害得他在小寨门那儿白等，两腿酸痛，也没看到她和马心月的影子，回家还要想办法对母亲说谎。

晚上他和她一起排戏，她那若无其事的样子使我二哥窝火。戏排到最后一场，所有人都参加大合唱。"太——阳——出——来——了——"白毛女被大春搀扶着走出山洞。我二哥向来瞧不起扮演大春的杨福来，他喜欢在女同学面前卖弄，献媚取宠地替许小玉照看衣服、书包。男同学嘲弄他，他露出一嘴灰牙嘿嘿傻笑。在这场戏里，这小子有了机会，他在大庭广众之中托着许小玉的胳膊从后台一直走到前台——将来他还会在舞台上这样做，让台下所有的观众看到这情景。瞧他咧着嘴的怪样子，由于激动、紧张扭歪了脸，扶着这出戏里的女主角，心里一定很得意。排练结束后他凑在许小玉身边，和她亲热地说笑着不肯走开。许小玉好像被他哄得很开心，嘴角微微抿起，脸上漾出笑纹。

我二哥站在排练室门口盯着他们。在许小玉向外走的时候，她的书包碰着了我二哥手里的剧本夹，我二哥嘟囔了一句……样子！许小玉没理睬他，她只抬头瞪他一眼就和马心月一起走了。

二模糊收拾了自己的东西走出校园。在城墙和寨河拐弯的地方，许小玉从黑影里闯出来。

张书铭，你为什么骂我？

我没骂你！

你为什么说我样子？

我二哥不想和她纠缠，他知道他不是这女孩的对手，可是既然许小玉要找他的茬，他就别想轻易走开。她不依不饶地说，你得给我说清楚，我样子怎么了？

你样子好看，戏演得好，行了吧？

不行！你不能这样白骂，你得给我赔礼。

好吧，我赔礼。

说说赔礼就行了？

那怎么办？

我得罚你。

那就罚吧。

把我背过寨河去。

那你得替我拿书包。

许小玉替我二哥拿书包，我二哥转过身，两臂弯到身后，把她背起来。

马心月跑哪儿去了？

她有事，我让她走了，你想她是不是？

你真不讲理，我凭什么想她呀？

他背着她走下城墙土坡，沿着横跨寨河的小路走到对岸。

不行，这太便宜你，你得把我背到小寨门。

我二哥很乐意接受这女孩的惩罚，他越走越有劲，到了小寨门还不肯把她放下地。

你吃醋了是不是？

杨福来那样子叫我恶心。婆娘货，见了女孩软绵绵的。嗓子像个老公鸭，一张嘴就跑调。

她快活地笑起来，你这人怎么看谁都不顺眼哪？

此后在别人面前他们虽然还尽量保持冷淡，可他们已经不再不说话。他们约会的次数越来越多，有时候在晚上，有时候在星期日，有时候在小寨门，有时候在南城墙。如果是星期日，二哥一定会带上我，我知道他需要我做掩护。二哥把我看作他的心腹，为他扮演这样的角色我感到荣幸。他和许小玉坐在酸枣林后说话，我自己在一边玩。我一边跑一边扯开胳膊，向寨河对岸投土块，投腻了就跳方。用树棍在地上画两排方格，选一块结实光滑的瓦片丢进方格，欠起一只腿，蹦跳着用落地的脚把它一格一格向前踢。有朝一日许小玉变成二哥的媳妇，成为我家的一员，那会是什么样的情景？我很愿意像大哥娶大嫂时一样做压轿娃，坐上轿到她家去接她。可是他俩好像养成了作对的习惯，见了面说不上三句话就开始拌嘴，拌一阵再笑着继续说话。吵凶了两人都站起来，吵一阵再坐下说话。

只要提到胡政委求婚的事，许小玉就会变得严肃起来，好了，好了，不说它好不好？

我二哥不知道她心里究竟怎么想，在母亲那儿他又听不到任何消息。他只好把这样重要的事交给我，林林，留心点，看咱妈怎么说。二哥这么信任我，能为他充当耳目我很自豪。

许小玉她妈到我家来时我在场。我放学回来她已经在堂屋里坐着。这女人因为四十多岁不挽发髻，还留着一头剪发，遭到牌坊街邻居们的非议。那长长的脸型和呆板的表情给人一种抑郁、傲慢的感觉，用我们家乡俗话说"好像谁都欠她二斗黑豆钱"似的，除了我母亲，邻居们几乎没人和她来往。其实她不像人们看到的那样阴冷，在我家，她显得蛮和悦，脸上还会时而闪出一抹微笑。知道母亲爱头疼，她特意拿着几包绿色装潢的"天字头疼粉"，很热心地向母亲推荐，头晕头疼，吃一包，一会儿就好。母亲点着头说，叫你费心了。这算不得什么。我经常吃，屋里还有。这药很便宜。打开一包倒在嘴里，开水一冲就下去了。

我装作对她们的谈话毫不留意，把书包挂在门后，到西里间去摊开大仿本，在砚台里加些水，装模作样地写大仿。

她一直和母亲说闲话，直到就要告辞时才说正题。

我和她奶奶商量过了，胡政委人不错，挺厚道，长相也看得过。听说他家里还有一个孩子。掌柜不在家，我得跟她外婆、舅舅们商量商量。

母亲说，你和亲戚、自家好好合计一下，也给孩子讲讲。现在不比从前，得让孩子同意才行。儿女们的大事，马虎不得。

我很高兴，我为二哥弄到了最可靠的情报。

这情报并没让我二哥高兴，他显得更忧心了，每天郁郁不乐。

开国庆典那天城关所有学校的文娱队都上街，县城像过年一样热闹。母亲特别忙碌。她要到街公所去帮助做国旗、贴小旗，又要为我和二哥准备化装用的衣服。我们的秧歌队要装扮成工、农、兵、学、商。按照老师的解释，商人是国旗上四颗小星中的一颗，虽然是最后的一颗，牌坊街的商户们仍然觉得很自豪，母亲高兴地说，工商业者，是新政府国旗上的一员，人民的一分子,你就扮商人吧,衣服、装扮咱家都现成。如果母亲能预见到几年后牌坊街的商人都被称为奸商、老虎,变成五反打击的对象,她可能就不会让我扮商人。她把我过年穿的粉蓝长衫找出来,用白纸剪出花边,贴在衣角和大襟上。给我找了一顶礼帽,搽了脸,描了眉,在嘴边画两撇胡须,还把她最珍爱的父亲留下的乌木算盘交给我作道具。我手提算盘随着锣鼓,把算盘抖出哗哗的响声。为了吸引观众,秧歌队绕街扭过一遍之后,在小十字街变队形。老师一声哨响,我们按排练时指定的队形各找各的位置。可惜观看的人并没看出什么名堂,母亲站在路边向人们指画着点拨,他们才恍然大悟地说:"噢——这是两个字。十,一。"县中的腰鼓队一出动,秧歌队周围的人立刻走散了。几十名女孩在大钹的指挥下高声喊着"嘿——嘿!"咚咚吧咚吧咚!咚咚吧咚吧咚吧咚吧!咚咚吧咚吧咚吧咚吧!……不但声势大,服装华丽,女孩们又特别鲜亮耀眼,几十里外的乡下人都涌进城来看。许小玉走在队伍最前边,她身姿灵活优美,鼓点也打得特别熟练。

  我二哥参加了化棍队。母亲特意到篾匠朱老四那儿为他做了一支霸王鞭。三尺长一截竹竿,掏出一串洞眼,每个洞眼里穿进几个铜钱,拿在手里耍动,按着一定的节奏和动作,在肩膀和手上磕碰,发出整齐的哗哗声。

  游行结束的时候,我家堂屋的座钟已经敲过三点。母亲为我们留的午饭都放凉了。许小玉第一次公开跟着二哥到我家来,她和二哥还都沉浸在游行的欢乐和兴奋里,一进门,二哥就大声嚷着说,妈,有凉茶没有?许小玉渴坏了。母亲给他们端来茶盆。

那是她早晨泡好的甘吉汤——开水冲甘草、银花、灯草、生地。他俩每人舀一碗站在小桌边痛饮，喉咙里发出咯噔咯噔的声音。

啊——我的妈呀！真美。许小玉把茶碗丢下，二哥找来桑皮纸，裁成小块递给她，让她照着镜子一点一点擦脸上的脂粉。

小玉不要走了，就在这儿吃饭。

有了母亲这句话，二哥很高兴地把许小玉挽留下来，两人有说有笑地吃饭，我都不免有点忌妒。

晚上下了雨。母亲站在堂屋门口，看着屋檐上垂下的雨帘。天很晚了，雨还没停。母亲坐在床边读书，读一阵，不放心地走到门口去看看。大门外传来敲门声，方相公在柜房里答应，栅板门打开，一个女人的声音在店房里响起。母亲走出来。她看见方相公打开二门，端着灯，许小玉她妈走进院来。

哎呀，是你！这么晚了！……

雨点在许小玉她妈的伞面上响。快进屋，进屋。

许小玉她妈收了伞，在廊檐下甩甩水，跺跺脚，她二婶你还没睡？

没哪，没哪。快进来。

你家书铭回来没有？

下了雨，八成是在学校避雨。

我去找过了，学校里没人。

是吗？……你家小玉……

她和我斗了几句嘴，晚饭没吃就走了。

你坐，坐下。

我和她外婆、舅舅商量过了。胡政委跟我们结亲，也算看得起我们。她爹在改造，照相馆关了，为孩子往后的前途着想，我看胡政委这门亲结了好。

母亲说，是啊，日子长着哪。跟胡政委结了亲，往后他们就……

小玉这孩子不懂事，近些日子老跟我闹别扭，一提这事她就跟你吵，连商量都没法商量。

是吗？

孩子大了，在一起排戏，打腰鼓……其实书铭这孩子也不赖。他俩从小一起长大，对门邻居这么多年。

母亲正色说，你放心他许婶，书铭这孩子是个模糊！从小就是个模糊，不懂事。等他回来，我好好管教他。

二模糊回来后，母亲板着脸坐在椅子里，问过几句话之后就开始教训他。别看平时我和二哥经常跟母亲顶嘴，在她沉下脸来的时候，谁都不敢吭声。直到她火气降下来，语气变得缓和，二模糊才抬起头很冤枉地说，从前不理她，你说不对，现在在一起排戏，总不能还像原来那样不说话吧？

街坊邻居嘛，来往要人人方方，该说话说话，不该说话不说话。你都大了，不是三岁五岁的孩子。虽说解放了，男女平等，可男孩、女孩在一起还是要有分寸。特别跟许家闺女在一起，多长点心眼，少落闲话。我看最好给老师说说，好好学功课吧，文娱队就别去了。提词这个活儿谁不能干？离了你《白毛女》塌不了台。

第二天晚上我二哥回家很晚，我知道肯定是放学后和许小玉约会了。母亲用严厉的目光看着他，声音低沉地问，哪儿去了？

哪儿也没去。

排戏都排到这时候?

要演出了,我们在那儿多对了几遍词。

不是给你说过了,往后文工团咱不去了。

快演出了,这时候不好给老师说。

那好,你要不敢说,明天我去找你老师。

母亲的目光一直在他脸上打转,二哥装作什么事也没有的样子,到厕所去了一趟,径直进屋去睡觉。

母亲一个人坐在灯下抽烟,抽一阵走到门口,把烟头抛到院里,看着月光。她知道我二哥还没睡着,她在廊檐下站了一阵,想了半天心事,决定不再和他说什么。

接连几天,母亲留意着二哥的脸色和行动,在他走进来时看着他的脸,走出去的时候看着他的背影。好像在为即将到来的演出忙碌,他总是匆匆来去,在家很少说话。母亲问他什么,他只用一两个字回答。晚上回来,他匆匆地上床睡觉,跟谁也不交谈。《白毛女》演出的前一天,二哥回来得更晚。母亲一直坐在灯下等他,在他还没来得及进屋上床的时候,她拍着身边椅子说,模糊,来坐会儿,我有几句话跟你说。二模糊不得不在母亲身边坐下。

许家那女孩的事,我得给你说说清楚。这女孩人长得好,性情也讨人喜欢,功课也不错。可那是大户人家闺女,从小在福贵里长大,爹妈惯下了,在牌坊街也算是众人眼里一朵花。眼下她爹在里边改造,家里需要有个依靠。胡政委虽说比她大一些,但对小玉倒蛮合适。结了这门亲,小玉和她弟、她妈往后也有了依靠,能在人前抬起头来,牌坊街也不会有人说闲话。同学是同学,婚姻是婚姻。她妈和她怎么商量,那是人家的家务事,咱不能往里掺搅。你也不小了,四里桥你表姨前天来给你提媒。我打听了一下,那家人家不错。合适的时候咱们见见那女孩,你看好不好?

我二哥偃头偃脑地站起来说,你不是怕我和许小玉相好吧?我们俩不过是在一起说话挺对劲,你不用操那么多心。我才不管胡政委娶不娶许小玉呢!

母亲点了点头,可她的神色一点也不见轻松。

葬礼与爱情

有一天晚上,我忽然预感到我姐夫要走了(由于某种习惯,"走"和"上路"这两个词已经不再是它原来的含意)。去年秋天的某一天他忽然被发现患了胃癌,而且是晚期,即使大夫不说,我们也知道他已经没什么戏了。按民间的说法,得了这种病,吃麦不吃豆,吃豆不吃麦,姐夫显然吃过了秋天的豆子,来年的小麦他还吃得上吗?他忽然像是重新变成了不省事的孩子,成为全家人的中心,被姐姐和孩子们哄着,吃药、打针、住医院。整个冬春,我姐姐在一轮又一轮希望和失望的漩涡里挣扎,当他的病情好转时,她觉得也许会有奇迹出现,当他陷入新一轮危机的时候,她又感到极度的沮丧。我打电话过去,我姐夫刚刚停止呼吸,姐姐很平静地说:"你曹哥已经不行了,你回来吧。"我长吐了一口气,姐姐终于从无休止的无奈和幻想中解脱出来,面对现实了。我只好把正在写的第十章打住,不管二哥与许小玉的爱情有没有分晓。这有点对不住读者,可我不是故意的,既不是出于技巧的考虑,也不是构思的需要。现实中的事情总比小说里的事情更重要。那一刻我庆幸把他和姐姐的婚姻在第六章里写过了,而且已经在某个杂志刊登出来。杂志拿去的时候他在省城一家医院里为捍卫生命进行着艰苦的斗争,刚做完一个疗程的化疗,病情有所缓解,他吃过一小碗胡萝卜炖羊肉,心情不错，戴上花镜靠在床头上捧读他年轻时的故事。女儿把他背后的被子垫好，取笑他说，爸你还挺浪漫嘛。他不好意思地笑着说，这里头加工的可不少啊。我说，事情可都是真的！其实我无须跟他较真，世界上的事情转眼就跟当事人无关了，真假又有什么要紧？正如这篇小说，刚写一个人的开头，就又忙着写他的葬礼，连回忆的工夫都没有。殡仪馆的横标早已改为电子显示屏，哀乐的余音还在礼堂里回响，两页纸的生平介绍，在场的人实际上并没听进去。大家绕着姐夫的遗体转圈鞠躬，抓住最后机会表示自己的哀痛，让他享受完人世最后的荣耀，被殡葬工从鲜花丛中推出去，送入火化间。前中国人民志愿军战士、中国人民解放军炮兵排长，县交通局离休干部曹鸿志同志七十三年岁月（都七十三年了？听起来够漫长的，过起来可只是一眨眼的工夫）画上了一个圆满的句号。

如今殡仪馆已经有了经济头脑，他们在火化场后边的冈坡上圈起一片土地，死者亲属拿到骨灰盒可以就近选茔地，把骨灰安放进去。有人给挖墓坑、砌墓池，提供价格、式样不同的墓碑供你选择。姐夫的墓地接近冈顶，地势较高，视野开阔，风水很好。从这儿望下去，火化场的房屋和分布在冈坡上的陵园尽收眼底。一排排墓碑从上到下组成一片规整的冥间社区。火化炉的烟囱从冈坡下一丛红房子中耸起，插进春末晴朗的天空。阳光有点耀眼，公路像一条黑色河流，闪着刺目的光芒从冈下绕过，汽车倏尔飘来倏尔远去，恍若飞逝的岁月。县城人叫西大冈，县志里称双凤山的这座丘陵，五十年前的面目现在已经完全看不到了，甚至连想象都难以想象。母亲带我到南阳去找姐姐的时候，我刚满九岁,那是我第一次翻越双凤山。那时我的脸像个水灵灵的萝卜头儿,腮帮垂下饱满的圆弧,嘴唇如敷过胭脂,秧歌队里的女孩不够用时,老师还会让我穿一身花衣服,把头发扎起来冒充女孩。谁能相信,今天站在墓地上这位身穿西服、架着眼镜的长者,就是当年秧歌队里那个假妮儿?在我的记忆里,母亲很少走出县城,没什么要紧事她不会急急忙忙雇一辆架子车长途跋涉到南阳去。一百一十里路,那时觉得是够远的。公鸡叫过二遍,牌坊街还在黎明里沉睡,星光正在暗淡下去。大轱辘架子车来到门口。李子如的二姐要到天津去,母亲和她伙雇一辆车。李子如的二姐侧身躺在左侧,母亲蜷坐在车厢右侧,我面朝后靠着母亲的肩膀。道路像白白的带子,从车尾掉下去,随着起伏的坡路晃动,向荒野深处飘曳。浓雾在头发上落下一层细细的水珠,打湿了盖在身上的棉被。下一个大坡,过一座小桥,车子倾斜起来,车夫弯下腰迈着吃力的步子向坡上爬。车轱辘在我身边缓慢地转动,车底在坎坷的路上颠簸,母亲揽紧我的腰窝,怕我从车尾颠下去。太阳还没升起,天空现出灰白的亮光,虫鸣鼓耳,鸟在雾气弥漫的山岭间鸣叫。爬上岭头,我转动脖颈仰望路两边高高的崖壁,崖上长满杂树荆棘,巍峨阴森,使我生出敬畏之情。车子停在冈顶的土地庙前,我想跳下车去看看,脚刚落地就摔倒了。我大声喊着说,妈——我的腿咋了?我的腿不行了!母亲笑着说,那是压麻了,歇一会儿就好了,别着急。

到南阳的时候我正迷迷糊糊睡觉,母亲把我摇醒,让我看暮色中的城墙和高耸在城墙影子里的王府山。太阳已经落山,喧嚣的南阳城浸润在晚霞里,北关的土路黄尘弥漫。这时才发现脚上的鞋少了一只,在我睡着的时候丢落在了路上。

凭着母亲手里的信封,好不容易地找到了玄妙观,南阳县妇女联合会就设在这座有名的道家庙院里。修行的道姑们解放还俗了,庙院里在举办婚姻法学习班,满院走动着身穿灰制服的女干部。她们年轻、活泼,全都剪了短发,手里拿着搪瓷碗,敲打着,满面春风说笑着向食堂走。见到姐姐,母亲掸去身上尘土,洗了一把脸,不理睬姐姐的寒暄问候,急不可耐地从口袋里掏出一个软软的纸包,一边打开外边的纸,一边喋喋不休地说,看看,这是曹相公寄来的相片。你看看,这身军装!这副模样!马上就要去朝鲜了。人哪点不好?你怎么会想要离婚?我和姐姐把头凑过去,看母亲手上那张上了彩的照片。曹鸿志身穿军装端坐在画面里,眉梢高挑,面带微笑,一副英气勃勃的样子。姐姐笑了一下,我这儿有,他给我寄了。寄了吗?寄了。母亲继续数落她,她笑着说咱们去吃饭吧,妈,今天反正你也不走。你得给我说说,是不是真打算离婚?姐姐半开玩笑半认真地说,父母包办,不符合婚姻法,想离就离嘛。父母包办?父母包办?母亲张口结舌,气急中找不到话说,在儿女们面前她从没这样狼狈过,你是成心气我不是?好了,妈——架子车坐了一整天,你不累?我不累。我就是专为这事来的,你不说清楚,我连饭也不吃你的。好吧好吧,咱们先吃饭。吃完饭我给你找本婚姻法,学完咱们再说。我不学你的婚姻法!别看你当了干部,你妈还是你妈!你还是我闺女。离婚的事你妈还是要说话。没人不让你说话,妈——你不吃饭我就不给你表态。我嘟着嘴说,妈——我饿了,吃完饭再说行不行?我觉得事情并不像母亲想象的那样严重,关键时刻我必须帮助姐姐。

我和母亲在姐姐那儿住了两天,尽管姐姐一直没明确表示态度,但母亲终于明白了问题不像她想象的那么严重,也许他们之间只是闹了一点别扭,年轻人,这是难免的。老师刚给我们读过《谁是最可爱的人》,全国人人都知道中国人民志愿军是我们最可爱的人。我为有一个最可爱的人的姐夫而自豪,曹鸿志同志不但是最可爱的人,还是炮兵侦察排排长,在战场上和美国鬼子作战,保家卫国,干着诱人遐想充满神秘感的工作。母亲经常拿了报纸戴上眼镜一字一字磕磕巴巴念朝鲜战场的新闻,念叨鸭绿江那边的姐夫。战场上的消息牵动着母亲的心,姐姐没理由不爱他。

姐夫由朝鲜战场凯旋的时候,我已进入哥哥们曾经在那儿读书的县中学。他和姐姐一起到学校来看我,我们坐在竹林寺外追虎鞭下说话。那是一座埋葬着不知哪代高僧的灵塔,鼓形白色石柱历经风雨,浮雕花纹都已斑驳模糊。姐姐踩着灵塔石级,姐夫和我并排坐在石基上。他身上的新衬衣散发出缝纫机的气息,虽然身着便装,言谈举止还是透出了英武的军人气质。姐姐也俨然是个正在蒸蒸日上的有才干的妇女主任。他们送给我的礼物使我惊喜,那是我有生以来得到的最贵重的礼物——一支漂亮的永生金笔。

姐夫的骨灰还没从火化间拿出来,大约要冷却一会儿才能往骨灰盒里装。打墓工低头去进行他未完的工作,我沿着陵园的小路在墓碑间徜徉。如今人们已不拘泥墓碑的格式,各家碑文有各家不同的写法。偶尔弯腰读一下黑色碑面上镌刻的文字,我不免感到触目惊心。这里聚集着那么多熟人，我的老师、我的同学、相熟的街坊和在县城名噪一时的政要。看到"先考鲁振邦之墓"，我的心动了一下，他旁边并列着一行红字"先妣许晓玉"。外甥女婿在我身后说，红字表示人还活着，将来人死了再把字上的红漆凿掉。你爸的墓碑也要刻上你妈的名字吗？这要看家里人的意思，想刻就刻，不想刻将来再说。我放心地点一下头，我觉得后辈人完全没必要这样提前表达孝心。尽管县里有这样的风俗，姐姐的墓穴也已预留好，我还是不愿意看到她的名字出现在墓碑上。

我低下头仔细看那碑上的落款："子鲁建设、鲁书伟……女……媳……偕孙……"为了表示后代兴旺，墓碑上列出了一大串名字，然后才是"公元一九九八年十一月二十八日"。

我的读者也许不知道鲁振邦是谁，可我知道，他是许小玉的第二任丈夫。他能把我的故事与上一章衔接起来。

这么说鲁振邦是一九九八年去世的了？

外甥女婿说，你认识他？

不就是那个上海技师吗？第一批支援内地建设到县里来的技术员。瘦瘦白白的，一口南方话，几十年也没改过来。我到油脂加工厂去参观那会儿，他是个精明强干的小伙子，身穿蓝工装，在隆隆响的机器间穿行。车间里热气蒸腾，到处是转动的皮带、轮子和一直通到房顶的铁管、铁梁。现代工业文明使县城的人大开眼界，给我留下了恐怖的印象。我因而对这个并不雄伟的南方小伙子很是敬佩，他敢摆弄这些轰隆轰隆的钢铁怪物，使一车一车的黄豆变成清澈透明的豆油。更为神奇的是，油脂加工厂兼着发电厂，这些机器能弄出一种看不见摸不着却会要人性命的东西，使城里的电灯在刹那间点亮。电灯亮了之后，县广播站也建立起来，大十字口高杆上安装了两个大喇叭，只要广播站的牛老师在屋里拧动旋钮，那些喇叭就会哇啦哇啦说话，哇啦哇啦唱歌，使满城洋溢着欢乐热闹的气氛，我们的合唱队因而能在那儿大出风头。我和我的女同桌对着那个能让全县人听到的麦克风，唱过一次"二呀么二郎山"，在学校里差点闹出绯闻来。由于油脂加工厂的建立，牌坊街才有了"楼上楼下，电灯电话，洗脸盆子会说话"的民谣。每到夜晚十二点，汽笛声在县城上空响起，坐在街边摇着扇子乘凉的人们站起身，把小凳掂起来说："拉苇了（我不知道他们为什么要把拉笛说成拉苇），该停电了，咱们歇吧。"油脂加工厂的汽笛在二十年间是县城生活的重要内容，它不仅是下夜班的信号，停电的信号，更是县城安逸、祥和的标志。

我指点着墓碑上的红字，如果不错的话，这女的上中学时叫许小玉，她的第一任丈夫是胡志忠。

你说的是胡政委吧？后来是书记？

你也知道胡政委？

县里有几个人不知道他？他的墓碑就在西南角高处第二排。

这么说几十年恩恩怨怨到头来大家还得在这儿相聚。

我想起了二哥。如果能找到他的骨灰，我肯定也会把他迁葬到这儿来，在这里不仅能和熟悉的亲朋相聚，回到五十年前美好的时光，还能寻找到那个时代的爱情。那是一个明朗的时代里的明朗的故事，他和许小玉、胡志忠的三角留给三个人同样多的难忘记忆。如果今天见了面，他们还会欢畅相叙。

胡志忠的墓碑上只有"先考胡志忠之墓"一行字，没有配偶。立碑人是两个名字：子　胡新义　女　胡新莹。和鲁振邦相比，他显得寂寞孤独。然而我发现立碑的时间同样是1998年11月28日。如果不是出于小说的需要，这当然不会是偶然的巧合。我想象着一个年近七十的女人带领一群儿女在墓地上忙碌。鲁振邦是胡新莹的继父，把早已死去的前夫和终生的丈夫迁葬到同一处陵园来，对于生者和死者都是令人宽慰的安排。当许晓玉的名字由红变白的时候，这儿就是她和所有亲人团聚的家园。逢年过节，后辈人来祭奠也更方便。

胡政委的碑文刻在墓碑右侧，简要的文字记录着他的生平：山西省阳曲县人。生于一九一七年三月十六日，卒于一九六〇年九月二十三日。曾任太行地区武装纵队三大队指导员、中国人民解放军……县……政委、书记。

这两行干巴巴的文字就是那个经常站在我家店房门口抽劣质香烟的人吗？他那带点农民气质的纯朴和雷厉风行的八路作风在我心里留下深刻印象，至今仿佛还在眼前。在他死后的许多年里，母亲经常以惋惜和感激的口吻谈起他。从第一次被城关贫民委员会拘传那天夜晚起，胡政委好像对母亲一直很关照："碰上这样的人是咱家的运气。胡政委心好，讲人情，能替你说话就替你说话，说不上话他也不害你，不像有的人一整人就红眼。"他那张土褐色的脸膛和平直的双颊十年没什么变化，那张脸上没有笑容，没有愁容，也没有怒容。已被本地同化了的侉子口音和缓慢的语速，给人一种温和、厚道的感觉，使人觉得他很实在，不像县里大多数干部那样说话不算话。

徘徊在他的墓前,我仿佛又回到一个阴晦的日子。母亲抽着烟,他也抽着烟;他不说话,母亲也不说话。外边下着太阳雨,屋檐上垂下的水滴时坠时歇。感觉到屋里异常的气氛,我伏在母亲身后账桌上安安静静写字,我知道他们一定有重大的事情要谈。胡政委半个多月没到我家来了,每天从对门镇政府里走出来,看见母亲站在我家门廊里,不像从前那样热情地打招呼说闲话,他像是很忙的样子,来去匆匆,连眼睛也不抬。胡政委突然变得冷淡的脸色和街道上对她的态度完全一致,母亲已经多日没接到开会的通知了。街道上的各种会议并没少开。她无意间到街公所去了一趟,发现那里正在开选区代表会。看见她进来,人们脸上浮现出不自然的表情,说话吞吞吐吐。一种危险降临的不安的感觉攫住了母亲的心,她经常半夜坐起来一边抽烟,一边寻思,猜不出究竟谁在背后搞鬼,不知道有什么可怕的东西落在他们手里,使胡政委看待她的目光发生了变化。

胡政委把烟头甩出去,扔进廊檐外的水洼里,拍一下手说,田琴,你西乡是不是还有二十亩地?

母亲的脸上现出一抹灰色,转瞬间又坦然笑着说,不是二十亩,是二十一亩,在老王坡。1947年买的,地太远,岗田薄地,见不到庄稼,第二年就卖了。我把契约给你找出来看看吧?

看你那契约干啥?该划漏网地主早把帽子给你戴上了,还等着看你的契约?你卖地的契约是真是假?还有侉子营的地,给你兄弟七亩就算没事了?

母亲的脸唰一下白了,她那伶俐的口齿一时木讷起来,像一头羊羔被逼进陷阱，眼睛里流露出恐惧和绝望。谁检举了我？谁知道得这样详细、这样彻底？她脑子里急速地转着圈，血管在太阳穴上卜卜蹦跳。

一顶黑黝黝的大帽子在我母亲头顶转悠，那时我并不知道这顶帽子对我家，对我和下一代的命运有多么重要，也感觉不到那一刻对母亲是多么漫长。只有到了20世纪70年代，当阶级出身成为人活在世界上的符号时，我才对这个时刻感到后怕。

田琴，你往后可得好好学习学习。看到那张宽大的嘴向腮边咧了一下，母亲的心稍稍松弛了一些。

西乡那二十亩地你用不着去隐瞒它嘛。胡政委的态度缓和下来，屋里的气氛也不再那样紧张，按土改政策，解放前三年买的地不计算在买主头上，它还要算在卖主身上。你不过是贪便宜上了当，不知道别人是在转移土地，说清楚不就行了？倒是侉子营那七亩地够麻烦的，按土改复查精神，中农你是当不成了，也够不上地主、富农，顶多是个小土地出租。你忘记了你女儿是1948年出嫁的，还应该在你家占一份地。

母亲像惹了祸的小女孩似的刹那间满面通红。为了掩饰羞赧，她转身拿过一只茶碗，从包壶里倒了一碗茶递到胡政委面前。

我看这事不影响你当代表。这是你儿子、女儿要求进步的表现，是他们向组织汇报的。你平常表现不错，在街道上做了很多工作。

看着母亲尴尬的样子，这个很少有笑容的人憋不住笑了一下，土改复查工作组调查过了，叫我给你谈谈。往后好好学习，好好工作。对组织要忠诚老实，要和党站在一起。你这几个孩子不错,两个大的都写了入党申请,你得好好鼓励他们。敢不敢检举家里隐瞒土地,对他们可是个考验。

你这个兔妮子!亏得碰上了胡政委,换个人可就说不清楚了!姐姐到县里来宣传婚姻法,回家看母亲,母亲点着她的额头说,你们姐弟俩拿我垫脚,一个个都进步了,是不是?

这是实事求是,对组织忠诚,怎么是拿你垫脚?还当代表呢,觉悟真够呛!

母亲不再说话,她怕说多了不定什么时候又会变成揭发材料。

我把这事对二哥说,二哥羡慕地说,胡政委这人真了不起,讲原则,懂政策,工作深入。大哥、六姐他们进步得这么快呀!

我说,我也想进步,我知道的事比他们还多。

说几条让我听听,看有没有价值?

她同情反革命,许泰瑞出来替劳改队买东西,她让他和许小玉的妈在咱家东屋里说话。

还有呢?

老家的地主张世贵想见他在县教育科工作的儿子,每次都是咱妈去把他叫到咱家来见面。

还有没有?

我迟疑了片刻才嗫嚅地说,她藏了金圆券,那是伪币,我知道她藏哪儿了。

二哥显然被我的话惊呆了,他盯着我的脸看了一阵,好像在那一瞬间才发现我长大了,他第一次用学名称呼我,书青,你刚加入少先队,要经得住考验。这些事……要保密,别对旁人讲。等我请示一下咱们再商量。

过了一些天，母亲抬头望着店房屋顶说，楼板缝老往下落灰土，方相公你打盆糨糊来。她把藏放的金圆券抖落到柜台上，这东西当裱糊纸挺好，把楼板缝给我糊严它。一袋金圆券糊上了楼板。我朝上看着说，那上边有老蒋的头像。母亲立刻吩咐，再糊一层桑皮纸。

二哥的表情严肃了好几天，后来一直没再提起。随着期末考试的到来，我把这事淡忘了。放了寒假，我跟在母亲身边在街公所里搞宣传，胡政委用食指钩着我的脸蛋说，林林，在你妈身边可别当小特务啊！你妈是咱们的选区代表，不是敌人。我忽然明白，二哥一定是向胡政委请示过，得到了他的答复。我很泄气，这么重要的材料竟引不起他们的重视。

第十章收尾后我一直在想，要不要让二哥和许小玉来一段惊世骇俗的故事？按照情节发展的需要，二哥的初恋不应该这么平淡，用时下流行的名词说，二哥的第一次爱情应该火爆一点才更对读者的胃口。可是我们县城地处中原文化与楚文化交会的地方，中华文明根深蒂固，礼仪之乡淳厚的民风不会轻易在婚姻法宣传的浪潮里颓下，妇女解放、婚姻自由的真正受益者自然而然地落到了革命干部们头上，特别是刚刚进城的男干部。"父母包办"四个字使他们轻松地和原配妻子离了婚，不必承担任何责任；"自由恋爱"又把有文化、有浪漫气质的年轻女孩合理合法地送入他们的怀抱。被革命干部休掉的乡下女人们，不管情不情愿，都只能坚守传统美德，有怨无悔地替革命男人们守着故土庄田，继续替他们照顾父母、孩子，承担包办婚姻的罪责。牌坊街的乡邻们其实很开通,很容易接受新鲜事物。他们热情地拥护别人的婚姻自由,年轻漂亮的女人只要不是自己家的妻女,最好个个解放得往男人屋里跑才好。南阁街篾匠朱老五的女儿跟一个挑货郎担的外乡小伙子跑了,然后大摇大摆和这小子拉着手到镇政府去登记。她爹打她,她到县妇联去告状,镇委会差点把朱老五给拘留了。县城的人们就很赞赏她,把她的故事弄得家喻户晓。学校的老师教我们唱"妇女翻身歌",我还没怎么学会,店里的伙计们就能跟着十字街的大喇叭嚷嚷了。我放学回家,方相公和隔壁的杨相公拦着我说,林林,学"妇女翻身"了?学了。会唱吗?会。我奇怪他们为什么对我学的歌这么有兴趣?

  旧社会好比那,黑咕隆咚的枯井万丈深。井底下压着咱们的老百姓,妇女在最底层……

  他们脸上现出得意的笑容。我说你们笑什么呀?再唱一遍,井底下谁压着谁……压着咱们老百姓啊,怎么了?老百姓压着谁?我忽然明白了他们的意思,这些家伙真刁!往后我再不给你们唱歌了。
  在一段时间里我母亲特别为二哥担忧,她怎么看他怎么不对劲儿,脸上没什么笑容,很少和家里人说话。来去匆匆,这个家对他好像只是吃饭的地方。有时他一回来就钻进自己屋里,伏在书桌上写。母亲瞥着他的侧影,脸上现出忧心忡忡的样子。有一天母亲仔细搜检他的房间,从他枕下搜出几页纸。拿着那几页纸掰来掰去,母亲没法把上面的字全都读下来,妇女识字课本没教会她读少男少女的情书。快来，林，快来看。母亲发现的秘密使我好奇、惊喜，走到近前又感到不好意思，偷看二哥和许小玉的信，做母亲的帮凶，终归是一件不光彩的事。我默默地翻看那几页纸。看我不想逐字逐句念，母亲只好耐心等着。等我翻完最后一页，急切地看着我的脸说，那信里是啥意思？

没啥意思。

……你说你喜欢我，可是你对我并不了解，你根本不知道我在想什么。说出来你别生气，我忌妒你，希望你们家也出点什么事儿，那样你就不会老欺负我。我哪像你，有好妈，有好姐、好哥、好姐夫。我有什么？我什么也没有。我不像你那么孝顺，我恨我爹，恨我妈，连弟弟我也讨厌。我是家里的老大，我妈什么都偏向他，我什么都要让着。你想分担我的思想负担，你能分担得了吗？自从刘老师和我谈过话，我就感到咱们不能再来往了，你各方面条件都好，不怕为了我把自己的名声弄坏？好好学习吧，你姐姐、哥哥指望你成大材呢……

二哥的回信就更没劲。把写给对方的信压在枕头下，说明他对自己没信心，不知道该不该给她。二哥的回信简直都是废话，啰里啰唆，没条没理，安慰不像安慰，表白不像表白，明明不想分手，还要赌气说讽刺话。像每次见面怄气一样，他俩的信也是唇枪舌剑，谈情说爱的温存词儿一个也找不到。母亲问我，我怎么说？我只能说信里什么意思也没有。她想让我给她读一遍，这有什么好读嘛?

你二哥是叫这妮儿给迷住了!学校要是不演《白毛女》,哪有这回事?

可是许小玉毕竟是许小玉,我二哥也不是挑货郎。他们上街宣传,说起妇女翻身、婚姻自由比篾匠家的女儿深刻得多,可解放起来无论如何也赶不上乡下人,赶不上城里没文化的人。他们一点也不考虑五十年后我写小说的需要,两人不但没私奔,我敢说他们甚至连拥抱、接吻都没做过。

姐夫的骨灰盒终于拿过来了。我觉得这是火化厂专卖店里那么多花色、品种中最好的一款。价钱中等,是蓝釉陶瓷品,和那些标价昂贵的雕花漆艺相比,不但朴素大方,而且有一个显而易见的优点——不会腐朽,几千年后雕花漆器沤成了泥,它会成为精美的文物。考古学家发现了它,需要拿去做碳12化验,才能确定它的年代。那时的人类当然不会知道我们是为了不显得过分奢侈才选了这一款。墓穴已经用水泥板圈好了。按照我们那儿的说法,人要得地气,墓底不需要涂抹水泥,只把土坑铲平就行了。装着骨灰盒的棺材下葬之前放了一挂很长很长的鞭炮,那挂鞭炮被卷在一根长竹竿上,一个年轻人挑着,在震耳的乒乓声中慢慢转动竹竿,让它逐渐放开。中国人民志愿军炮兵侦察排排长在世界上曾经存在的唯一证据被两根绳兜着安稳地放到了墓底。打墓工立即忙乎起来,和水泥,盖顶板,手脚麻利地把板缝砌严,用瓦刀把水泥刮平整。一个人的一生被封存入一米见方的洞窟,超凡入圣,变成子孙追缅的先人。

剩下的事是把花圈和死者衣物烧掉。然后，送葬的人解下头上孝布，收叠起挽幛，把汽车上的白纸花摘去，纷纷上车，回城里去吃饭。

胡政委的丧事如何办理我不知道，那时我已经在兰州大学读书，离开故乡至少有三四年了。许小玉她母亲的丧事我是看到了。她死在夏秋之交，天气还很热。许小玉惹她生气，这本身没什么大不了，可每当她和女儿争执的时候，许小玉的奶奶总爱掺和进去，站在孙女一边，最终把母女闲事变成婆媳矛盾，老奶奶摔盆打碗，闹得两人十天半月不说话。其实那天的事情很简单，新华书店到学校去发行新出版的毛主席画像，学校号召学生踊跃购买，回家挂在屋里，取代墙上的天爷、八仙，以表示对领袖的敬爱。许小玉向母亲要钱，她母亲说等一天再说。当时午饭已经摆上，一家人正准备吃饭，许小玉和她母亲争执，她奶奶挂着拐杖站起来，拉着她的手说，走，我领你去张二婶家借钱去！人家下午买，你让她等到明天，娃子的脸往哪儿搁？许小玉的妈一气之下挽起小包袱走了。正当晌午时分，太阳毒烈，大路上没什么行人，她一口气走了二十五里路，翻了一座冈，跨进娘家兄长的门槛，把包袱扔在地上说，你看我多没成色！今儿这天……话没说完就倒在地上断气了。

本来许家的亲族很少，加上她母亲娘家是地主，牌坊街的邻居们只在私下议论要不要去吊唁，大多持观望态度。我母亲是晚上去的，她没给他们拿什么祭品，只提了一捆烧纸，留下一点钱。按我们那儿的风俗，客人来吊丧要在门口放一挂鞭炮，然后再由孝子磕头跪谢。母亲一进院就摆着手说，俗礼免了，不放炮了。许小玉的奶奶拉着母亲的手垂泪,她爹不在家,孩子小,这一桩事叫我咋办呢?母亲说,你别难过,多保重身体。人的命,天造定,没有过不去的河。他爹不在那会儿我不是也作难?这不都过来了?听说她的棺木、衣服都没准备,母亲不由得心里犯难,回到家来,站在店房屋里抽烟,一时想不出主意。在那样的年头,即使母亲想和街坊邻居一起帮助她,也没法出面去张罗。就在这时,胡政委走进来。他爱在晚上没事时到我家来聊天。看见母亲一个人闷头抽烟,他说,田琴你是不是有啥事?母亲说,没啥事……我刚才到许家去了,心里怪凄惨的。怎么了?她家有啥事?你不知道?小玉她妈死了。母亲把这女人猝死的经过说了一遍,叹口气说,她奶奶七十二,她弟十三。她妈躺在那儿,棺材、衣服,什么都没准备。小玉这孩子真遭孽。看着胡政委的脸色,母亲委婉地说,从前,遇到这样的事都是街坊邻居写份子,如今……胡政委沉吟了一下,田琴,你看这样行不行,叫她奶奶写个申请送到街政府,拿到镇里来,我让负责民政的老董研究一下,给她批点救济,把人埋了。母亲的眼睛一下子瞪大了,她不是反革命家属吗?……反革命是反革命,家属是家属。她是咱们街道的市民,人埋不出去,咱们不管谁管?母亲高兴地拍一下手说,有你这句话,我心里就有底了。我现在就到她家去,叫小玉马上写了拿街里去盖章。

听说镇里要给许家批救济,牌坊街的邻居们才都纷纷提上鞭炮、油馍和纸筐到许家去吊孝,门口的鞭炮响起来,许小玉家的院子热闹了许多。

母亲带着许小玉到镇政府去批救济,进院碰上胡政委。母亲说，胡政委，小玉把写的申请拿来了，你看看吧。胡政委看了她们一眼，到东屋去找老董吧，我和他商量过了。

待许小玉转过身去的时候，他叫着她说，许小玉，家里有什么困难你找田琴，她是你们选区代表。许小玉没说话，她只抬头看看他，把跌到眼前的头发向后甩了一下，就跟在我母亲身后去找老董了。

母亲陪许小玉一起到街里、镇里去递申请、领款，到木匠铺去买棺木，裁缝店做衣服。

把来吊孝的亲朋记个簿子，你爹不在家，丧事简单点，对月不请客了，到时候你和小生一起到各家去谢个孝算了。天热，你妈没断茶饭，不能在屋里久停。油漆棺木得两三天。母亲转身对着许小玉的舅舅和奶奶说，我看三天头上就出去吧，你们看行不行？许小玉她舅舅和奶奶说，就听你的吧，她二婶。

棺材抬回去了，木匠在她家院里支起熬桐油、配油漆的锅，打磨、劈灰、刷油漆，连夜干。第三天油漆不粘手了，一家人在她舅舅指挥下入殓，起灵，送到乡下老家去安葬。

料理完丧事，许小玉回到学校继续读书，内向的性格显得更加孤僻，除了马心月，几乎不和任何人交往，也不和别人说笑。旁观了别人家的丧事，二哥仿佛有所感悟，身上的孩子气少了一些，人显得成熟、沉稳了，和同学开玩笑不再像从前那样疯疯打打毫无节制。母亲仍像从前一样用不安的眼神打量他，当他不说不笑突然一个人站在那儿愣神的时候，母亲脸上现出复杂的表情。

林林，你二哥最近还给许小玉写信吗？

我很有把握地说，我看他们完了。

你咋看他们完了？

人家正伤心呢，还顾得上跟他写信？

其实在许小玉家办丧事期间二哥已经给她写了信，我看见他写，并且看见他放在枕下。受好奇心驱使，他一出去我马上奔到他床前，扒出来看。这封信他没再说风凉话，只是安慰和劝慰，虽然还没写完，但我觉得挺动人的，读着让人感到很温暖。过了一天，这封信不见了，我想大约已经通过马心月转给了收信人。

秋末冬初，《白毛女》在我们学校的后操场上演出。新中国成立以来，县城的各种集会都在那儿举行。宣判大会、诉苦大会、英雄报告会、军民联欢会、婚姻法宣传会……县城的第一场有声电影也在这儿放映——东北电影制片厂的纪录片，解放大军横渡长江。虽然没能活捉蒋介石，但打到南京去的口号是实现了，解放军把红旗插上总统府，电影场里响起热烈的掌声。

《白毛女》演出时，发电厂还没建成，县中学的人从上午起就开始搭台子，先栽木桩，扯起一道幕布，把前、后台分隔开，后台用箔篱围起来，舞台左右扯起淡蓝色边幕，天一黑，就在大幕前的横杆上吊起两盏汽灯。下午起，几十里外赶来的乡下人开始在大街小巷走动，一辆辆牛车像赶会似的老早就停在广场四周。各街出动治安队，在县大队指挥下，把卖甘蔗、花生、瓜子的小贩往场外撵，指挥乡下来的车把牛卸了，拴到城墙外去。舞台下空出前两排位置，让县里、镇里的领导坐。

县中学文工团的演员下午三点集合，五点吃饭，在学校化好装，排好队，带上各人的道具，由刘老师带领赶到演出地。刘老师不愧在文工团干过多年,对这一套很熟悉,在他的指挥下,前台、后台很快就安排妥当了。乐队在边幕后就座,开始定弦、校音,我二哥紧挨边幕,站在乐队与舞台之间。刘老师最后一次不厌其烦地叮嘱许小玉,别紧张,记住,听好过门音乐,"风打着门来门自开"中间有个换气符……最让县城人吃惊的是,刘老师只用了一个四指宽的薄木片,穿上线绳,让一个学生在幕后使劲甩动,就造出了呜呜的风声。大幕在北风怒号、大雪纷飞中拉开。

戏演得很成功。杨白劳喝卤水自杀之后,喜儿的哭诉非常感人,台下黑压压的观众一片抽泣。坐在第一排的胡政委好几次掏出手帕擦泪。许小玉泪水纵横,把脸上的粉妆冲掉了,几处哽咽声嘶,"爹爹爹爹——你不说话——"我二哥忘记了提词,深深地沉浸在与亲人生离死别的悲痛中,他仿佛再一次看见许小玉母亲的葬礼。棺材抬出屋门的时候,许小玉跪地痛哭,戴着孝布的头几乎碰着了地面。她舅舅举起老盆在她弟弟头上绕一圈,砰一声摔碎在当院,姐弟俩像泪人一样被人搀起,踉踉跄跄跟在棺材后,把他们的母亲送上牛车。那一刻,他生怕她过于悲痛在舞台上晕倒。

演出结束后,胡政委到后台看望演员,他很动感情地对许小玉说,许晓玉同学演得太好了,太感动人了。许小玉腼腆地笑了笑。比起别的演员,他和她握手的时间很短,握了一下连忙松开,走向下一位同学。

《白毛女》演出不久,许小玉得到一份每月三万元的助学金——那时的币制一万元是现在的一元人民币。数目不大,却足够一个人一月的伙食费,以女孩子的饭量,按当时的物价,吃完饭还够买作业本、牙膏、牙刷、卫生纸一类的日用品。更重要的是，按当时的规定，助学金只发给贫困的贫雇农、店员、工人子弟，许小玉能享受助学金，显然是一种特殊的荣誉。

大约一两个星期之后，许小玉约我二哥见面。那是一个有月光的晚上。他们坐在码头北边的城墙土坡上，脚下是已经落叶的灌木，岸下是枯水季节的河。船到下游去了，河面上呈现出空旷开阔。河水像一绺飘动的绢带在白净的沙滩上蜿蜒，对岸的苇林苍苍茫茫像起伏在地平线上的山影。他们并排坐着，伸长胳臂揽着自己的双膝，对着晚秋月夜的景色。

张书铭，你看我答不答应老胡？

我二哥转过头看着她，风拂动她的头发，他看不清她的脸，这事你怎么问我呀？

我就想问你。停顿了一下，她用昵人的口气说，你是我最要好的朋友嘛。

马心月才是你最好的朋友呢。

她什么都听我的，我没法和她商量事儿。

二模糊摸起一把碎土块，扬手向河滩里抛扔。我也有件事想和你商量。听不到许小玉说话，他回过头再一次看她。头发在她脸颊上拂动，她好像没有觉察到他在看她。刹那间他软弱下来，就像有一次他和陈安他们到北河湾去洗澡，一群孩子约好了从陡岸上向下跳，发起时他非常兴奋，带头把衣服脱光，撂在草丛里，准备向后退一段距离，再鼓足劲儿向岸上跑。就在这时，脱得光溜溜的陈安站在高岸上向下望着说，咱们是从这儿往下跳呢，还是到下边那个斜坡上去滑泥梯？我二哥走过去，和他站在一起向下望，他心里忽然产生了疑问，从这么高的地方向下冲是不是有点太傻？滑泥梯可能比干这样的傻事更轻松吧？他们最终选择了溜滑梯。这并不是怯懦，而是明智。

许小玉转过头，诧异地看着他，你说呀。

我看你不想听，我也就不说了。

我在听呢，你说吧。

他嗫嚅地说，我表姨给我说媒了……是城东……算了，不说它吧。

许小玉回过头笑着，这是好事儿嘛，何必这么难为情。

二哥只得把母亲说的话尽可能详细地讲给她听。

凭你妈的眼光，肯定会给你找个好媳妇。

二模糊的勇气又上来了，她还能比你好吗？

我算什么呀？和你们家般配的人家多着哪，数十八也数不到我头上来。许小玉的语气、神态一下子使我二哥又泄气了。

送葬的人都进了饭店，饭店老板是个五十来岁的女人，她那干练的生意人的身影使我想起母亲当年的模样。《白毛女》第一次在县城演出，我母亲还不到五十岁，我和母亲在舞台右侧，母亲坐在椅子上，我坐在她身边的砖头上。椅子和砖头都是二哥老早摆在那儿为我们占下的座位。杨白劳死去时，母亲哭得很伤心，我也哭得很伤心，我们谁也不好意思看谁。戏散场后，母亲说，小玉这妮儿挺招人疼的，就是不适合咱家。不知为什么，那一刻我也有同样的感觉，只是没说出口。

送葬的客人没全来吃饭，但六桌客人也足够老板娘高兴的。

人们没急着入席,整个饭店闹嚷嚷的,除了姐姐的几个孩子戴着黑纱,饭店里热闹的场面已经看不到葬礼的痕迹,外人也许根本不知道这家人为什么待客。趁外甥女婿里里外外忙着招呼大家的工夫,我走出饭店,在街边徜徉。街对面是我家的老宅,从前那两间带阁楼的门面早已被一座三层灰色楼房代替,楼下是一家白铁门市部。我踱过街面,站在白铁店门口。这里不但没有了母亲的身影,当年的店房和小院也都不见了踪迹。一个工匠正把白铁皮架在铁砧上乒乒乓乓地敲打,按过去的行当,他们仍然算是铁器行,和我家同属一个帮会,同敬一座神,虽然现在他们已经不敬老君爷了。

一个讨饭的走过来,人没到跟前,一只敞口铁皮盒子已经伸到面前,里边有一些钞票和钢镚儿,摇出哗啷哗啷的响声。这些人是在利用和亵渎人的怜悯心,对穿着干净、看似外地人的人,他们会像口香糖的余渣一样粘着你,最近几年报纸上不断有讨钱专业户发财致富的报道。为了表现出岁月已经使我成熟,恻隐之心和嫌恶之心都不再能打动我,我的经验是铁下心不抬眼看他,让他觉得跟着你只是白搭工夫。当然,真正的好办法还是赶快走开,这是三十六计中的上计。

近几年我们的传统文化都在复兴,乞丐也像从前一样出现了丐帮,可他们对乞讨艺术的继承还差得很远,更谈不上创新、发展。刚解放的时候,我们那儿的乞丐花样是很多的,光是莲花落就有竹板、骨板、剪板,打砖叫街也有打砖、竹拍、开刀好些种。许小玉的奶奶到我家来时,正碰上一个叫花子在大牌坊下开刀。我们的放学路队很远就听见街上传来呜呜的声音。拐过十字街口，看见一个乞丐坐在当街，抱着一根粗大的竹筒，吹出难听的怕人的声音。他吹一阵，拿起木板在头上、身上拍打，一边拍打一边喊叫。他的头顶已经被剃刀划开了一些口子，鲜血从前额流到眼窝，木板拍打着刀口，把血水甩向四周。行人纷纷躲开，大街被堵断，放学路队散成一窝蜂，我和同学们被阻隔在十字街口。一只手从身后伸过来，落在我肩上，许小玉的奶奶把我揽到身边，在我耳边说，走吧，林林，这儿过不去了。从她家门口的胡同绕到西门口，我们俩才走到我家。她来和母亲商量许小玉的婚事。她们在堂屋说话，我像往常一样进屋去写作业。

将近过年的时候，牌坊街的邻居们都知道胡政委就要和许小玉结婚了，好期定在正月十六。这是个顺乎人心的消息，大家都感到很合适。

东乡表姨正式来给二哥提媒，是在年关逼近的时候，学校已经放假，我和二哥在院里摆一张小桌，正在埋头做寒假作业。我和表姨打招呼，二哥脸上泛起一点红晕。我向他吐吐舌头，他正颜厉色地举起作业本在我头上敲了一下。

乡下妞春梅

三月十八城隍庙会是故乡县城最大的庙会，起一次一个月。不仅各乡镇的农民、商贩来赶会，远至襄阳、河口，近至南阳、社旗、方城、桐柏的商家也都到会上搭棚占位。除了各种吃食、玩意、杂耍，还经常有两台大戏。尽管城隍庙早在民国时期已经改做惠民中学，几十亩庙产也被平整为操场，城隍爷迁到了城墙外几间小瓦房里，后来连神胎也找不着了，可庙会红红火火延续着，只是名称改成了"物资交流大会"。

母亲在城隍庙会上为二哥相亲是在许小玉结婚后不久，说到这段往事，她总是忍不住一边比画一边笑。

我让你三叔套了车，把车停在戏台场西边。你拴哥站在车边，我坐在车上。你表姨和李春梅的外婆领着李春梅，站在车前不远的地方。开始她不知道，只顾得手托着下巴专心专意看戏。十四五岁的乡下妞，挺逗人喜欢的。身材紧巴巴的，样子很灵巧。都怨你拴哥指指点点，引起她的怀疑，她转脸看见我坐在车头直着眼睛看她，一扭身溜进人群，三转两转就跑了。我猜想她跑走的身影一定很可爱，才使母亲每说到此处总是喜笑颜开。她用指头按着鼻子，就这样，瞧，指尖按着这儿。那会儿我心里也犯了一点嘀咕，可她转眼就跑了，让我直想笑，觉得这女孩挺机灵的，就同意了……第一趟到咱家来，她靠在她外婆身后，好像有点怕羞，还是拿手按着鼻子。我觉得那地方说不定有什么毛病。可她很懂事，很招人喜欢，我也就没好意思让她拿下手来仔细看看。结果……

　　过年你大哥从郑州回来，对你二哥说，咱妈给你定了这么一门亲你就答应了？你哭！闹！不依她！一个乡下妞，泥巴鞭杆——土条！鼻子上还有一块蓝记。要是我，我哭他三天不吃饭。

　　可是二哥既没哭也没闹。现在回想起来我心里有点纳闷，已经解放了，二哥为什么还允许母亲为他包办婚姻？大哥定亲，母亲让大哥自己去相，相看之后还要让他自己表示态度，轮到二哥，她根本没让他去看一眼，也没征求他的意见，凭着自己喜欢就把他的终身大事给定了。二哥居然顺从地接受，没表示任何异议，在许小玉结婚不久，就和李春梅过了庚帖，订了婚。对这桩婚事，二哥显然有点草率。那时他当然不会料到这个乡下女孩对他未来的命运会有多么重要的影响。

　　我见到李春梅是在秋天。经她父母同意，母亲让她到县城来读书。我见到她时她没用手指按鼻子，也没流露出对自己鼻翼上那块胎记有什么忌讳。她大大方方站在母亲面前，两手交叠搭在胯边，脸上带着亲昵的微笑，在母亲的目光下不但没显出惶恐，还有点撒娇似的羞涩。大约那时的婚姻仍然保持着旧有的风气，如牌坊街生意人做买卖，讲究君子一言，驷马难追，只要骗过一时，即使买主上当，也只能怪自己失眼，不能悔弃前言。李春梅用指尖按着鼻子骗过母亲的眼睛，她那带点调皮的小聪明不但没受责难，反而使母亲更喜欢她。多年后她与二哥反目成仇变成异路人，说到李春梅，母亲对这乡下女孩的机灵、乖巧仍然带着几分赞赏。

她来到我家的最初几天，我忍不住总想看她的鼻子。她右鼻翼上那块蓝色胎记如上过瓷釉一样光洁明亮，有股非同寻常的魔力，不但吸引着我，也吸引了我二哥。她微翘下巴，脸向左偏，瓜子形的脸盘与鼻翼上的色块搭配和谐，使她乡下女孩的质朴多了几分娇羞。按照旧规矩，我二哥一般不在人前和她搭话，两人碰面时各自都把头低下，做出羞答答的样子。可二哥手里的饭碗常会因为李春梅的出现而溢出汤汁。他迅速抬起眼睛在她脸上瞥一眼，又迅速把眼帘垂下，闪烁的目光在那块蓝记上一掠而过，李春梅的脸上暗自露出一丝笑意，好像因为那别致的鼻子使她的未婚夫心慌意乱而感到得意。

和她结伴上学我感到很不自在。她还没和我二哥结婚，我既不能称她二嫂，又不能说她是别的什么亲戚，这种不确定的关系使我不知道该怎样对待她。尽管她对自己的鼻子并不在乎，可我对伙伴们的嬉笑神经紧张，不管哪个孩子偷眼瞧着她发笑，我就会追上去愤怒地质问："笑什么笑！"有时甚至不得不和他们打架。我不喜欢她，还因为和她在一起我失去了很多自由。从前我一个人上学，想拐弯就拐弯，想在路上玩耍就玩耍；放学回家过了十字街口，从路队里溜号，和小伙伴们到西门外去听说书，到寨河沟里去扒蟋蟀；下了雨在泥水里奔跑，将撑开的雨伞当车轮在大街上滚动，突然踩踏水坑，溅脏别人的头脸和衣裤；现在有李春梅跟着，我不能不规规矩矩走路，上学放学路上的种种乐趣都没了。

她使我不自在，还因为她那乡巴佬似的呆头呆脑的样子。她刚从乡下进城，对城里的一切都很生疏，穿着、说话、举止和城里孩子格格不入。像我们城关第一小学这么大的学校,这么多的学生,她连见也没见过。我陪她走进学校,看她像只生鸭似的走进教室,坐在自己座位上,班里没人理会她,孤零零的样子挺可怜的。她在乡下几乎没读过书,来到城里插班和我读同级(幸亏没和我同班),在班里年龄最大,功课最差,看她每天心事重重的样子,我忍不住替她心烦。每天晚上帮母亲收拾完锅碗,她连茅房也顾不得去就赶快打开书本坐下用功。到了段考和期考,每天晚上开夜车,直到檐下的公鸡打鸣。她一拿出书,母亲就说,书青,她不会的地方你多教教嘛。别看她那么精明,一道简单的算术题讲半天她也听不懂,弄得我整晚没法出去玩。

期中考试过后,教导处把各班的成绩张榜公布,贴在学校最显眼的墙壁上,不及格的名字用蓝笔写在榜后。李春梅的名字在成绩榜上不但是蓝色,而且名次是整个年级倒数第一。同学们在那儿指指画画大声嚷嚷:"这个李春梅是谁?"弄得我不好意思在成绩榜前停留。到了期末,她的名字仍然是蓝色,名次前进了三位,语文、算术两门主科不及格。母亲拿着她的通知单到学校去找老师,对老师说,这妞儿刚从乡下来,老师多包涵。她聪明,肯吃苦,下学期一定能跟上。十四五的人了,老师你千万别让她留级。

大约老师觉得这个乡下妞和别的大龄学生一样到班里来只是做做上学的样子,成绩好坏家里并不在意,也就没让她留级。

我对母亲说,你还给她讲情呢,李春梅的功课恐怕永远也及不了格了。

然而她的进步出乎我的预料。第二学期,她的名字走出了蓝军，期末时上升到黑军中央，处于全班中流位置。不知怎么搞的，她还当上了学校的值日长。轮到她值日，在集合放学时到台子上去抽查点名，俨然是深得老师信任的学生干部。短短一年时间，李春梅在城关第一小学混得这样有面子，牌坊街的孩子们不得不对她刮目相看。母亲很高兴，觉得这女孩是一块争刚要强的好料。

更使母亲满意的是，她在学习上不算很有天分，料理家务却是一把好手。李春梅到我家来后，母亲并不吩咐她做活，所有的活都凭她自己的眼色去干。干好了母亲不表示满意，她没注意到的地方母亲也不指使她。母亲从庭院走过，向甬路边的椅子、小桌瞥一眼，她就会立刻站起身，把它们搬进廊下，还顺便把扔在院里的杂物也都收捡起来，摆放整齐。虽然学习压力很大，她却从不耽搁家务。除了打水扫地，刷锅洗碗，糊袼褙、开鞋帮、拐线、浆线，这些活她比母亲还熟练。每逢过节，趁星期日休息，她把烧饭、炒菜的大锅揭下来，拎到下水沟口，用锅铲把锅底细致地铲一遍。我不明白这活有什么意义，母亲抿嘴笑着悄声对我说，锅底上的烟灰积厚了浪费柴禾，知道吗？瞧人家乡下女孩多懂事，将来过日子是好样的。

她的针线活尤其受母亲赞赏。她为我和二哥做的袜底、鞋底我都不忍心穿在脚上去踏踩。可惜那时我没把它保存下来，否则今天也可以拿到民间工艺收藏品展览会上去出出风头，说不定还能卖个大价钱。牡丹、水仙、兰草、莲花……周边围绕着华丽繁复的回文图案，不光色彩艳丽、针脚细密，精巧的绣工还能看出一个女孩的灵性。

暑假到了，我终于可以摆脱李春梅，自在地享受夏天的乐趣。黄昏时分，我和二哥赤裸着上身，穿条短裤，毛巾搭在脖子上，与店铺的伙计们一起下河洗澡。在河里玩到天黑，赤条条地站在河岸上，拍着屁股让身上的水被河风吹干。直到暮色降临，河面变得黑乎乎的，水浪和河岸被夜色淹没，一路走一路南腔北调地唱着回家。晚饭后，点上大麻籽火串，手提瓷罐，跟在二哥身后到小街僻巷去转悠。火光在靠近地面的墙脚处照，爬出洞外乘凉的蝎子在亮光里一动不动地趴伏着。二哥操起夹子，夹住它高翘的尾巴，把它扔进罐里去。半夜过后，火串快要点完，听着罐里沙沙的响声，我和二哥很惬意，明天掂到集上至少能卖五六千块，弄得好，秋期开学就不必跟家里要学费钱了。回到店铺门口，把蝎子罐放好，摊开席子，和店铺的伙计们一起在街边睡觉。大家仰面朝天看着屋檐外的星星讲鬼怪故事，讲吊死鬼、淹死鬼、闹鬼的水塘和狐狸大仙出没的古宅旧院。八路军在俺舅舅家村外的河滩上和中央军打仗，死了很多人，现在到了夜里还经常听见有人喊着说，我胸口这个洞好疼啊——我的腿在哪儿？谁把我的肠子弄哪儿啦？……讲得人人毛骨悚然，在恐怖的噩梦中迷迷糊糊，一整夜蒙在被单下不敢动弹。

有一天晚上，对门绸缎庄的周相公看着我二哥说，张书铭，李春梅的胸脯这些天为啥鼓起来了？

大家看着二哥嘻嘻哈哈笑，二哥也用嘻嘻哈哈来对付。

说说吧，这是咋回事？周相公一本正经地盯着二哥，毫不放松地追问。二哥不回答也不反驳，拿手在周相公头上抡来抡去。

我不明白这问题有什么含意,但我猜想肯定和二哥对李春梅的态度有关。

我开始悄悄注意他们俩。我发现李春梅真和从前不一样了,她那原本平平的胸脯不知从何时起隆了起来,使浅花汗褂鼓出了两个有弹性的圆弧。她的脸庞也从淡黄变为红润,眉目间流荡着温情,两颊闪耀着熠熠的光彩。夏天单薄的衣裤把她的身段显示得更加丰盈,裸露的胳膊和小腿像打磨过的檀木一样结实、柔韧。和二哥在一起,她虽然还保持着腼腆拘谨,可那眼睛里多了几分亲昵,话语间也透出更多的温存。大约得到了母亲的默许和鼓励,在家人面前,他俩不再像从前那样装模作样地互不理睬,除了必不可少的交谈,偶尔还说些闲话。她渐渐地不再掩饰对我二哥的体贴关心,无论吃饭、穿衣,都学着母亲的样子伺候他。看二哥的衣服哪儿不整齐,她会学着母亲的口气嗔怪说,瞧那扣子耷拉到哪儿啦?只知道穿!她让他把衣服脱下来,拿出针线,手脚麻利地把扣子缝好,看他穿上,在他转身的时候,帮他把衣边抻展。

仲秋节将近,母亲对二哥说,该过节了,我给春梅家准备了月饼、礼条,一个人不好拿,你跟她一起去吧,也好跟她父母见见面。

这是母亲第一次允许二哥陪她走娘家。一大早,李春梅把浆洗得板板正正的衣服捧到二哥床边,给他打了洗脸水,在牙刷上倒好牙粉。看他把衣服穿整齐,把早饭给他端到面前。临出门,她殷勤地走近二哥,帮他把领口上的风纪扣系好。看她和二哥贴得那么近,母亲和我都把脸转过去。二哥说,书青,你帮她提上篮子，到东门外等我。我知道他怕店里的伙计们笑他，不敢和李春梅一起出门。本来也许我会帮她，可她和二哥脸贴脸站在一起的亲热样子使我心里不舒服，我把头一扭说，我的作业还没写，我得赶快去上学，就背起书包，头也不回地走了。

好像猜出了我的心思，二哥比从前更注意讨好我。当他想在大街上揽我的脖子时，我很讨厌地摆着头躲开，揽你的李春梅去吧，别对我假惺惺地亲热。他和我说笑，像逗小孩似的逗我。他的笑容使我反感。以为我不知道你为什么开心？许小玉跟你蹬了，这个小媳妇疼你。现在你心里哪还有别人？我在你面前算老几？你那虚情假意再也别想骗我。

春天，李春梅和我二哥结了婚。大哥、大嫂从前住过的屋子现在成了二哥的新房。一道深蓝家织布门帘把堂屋隔开为两个世界。母亲住在上房，中间是条几、神柜、方桌，西里间是他们小两口的天地。在二哥离家前的几个月里，十七岁的新郎和十六岁的新娘在那道农家风味十足的门帘后，度过了他们如胶似漆的新婚时光。

夏天，二哥从县立第一初中毕业，他去南阳考学那天下着小雨。他半开玩笑半认真地说，考不上就祭白河，不回来了。李春梅当即红了眼圈，泪水在眼眶里打着转说，妈，你听他说这话！母亲沉下脸说，小小孩子家说这样混账话！那么没志气！她把小包袱递给二哥，叮嘱他和他的同伴，一起去，一起回，考好考坏都高高兴兴的，别丧气，回来到桐柏、源潭再去考，不愁没学上。

二哥果然高高兴兴从南阳回来,又高高兴兴到别的地方去考。放榜那天早晨,北城墙外荒僻角落里的城隍庙和早已废弃的文庙,飘起了缕缕青烟,不少学生和他们的家长按照过去的习俗,到这儿来烧香祷告。母亲没到城隍庙去进香,她托方相公陪他一起去南阳看榜。李春梅为他们做好了早饭,站在一边看他们吃。二哥挎上干粮袋,干粮袋里装着馒头和咸菜,手提雨伞,一路走一路唱京戏。第二天刚吃过午饭,他俩从南阳回来了。看他那喜气洋洋的样子,李春梅扯着母亲的衣襟说,妈!瞧书铭那傻样,高兴得不是他了。

二哥考学的故事成为母亲终生的骄傲,每每说起看榜的情景,她喜悦的心情总是溢于言表。邻居们叫他二模糊,考学他可一点也不模糊。考了四场,四张榜上都有名。接着她又长叹一声,露出凄伤的神情,四个学校任他选,怎么偏要到那么远的地方去读书?

二哥考取了西安交通专科学校。如果不是多年前一批学生为投八路军跑到西安去,县城的人们对这座古城几乎一无所知。

那儿离咱们县城有千把里路吧?

二哥吐一下舌头,坐无线电一分钟都要不了。

交通专科学校是干啥的?

二哥说不清楚,我二哥就因为这学校新鲜才报考了它。

那是一个多雨的夏季。阴晦的天气使喜庆的气氛变得灰暗。李春梅坐在幽暗的窗前,为二哥赶做鞋、袜、衣衫。母亲戴上花镜,把她做好的活儿拿到光亮处翻来覆去察看,有时还亲自动手把她看不中的地方拆开重做。深夜,李春梅放下手中的针线,吹熄了灯。小两口的卧房里传来切切的细语声，然后传出压抑的啼哭。母亲坐在床沿边，悄无声息地听着新房里的动静，直到新媳妇的哽咽渐渐平息，才咳嗽着，褪去披在身上的衣服躺下。

第二天，李春梅的眼睛像桃子一样红肿。母亲站在那儿，不看她的脸，像对自己说话似的用低沉的声调说，男人出门去做事，去读书，女人要喜喜欢欢，不兴哭哭啼啼。

可是李春梅还是没能喜喜欢欢送二哥走。临行的时候，李春梅站在里屋门口，一手挑着门帘，脸上装出笑容。她头顶的门楣上，"天作之合"的喜对联还没退去鲜红。二哥说，妈，我走了。李春梅的脸色陡然变得苍白，嘴唇向里瘪进去，下巴和腮帮抖抖索索颤动。终于没能忍住悲伤，她转身放下门帘，跑进屋里放声大哭起来。

二哥背负行囊，手提网兜和雨伞，凄然地站在堂屋门前石阶前。

母亲挥挥手说，书铭……勤打信来……她像一尊塑像似的一动不动地撑着堂屋门框，两手搭在胸口，看着二哥的身影走出二门，消失在恍惚迷乱的亮光里。李春梅的哭声使她黯然神伤，不祥的感觉在此后几十年间笼罩住她的心，直到她的晚年。

"行行重行行，与君生别离。相去万余里，各在天一涯。"当我在高中课本里读这首古诗的时候，二哥辞家远行的情景在我眼前浮现，勾起我对他的深深思念。那时我才明白，其实二模糊和我的感情是很深的。他离家那天天下着小雨，河里涨了水。二哥坐上摆渡的木船，在浑黄的河水中离开码头。坐落在高岸上的县城，在他的视线里逐渐变为一堆模糊的影子。他沿着泥泞的大路翻越双凤山,在细雨绵绵中走过一百一十里沙土路,到南阳与二十来位新同学聚齐,搭乘敞篷卡车,去几千里外的陌生古城求学。当我从大学回到故乡,站在父亲和大姐坟前凭吊亲人时,我默背着那首古诗:"相去日已远,衣带日已缓。浮云蔽白日,游子不顾返。"何时才能在故乡的土地上再见到二哥的身影呢?

二哥的离家使我和李春梅变得亲近起来。大嫂调到省城去工作了,李春梅代替姐姐和大嫂,成为母亲身边的帮手和我生活中的伙伴。晚上,她像保姆一样把我从街上找回来,打好热水,帮我脱鞋洗脚,哄我上床睡觉,快睡!免得明天早晨叫不醒你。吃过早饭,我们像亲姐弟似的背上书包,肩碰肩有说有笑地去上学。和她在一起我不再感到拘束,她不在母亲面前告我的状,还为我在学校里的顽皮遮掩、辩解。她其实很活泼,爱说爱笑,并不像我从前看到的那样木呆、矜持。大约现在已经是我的二嫂,不须在我面前伪装文雅,我们俩单独在一起时,她经常露出乡下小妞的调皮相,随便看到街边一件什么小事都能引起她有关乡间趣事的回忆。她说话尖酸泼辣,时不时还会冒出一些土话、脏话,听起来新鲜、粗俗,使人开心……某年某月,村东头杨三伯家马驹生了五条腿,你猜那腿怎么长的?它是这样长的。瞧,就这样。后院老四奶眼睛昏花,她说这么小的马驹怎么就发情了……我笑得前仰后合,她却嗔着脸不动声色。她说话声音不高,经常用一些我完全不懂的知识挑起和我的争论,绷着脸,一本正经的样子。你猜牛走路四只腿怎么抬?一边一边走,还是前后插花着走?我想了想说,左边两只腿先抬,右边的两只腿跟上。不——对！她说，它是这样走的。为了说服我，她伏在地上，手脚着地，向我示范牛走路前后插花抬腿的动作。我不信，她带我到城外，站在大路上看走过的牛车，咋样？看谁说得对？

在外边她是个活泼俏皮的乡下妞，一进家门，在母亲面前她像换了一个人似的，不但说话得体，做事周到，连走路的姿势也变得稳重、安详，一举一动都像大家闺秀似的彬彬有礼。她这套本领真让我佩服。

和二哥临行前的悲悲切切相比，二哥走后她的心情倒很轻松，母亲不在跟前时，她还会一个人哼哼唧唧唱歌。

春节过后我十二岁了。吃过初十早晨的烙饼卷菜，母亲把一个很大的线疙瘩放进篮里，数出十二枚铜钱，带上香表，要我跟她一起到城隍庙去拐锁子。只要不打仗，这是我每年过生日必不可少的仪式。母亲挽着篮子，我跟在她身后，一边走一边蹦跳着踢路边的瓦片。城河里的冰凌还未融化，河边的树木褪去冰雪的铠甲，露出正在返青的树皮。再拐今年一挂锁子，往后就不拐了。我问为什么，母亲说，你十二岁了，十二岁就算长大了。按照母亲的说法，人在十二岁之前能看见鬼魂，十二岁之后就看不见了。我感到很遗憾，我还没看见过鬼神呢，没看见也长大了。

城隍爷和城隍奶奶的脚边有许多小神胎，那是求子的人捐献的。母亲把线挂在小神胎脖子里，来来回回绕，按一岁一枚把铜钱穿在线上。烧过香，点过表，把拐好的锁子套在我脖子里，我就被锁牢在人间，阎罗王别想再把我收走。过了十二岁，他想收我就没那么容易了。

二嫂为我做了一桌饭菜，母亲炖了黄酒。铜钱在我胸前叮叮作响，我既感到高兴又有点忧伤，这就长大了？往后在别人眼里不再是孩子了？人为什么非得长大不可呢？

随着十二岁的到来，夏天我小学就毕业了。按学校的规定，六年级学生不再参加秧歌队、宣传队和各种大场面的文娱活动。这是我尝到的第一个长大的滋味。我对母亲说，我早想退出秧歌队，那么大个子，在街上扭来扭去，真没意思！其实我心里还是很留恋秧歌队，看着一批低年级的新队员在操场上排练，我觉得自己已经从欢蹦乱跳的孩子群里被开除，既有长大的自豪又有失落的惆怅。

从春天开学起，母亲不再让李春梅干家务活，吃过饭连锅碗也不让她刷，夏天你们俩要考学，好好复习功课，别的事不用你操心了。

毕业考试我的算术成绩考了59.2分。平时及格不及格算不得什么，大不了下学期开学时补考，可这是毕业考试，不及格拿不到毕业证，拿不到毕业证就没法考学。我只好厚着脸皮到老师屋里去，站在他桌边，鼓突着嘴巴，做出一副非常丧气的样子，低声嘟嘟囔囔说，老师你给添点分呗，就差那八厘，你能让我不毕业？老师看着我的脸，这会儿来求我了，叫你做习题，你总说作业本用完了，看你是坑我还是坑自己！我冲他笑了笑，那些题人家不是不会，考试的时候不知怎么的一粗心就写错了。你慌啥？要是给病人开药方，吃死人了，你还说你行，只是因为粗心、慌张开错了药？这不是开药方嘛老师，人也没吃死嘛。下次我保证细心，不慌张，给你拿个一百分，行不行？为这八厘分数你不让我毕业，往后我年年给你留级，叫你永远送不走我。

老师憋不住笑出声来，张书青啊张书青，看不出你调门还真不少哇。这是毕业考试，要是考中学，看你还去求谁？

回家后，母亲拿我的成绩单在手里抖动着说，你上了六年，算术得了六十分，人家李春梅上了三年，比你多十四分，知不知道丢人？

我大咧咧地说，毕业考试算啥？我根本没把它当回事，到考中学的时候——你看着吧！

行，到那时你还像这样可别想上学了！今年考初中，十一个人取一个，比你二哥考学难多了！

这十一取一的比例使各个学校的老师和学生都激动起来，家家户户热烈议论，整座县城充满考试的气氛。除了文具店生意红火，肉铺的生意跟着红火，家养的小鸡也倒了霉。即使平时吃咸菜都要精打细算的人家，现在也不能不动动荤腥，以表示对孩子考学的重视。母亲每天改善伙食，还特意买了二十斤棉籽油。李春梅天天晚上开夜车，油灯要点到黎明，母亲破例把油罐放在她屋里，让她随用随添。她太用功了，连累我不断遭母亲的训斥，瞧你那满不在乎的样子，你二嫂天天熬夜，你天天晚上跑出去玩，看你考不上学怎么办！其实我早已烦透了这没完没了的复习，每天都是鸡兔同笼、相向相背开火车、最大公约、最小公倍，课本也翻飞了，油印页子都磨破了，语文、历史、自然，所有功课都像嚼烂的馍馍，只觉得黏糊糊的发酸，不再有任何味道。要考就考嘛，何必这么折腾人？

好不容易等到考期来临，县城像起了庙会，各乡镇的毕业生都进城来参加统考，天不明就有成群结队的学生吵吵嚷嚷在大街上走动。睡在街边的伙计们好梦被惊扰，光着膀子坐起来，看着这些乡下来的男生女生，嘴里嘟嘟囔囔骂骂咧咧。杨家楼和槐树口各家饭铺门口一大早围满了吃饭的学生，三百钱一碗的浆面条转眼就卖光了。上课钟声响过之后，街上还有一些傻不唧唧的男女挎着馍袋子在店铺门口游荡，也许他们根本没打算参加考试，只是借机进城来凑凑热闹，逛逛商店。

前一天下了小雨，考场里不算太热。可母亲还是给李春梅和我每人准备了一条毛巾，濡湿了，让我们扎在脖子上，随时可以擦汗。她还给我们每人准备了两套笔、墨和足够的空白演草纸。

为了避免传卷作弊，同一个学校的学生都竖行编排。和我坐同桌的是个乡下来的女孩，她好像不懂考场纪律似的，一坐下就扭头看着我，想和我说话。我低头做题，不理睬她。她小声嘟囔说这油印卷子看不清。我瞪了她一眼，警告她考场上不可以随便说话。她好像并不在乎我的警告，拿着那张卷子翻过来倒过去摆弄，不断转头看我。我只好小声说，报告老师，让他给你换。她举起手说，报告老师，我的卷子看不清。监考老师走过来，抓起她的卷子看了看，给她换了一张。

这女孩走出考场时我早已交卷，在操场边玩吊环。她走过来，站在沙坑边看。我游了一趟，又返回来一趟，还玩了一个花样。

第六题填空白我填的是"但是"，对不对？

我一边继续游，一边回答她，我填的是"可是"……"但是"也差不多吧。

那段默写我默错了两个标点，他们会不会扣我的分？

两个标点算什么呀，只要字不错，他凭什么扣人家分？

她有点不放心，这地方要是不扣分，作文能给十五六分，我就不害怕了。

我松开吊环跳下地，搓着手走出沙坑，掂起扔在地上的书说，我考完哪门就不想哪门，反正已经考过了，得多少分是多少分，管它呢！

算术放在第一天考就好了。

无所谓，早考晚考都得考。

第一天脑子清亮些嘛。

只要晚上睡好觉，别胡思乱想，脑子就不会浑。

你不开夜车？

我从不开夜车，我讨厌开夜车——李春梅开夜车让我烦死了。

昨晚俺们进城晚，在你们学校教室住，蚊子多，女生们爱说话，半夜没睡着。

我扭头看着她，你怎么知道我是城关一小的？

你们都在那一排嘛，谁不知道？

考场外的人多起来，我掂上书走了。

下午考常识，包括历史、地理、自然。虽然上午我们已经说过话，可当着她的同学和我的同学，入场前我们谁也没和谁打招呼。进入考场，坐下后，她小声说，交卷以后咱们复习算术吧？我点了点下颏，在吊环那儿见。这女孩有点见面熟，叫人没法拒绝她。

交过卷后，我在吊环架下等她。整个小学期间我的算术最高成绩是七十五分，每次考试总有些意想不到的疏忽造成得数错误。看错题，写错数，小数点错了位，等等等等，这些粗心大意每次都让我遗憾，可我从不觉得自己的算术程度差。我对算术不缺乏自信，在一个乡下女孩面前更表现得很自负。

她从考场出来后，我说咱们到河边去吧，那儿安静些。我带她到河边去，不只是害怕班里同学看见会取笑我，还因为老师发的油印材料不准拿给外校学生看，那是老师费了很多功夫从各种参考书里汇集起来的习题详解。

我们坐在河边小树林里。太阳已经偏西，小树的影子斜投在脚边。我把习题拿出来，在她翻看时看着她的脸，觉得她一定会惊喜不已。谁知她翻了一阵之后把它放在身边，从书包里又拿出一本复习资料，这是我叔叔从武汉寄来的，你看看。现在轮到她歪头看我的脸色了。我把头凑过去，看着她手里的书，我觉得这女孩不像在考场里那样惹人讨厌，她的手很好看，她头发上的气息也很好闻。里边有些题我没见过。我伸出手去翻了翻，没表示赞赏也没表示轻视，县里老师出题，不会从武汉的书里找吧？她对我的态度感到失望，你们学校编的四则题不错，可那里边没有面积、体积。这样的考试，四则当然是重点。

这女孩的个性跟我一样强，为哪本习题更好和我争论了老半天。最后我只得做出让步，以表示一个男生的气量，把我最喜欢最得意的四则题放在后边，先复习她那本书里的面积、体积。

在这个乡下女孩面前，我感到自己的脑子特别灵，解题水平特别高，我从来没找到过这么好的感觉。从前那些拐弯抹角的难题我一看见就心烦，今天这些题使我兴奋，它能让我展示才华，证明我在算术上的天分。这个不知天高地厚的乡下女孩虽然也很聪明，解题能力也不错，有时还会像刚才那样和我争论一阵，可最终不得不恍然大悟地敲着本子说，噢——对对对！这比我列的式子省了两步。两步？这可不是多两步少两步的事儿，再拐一步你自己就拐迷了，考试的时候在一个地方打住车，后边就会心慌意乱。她笑起来，眼睛里不由得流露出崇拜的神情。

太阳坠落在河面上，夕阳余晖落在她脸上。

明天你能早点来吗？

从今晚起我就不看书了！

可是明天要考试啊。

正因为明天考试，今晚才不能看书，睡好觉，进考场脑子不浑。

保不准考试前翻到哪道题，考试正好用上呢？

反正从现在起我不看书了。

她站起来把书塞进书包，好吧，我也不看了。

第二天我们见面时只是互相笑了笑，我用眼睛问她，怎么样？晚上不看书，今天不错吧？她用眼睛回答我，昨晚我觉睡得挺好，这会儿不错。

坐下后我还如昨天一样埋头做题，不随便转头看她，可我们都在关照着对方。我必须像昨天下午那样沉着、自信，嘴角不时流露出自负的微笑，瞧，我怎么说的，这道题今天出来了吧？为了给她做榜样，提醒她做完题沉住气好好检查，我破天荒头一次没在前半时交卷。考题做完后，我把考卷翻到开头，从题目开始，用指头点着，一行行默读核对，再把演草纸摊开，仔细查看算式，看进位、余数有没有失误，小数点有没有错位，直到每道题的答案都感到很有把握，确信我的同桌已经领会了我的意思，会照我的样子去做，才拿起卷子离开座位。

交卷后我到操场上去玩。她从考场出来，她的同学已经聚了一大群。他们一边吵吵嚷嚷对数，一边忙着收拾东西准备回家。她向我这边望了望，我装作正和同伴说话。她转身离去时我转过脸看着她的背影。钱家店的都过来啦——有个老师大声喊着招呼他们集合。我忽然想起还没问这女孩叫什么名字，心里不免有点遗憾，可往后也许谁也见不着谁了，知不知道名字又有什么关系？

我和同伴们打一阵球就回家了。一回家我就把这乡下女孩给忘了。我兴高采烈地对母亲说，算术我起码能考九十五分。

没吹牛吧？

不信你等着瞧。

看见李春梅哭丧着脸走进来，我把话头打住，问母亲中午吃什么饭。她说，再慰劳你们一顿，吃肉面片。

李春梅闷声不响走进厨房，帮母亲做饭。母亲把围腰从她手里拿过来，扎在自己腰里，算了，你歇会儿吧。李春梅坐在灶门口，把柴禾塞进灶下，擦着火柴帮母亲烧火。我看出她肯定没考好，就不再提考试的事。母亲也不问她考得咋样，只是低头在案板上擀面页。

饭吃得很沉闷。李春梅低着头，筷子懒洋洋地在碗里搅，只吃了一小碗，没再去添，站在桌边等着收拾桌子。母亲说，你不用管了，明天再说。

她不吭声，也不走开，我只好赶快把饭吃完，撂下碗就走。几个月没痛痛快快玩了，我才管不了那么多呢，我跑出去找同学玩,一直玩到天黑。

晚上李春梅没吃饭。母亲叫她,她说我不饿。第二天她还不吃饭,母亲站在她门口,隔着那幅门帘大声说,哟——恁大的事?连饭也不吃了?没想想,你三年读了人家六年的书,拿到了毕业证,还下场参加了考试,我看这就不赖了,考好考坏算个啥事儿呀?

帘子后发出一声牛叫似的怪嚎,李春梅从屋里冲出来,双手抱住母亲,连哭带嚷地喊叫着,妈呀——妈——噢嚎嚎——妈——我让你白花了三年钱——

母亲一动不动地站在那儿,李春梅匍匐在她脚下,抱着她的双腿,仰起头号啕痛哭,眼泪鼻涕满脸横流,妈!你白费了心血!我不争气!我不中用!我有啥脸面站在你跟前,我有啥脸面见书铭——

母亲低头看着她说,你这是闹我,是吧?怄我,是不是?

她脸色冷峻,口气严厉,没露出丝毫怜悯、抚慰的意思。一直等李春梅哭声渐低,才缓和地说,站起来,站起来。

我把李春梅搀起来,扶到椅子里。

一分材料一分福,没有材料独自哭。这么大点儿事你就受不住了?

李春梅歪在椅子里,母亲站在堂屋中央,我这辈子遇到啥难事都不哭。活个人,不容易的事多着呢!考学这算啥事?十一个人考一个,剩下十个人都不活了?……考上学就上,考不上还有别的路嘛。

母亲把一条湿毛巾递给她,李春梅慢慢在脸上擦拭,把毛巾握在手里，垂着头，两臂担在膝头上，乖乖地听母亲教诲，然后站起身去做饭。

我去看榜李春梅没去，我对自己考上县中一点也没感到意外。看榜回来，母亲把我叫到她跟前，看着我的脸说，书青，好好跟我说，考试前你是不是知道题？我从哪儿会知道题呀，妈？真不知道？你真莫名其妙，考题谁能知道？听说你们学校有人知道。这不可能！出题、印题、封卷，管得严得很，不考完，出题的老师不准回家。你听谁瞎说呀？

母亲笑起来，不知道题，你怎么会考那么好？

我气得满脸通红，闹了半天，你不相信我？

母亲向后仰一下身子，大声笑着说，你呀，不逼到头上不知道操心，非到正经时候才肯掏力。别说十一比一，就是一百比一我看你也不怕，对不对？

我觉得母亲的话跟李春梅有关，她自己没考好难免会猜忌别人。考试之后她一直躲在家里不出门，做饭洗碗，把厨房收拾好之后坐在窗前做针线，整天闷声不响，很少和人说话。我偷眼看着母亲的脸色，她坐在床沿上盘着一只腿抽烟，若有所思地想心事。如果李春梅老这样想不开，家里的气氛再也别想轻松了。

有一天母亲从外边回来，坐在大椅子里，冲着二嫂房门上那幅蓝门帘说，春梅，你过来。

李春梅从屋里走出来，看见母亲坐在大椅子里，就叉手站在板壁旁边。她知道母亲只有在说重要事时才往神案前的靠背大椅里坐。

县医院招护士，你愿不愿意去？

李春梅脸上露出惊喜，妈你叫我去？

考不上学我能叫你在家烧火捣灶？新社会嘛，免我二十年我也当干部去。

人家要我？

明天你到县医院找郭院长，胡政委跟他说过了。那儿开了一个短训班，半年毕业，毕了业就能留在医院当护士。

见她站在那儿不走，母亲嘱咐说，用心学，守规矩。没事少往家跑。剩下书青我们俩，家里你不用操心。

这样一来，她比我二哥参加工作还早一年。

我和母亲到医院去看她，一个头戴白帽、身穿白褂的人站在面前，她把嘴上的大口罩摘下来，我和母亲才认出她，那神气样子真让人羡慕。她笑嘻嘻地让我们到她宿舍去坐。母亲把那间大房子巡视一遍。几张床铺中，李春梅的床比别人干净、整齐，平平展展的印花布床单，床头放着书，脚头木箱里是换洗衣服，靠床的桌上摆着镜子、梳子、发卡、雪花膏。母亲脸上露出满意的笑容。

虽然医院就在县城西头，李春梅却必须像所有上班的人一样在单位吃住，只有周末晚上才能回家。"过星期六"，在那样的年头是一个有特殊含意的词。店铺的伙计谁回了一趟家，回到城里一定会有人问，你昨天夜里过了几次星期六？

二哥不在家，李春梅"过星期六"只是回来吃顿晚饭，坐在堂屋里和母亲说一阵话，然后站起身说，妈，我走吧？母亲把她送到大门口，看着她向西门外走。

偶尔母亲到医院去给她送些吃用的东西，为了不打扰她的工作，她站在医院通向宿舍的巷道口等着。李春梅下了班，和母亲肩并肩向她的宿舍走，一边走一边亲热地说话，引来同事们羡慕的目光。

医院离我们学校不远，调班休息的时候，她翻过城墙到学校来看我，我们在冈坡下小树林里漫步说话。短短半年时光她的变化很大，不再说乡间笑话，也听不到俏皮的粗话了。我觉得她已经和姐姐一样成熟，不再是个伶俐、狭隘的乡下妞，也不再是母亲面前那个满肚子小心眼儿的小媳妇。无论革命、工作、学习，还是处世为人、关爱亲情，她都能说出一番使我心悦诚服的道理。我们相处得很融洽，差不多每隔一两个星期见一次面，见了面都很开心。她每次来总给我捎些文具、笔记本、牙膏之类的日用品，临走还不忘问我需要什么。

秋天，我二哥从西安交通学校毕业，分配到新疆去工作。李春梅把二哥写给家里的信读给母亲听。我打开地图，把乌鲁木齐这个神秘的城市指给母亲看，瞧，这儿就是迪化，现在改名叫乌鲁木齐，是新疆的首府。

乌——鲁——木——齐？母亲的目光随着我的手指掠过地图，西安在哪儿？咱们县城在哪儿？看到县城离新疆那样遥远，她眼睛里浮起一丝忧伤。李春梅把地图折起来，用快活的腔调说，妈，过两年我陪你去看他，看那儿长不长谷子，长不长绿豆、芝麻？母亲勉强地笑着说，去买肉吧，又多了一个拿钱的干部。

李春梅活泼地转过身，正好，我今天刚开过支。

从那以后，每月20日，准有乌鲁木齐寄来的汇款单。看着汉文旁边像装饰花纹似的维吾尔文，母亲捏着自己的印章，凄怆地笑着说，我要钱干啥呀？这个二模糊！

二哥给我寄的书轰动了西门里。那时我家的两间铺面是"公私合营永聚祥杂货店"，股东除了我家和四叔家，我们两家的伙计也都成了合伙人。牌坊街从来没人收到过这么大一捆书，店里人把书捆拿到柜台上拆开。母亲、四叔和所有的伙计都围过来，左邻右舍店里的伙计也都过来看。我从学校回来，他们看见我就大声嚷着说，未来的文学家回来了！

翻开二哥寄来的书，我才明白，那是二哥写在书上的题词："赠给未来的文学家小弟书青。"

二哥的题词使我受到邻居和同学的嘲弄，但我并不觉得它有什么可笑。二哥这样说必然有他的根据，说不定他看见了我在小学五年级时写的一部长篇小说。准确地说，那是我写的长篇小说的第一页，也是唯一的一页。开笔充满激情，用写小楷的毛笔一口气写满了一张黄草纸，不知为什么没写下去。那张纸在书桌抽屉里放过很长一段时间，文章所写的情景我一直记忆到如今。在本书第五章里我把它又用了一遍。它写的是我从乡下逃难回来，母亲把堵死二门的土坯拆去，打开门后看到满院荒草的情景。我想起了小学六年级时班主任罗老师曾称我是班里的"小文豪（儿）"，因为不懂这个词的意思，直到入了初中我也没吃准这绰号是讥讽还是赞扬。二哥寄来这一捆书使我有了文学家的自我感觉，我觉得文学家对我只是早晚的事，谁想用这样的绰号称呼我就让他称呼去。

此后当我一个人走过小巷的时候，我总会疑神疑鬼地向身后张望，看有没有人跟在我后面拍照。如果没人拍照，将来我成了大人物，谁想写我的传记，到哪儿去弄张书青少年时期的照片？

因为没发现有人跟踪拍照，为了不给写我传记的人造成遗憾，我用母亲给的零花钱自己到照相馆去照了一张。这张照片胸前袋口上的笔卡特别令我满意，它明晃晃的，不细看根本看不出是一支自动铅笔。可惜我不能像二哥那样照大二寸的全身像，那么大的照片要花不少钱，县城的照相馆也难以照出那么漂亮的照片。那是二哥一生中最有风采的照片，谁看见都不能不夸赞。他穿着漂亮的白衬衫，扎在挺括的呢料裤子里，裤子背带很帅气地攀过双肩，把他高高的身材衬得英俊、潇洒，两只脚蹬着锃亮的皮鞋，傲慢地摆出一个随便的八字，脸上显出非凡的气度。

他的照片寄来那天恰好许小玉从我家门口经过，看见母亲站在店房柜台外拆信，她笑着说，是不是书铭来信了？母亲说，信封上还写着"内有照片"呢。

许小玉走到母亲身边，把照片拿到手，和母亲一起捧着看。赞叹一阵之后，母亲请她读信。读到"为解决单身青年的婚姻问题，我们这儿来了一批支边的上海姑娘"，许小玉半开玩笑地说，说不定哪个上海姑娘爱上了张书铭吧？

母亲和她一起笑，笑容里带着一点忧思。

晚上，母亲到医院去把李春梅叫回家，让她看二哥的信和照片。看完，母亲说，我看你们俩还是早点调一块儿去吧。

妈，你不是一直想让书铭回来吗？

我看还是你调新疆去吧。

啥时间写报告？

现在就写，越快越好。

诗人的诞生

直到高中二年级我才和谢敏之谈恋爱。没想到这个在考场里和我坐同桌的女孩居然也考上了县中。我去报到，一进教导处就碰上她。本来我对她没什么恶感，是她使我喜欢上了算术，能考那样好的成绩，不能说跟那天下午在河滩树林里的复习没关系。可看到她和我一样享受十一比一的荣耀，在教导处叽叽喳喳说话，一副神气活现的样子，不知怎么，我心里有点不舒服。我装出已经记不得她，漫不经心地看了她一眼就匆匆到班里去了。世上的事偏偏那么凑巧，新生六个班，我不但和她编在同一个班，还和她坐在同一张桌上。排座位时，大家在教室外站队，我有意离她远点。没想到老师采取男女插花的办法编桌——也许是为了表示破除封建思想吧？她在女生队伍中部，我在男生队伍前部，男生人数多于女生，这是一道简单的最大公约题，我们俩在一个共同约数支配下，被编在第二排右手靠窗的位子上。那时我已经知道了她叫谢敏之。油印点名册上把她的"之"字印成了"芝"，她火气很大地去找老师，老师说下次改过来好了。可她不等老师改就自己动手把那个字改了。涂掉草头时，她的钢笔漏下一滴墨水，把我的名字淹没在一片蓝色云雾里，弄得老师上课点名不得不停下来问，这是啥啥青啊？我说，张书青。班里同学都笑，她一点歉意也没有，倒像挺开心的样子和大家一起笑。

初中三年我们没谈恋爱，绝对跟第一学期和她坐同桌有关。也许因为考学那会儿她像见面熟似的对一个素不相识的男生表现出了过分的热情，现在坐在一起，我们俩都有点不好意思。她没像别的女孩那样斤斤计较，用手指抒出桌面距离，从中间画出分界线，我也不像别的男孩那样故意把胳膊岔开去侵犯她的地盘。上课我们俩都坐得很端正，身体偏向各自一方，中间留出一道很宽的缝隙。平时谁也不扭头看谁，谁也不和谁交谈。必须向对方借东西，只是嘴里喃喃地说，圆规。我把圆规推过去，她用过再把它推回到我这边来。碰上难题，她转身去问桌后的钱秀，那是她小学的同学，和她很要好。我想说话也扭身到桌后去和冯耀山说。他和我从小学三年级起一直是同班，五年级还坐了一年同桌。虽然他住在衙门街，离我家很远，入中学后，上学放学我们俩总是同来同往。晚自习放了学，我们俩一边走，一边说各自的同桌。进了中学，最大的幸福是不必再像小学生那样站路队，可以三三两两自由散漫地往家走。他说钱秀怎样拿巴掌揩鼻涕，怎样用一毛钱两包的墨水精泡蓝墨水；我说谢敏之跳集体舞如何疯，谁被她找上朋友，胳膊弯准会被她扯疼。钱秀胳肢窝里有狐臭眼儿，你不敢迈脸，一迈脸有股怪味直蹿鼻子。我立刻想起谢敏之，她身上有时候也会发出怪味，在她身上发出怪味的时候她显得特别娇气，好像头疼发烧似的软绵绵的，体育课、劳动课都请假，娇滴滴的样子让我恶心。冯耀山脸上现出诡谲的笑容，望着我的脸，那怪味多长时间出现一次？大概三四个星期吧。冯耀山哈哈笑着说，那可不是狐臭，你个傻瓜。我不明白这里边有什么奥妙，冯耀山不告诉我，我只得跟着他一起嘻嘻哈哈傻笑。在我和她坐同桌的一个学期里,说她和钱秀的坏话是我和冯耀山晚上放学路上的乐趣,即使不想说也会不知不觉说起来。

我不和她谈恋爱,还因为她在班里爱出风头。打扫卫生,擦黑板,收拾老师的讲桌,她特别卖力。学校号召买国家建设公债,她一次买了三十元,比我们一个班买的还多。黑板报表扬她,县广播站广播她。冯耀山私下称她是马老师的"爱生(儿)"。那时我才知道她父亲在开封教大学,她母亲是钱家店小学的教师。怪不得她能买那么多公债,穿戴那么整齐,还经常收到外边寄来的课外书。那时我哥哥和我姐姐常常来信问我入团没有,二嫂来看我也不断向我提这个问题。我和别的同学一样非常想入团,可我总没能经受住团组织的考验,写了几次申请,每次都因为这样那样的缺点得不到批准。谢敏之却一帆风顺,几乎没费什么劲就在第二学期入了团。在全校新团员宣誓大会上,她站在团旗前,举着拳头带领新团员宣誓,那风光使我心里酸溜溜的。我一看见她那张挂着笑容的脸就生气。我在冯耀山面前狠狠发泄,把她的一举一动都当作笑料拿来攻击,供我们俩取乐。

整个初中阶段,她在积极进步,我在猛长个子。初中毕业的时候,我从全班第二排蹿到了倒数第一排。坐在全班人身后,能享受到很多乐趣。上课的时候不但能欣赏全班男生、女生的背影,把他们的小动作看得一清二楚,还能自由自在地做自己想做的事。看看小说,练练人像速写,读点《基本乐理》《怎样画人体》什么的,只用把课本竖高点,老师就很难发现。《西游记》《三国演义》《红楼梦》不如《七侠五义》《七剑十三侠》更让我入迷。飞檐走壁,刀光剑影,投镖使暗器。哼的一声,鼻孔里飞出两道黄光，千里外取人首级。这样的场景使我忘记了入不上共青团、当不上班干部的失落，也忘记了我对谢敏之的忌妒。

学校开办高中班的时候，从外地调回几个老师。我们高一（1）班班主任是个留大分头长得很精神的人，穿着挺括的干部服，戴着银色金属架眼镜，胸脯挺得很高，腰板直溜溜的。在五四青年节晚会上朗诵郭沫若的诗，啊——这一切的一！一的一切！……那神气深深吸引了我。晚会过后我开始狂热地读诗，上课读，晚自习读，放学路上也读。读完《女神》，又读《艾青诗选》，大堰河，我的保姆！……读马雅可夫斯基，看吧！羡慕吧！我是——苏联人！这样的句子使我热血沸腾、精神振奋，我也开始写诗。在学校的晚会上，我也像谢老师那样登台朗诵。我一手拿着稿纸，一手挥舞雄壮有力的手势：

从天山脚下
　　　到
　　　　东海之滨
从曾母暗沙
　　　到
　　　　大兴安岭
　　　　　那波涛滚滚的
　　　　　　　森林

虽然我很崇拜谢老师，可当我知道他是谢敏之的父亲时，我心里还是有点不好受。——那样一个让人仰慕的老师，怎么会是她父亲呢？随着她父亲的调入，她母亲周老师也从钱家店调进我们学校，教初中植物课。他们在城隍庙街租了房，一家四口在县城安家，雇了保姆。谢敏之和我们这些县城孩子一样每天回家吃住，不必再住女生宿舍，也不必再为想家抹眼泪。刚入校的第二天我看见她站在吊环架子那儿哭，钱秀在一边劝她。当时我很有些不屑，刚离开家就这么婆婆妈妈地想家，真娇气！现在她在放学路上一路嘀嘀嘎嘎说笑，我忍不住想攻击她。我说你知道周老师一堂课带多少"啊"？冯耀山傻张着嘴看着我。一百三十八个。这是吴小三告诉我的，他专门替她数着呢。他们班的人背后都叫她"一百三十八个啊"。有"一百三十八个啊"，谢敏之就不哭了，她回家有奶吃了。

当我还像从前一样在冯耀山面前发泄对谢敏之的忌恨时，我不知道他俩已经开始热热火火谈恋爱了。我最要好的朋友和我最忌妒的女孩谈恋爱，我竟被蒙在鼓里，压根儿不知道他们是从什么时候开始的。起初我只是感觉到在我说谢敏之坏话的时候，冯耀山不怎么起劲，随声附和地笑两声，涩涩的，不像从前那样爽快。后来晚自习下了课我去约他，他老是推推诿诿不肯和我一起走。勉强跟我走一段，到城隍庙口说肚子疼要去厕所，你走吧，别等我。这话让我纳闷，从前我们俩不管拉屎还是撒尿，一个人去厕所，另一个一定会陪着，一边办公一边说笑，绝不会说你走吧。我向前走了几步，觉得独自走开不太仗义，就站在路边黑影里等他。他在碎砖矮墙围着的厕所前兜了一圈，左右张望一下，拔腿向城隍庙后走。我说喂——我在这儿呐。他陡然站着脚，张口结舌了半天才磕磕巴巴说,那里边……那边、那边……看他那手足无措的样子,厕所门口有条蛇吗?我走过去探头看了看,他前言不搭后语地说,又黑又脏……我感到奇怪,冯耀山今晚怎么有点颠颠倒倒?

直到有一天他自己说出来,我才明白,那是他急着摆脱我去和谢敏之约会。

那天晚上冯耀山老早就站在教室门口等我,路上很亲热地和我说笑。过了城隍庙口,他站住脚,神情很不自然地说,张书青,你到我家来一下好吧……他干巴巴地笑着,这几天晚上我回去晚,耽搁了给澡塘挑水,我爹骂我,我说我在你家复习功课。

我知道他爹是个瘸腿,不能干活,脾气很坏。冯耀山每天晚上放了学要给澡塘挑四五担水才能睡觉。他家就靠街道救济和冯耀山挑水维持生活,不挑水不但没有上学的花费,他爹甚至连饭都不让他吃。

看我满脸疑问,他再一次尴尬地笑了笑……是谢敏之,她约我去玩了。

我装出毫不在乎的样子"噢——"了一声,怪不得呢!你不是想让我在你爹跟前替你打圆场吗?

我跟他去了他家,我说冯三伯,你老好吧?

好啊,娃,你怎么过来了?

这几天冯耀山跟我一起复习功课呢,怕你骂他,我来跟你说说。

他不回来,我得替他去挑水。你瞧我这腿,只要在你那儿复习功课,早点晚点没啥。

真的真的。他真在我那儿复习功课呢,您老别怪他啊。

我嘴里这么说,心里禁不住一阵懊恼。他俩怎么会弄到一块儿了呢?冯耀山不就是个篮球运动员吗?松松垮垮一个脓包个子,哪点比我强?

独自走在灯光昏暗的街筒里,看着脚下移动的影子,懊恼忽然变成了颓丧。冯耀山像谢敏之一样早在初中二年级就入了团,虽然进入高中以后我们俩和他已经不在同一个班,可他是学生会副主席,谢敏之是学生会委员,老师眼里的两个红人,一对风云人物。和他们相比,我算什么?今天喜欢唱歌,明天喜欢写诗,后天喜欢画画;不用功、不安分,又自命不凡;自由散漫,无所用心;初中三年,操行等级没得过甲等。老师拿五个字来形容我——聪明,不正干。我怎能和冯耀山比呢?

痛苦呵/你是/咝咝鸣响的长蛇?/你是/袅袅盘旋的孤烟?/你是/铁器在钝石上摩擦的声音?/抑是/中弹的小鸟/在血与死中辗转?

煤油灯冒着黑烟,我伏在桌上写诗。我的影子在我身后无限膨大,像一顶黑色帐幕,笼罩着暗夜,笼罩着面前的一点光晕。母亲的声音从板壁那边传过来。她一边咳嗽一边嘟嘟喃喃说,你怎么还不睡呀?我说我在做习题。不管冯耀山有多少让我痛恨的地方,他毕竟是我唯一的朋友,失去他,我感到很孤独。尽管我很不情愿,往后我不得不经常充当他的幌子,在他爹面前替他说谎。他爹瘸着腿为澡堂担水的时候,他和谢敏之在城隍庙后的黑影里依偎着谈情说爱。这念头害得我烦躁不安。我用白纸为自己钉了一个本子，在封面上画一把匕首，插在滴血的心上，把三个硕大的美术字描绘成三朵杜鹃花——啼血集。盘旋在脑际的念头变成句子，烧红了我的双颊，灼亮了我的眼睛。白纸诱惑着我的笔，笔诱惑着我的思绪。诗行像一股暖流在我心里回荡。我一遍遍地默诵琢磨，被纸上出现的字句感动，全身心沐浴在温暖里，沉浸着幸福和快乐。

你来了/乘着秋风/乘着细雨/乘着清冷的月光/你来了/我的爱情/我的烦恼/我的忧伤/在深沉的夜色里/你用熠熠灵光/照亮我的心房

我开始投稿，投稿使我愉快。投稿反正用不着贴邮票，只写上"邮资总付"四个字就行了，学校信札里经常有我的退稿信。虽然我连一篇稿子也没发表，可同学们都把我当作了当然的诗人。老师用半讽刺半赞扬的口吻称我为"小文豪"。黑板报和学校节日贴在墙上的特刊都少不了我的文章。谢老师很赞赏我，他说，张书青，我那儿有几本书，你拿去好好读读。他说了好几次我也没去拿。如果他不是谢敏之的爸爸，我肯定会把我的《啼血集》拿给他看。

入冬以后，冯耀山和谢敏之的约会还像秋天一样火热。一天晚上，我正伏在桌上写诗，一阵砰砰的叩门声从大街传来。打开门，冯耀山的父亲拄着拐杖立在门口。山呢？我不知所措地面对这个佝偻的身影，支支吾吾地说，他，他还没回家？他直定定地看着我，今儿晚上——他在不在你这儿？我不敢说在，也不敢说不在……我问你今儿晚上他在不在这儿？我说，是啊，他今晚……他转身佝偻地走了。

第二天我看见冯耀山的眼窝肿了，眼眶一片青黑。我说，你没事吧？他说没事。

没想到你爹会……

为了不让他觉得我取笑他，我故意不去看他脸上的伤痕，晚上到我家来吧，我表哥刚给我们送来一袋花生。

我哪儿也不去，我得给澡塘挑水。

那么，今晚你没法和谢敏之约会了。这个念头把我的心逗得像弹软的棉花一样舒坦。

我的诗发表了。虽然它是我的处女作，我心里很高兴，可我不想过分张扬，显得小家子气。我把拆开的信封连同报纸一起卷在手里，随意拿着。走了很远，冯耀山才发现我手里的东西。他说，你拿的什么？我说，青年报。他好像并没打算看。我用轻描淡写的口气说，我的一首诗登在上面。是吗？他瞪大了眼睛。我把报纸递给他。他翻开报纸到处乱找。最后我只好帮他翻到第四版，指着右下角说，在这儿。他念着那首诗的署名，脸上闪出疑惑，汗——青？这是我的笔名。我大度地笑了笑。你是想载入史册了？那只是个笔名，随便起的。

            吹响号角   汗青

以一百年血与火的名义，

以六万万站起来的人民的名义,
以飞驰的时代的列车的名义,
以丰收的金色的田野的名义。

吹响我们无产阶级的号角!
高举我们社会主义的大旗!
向资产阶级右派——
发起英勇的反击!

  冯耀山一边走一边小声朗读,我时不时瞥一下他的脸色,揣度着他的感受,心里响起马雅可夫斯基的诗句,看吧!羡慕吧!我是——我把最后一句改成……伟大的诗人!可惜谢敏之已经不是我的同桌,这会儿她不在场,否则,她肯定会被我热情洋溢的才华所感动。去你的学生会副主席!去你的小情人吧!我才不在乎呢。我有诗。我会发表很多很多诗,让所有的人都瞪大眼睛,看吧!羡慕吧!

  我带着报纸回家,坐在书桌前捧着它,像普希金写完《波里斯戈都诺夫》那样,默默地笑着对自己说,啊呀呀,张书青,你这个狗崽子呀!

  母亲打起门帘走进来,你一个人在屋里笑什么?

  我没笑,我嗓子眼儿里呛了东西。

  我弯下腰呱呱干咳了几声。

  你看的啥?

  青年报,妈。我淡淡地补充说,这上边有我一首诗。

母亲把报纸拿过去，戴起眼镜。

在这儿，这是我的笔名。

她一个字一个字默读，读完把报纸折起来，我到饭馆给你炒个菜去。

母亲在饭馆里炒了我最喜欢吃的炒肉片，还买了一包炸虾，我希望她能说点什么，可她什么也没说。

我放在抽斗里的报纸每天都被翻动过，我知道那是妈妈拿给别人看了。胡政委见了我，笑眯眯地说，咱们新民街出了个青年诗人，是不是？你的诗蛮有政治觉悟嘛！街坊邻居见了我也都笑嘻嘻地和我开玩笑，汗青放学了？你是出了汗才发青啊还是青了皮才出汗？发表第一篇作品的快乐远远超出我的想象。走在校园里，我觉得老师的嘴角多了一抹微笑，同学们的目光里增添了几分温柔。他们肯定都在心里说，他就是汗青，青年报上那首诗就是他写的。

我更加注意报纸，报纸上每天都有激动人心的消息激发我的灵感。资产阶级右派究竟是些什么人，他们是不是惹了我，这些并不重要。就像小时候做游戏，要想玩得开心，玩得热火朝天，必须有人充当狼和老猴精，激起好斗的热情，让大家有一个攻击目标。"右派分子"这个词就像狼和老猴精一样在我心里激起了战斗激情。我天天盼望着轰轰烈烈的运动能在县城早日展开，我也能登上讲台，激昂慷慨地声讨右派分子的罪行。如火如荼的浪潮来吧/你是——席卷神州的东风！/新中国的青年，/我们要做/暴风雨中的雄鹰……当我在元旦晚会上朗读这首诗的时候，我所盼望的运动在县城展开了。老师们到大礼堂去听动员报告，学校提前放了假。老师们没回家过年,全都留在学校参加运动。我不知道他们为什么让冯耀山、谢敏之参加却不让我参加。难道我的口才不及冯耀山好?我的文才不比谢敏之强?虽然我有点失望,可我并不在乎。不参加运动,我能轻松快活地过春节,读从谢老师那儿借来的书,写我最亲爱的诗。我也不在乎冯耀山每天和谢敏之在一起。既然是大辩论积极分子,他们肯定不敢像从前那样到城隍庙后去约会。

整个寒假我一直没见到冯耀山,他没来找我,我也不想去找他。春节过后学校没按时开学。元宵节我到学校去玩,校园像是完全变了样。满墙红红绿绿的大字报,使人一下子沉浸在热烈、严肃的气氛里。读着那些标题尖锐、言辞激烈的文章,我心底蛰伏的冲动像被惊醒的蛇一样盘旋着升腾起来。残雪正在消融,礼堂的阴影里掠过阵阵寒意,墙上翘起的纸边在初春的冷风里颤抖,诗句在我心里冲撞,拿起你的笔吧——/亲爱的朋友/用语言的子弹/投入保卫共和国的战斗!……

礼堂里的辩论会还在进行。隔着窗子,我看见谢老师站在人群中央,冯耀山正在发言。他的手在空中挥舞,时而举过头顶,时而扫过胸前,头发在他脑门上跳动,脸上的肌肉被激动扭歪。这小子真得意呀!他那热情洋溢的样子使我胸口隐隐灼痛。为什么不让我参加辩论?我发言会比他更出色、更精彩。离开窗口的时候,我看见谢敏之坐在冯耀山对面的角落里,前排老师的身影投落在她脸上,她的脸庞显得灰暗发虚。

开学后我们的班主任换人了。谢老师和另外二十多个老师由校工带领在校园里劳动。谢敏之的父亲成了右派，看她还能那样趾高气扬吗？这些被划为右派分子的老师一扫讲台上的神气，换上破旧衣服，满脸晦气，笨手笨脚，一副灰头灰脑的样子，和劳改队的犯人没什么区别。他们不抬头和别人说话，别人也不随便和他们说话。平时待学生苛刻的老师，受到校工和学生的呵斥，大家都觉得挺过瘾。

　　我本想把谢老师借给我的书还给周老师，可周老师已经和他离婚，她还愿意接受一个右派分子的书吗？至于谢敏之，她已经不姓谢，初中入学时她把点名册上的"芝"改成"之"，现在她拿着新印的点名册，把"谢"改成了"周"。我在煤油灯的光焰里翻弄那些书，反正往后谢老师也用不着它了，还不还他都一样。我把有"谢志华"签名的扉页撕下来，放在灯焰上烧掉，看着发黄的书页冒出黑烟，发出霎时的亮光，倏地暗下去，变成一缕灰烬，在我脚下飘散，我不由得从鼻孔里发出一声嗤笑。要在学校老师中划右派，还有谁比谢老师更合适？谁让他有那么多学问，显得比别人优越？谁让他有那么好的精神，每天神采奕奕，显得比别人神气？谁让他穿戴那么讲究，嘴里不说粗话，身上一尘不染，和县城人那么格格不入？难道他不知道这是典型的资产阶级作风？右派分子在我心里总算有了明晰的形象。夜深人静的时候，我在日记里写道：聪明能干的人，骄傲自负的人，穿戴整洁的人，爱提意见的人，好出风头的人，说话直率的人，执拗认真的人，领导不喜欢的人……这就是狼和老猴精。我忽然想起二哥。好久没收到他的来信了，不知道乌鲁木齐是不是也在反右派？如果谢老师应当被划为右派，二哥呢？他不是和谢老师一样地喜欢文学，一样地风度翩翩，一样地讲究穿着？在单位，他会不会也像谢老师一样自命不凡、臭迂，不懂得取悦领导、笼络群众？我不敢把这担心告诉妈妈。

右派们打扫完厕所，在操场边的荒地上垒炼铁炉。谢老师和马老师到马武山去拉耐火土，马老师架车把，谢老师拉边套。马武山离城七十里，他们起早出发，夜里拉回学校，卸了车，吃过饭，连夜再赶回山上去。我不知道他们什么时候睡觉，为了三年赶上英国四年超过美国，几天几夜不睡觉算不得什么。何况他们是右派，对人民犯下了罪过，劳动表现是他们赎罪的机会。其他右派老师没他们那么走运——不知为什么，聪明人总是很幸运。他们被分派去挑耐火砖。担着几块砖，趔趔趄趄一路歪斜，从南门外走南阁，穿过杨家楼闹市，出北阁，挑到学校的后操场上。他们在闹哄哄的大街上出尽了洋相。上身棉袄脱掉，单褂被汗水溻透，下身的棉裤在腿上打摽，眼镜蒙上汗雾，高一脚低一脚向前走，不敢抬头看人。一群低年级学生站在路边念着快板奚落他们，右派，右派，像个妖怪！小脚女人，黑心白菜！

这些家伙虽是一群笨蛋，可炼铁炉还真让他们给建起来了。报纸上每天登着全民大炼钢铁的消息，胡政委在县广播站大喇叭上讲话，新的灵感冲击着我。我又钉了一个本子，题名叫《热血集》，每天在上面写四五首诗，有些寄给报社，有些投给县广播站，有些登在学校的墙报上。因为这些诗，我被选进学校大跃进宣传队。这差事很合我的口味，它使我下决心要当一辈子诗人。鲁迅这老夫子一点也没说错，不管人世间发生什么，诗人总能悠闲地坐在上帝身边，头上戴着桂冠，面前摆着牛油、面包，听着音乐,看人间喜剧。别人到几十里远的地方去背铁砂,抬矿石,守着小高炉,几天几夜不睡觉;我在工地写诗,出黑板报,印诗传单,站在劳动队伍旁边,打着竹板眉飞色舞地给大家唱快板。写诗使我体会到劳心者治人,劳力者治于人的名言。

冯耀山在运动中入了党,成了大炼钢铁突击队队长,很神气地指挥着一拨人在高炉前忙碌。一组人轮换拉风箱,一组人烧火,一组人到处去弄木柴。虽然辛苦,风头可比我大多了。

第一炉铁炼出来了。铁水不算多,但它总算流出来了,明亮耀眼,像溢出锅外的稠粥。从姜黄变为桔红,渐渐暗淡下来,凝成黑不溜秋的一块。冯耀山眼睛熬红了,那兴奋得意的样子像攻克了一座城堡。周围的人一片欢呼,他像英雄一样被大家围在中间。那块黑不溜秋的东西被衬上红绫,放在桌子中央,由两个男生抬着。大家举着红旗,高喊口号,敲打着锣鼓走过大街,到县委去报喜。那块东西一直放在办公室,像供奉灶爷那样被供奉在靠墙的桌案上。学校领导说那是一块锰铁,不少人却在私下里说它是一块炉渣。虽然这说法给我的热情泼了冷水,可我心里又有一点高兴,冯耀山有什么可神气的?他耗费那么多矿石、木柴、焦炭,干了五天五夜,只不过炼了一块炉渣。

这块东西引起的议论使那些右派分子倒了霉。有人说这些家伙成心破坏"大跃进",破坏放卫星,他们垒的炼铁炉压根就不管用。凡是参加垒炼铁炉的老师都被批斗了几场。周老师在批斗会上表现得非常出色,她两眼通红,声色俱厉,虽然用词尖锐,却仍能不失时机地插进一两个"啊"字,使人对她运用"啊"的技巧不能不叹为观止。谢志华!啊,你这个死心塌地的右派!

啊,同志们,啊,谢志华这个右派,啊你坚持与人民为敌,啊你坚持与无产阶级为敌!

这群人成了真正的罪犯,被送进五一农场。——我不明白关押犯人的地方何以有这么光荣的名字?学校里没有了这群晦气的身影,大家的心情更轻松,小高炉前的跃进气氛更热烈。胡政委到学校来给大家鼓劲,给我们派来了技术员。在技术员指导下,重新垒起一批高炉。我们不再炼铁,铁有什么好?既然党中央说"以钢为纲",我们当然要炼钢。炼出钢就能赶上美国,超过英国,到北京去向毛主席他老人家报喜。学校旁边的乱坟岗里,小高炉像坟丘一样一个挨着一个矗立起来。宣传队在高炉间穿行,哪儿有我们,哪儿就有歌声、快板声。在烈火熊熊的高炉边,我挥舞着手臂高声朗诵即兴写出的跃进民歌:

遥望高炉生紫烟,疑是来到火焰山,钢水奔流三千丈,腾出大海装不完。

我猜想冯耀山和谢敏之有很长时间没约会了。把右派们送走之后,为了放卫星、炼优质钢,冯耀山每天带着突击队在县城、乡下到处乱跑。木柴弄不到,他带着大家去砍树。人民公社是一家,哪儿有树都能砍。可是小高炉不但立满县城,也立满了乡下的村头场边。大家都砍树,正经树就轮不到冯耀山去砍,他只能带着他的小兄弟去砍城外、村边的刺槐、枸桃、桑树、紫荆这些小玩意儿。幸好县城所有人家都过上了集体生活,小孩进了幼儿园,老人进了敬老院;青年是罗成队,女人是穆桂英队;县城大搬家，家具成了人们的累赘。母亲首先把我家的家具贡献出来。那些红木条几、乌木神案、明式高背大椅，箱子、柜子、雕花架子床，足足装了两大车。它们曾经是母亲的骄傲，现在仍然让母亲自豪，它们能为大炼钢铁出力。拉到高炉前，抡起大锤，喀喀喳喳一阵猛砸，上过油漆的木板填进炉底轰轰爆燃，比砍下来的树更好烧。更让母亲骄傲的是，冯耀山在走投无路的时候，我家的楼板给学校的小高炉帮了大忙。反正没人在家，要那座楼有什么用？家具、楼板烧完之后，人们想起了坟墓里的棺材。民兵带着突击队，先扒乱葬岗的坟，再扒大户人家的坟，接着移风易俗，把所有的坟都扒开，棺材板弄出来，填进小高炉去。父亲的柏木棺材在祖国最需要的时候为人民出了一把力，他老人家的尸骨躺进泥土里的时候，脸上一定会浮起欣慰的微笑。

谢敏之并没像我期望的那样消沉、颓丧，把姓一改，好像她和那个姓谢的右派分子就没什么关系了。周敏之仍然是校学生会委员、大炼钢铁原料供应队队长。我每天都能在学校通往县城的大路上看见她。她穿着单薄的衣衫，和另外两个女孩拉着架子车。汗雾从她发林间腾起，脸蛋红红的，嘴里哈出热气，一副忙忙碌碌热心兴奋的样子。车上堆着各种铁器，犁面、犁铧、犁辕，铁轮车的车轮，牛、马脖子里的铁转环，铁匠用的砧子、锤子。这些东西都是她带着原料队从城里、乡下收上来的。他们走家串户，不管碰上什么东西，只要是铁的，就收起来，装上车，运到小高炉边，交给炼钢队，投进炉里去。她拉着车子走来的时候，我领着快板队迎上去。左手打竹板，右手拿拉子——一根锯齿形的竹棍，能在竹板顶端拉出好听的咯吱声，呱哒嗒嗒，呱哒嗒嗒，咯吱吱咯吱，咯吱吱咯吱……"原料队，劲冲天，一车一座钢铁山。腿跑断，汗流干，定叫卫星飞上天！嘿！腿跑断，汗流干，定叫卫星飞上天！"我偷眼觑着她的脸色，为自己的表演暗暗得意。反正用不着我出力，豪言壮语我这儿有的是。

河里的冰已经开凌，路边小草冒出细嫩的绿芽。这是一个没有梨花、没有桃花，也没有杨柳吐絮的春天。树木都变成了小高炉里的青烟，田野更加辽阔。来自西伯利亚的寒流给跃进热潮增添了情趣，一场春雪落下来，覆盖了小高炉矗立的大地，县城银装素裹，屋顶上白皑皑一片。十多天没回家，踏着冰雪和泥水，脚下的路和眼前的街道都变得恍恍惚惚。还是这些街道，还是这些房屋，我像走在一个神话世界里。首先是我家的院墙没了，各家各户的院墙都没了，全城的院落打通之后，哪儿都是路，不管从谁家走进去都一样。所有人家都敞着门，看不到家具、杂物，一律是空房子。这使我感到新鲜，有一种天下大同的感觉。"热烈庆祝我县跑步进入社会主义！"横过大街的条幅在风中鼓荡，我脚下有一种飘飘荡荡的感觉。我吹着口哨在街上走，感觉棒极了。院墙推倒，房子敞开，家具烧光，天下平等，这才像共产主义的样子。

母亲躺在堂屋地上。她睡的地方仍然是从前放床的位置，可现在看起来只不过是一座大房子的角落。没有了木隔墙，没有了家具，很难认出这就是从前的堂屋。没有了楼板，抬起头就能看见尖尖的房顶，房梁、檩条和顶砖赤裸裸地呈现出来，屋子显得高多了。我的身影挡住了门口的光线，我的脚步惊动了母亲。她在被子下动着身子说，谁呀？我说是我，妈。

我把床边的被子向里拢了拢，就势坐在她身边。我说妈你怎么不起来呀？母亲没有起身。我伸出手摸摸她的额头，她的额头在我掌心里发烫。我说妈你发烧了？她用哼哼唧唧的声音回答我。看她神情恍惚的样子，我心里害怕起来，妈你怎么烧得这么厉害呀？我呆呆地坐在母亲身边，看着她从被子下露出的乱发，心里一点主张也没有，忽然感觉到了自己的软弱。

我坐在那儿四处傻看。书桌没了，窗台上放着一盏墨水瓶做的煤油灯——家里那些带罩的玻璃灯哪儿去了？它们不是铁器，炼钢也用不着。我在灯旁找到我的书、本子和笔。我开始给大哥写信，然后又给二哥写信，给姐姐写信。"妈病了，又冷又烧，我不知道她什么时候病的，今天我从学校回来，看见她在地铺上躺着……"写完，我把它撕掉了。如果让母亲看见，她会责怪我的，她从不让我给哥哥、姐姐们写这样的信，他们在外边工作，不能让他们牵挂家里。

妈，我给你找医生吧？

如果普济大药房、怡和堂药铺不搬走，我还能去找它们。公私合营之后这些字号都没了，它们都搬走了，我不知道到哪儿去找医生。"妈妈，在你发烧的时候/我孤零零地坐在你身边//只有在这时候/我才知道/我多么需要你慈蔼的话语/健康的笑脸。"风从屋檐下吹过，屋顶上的雪扑打在窗纸上。母亲躺在地铺上发烧，我却只会坐在这儿写诗，诗有什么用呢？我合起本子，看着门外雪地上飞来的几只麻雀，不知道该怎么办。

厨房里有药，你去给我熬熬。母亲的声音从被子下传出来。

我走进厨房。厨房像别的屋子一样空空落落，没有锅的灶台敞开黑乎乎的大洞，裸露出熏黑的灶壁和积存的柴灰。街道办起食堂之后，母亲已经不在家做饭。铁锅、铁铲和过年煮肉用的铁钩、铁笊篱都拿去炼钢了。屋角有一个用三块砖支着的瓦罐，瓦罐下留着柴灰，罐里是煮过的草药。

水缸还在原来的位置，里边有半缸水。我在药罐里添上水，从屋角收起一些柴草，拿过窗台上的火柴。我希望我能把火点着，结果我真把火点着了。

把煮好的汤药向碗里滗是件很麻烦的事，它使我手足无措。试了几次，煮好的药连同药渣差点从罐口扑出去。在我为难的时候，院里响起杂乱的脚步声，一个女孩从扒开的院墙边走进来。

有人吗？

我从厨房走出来，看见周敏之站在堂屋门口石阶上。

张书青——你这是干什么呀？

我发现自己手里还端着药罐，不由得脸红了。

她好像并没在意我的尴尬，向身后招着手说，都进来吧，进来暖和一会儿。两个女孩一个男孩把架子车拉进院，走进堂屋。

你妈怎么了？

她病了。

你这是煎的药吧？

我点了点头。

那你还不赶快把它滗出来？

我笨拙地端起药罐。她好像明白了我干这活不太内行，不蒙张纸怎么滗呀？你们男生真是……她站起来，到厨房去把包药的草纸找出来，蒙在药罐上，用一只筷子压着罐口，药汁打湿罐口的纸，沿着纸尖淌下来。

母亲迷迷糊糊地说，谁呀？谁来了？

是我，伯母。我是张书青的同学，周敏之，我们是收铁队的。

母亲虽然在发烧，可她一点也不糊涂，还有门搭吊、门环，书青，给他们拔下来吧。

她走到母亲床边，弯下腰，哎呀伯母，你烧得厉害呀。她帮我把母亲扶起来，给她披上棉袄，从厨房找来一只空碗，把我手里的药接过去，在两只碗里倒腾。有开水吧？我说没有。她从废铁车上找出一口小锅，架在灶上，添上水，点着火。

我把堂屋、厢房、二门、厨房……所有门上的搭吊、门鼻、门环拔下来，想不到它们还真有不小的一堆。尤其使我高兴的是，在厢房的杂物里，我找到了父亲留下的铁钳、铁剪和几件铁编工具，它们被母亲用心用意地包在帆布包里。我和周敏之高兴得欢叫了一声。

周敏之没把小锅拿走，傍晚时分她又来了。她说伯母，你好些吗？母亲说好多了。你饿吗？母亲舔了舔嘴唇，说我有点渴。周敏之从书包里掏出一个小包，把它举到母亲眼前，那是用手绢包着的一包白面，我给你搅面疙瘩喝，好吗？母亲脸上绽出一个笑容。

周敏之添上水，点着火，她做饭的熟练样子使我惊奇。

母亲打起精神坐起来吃饭了，我心里轻松了许多。我把煤油灯点着，我们坐在灯影里说话。我很羡慕她，你是从哪儿学来的？你是说滗药、做饭？她笑着说，跟你说实话吧，今天我也是第一次，做的时候我还真担心呢。

我把周敏之送到院里，她从口袋里摸出一个东西，那是纸折成的长条，扭了一个好看的十字结，给冯耀山。

原来她是为了让我给她当信差！虽然我心里涌起了压抑不住的愤恨，可我还是很感激她，很留恋她，不只是她教会我浐药，最主要的是她使我有了伺候母亲的勇气。煎药、做饭，并不像想象的那样难。而且我突然发现她的眉毛长得挺好看，弯弯的，细溜溜的，又黑又整齐，把她的眼睛和额头衬得很有神。望着她灵巧、活泼的背影，我觉得她是个很可爱的女孩，干吗喜欢冯耀山这样的烂货？

放了很多卫星之后，钢铁不炼了。大约城里的铁器差不多都变成了黑不溜秋的东西，很难再找到什么往高炉里填。没有了右派分子，那些黑不溜秋的东西无论是钢是渣都是我们的卫星，每炼出一坨大家就上街去欢呼。过惯了轰轰烈烈的日子，不能再带领宣传队风风雨雨跑，回到教室，还像从前那样上课，我感到很不习惯。小高炉冷落地立在那儿，熄了火，没了人，任风吹雨打，看着它们我心里很不是滋味。课本和作业本像是上辈子的东西，看起来很遥远。上课、下课的钟声也显得很陌生。最遗憾的是，再也吃不到大炼钢铁的夜班饭了。那些日子，夜晚不管有事没事，大家十一点以前都不睡觉。十一点过后，食堂送来一个大箩筐。掀开盖在筐上的棉褥，熏脸的热气冒出来，一筐热红薯眨眼就被抢光。两手倒换着吸吸溜溜往嘴里咬，一边吃一边开玩笑。不交饭票，也不限量，谁想吃谁吃，充分享受共产主义的优越性，大家的胃口特别好。

　　没等同学们习惯周敏之的新名字，她就重又变成了谢敏之。教生物的女教师虽然狡猾，她的小手段却没能帮上她的忙。她没料到在谢志华被送走几个月后，学校来了一次运动补课。周老师比谢老师当右派晚了几个月，少挨了几场批斗，在教师会上宣布一下，就被开除了。如果她不和谢老师离婚，也许还会得到一点惋惜。可现在，她只让我幸灾乐祸，想起她批斗谢志华时的凶狠样子，我感到很解气，叫你耍小聪明！叫你假积极！你连到农场劳改也不配，只能被送给街道，交给群众监督改造。吴小三没法在课堂上数她究竟一堂课带多少"啊"了。以后她只能像其他的四类分子一样背着镢头去挖城墙，没过多久，就被街道送去修水库。"一百三十八个啊"再也不能给学生讲根、茎、叶和腐殖质，她的"啊"也没什么用了。

　　现在谢敏之真的神气不起来了。既然姓周姓谢已经没什么区别，她也就没必要和大家的习惯较劲儿。她不再改点名册上的名字，也不再当学生会委员。在上学放学的路上也不再嘀嘀嘎嘎说笑。当她由开朗、奔放变得沉静、内向之后，那张脸反而更吸引人，眼睛也显得更深沉，更让人怜爱。

　　冯耀山不给她回信。我交给他第一封信的时候，他毫不客气地说，以后别给她带信了。我说，你不想和她谈了？谁和她谈？从前她老约我，把我弄得不好意思。你是不是和钱秀好上了？他转头对我笑了笑，其实我只是瞎猜。钱秀现在是学校女子篮球队队长，在整个地区的比赛中我们学校的女篮一连赢了五场，她成了红人，号称女篮五号。现在他不说她胳肢窝里有狐臭了。

这小子！我瞧不起他，又忌妒他，还感到宽慰，事情本来就应该这样。

后来谢敏之又给我两封信，我干脆不再给他。盘算着拿它怎么办的时候，我心里直痒痒，很想拆开看看，可最后觉得还是把它放在那个墨水瓶做的煤油灯的灯焰上更合适。

谢敏之到我家来，用一副期待的神情看着我。我不敢正眼看她，我说我把信给他了。他说什么？他什么也没说。她装出并不在意的样子撇一下嘴，可我看出她很难过。我开始在心里责备自己，你这个人怎么这么坏呀！为什么老爱对别人的不幸幸灾乐祸？可我还是没法抑制那股美滋滋的感觉，谢敏之的不幸在我心里引起的就是那样的感觉，我有什么办法？

我母亲倒是待她很亲热，不仅因为她在病中吃过她做的饭，她对那碗面疙瘩很满意，事后夸赞说，这女娃挺会做饭的。周老师被处理到街道劳动，街公所让我母亲到学校去领她。她一路对母亲说，我有错误，我对不起党和人民。母亲说，谁都会犯错误，这算不得什么。下到街道劳动的人多的是，劳动也不丢人嘛，别想那么多。田代表，以后你多帮助，我一定老老实实改造。母亲笑着说，周老师，这街上谁家孩子你没教过？别太客气，我有病的时候，你闺女还给我做过饭呢。周老师眼圈红了。以后她像街道上的邻居们那样叫我母亲二嫂，不再叫她田代表。有什么事，她爱来找我母亲。她被派去修水库之后，母亲觉得自己有照顾谢敏之的责任。她和谢敏之说一阵闲话，谢敏之走的时候就显得愉快些，脸上有了笑容。

每月到了20号，母亲就会把她的印章拿出来，默默在手里摩弄。那张几年如一日按时从乌鲁木齐寄来的汇款单迟迟不来，母亲什么也不说，可她脸上的阴影一天天加重。

麦假前一天，我收到李春梅寄到学校来的信。虽然从初中起我经常收到报社、杂志社的退稿信，可在学校里我从没收到过哥哥、姐姐们的来信。李春梅的信使我有一种长大了的感觉。这肯定是一封特殊的信，要不，她为什么不像往常那样把信寄到家里去？

亲爱的小弟，真不愿对你说这个消息，这对妈肯定是个很大的打击。可我相信，妈一定能经受得住，她思想进步，从来就很听党的话。你二哥被划为右派分子，送到塔城去劳动教养了。听说他在那儿表现不太好，领导很不满意……

母亲抽着烟坐在那儿听我读信，烟雾在她脸前缭绕，她的表情很平静。听完信，她沉思了一阵缓缓地说，替我写封信吧，对他说，叫他好好检查，好好改造，别抵触，服从组织的处分。你二哥从小没干过活，没受过屈，现在改造改造也好。

我给二嫂写了封信，希望她开导二哥，帮助二哥。母亲把两封信拿在手里掂了掂，把我写给二嫂的信递还给我。

这一封就别寄了，李春梅还年轻，又没孩子……

可她并没说和我二哥离婚呐？

恐怕她跟你二哥已经离过了。

我把李春梅的信又看了一遍。信里虽然对我和母亲的称呼没变,可那语气更像一个同乡朋友。

学校放了麦假。农村学生回家收麦,城里学生和老师一起分班编组到县城附近的公社去割麦。母亲为我买了一顶草帽,在草帽边缀上帽带。我戴上草帽,背起背包,手提镰刀,和班里同学一起到竹湾大队去。天公仿佛被跑步进入共产主义的喜庆气氛感染,人民公社成立后的第一个夏收季节天气晴朗,麦子长得特别好,一出城就感受到麦浪滚滚的丰收景象。

难得到郊外来,更难得到这个偏僻的渡口来坐船。摆渡的平底船能容十几个人,全班分三次才能渡过去。我上船的时候谢敏之跟上来,她不看我,也不和我打招呼。我坐在船头舱板上,她坐在我身旁。

"麦苗儿青来菜花儿黄,毛主席来到咱们农庄……"船一离岸,大家就开始兴致勃勃地唱歌。谢敏之没唱,我也没唱。河水在船舷外耀眼地打旋,风带着水草的腥味,头发在她鬓边拂动。我很想看看她的脸,可她一直扭着脸,用侧面对着我,我只能看见她的眼窝、鼻头和绷紧的双唇。

那两封信你为什么没给他?

他不要,我第一次给他的时候他说以后别给他带信了。

你为什么不对我说?

别人的事我不想管。

骗子!你这个骗子!她转过头狠狠瞪我一眼,又猛地把头甩过去。信呢?我的信呢?

我把它烧了。

你没看?

我没看。

你应当看看。

我对别人的事不感兴趣。

她再次转过头盯着我,骗子!你个骗子!

谁让你把我扯进来?你以为我喜欢给别人传信?

我扬起脖子随着大伙唱歌。谢敏之抱着双膝,脸朝外看河水。我大声唱:"毛主席呀关心咱……家里地里都问遍哪,还问咱公社办没办……"我突然被这句歌词打动,鼻头一阵发酸,一股热流沿着喉头向周身涌动,不知哪儿来的悲恸冲击着我,眼泪无法遏止地淌下来。

我背过脸看河,以免谢敏之听见我的鼻息。我抽出毛巾擦脸,她回头看了看我。那瞬间我很想拥抱她,我想歪在她怀里,倚着她的胸口。她的侧影使我想起母亲的脸。母亲戴着花镜,紧皱眉头给新买的草帽缀帽带。她想替我收拾下乡的东西,我没让她动手。她站在旁边,看我笨手笨脚打背包。我们谁也不再提李春梅的来信,也不提二哥。母亲一直坐在床边抽烟,我在本子上写诗。她说睡吧书青,明天一早咱们都得下乡。谢敏之,我爱你。这句突然闯进脑海来的话把我惊呆了。我回头看看她,一下子想象不出我们坐同桌时她是什么样子。在一起四年多,这样的念头从没在我心里闪现过,为什么它会在这时候出现?

船靠岸了。大家提着各自的东西纷纷下船。看着动乱的身影,乱七八糟的字眼在我脑际萦绕。塔城、乌鲁木齐、二哥、李春梅……这些词很遥远,很荒凉,和我周围的一切毫无联系。

李春梅不再是我二嫂,她的样子显得更庄重、更成熟。我提着东西向坡上走。往后"乌鲁木齐"这个词对我没什么意义了。一个身影在戈壁滩上干活,他像被划为右派的老师们一样穿着破旧的衣服,敞开衣襟,抬着重物。风沙吹打他裸露的胸膛,吹乱他的头发。谢敏之的身影从我眼前闪过,我听见心里有个声音在对她说话,他被打成右派了,他到塔城去劳改了。他是我二哥呀,你知道吗?我们俩从小在一起玩,他帮我捉蟋蟀、捏泥人,他带我到塔上去玩。他怎么会成了右派呢,谢敏之?我不能对母亲说这些。我原以为自己很勇敢,很坚强,即使亲爹亲娘划为右派分子我也会毫不留情地和他们斗争。我以为我不会为二哥伤心,这对我算不了什么。可是现在我才知道我很脆弱。冯耀山这家伙……到现在为止他还是我从小一起长大的朋友,我不会说他的坏话,也不会骂他,也许以后我们还会亲热地相处,我得承认他比我强……我觉得我不应该和过去有什么不同,虽然二哥成了右派,可我是个进步青年,母亲是个积极的选民代表,二哥对我不会有什么影响。他一点也影响不了我。只是今天我才知道,一件事发生在别人身上和发生在自己身上滋味可大不一样,也许我再也写不出《热血集》中那些诗了。我成不了苏轼、辛弃疾,顶多也只是柳永、李清照,我写不出"大江东去,浪淘尽……""金戈铁马入梦来"这样的诗句。我不行,谢敏之。我很软弱。

飞吧,忧伤的小鸟

只有心存渴望的人

才会理解我的悲伤

——歌德

　　石老师站在田埂上，挥着镰刀说，一人两耧，割吧。那么大一块麦田滚着波浪，大家提着镰刀傻愣着，一时没法下手。石老师又喊了一遍，来！从这儿开始，一人两耧——六垄。同学们吵吵嚷嚷数着麦垄从南往北排。我往后退了几步，让谢敏之先下镰，我跟在她身后。她不肯理我，我也不去理她。生产队长带着一个女人走过来。他喊着说，叫劳模给你们捆——看见这女人，谢敏之招着手喊，劳模大婶，过来，过来！我明白了，她是她的房东。我们男同学在生产队车棚和草屋里住，几个女同学住在别人家里。劳模大婶挥着镰走到谢敏之旁边，笑眯眯地说，割吧娃们。她割下一把麦子，分成两绺，穗对穗拧成草辫放在地上，冲着我和谢敏之说，割下的麦放鞘子上，头朝这边，茬子朝那边，就这样。

　　接近中午的时候我开始喜欢这个绰号叫劳模的女人。说真的，那会儿我已经累得撑不住了。一阵猛劲儿过去，我发现割麦这活儿不像想象的那么好玩，没干多久手掌开始发烧，几个手指都打了疱。太阳越来越毒烈,腰越来越疼,胳膊、小腿、脖子和所有裸露的地方热辣辣瘙痒,手脚越来越不听使唤。抬头看看,太阳还没到天顶,麦田的地边离脚下还很远,谢敏之开始蹲在那儿割。我也很想蹲下,可谢敏之已经蹲下了,我最好还是撑住。我把她前面的麦子套过来两垄。尽管我很累,替她割两垄麦我还是挺高兴。麦丛里发出噌噌的响声,我前面的麦浪里现出一条黑色通道,这条通道不断扩大,从对面延伸过来,不一会儿就看见一个弯腰挥镰的身影。劳模从麦丛里直起身子,大腔大调地喊着,歇会儿吧,娃们,等我捆了再割。她把我和谢敏之的麦子割了,我的腰不再那么受罪。为了表示感谢,我走过去帮她。看我比画来比画去拧不成草鞠,她把我手里的两绺麦接过去,瞧,这样,朝这儿拧,压好,别让它蓬开。谢敏之凑过来跟我一起学。劳模笑模悠悠的样子感染了她,谢敏之开始和我说话。劳模笑的时候嘴巴像个裂开的肉洞,洞里看不到一颗牙齿,她脸上的皱纹从眼角到额头到嘴角,卯出两圈曲线,镌刻在栗木般的颜面上,使那张脸像弥勒佛样和蔼可亲。

捆完这块地的麦子,我和谢敏之已经成了劳模的助手。她说,你们俩别割了,跟我捆吧,反正我一个人也顾不过来。虽然捆麦这活并不轻松,手脚不停,还会挨更多的麦芒刺,可我的腰好受多了。

夕阳把远处的冈峦染红,曾经动荡的麦海变成宽阔的杂色土地。田野露出泥土和杂草,牛车在镰刀留下的麦茬间缓缓移动。麦个子被社员们用木杈挑上大车,车上的人把它垛好杀紧。太阳落下去,牛车在暮色里摇摇晃晃走进打麦场。麦垛垛起来的时候,昏暗的天空里现出了星光。

我们聚集在生产队食堂外,加入闹哄哄的人群。那儿是一座磨坊,大案子靠着磨坊前墙,大锅支在场院里。场院内外、村路两边,到处蹲着吃饭的人。各种腔调的说笑声和碗筷碰撞的响声交织在一起,村头的夜色充满欢腾。

劳模热心地带着我和谢敏之挤到炊事员面前。娃们,把碗给我。我把谢敏之的碗递过去,劳模把饭打好,递给谢敏之,手向外挥了一下,到柿子树那儿去。我端着碗出来,谢敏之还站在院里。柿子树在哪儿呀?我四处张望了一下,如果场院外有很多树,即使在白天,我也认不出哪是柿子树。幸亏这地方和别的村庄一样没什么树,我很有信心地带着她朝场院西边的高坡走,只有那儿能看到一棵树影。劳模走过来。她一边吸吸溜溜吃饭,一边舞着手说,吃饭也得占个好风水,这儿是上风头,风凉,不吃他们的脚臭味儿。

第二天我们在河那边割麦。一早乘船过河,中午在地里吃饭。河在这儿拐了一个弯,麦田紧挨沙滩,休息的时候大家都到河边玩。谢敏之蹲在岸边,解开毛巾向河里撩水。沙滩虚软,滩边的水很浅,她把身子探出去还是够不到水。劳模挽起裤管甩掉鞋,站在水里洗。我学着她的样子走下去。别的同学也纷纷下河。我伸着手说,谢敏之,下来吧,她摇摇头。我说下来吧,水不凉。劳模说你这个娃,人家不想下嘛!我把谢敏之手里的毛巾拿过来,站在河里涮洗干净,带着水扔给她。看她撩起头发擦拭耳根后颈,我心里泛起一种甜蜜蜜的感觉。她没看我,可她知道我在看她。擦完脸,她把毛巾递过来,让我给她再涮一把,她把胳膊擦干净,再让我把毛巾涮净,走到麦田边坐下休息。

我站在河里撩水洗脸,我知道她在看我,我忍住抬头看她的念头,把毛巾捂在脸上。她今天的温顺样子像河水一样清澈宜人,我心里感到很舒服。阳光照在白净的沙滩上,河水在腿边漾动细波。河滩高处,褐色泥土从黄沙中突露出来,翘着白白的麦茬。我踩着沙滩向麦田走,冲动在我心里回荡。这片滩地真好,这么幽静、美丽,我应该对她有所表示。如果我早点给她写信,她就不会和那家伙搅和在一起。劳模和谢敏之捆麦的情景激发出田野的诗意,灵感在我心里复苏,诗句在我心里涌动:

拥抱着金色的收获/走过满地夕阳//麦田里的姑娘呵——/你可知道/在你摇曳的身影里/跌落了一个少年的忧伤?

为了把当天收割的麦子在天黑前运回村,太阳很高我们就开始捆麦。

船摆过来,靠在离岸几步远的地方。劳模带着男同学下水,女同学在岸上转运。

最后一船麦子运过去天已经黑了。我们坐在岸边等船。暮色四合,夜雾从田野升起,河上弥漫着轻烟。有人起头唱歌,有人跟着:"我亲爱的手风琴你轻轻地唱,让我们来回忆少年时光……"谢敏之坐在沙滩上,我站在她旁边。我们俩静静地望着越来越昏暗的河水,船靠过来,我弯下腰挽起裤脚,把鞋子塞在谢敏之手里,你别下水了。她很听话地拿上我的鞋,伏在我背上。"过去的事情就让它过去，我们并不惋惜……"我把她的身子向上耸牢，让她搂紧我的脖子，"时光乘着鹤群的翅膀飞到了遥远的地方……"在晃动的人影中，我蹚着水把她放在船上，爬上去坐在她身边。她的手放在船帮上。船开动的时候我把手放下，我们俩的手碰在一起。她挪开一点，我也挪开了一点。"温暖我们的心……"我的手向外轻轻移动，再一次挨着她的手。她没动，我也没动，她手上的温热传遍我的全身。心脏仿佛变成一根绷紧的细线，缠绕着我的气管，使我透不过气来。船在河心慢慢掉转方向。我抬起手抿头发，然后把手放在她手上。她挣扎了一下，我坚决地抓住它，她使劲抽了几次便安静下来，任我握着她的手。河岸缓缓旋转着向船头靠近，星光在水面上颤抖着碎裂成一片光点。我握住她的手大声唱歌，血液像要从太阳穴喷射出去似的在头颅里奔窜，如果是白天，人们一定会看见我满脸通红。

船靠岸的时候我想牵着她过跳板，她不耐烦地甩开我，独自摇晃着两臂走过去。我放慢脚步混入男同学群里，和他们边走边说，耳朵、眼睛和心神追逐着她。

晚上我想写诗，我凑到隔壁牛屋去。那里有一盏棉油灯在墙洞里摇曳。我和饲养员聊着闲话爬上他那张高床，只有爬上去，才能够着灯光。饲养员忙着给牲口添草、添料，拌槽棍在牛槽里搅和。几个牛头在石槽上晃动，舌头下发出沙沙的响声。牛屋的气氛温暖、安详，有关谢敏之的怀念在棉油灯的光晕里缭绕。从考场里的初识，河边那片夕阳下的树林，到窄窄的课桌，晚自习共同围聚的油灯，一支歌的记忆和她身上的气息。

你在写啥？饲养员大伯手里筛着草，我说我记笔记，你这个娃真用功，干一天活也不嫌累？

当我在小说里不断激发想象，努力唤回青春初恋的情感时，电脑屏幕上出现的文字使我迷惑。真实的画面、虚幻的场景叠映在一起，我不知道这些文字究竟是从哪儿来的，是电脑程序自动生成，还是一个我不认识的神秘网友发来的E-mail？它们好像是我记忆深处的呓语，又像一只看不见的大手在放映一部没有年代的默片。当又一个新年到来之际，冬日的阳光照在我的窗口，我坐在电脑前，用指尖诉说心底的渴望。那个初夏的麦收季节，我没法给她打传呼，没法给她发一个"你知道我在等你吗？"的短信，也没法和她上网聊天，给她一个令人惊喜的音乐卡。日臻完美的通信手段使现代人的爱情更像一场好玩、不累的电子游戏。在我的小说里，我和谢敏之的爱情发生在人民公社的麦田里，在丰收的田野上，希望的田野上，火热的"大跃进"年代。在竹湾牛屋里写出的人生第一封情书，是我刚读过莎士比亚十四行诗的收获。那是三首十四行诗，一共四十二行。躺在地铺上，这些诗句在我脑海里翻腾，我一遍又一遍默诵、琢磨、修改，第二天一大早爬起来，把夜晚在半睡半醒中修改过的句子记下来，匆匆忙忙重抄一遍，藏在上衣口袋里。

可是我发现第二天我们俩仿佛都在有意躲避对方。仅仅因为昨晚手与手的接触，我和她的关系变得紧张了，一整天谁也不敢走近谁。那首诗在我胸前散发出热力，压迫着我的心脏，我不得不老用手去摸它。

午饭后,打麦场铺上了麦子,两头牛拉着石磙在麦场上转圈儿。谢敏之戴着草帽,站在麦垛阴影里看打麦。我壮着胆子凑过去,两手抱在胸前,右手摸着口袋。我说再有两天能割完吧?她说岗上还有一大片,你没看见?我说石老师不是说后天回家吗?她说我看不一定。我把纸掏出来,尽量装出平淡的样子,这儿有首诗,你看看。草帽在她头顶动了一下。几张折着的纸捏进她的指间。不等她展开,我就转身走了。

如果没有岗上那块麦田,我不知道我和谢敏之将被安排到哪儿去谈恋爱?为一对情窦初开的青年初表心迹选择合适的场景,小说家必须精心设计,在此之前我动了很多脑筋,由于打麦场边我和她的一段对白——毫无精彩之处的平淡的对白,我不得不放弃了煞费苦心的构思。除了麦田,我别无选择。那是一片完全成熟的麦子,从麦根到麦梢,包括耷拉到地面的叶子,全都呈现干爽的金黄,即使在黄昏暮色中,滚动的麦海仍然闪耀着金辉。谢敏之坐在田间小路上,那是一道岗坡上的田埂。我找到她时她一手揽着膝头,一手拈着从身边随手拔起的草梗。地里已经没有人。运麦的牛车从夜雾朦胧中消失,喧哗的人声隐进黑黝黝的村庄的影子里。虽然夜幕已经降临,可我站在麦田里的身影像大海上的航标一样突出,我怕老远就会被人看见。我一边和她说话,一边向远处张望。我手按着大腿,半弯着腰,然后顺势杀下身子坐在她旁边。麦海淹没了我们俩,金色的麦浪在四周摇撼。田野更加宽广、寂静,除了麦秆碰撞发出的沙沙声,远近没有一点声响。成熟的麦子的气息沁人心脾,我情不自禁地挪一下身子,和她靠得更近。

现在我已记不清我和她说了些什么。和自己所爱的人在一起总有说不完的话，可总是说不清谈了些什么。如果谈恋爱有具体内容就糟了，那说明你头脑很清醒，你和她还没什么爱情可言。谈恋爱就是在一起亲密地说胡话，没头没脑，随兴所之，为了表示一点撒娇、任性，有时还会故意为毫无意义的琐事逗嘴，那时你才体味到上帝创造那么多废话就是为了让情人们用来享受他们幸福的时光。

我当然首先要责问她为什么这么晚了还不回村。她的回答是我高兴，我想在这儿坐会儿。我跳进了她摆设好的圈套。她知道我在留意她，看不见她我会到地里来找，可我还是很激动。那一刻我明白了我是在跟自己较劲儿，谢敏之是我的诗征服的第一个女孩，它证明了我的才华，给了我信心。哪个女孩能抗拒一个骄傲自负的男孩？如果她一时没把我放在心上，我会耐心等待，总有一天她会发现我是不可抗拒的。

那晚我很想告诉她，她最要好的朋友钱秀和冯耀山好上了。可当我提到冯耀山的名字时，谢敏之用她柔软的手指把我的嘴堵上了，别说他！别提他。她的手停留在我的嘴唇上，抚弄着我的嘴巴。我抓住她的手腕，亲吻她的手指、手掌和手背。然后，我伸出一只胳膊，大胆地把她揽在怀里。当她的头舒服地靠在我的肩上，毛茸茸的头发磨痒了我的腮帮，我心里充满了幸福感。我轻轻地对她说，谢敏之，我爱你。说出这句话，我感到异常轻松、清爽，好像是郁积在心底很久很久的东西，现在终于得到了宣泄。她把我的手拿在她手里玩。她把它展开，用自己的手贴上，手掌对手掌，指头对指头。她惊讶地说，你的手指真长，你能弹钢琴。我说我才不弹那玩意儿呢,这么好的手指就是为了写诗才长出来的。

那些缠缠绵绵的诗除了哄哄女孩儿,有啥用?哪儿也不会给你发表。

这才是真正的诗,你明白吗?

她撇一下嘴,你在报纸、板报上发表的诗是什么?那不是诗?

那是标语、传单,往后我再不写那些东西了。

她把我的手拉到脸前,用她的面颊和下巴蹭它,我知道我说的话让她感动。

张书青,咱们坐同桌的时候你咋不给我写诗啊?那时候我非常非常喜欢你呀,你知道吗?

那时候我太小了。

我老觉得会收到你给我写的纸条,可你连正眼都不看我。

你也没看我嘛。

头顶的天空依稀现出星光。麦梢上荡漾着清辉,月亮正在慢慢爬上来。

食堂里肯定没饭吃了。

她玩弄着我的手不说话。

石老师会来找咱们的。

想走你走吧。

我不再说话。我摸到她的左手,惊奇地发现她的小拇指短小玲珑,像个圆乎乎的肉棍,摸不到指甲。我把它拿到眼前,仔细摆弄。

那是我妈咬的。

你妈咬你的手指？

我妈生了两个孩子没成活，学校旁边的牛二奶说她被无常鬼盯上了。我一落地，我妈就把我的小拇指咬掉一截扔给无常鬼，牛二奶用小锅把我扣在柴灰里，我才活下来，长这么大。

于是我知道了她小名叫小锅。是牛二奶那口小锅使她躲过了出生的灾难，逃脱了无常鬼。她母亲舍弃了她的手指才换来了她的生命。这只短缺一截的小拇指使我对谢敏之更加怜惜。

从麦田里回来天已经很晚。我把她送到劳模的院子里。说是院子，只不过是一座土坯房坐落在坑洼不平的场院上，既没院墙也没树。我只能和她在山墙黑影里告别。我握着她的手，把她拉到我怀里拥抱她。她搂着我的脖子，我们的脸贴在一起，亲吻就发生了。这是我有生以来享受到的第一个亲吻。起初我们都有点胆怯，接着便迷醉了。没想到亲吻这样美妙，除了用最老套的销魂荡魄来形容，再也找不到更好的词儿。她的嘴唇是那样柔软、细嫩，她的唾液是那样甘甜，什么时间回味起来都让人心神荡漾，我们又亲吻了一次。然后，她拉着我的手说，你饿不饿？我说不饿。劳模家红薯井里有红薯。我说真的？真的。你在这儿等着，我去叫劳模。

她把劳模叫出来。劳模拿了箩头，拴上绳子。我们俩跟着她走到房后一个土丘旁。把土丘顶端的磨盘掀开，黑咕隆咚的井口露出来。她凑着我的耳朵悄声悄气说，慢慢下，井筒上有踩脚的地方。谢敏之用手电筒照着井壁，我蹬着脚窝爬下去。落地之后，发现窖底地方很大，三两车红薯未必能把它装满。朝里摸，左边。劳模在井口小声指挥。谢敏之把手电筒放在箩筐里吊下来，我打着手电才把那堆宝贝找到。它们藏在靠井壁的角落里。虽然表皮依然光鲜，拿到手还是能摸到软软的坏斑。我知道这是劳模藏放的粮食，我不好意思多拿，只把四个大红薯放进筐里，让谢敏之拉上去。

劳模从麦草堆里扒出她藏在里面的小锅，用三块砖支起来，给我们煮红薯吃。红薯香甜稀软、烫手、烫牙。我一边吸溜嘴，一边在手里倒换。看着劳模那副充满自豪的神情，即使吃到苦坏的地方我也还是很开心地咽下去。

她送我到院里。我们又吻了一次。接吻是件奇妙的事，一旦沾过女孩的嘴唇，你就会贪恋她，不想离开她。

我一路哼着歌，心里舒服极了。

第二天早晨干完一歇儿活，该收工吃早饭的时候，队长把劳模叫走了。

生产队的人集中在麦田边开会，石老师让我们坐在一边听。

队长往地头一站，大声嚷着说：李三妮！站出来。劳模向前挪了一步。

说说吧，你那窖里的红薯是从哪儿来的？

劳模没牙齿的嘴嚅动着，做出一副可笑的滑稽相。红薯还能从哪儿来？地里长的呗。地里不长，我到哪儿去弄啊？社员们有的哄笑，有的喊叫。劳模你少跟我来这一套。我问你入食堂的时候为什么私藏红薯不交？劳模说我没私藏，它们就在窖里放着哩。

人群里站起一个人,手里提着一口锅。他把锅提得很高,转着身子让所有人看,大家看看!都看看!啊!这是李三妮藏的锅。夜黑她给俩学生娃煮红薯吃。她想得可美哩,她想着夜里别人看不见冒烟儿。

那口锅不是我的,劳模说。

你们看,你们看!她还狡辩哩!别想你是贫农就能胡来!贫农破坏大食堂也不行!贫农破坏总路线也不行!大家说她破坏三面红旗咱们答应不答应?

不答应——

李三妮不老实咱们咋办?

辩论她!捆她!镇压她!

人群开始骚动,一些妇女和小伙子把劳模围起来。咱们都吃大食堂,你一个人偷吃小锅饭,你咋恁能啊?你比谁多长个头?你比谁多长了毛?

你们可别招我!我有头晕病。

嘿!越说你越倚老卖老了!

那锅不是我的,是四娃妈的,她放在我家草垛里,兴她用也兴我用。

四娃妈!你出来。队长喊。

一个四十来岁的女人走出人群。

这锅是不是你的?给大伙说说!

四娃妈低着头不说话。

俩人都不是好东西!还有小顺!小顺哩——站出来。各家的红薯井都是你清的,你送了多少人情?留了多少私货?说!

小顺垂下头。他的脖子像鹅颈一样耷拉着。

这家伙才坏哩。你咋清的红薯井?啊?

人们围上去,开始推搡被辩论的三个人。有人捅了劳模一拳,她扑通一声躺倒在地。一个小伙子冲过来,他是劳模的侄儿。他抓住捅劳模的人。你想怎么样?你——想怎么样?两人互相扭着不放。别胡来!胡来我捆人!提小锅的人上前把他们拉开。辩论会乱了套,人群分成两拨,乱哄哄吵作一团。队长扯开嗓门吼叫,好了——好了——开饭——吃过饭还来割北地的麦子!

小顺扣一天工分,四娃妈扣一天工分,劳模扣两天工分。

劳模躺在地上喊,凭什么扣我两天,只扣他们一天?

提小锅的人说,快起来吧!再不起来扣你三天工分。

我起不来了,老毛一把我的腰捅坏了。

都走都走!吃饭去,别管她,起不来上午停她的工,停她的饭。

所有的人都走了。劳模爬起来,拍打掉身上的灰土,嘴里嘟嘟囔囔骂着向村里走。

吃过早饭石老师让别人去割麦,把我和谢敏之留在食堂场院里。常书敏和谢敏之谈话,她是团支部委员,团小组长。石老师亲自和我谈。

张书青,昨晚你干啥了?

我没干啥。我和谢敏之在地里拾麦,回来晚了,食堂没饭了，劳模给我们煮红薯吃。

吃了多少红薯？

总共四个，我吃一个，谢敏之吃一个，劳模吃一个。

还剩一个呢？

劳模说剩下没处放，咱们分着吃了吧。

知不知道这是违反纪律？

那红薯都坏了，吃到嘴里发苦。

坏了也是红薯！不交食堂，在家吃小灶，是破坏人民公社，反对三面红旗！知道吗？人家生产队专门开了辩论会。瞧你们造成的影响多恶劣！

石老师叫我写检查。我说，那我还去劳动不去？

先写检查，写完了检查再说。

我顺从地回到车棚屋去拿出纸笔写检查。这次麦假既没宣传队也没板报组、快板队，每天只是干活。虽然我知道劳动光荣，可我讨厌劳动。我不在乎光荣不光荣。我干活的时候又懒又笨，既不会干，也没眼色，只有拿起笔才能来精神。今天有东西写了，不管写什么都比干活舒服。

为了表示没有马虎敷衍，我一口气密密麻麻写了三页，然后把写好的检查放在手边，开开心心地在我的本子上写诗。《给……》《黄昏的麦田》《五年后的发现》，想象着谢敏之收到这些诗时的喜悦、兴奋，揣度她读诗时的陶醉心情，我激情澎湃，诗句像冲破地层的喷泉，从笔下自动流淌出来，展现在纸面上。

写第三首诗的时候，谢敏之来了，我高兴得跳了起来。她也很高兴，一看见我就满面生辉。所有的人都到地里去了，村庄静悄悄的。这情景使我想起《高加索的俘虏》里的诗句。我和她无所顾忌地拥抱在一起，眼睛看着眼睛，脸颊烧得通红。我低下头揽紧她的身体，一边吻她，一边小声对她说，我在想你，我在给你写诗，她抚摸着我的耳轮和下巴，不停地亲吻我。我把刚写好的诗拿给她看，小声在她耳边朗读：

你的长发——我灵感的竖琴/你的双唇——我激情的闸门//上帝言说/丘比特射来——/每一行文字/都是因为一个站在弯弯小路上的诗人

我得意极了。我瞧着她的脸说，谢敏之，后边这句诗里含着一个人的名字，她是谁？我让她端着诗琢磨，然后指点着给她批讲，瞧，言、射、每、文，一点、一拐。这三个字，是谁？她抓起本子在我头上摔了一下，激动得眼睛放光，张书青，你是怎么写出来的呀？

我根本没想，写到这儿它自己就跳出来了，好像上帝早已给准备好了。其实这不过是雕虫小技，小聪明，小小的拆字游戏，只能用来骗骗女孩子。

我们相偎着说闲话。她拿起我手边写好的检查，诧异地说，你写了这么多？

怎么样？我态度挺好的吧？

让我抄抄吧，我一点也没写。

你总得稍微变一下，不能照抄吧？

我才不管它呢,随他的便。

她坐下抄检查。我伏在她身后搂着她。去!别捣乱,叫我赶快抄。我发现我越来越贪恋她,哪怕能摸着她的手、挨着她的身体,我都会感到无比的快活。

抄完检查我们坐在一起说话。车棚前的阴影逐渐缩小,太阳升上中天,吆牲口的声音从村路上传来,运麦的牛车出现在村边大路上,他们该回来了。我们又一次拥抱亲吻,她把我的诗连同抄好的检查一起塞进口袋匆匆走了。

晚上我们在车棚院里开会。我在会上念了检查。谢敏之也念了检查。我们俩的检查太相似,我有点不好意思。幸亏大家并没认真听。谢敏之一念完,石老师就让大家发言。全队同学每人说了一段。石老师最后说,张书青、谢敏之两位同学的错误很严重,给我们夏收志愿队造成极坏的影响,大家都要吸取教训,他们俩的问题等回学校以后再做处理。

第三天我们结束了夏收劳动回县城去。我和谢敏之的劳动鉴定没拿到,可我一点也不沮丧。我一路吹着口哨,不断和别人开玩笑。这个麦假是我最开心的假期,我才不会为那个狗屁鉴定烦心呢!

学校下星期开学,母亲在东乡割麦没回来。我在家写诗,写了诗等谢敏之来。她一来,我们就偎坐在地铺上,她拿着本子看,我随着她的目光轻声给她朗读,然后我们提上瓦罐到街道食堂去打饭。今年夏收到处放卫星,报纸上丰收的消息一个接着一个,小麦亩产达到7762斤,食堂的饭却越来越稀。我没觉得这有什么不对劲儿。谢敏之和我在一起,吃饱吃不饱无所谓,我们俩在一起吃饭,这本身就是一种享受。

我和谢敏之刚吃过饭,冯耀山来了。谢敏之在厨房门口洗碗、洗罐子,我在堂屋收拾小桌。那是一张方凳,屋里唯一的高凳,也是家里唯一的小桌。他站在堂屋门口阶沿上,既不好进来,也没法退走。他说,吃过饭了?我说,吃过了。你吃了没?他说,吃了。

谢敏之把饭碗、饭罐洗好,站在厨房门口用抹布擦拭。

你们在竹湾割麦?

你们在哪儿?

我们在五里桥。

他走进堂屋,为了使表情轻松些,他顺手拿起我的本子,又写了不少诗?

我把本子拿过来不让他看。我说刚写了一点,还没改好。

我把小板凳递给他,我们面对面坐着说话。

张书青,你把勺子放哪儿了?谢敏之在厨房门口喊。

在这儿,在窗台上。

谢敏之走进堂屋,冯耀山看着她。她头也没扭,径直走到窗台边拿起勺子走出去。瞄着她的背影,冯耀山低声说,你们俩在乡下惹麻烦了?

我盯着他的脸,他耳根泛起一片微红。我们吃了劳模家的红薯。

劳模是谁呀?

劳模是一个贫农大娘的绰号。"大娘站在大门上,手托着下巴不说话……"我朗诵起语文课本上写大娘的那首诗,"长城缠在山腰上,山底下有座村庄……"

冯耀山看着我,嘴里啧啧叹息,你的麦收鉴定……

我拍着他的肩膀说,昨天我刚看了阿凡提的故事,讲一个你听听。阿凡提把脱下来的衣服洗了,搭在院里绳子上,晚上忘了收。夜里起来撒尿,衣服冻硬了,风一刮呼隆呼隆响,他以为来了贼,就摸起猎枪朝那个白东西开了一枪。第二天早晨看见衣服上有一片弹孔,吓得他连声嚷着说,哎呀!好危险哪!要是昨晚我开枪的时候还穿在衣服里,那不是把我自己打死了?

谢敏之站在厨房门口笑,冯耀山没笑,也没再提麦收鉴定的事。我又给他讲了阿凡提的一个故事,他还是没笑。我给他讲庞振坤的故事。庞振坤相当于鲁迅老家的徐文长,是我们家乡的阿凡提。读小学的时候我们都很喜欢听他的故事,他干了很多恶作剧,他的老师、邻居、爷爷、伯伯、大娘,甚至他父亲都上过他的当。冯耀山好像对这些笑话不感兴趣,他先是站起来听,然后走出堂屋。我在院里把最后一个故事讲完就把他送走了。

母亲从乡下回来时我差点认不出她了。我走到她跟前,用手摸着她脸上蜕皮的地方说,妈你这半月是不是在酱缸里泡了?看这一身像腌过的酱瓜一样黑黑红红的,脸上还起了这么多白皮……母亲笑着骂我,然后开始打量我。我的鞋子露出了脚后跟。这并不奇怪,从小学开始,她已经习惯了我经常穿新鞋。一双新鞋到我脚上最多一星期就会飞边、绽帮,接着就坐跟、裂口。露出脚后跟比露出脚趾体面多了。然而当她的目光在我身上停留时我心里有点发毛。母亲的目光很锐利,她知道我从不洗衣服,甚至连自己的手绢也不洗。她不明白我为什么会穿得这样干净、整齐。她到堂屋、厨房去转了一遭,眼睛里的疑惑更明显了。我不敢再像刚才那样看着她,对她嬉皮笑脸。谢敏之给我洗衣服的时候我只感到舒心,从没想到她会侵犯母亲的专利权,在母亲的眼睛里留下无法掩盖的破绽。我也没把谢敏之刷洗、清扫过的屋子重新搞乱,让它更像一个邋遢少年的环境。像小时候母亲给我讲的老猴精的故事,母亲在屋里院里走动,她什么也没说,可她只用搐搭搐搭抽动鼻子,就嗅出了生人味儿。说不定她不但嗅出了生人味,还嗅出了这个闯进家来的生人是个女孩儿。

就在这时候谢敏之来了。她一点也不紧张,表情自然地微笑着对母亲说,伯母你晒黑了。母亲说你和书青也晒黑了。她殷勤地问母亲什么时间回来的,在乡下累不累,那儿麦子好不好。也许这是女孩子与生俱来的本领。她比我聪明,比我沉着,我不能不佩服她。但是我觉得母亲并不那么好糊弄,就凭她落在谢敏之身上的目光,我知道她什么都明白了,她看出了在这个麦假里我们之间发生了什么事,即使我和谢敏之做得天衣无缝也枉然。

开学后的第一个星期很平静,大家都交了麦假劳动鉴定,我和谢敏之没交,石老师连问也没问。谢敏之说,管他呢,让他们想怎么着就怎么着,她照样每天到我家来。我觉得她做得很对,大大方方来往,比偷偷摸摸约会更轻松。她家里没人,一个女孩,到同学家复习功课、做作业,这很正常,何况他们都知道我母亲待见她,和母亲在一起我们很愉快。我发现谢敏之爱我与我爱她一样火热，她贪恋我的程度和我一样强烈。母亲在场的时候，我瞅着空子偷偷和她亲热，在暗中捏一下她的手，趁母亲转身的工夫亲她一下。这些小动作带给我们俩无限的温暖和欢乐。母亲到街道去开会，她并不避开，她会找借口陪着我。如果我故意不去拥抱她、亲她，她会跟我耍脾气、板脸。她让我懂得了，爱情，就是互相依恋，互相惦记。我和她坐在同一间教室里，可我还是想她，随时想看她，握她的手，和她坐在一起，向她倾诉心里话。

又一个星期到来的时候，团员们开会了。散会以后，我看见谢敏之的脸红红的，眼睛里闪烁着倔强、愤懑。她从课桌之间的走道上走过，板着脸谁也不看，知道我在注意她，却连眼神也不转一下。团支部天天开会，每天晚自习都被占用。团员们一个个神秘兮兮，一脸严肃。谢敏之的脸色越来越灰暗，我的心情越来越焦虑。我不是团员，不能参加团员会，不知道他们在搞什么名堂。令我不安的是，从星期一起，谢敏之一直没到我家来，也没人找我谈话。猜不出他们究竟在怎样整治人，难道一星期时间还解决不了吃老贫农家红薯的事吗？

我决定到她家去找她。晚上放学以后团员们还没散会，我在路上兜了几个圈子，躲到她家门口黑影里等她。远处传来脚步声和说话声，常书敏和她一起走过来。我咳嗽了一声从黑影里走上大街。出现在谢敏之面前的一刹那，我们俩都很激动，在昏暗的夜色里我能看见她眼睛里闪射出亮光。我先和常书敏打招呼，然后看着她说，我到牛永华家去拿本书。你们刚散会？我们俩互相看着，她平静地说，你回家吧。常书敏和她一起开门进屋，她只在关门时向我动了一下下颌。

在昏暗的大街上踽踽独行,我感到很绝望。他们让常书敏看住她,她连一句话也没法对我说,这出乎我的想象。我像一只被追捕的鹌鹑,蒙头转向地在地垄间蹦跶,不知道会有什么样的灾难降临。威胁像阴影一样从四面迫近,我却不知道该怎样面对。大网在哪儿?他们布设了什么样的圈套?

这天晚上我没写诗。这是我有生以来第一次尝到心烦的滋味。人心烦的时候什么都不想干,什么都不感兴趣。我希望明天石老师能找我谈话,让我写检查,无论怎样处分都行,千万别像现在这样没完没了地折磨人的神经。

第二天石老师没找我,母亲倒是找我了。从脸色看,学校老师找过她。没有了家具,她没法像从前那样坐在大椅子里谈严肃话题,她只能坐在方凳上,那是我家目前最庄重的座位。

她努力控制住嗓音和语速,把话说得缓和些,你麦假的鉴定呢?

他们没给我。

开学都两个星期了,别人的鉴定给没给?

我不知道。

真不知道?

不知道。

谢敏之的鉴定给没给?

我摇晃着脑袋不说话。

母亲站起来走两步,突然走回来在方凳上猛拍一掌:给我跪下!

我犹豫了一下,不知道跪下好还是继续站着好。从前母亲这样大声呵斥,姐姐、哥哥或是店里的女嫂、伙计们都会过来替我讲情,即使真的跪下,也用不了多大工夫就会被他们拉起来。可现在家里只有我和母亲两个人,没法指望谁来搭救,如果真的跪下,她怎么让我起来?

母亲瞪着我,我倔强地垂头站在那儿和她对峙。

她在屋里来回走动,然后从袖筒里掏出手帕擤鼻涕。很多年没看见母亲流泪,当她重新坐在方凳上,我看见泪水涌满她的眼眶,心里登时慌乱起来,两腿一弯,膝盖自动落在地上。

母亲默默抹泪,我跪在地上看着她的脸,看她伤心不止的样子,我忍不住也掉下眼泪。母亲说,站起来。我站起来。她拿起门后笤帚,我既没逃走也没躲闪,她在我身上摔了几下把笤帚扔掉。如果她不用笤帚揍我,我真不知道她会怎样收场。

书青啊书青,你人大心大,管不住你了,是不是?你妈眼里灰星也容不下,你要往我眼里推石磙。想跟你妈耍花枪还得再长十年八年,就是胡子白了你还是我儿,在老子面前还是骗不了人。你是让那女孩迷住了,是不是?什么都不管不顾了?什么都不要了?咱们牌坊街谁家孩子没入团?你怎么这么不争气?她喘了一口气,语气更加沉痛,看看你姐、看看你大哥……再看看你二哥……她忽然噎着气半天没说出话来。当她又一次掏出手帕在脸上抹泪的时候,我感到了真正的悲伤。

书青啊书青,你十七岁了,知道不知道?你大哥像你这样大都结了婚成了家,知道替我操心了。可你……还这么任性,这么气人,啥时候你才能长大,啥时候你才能懂事啊?

母亲终于说出了她最伤痛的心事,虽然说这句话时她的声音很低:

有一个二模糊叫我操心,还不够吗?

我哭起来,母亲也哭起来。

我伏在她膝上,而后抬起头抽抽搭搭说,妈你别哭了,我好好检查,接受老师的批评,以后不跟谢敏之来往了,行不行?

晚上我写了检查,第二天带到学校去交给石老师。他的态度比我想象的要温和,甚至脸上还带着一丝笑意。你跟谢敏之究竟在地里干啥?我说,放工以后她没走,我看她一个人在地里拾麦,就过去帮她。那时候几点了?大约六七点吧。收工天都黑了,拾麦还看得见?他盯着我的眼睛,我也盯着他的眼睛。你不相信?我问你那会儿地里看得见看不见?我说看得见你不相信,我有什么办法?石老师笑了一下。谁信?你信?我当然信。那会儿我在地里。地是黑的,麦是白的……好了好了,张书青,你去找赵波吧,把检查交给团支部。我愣了一下,说我不是团员。我知道你不是团员,不是团员也得把检查交团支部。

我憋得满脸通红,很想冲石老师嚷,凭什么把检查交给赵波呀?石老师看着我,他的眼神使我一下子泄气了,那眼神就像我是一个三岁顽童,不懂得人世间的基本常识,就像母亲经常训诫我"不知道锅是铁打的"一样。

把检查交给赵波比在全班同学面前检讨更让我受不了。这家伙比老师还老师,比教导主任更教导主任。他经常吊着脸,一本正经,从不跟别人开玩笑。班里开晚会,我在台上演节目,他坐在第一排，拳头支着下巴，自始至终保持着一个姿势，严峻的眼神让台上人很不自在，好像我们的节目没他审查把关就会出问题。我和他压根不对味儿，别人巴结他，我从不买他的账，你干你的团支部书记，我读我的书，写我的诗，不喜欢我，顶多不让我入团，反正已经到了高中二年级，入不入团无所谓。没想到有一天会犯错误，写检查，还得把检查交到他手里。

他不像石老师那样给我提问题，他接过检查连看也不看就放进抽斗去。从他脸上看不出他的想法，不知道他打算拿我怎么办。

我心神不宁，没法安心上课。一直到了晚自习的时候，他走到我座位旁，拍拍我的肩膀，让我跟他一起到教室外。他走到操场边，坐在草地上，拍着地说，坐，张书青。我老老实实坐在他旁边。

他说话从容、老练，一副胸有成竹的样子。一开口先赞扬我，说你聪明，学习好，是咱们团支部的培养对象。你的入团申请团支部讨论过几次，大家很关心你，给你提了很多希望……随着谈话的进行，他那既威严又友善的态度使我不得不对他生出敬畏。他从共青团员应该具备的条件讲起，拿团员的义务一条一条对照，分析我的优点、缺点，态度诚恳，有条有理，我挺直的腰逐渐弓下来，脸上的表情越来越谦和，后来竟像闯了祸的孩子似的乖乖地看着他的脸，听他循循善诱地教诲我。没想到这个整天板着脸的家伙还有这么好的口才，一个多小时的谈话，把我说得心悦诚服，不断点头，像豁然开朗似的完全被他征服了。我为自己的幼稚、骄傲、无知惭愧，为我犯下的错误、造成的影响痛心。

　　谈话结束时我对赵波肃然起敬，觉得他才是真正的良师益友，比我水平高多了。这样的转变是怎样发生的，连我自己也搞不明白。他把我的检查交还给我，我耳根有点发烧，在黑暗中也掩盖不住满面羞惭。

　　明天是星期日，你拿回去看看，认真写一下。只有态度端正，才能得到大家谅解。

　　我连声说行，行，行。

　　回家后我兴奋地对母亲说，团支书赵波找我谈话了，我们俩谈得很好，他让我把检查再写一遍，下星期交上去就差不多了。母亲淡淡地笑了笑。她的反应不像我期待的那样热烈。她不知道我已经提高了认识，肯定能很好地应付这件事。

　　赵波的谈话激起我写检查的热情，拿起原来的检查看一遍，觉得赵波真了不起，这样的检查确实不值得浪费时间去看，除了摆过程说废话，就是找借口为自己开脱，字里行间流露出牢骚不满，拿到班上念只会使大家反感。

　　可是当我提起笔重写检查的时候，石老师的问题摆在我面前：你跟谢敏之究竟在地里干啥？我怎么写？是坚持原来的说法，还是如实交代？即使如实交代，又该怎么写？我们俩在田埂上说话。说什么话？那么长时间说了些什么？只是说话，没干别的？……不，这不行，绝对不行！说我们拥抱了？亲吻了？……不！这当然不行！

　　1958年初夏的这个星期日，一篇看似简单的检查文章出乎预料地把我难住了。徘徊在赵波的谈话和石老师的问题之间，我第一次面对对组织忠诚老实的考验。和赵波谈话之前我理直气壮地撒谎，无论他们怎样盘问我也不会改口，说实话等于出卖爱情，出卖朋友，我张书青绝不干这样事，杀了头也不干。然而我发现自己的意志很脆弱，仅仅和赵波谈了一次话，坚定的决心就像地震中的楼房一样岌岌可危地动摇了！那时我无缘拜读纳什的"博弈论"，现在它被叫作"二人非零和对策论"。——如果不把名称弄得拗口、费解，就没法显示理论的深奥和神秘。他因为这理论荣获1999年度诺贝尔经济学奖。他的"博弈论"发表于1949年，那时我八岁，是新中国第一代小学生。在我面临背叛组织还是背叛女友的困境时，这个发明对策论的人刚满三十岁，结婚一年，患了严重的精神分裂症，家庭、事业都陷入危机。他自顾不暇，当然没法把他高明的理论寄到中国河南西南部一个小县城的高中来解救我。直到他垂暮之年、疯过好多年又获了殊荣之后，我才有幸知道他发明了一种理论，明白了自己在人世间其实是在和一个看不见的对手较量。两人同时走到一扇门前，你的对策只能是，要么抢先一步，要么退后一步。抢先当然占光，退后也不吃亏；两人挤在一起，或是谁也不肯上前，既耽搁别人又耽搁自己，那是最不明智也是最不利的选择。人的困境像两个犯人被逮住，警察把他们分开审问。谁先说实话谁能得到宽大处理，谁后说谁被动，犯人的对策是如何在先说、后说、不说，说什么、不说什么上做出有利于自己的选择。如果只是研究下棋、赌博，纳什还不至于发疯；而整天假设有人和自己作对，绞尽脑汁思谋对策，把这当作学问去做，这个人不疯才怪。纳什的故事之所以吸引我，是因为他的妻子。那才真正是个了不起的女人。阿丽莎由于受不了他的神经质，1963年和他离婚，离婚后却并没离开他，她靠着自己微薄的收入和亲友接济，几十年如一日地照料纳什和儿子，为他的事业和理论奔走。如果她抛下纳什不管，这个被称为天才经济学家的精神病患者恐怕早已进了疯人院，成了真正的囚徒。"囚徒论"也好，"博弈论"也好，"二人非零和对策论"（说穿了就是假设二人共分一个总和不是零的财富，谁得多，谁得少，应该采取什么策略。也就是现在经常说的，当你面对市场这个蛋糕时，怎样切能使自己的利益最大化）也好，一个男人的尔虞我诈的经济理论，到头来靠的是一个女人的坚贞爱情和牺牲精神赢得了大奖。那年的奖金数额大概是八十万美元，阿丽莎作为离了婚的前妻有没有份儿就难说了。也许面对奖金，纳什一家真的用得上"博弈论"，虽然他们不是二人而是三人。总之，我知道他的理论太晚，现在回顾起来不只是这个原因，根本原因还是我太年轻，经历太少。丢弃了好几张字纸，经过一整天痛苦的思想斗争，我既没选择抢先一步，也没选择退后一步，既不想背叛朋友，也不想背叛组织。在我的检查里，对石老师的问题我是这样写的："收工后没看见谢敏之回村，怕她出什么事，我到地里去找她。我们拾了一会儿麦，坐在田埂上休息，说一阵闲话才往回走。回来后食堂没饭了，她说劳模大娘家里有红薯，我就跟她一起到劳模家去⋯⋯"我当然没写在劳模家和她拥抱、接吻。我以最诚恳、最虚心的态度写了两页沉痛的认识，分析了错误性质，深挖了思想根源，检查自己一贯自由散漫，骄傲自大，不虚心接受团组织教育，犯了严重错误，给学校、班级带来极坏影响。这不仅是几个红薯的问题，它是一场资产阶级思想与无产阶级思想的政治斗争，对总路线、"大跃进"、人民公社三面红旗的态度。在抄写的过程中，我为自己语言文字方面的天才沾沾自喜。深夜誊清，默念了一遍，感到很满意，很得意。我甚至想向赵波提一个要求，请他向学校团委汇报，批准我到全校师生大会上去做检查。

可是赵波接过检查又是一声不吭就放进了抽斗。也许他知道等待比惩罚更难受，像我这样骄气十足的青年，不磨掉锐气就不会虚心听取别人的意见。

直到星期三他才找我。他默不作声，一张一张翻着我的检查，脸上没有表情。随着纸页的翻动，我的信心一点点丧失，情绪也一点点低落，到他开口讲话时，我又变成一个闯了祸不知所措的孩子，满脸惶恐，忐忑不安地望着他的脸。他抬起头，用看不透深浅的目光看着我，声音低沉，语气庄重，嗯，态度不错，比原来端正多了。红薯问题检查得比较深刻，认识也比较充分。思想意识上的问题嘛——我看还没接触。你和谢敏之……你想过没有？在夏收劳动中脱离集体，两个人单独行动，天黑以后不按时回队，不进食堂，私做小锅饭，吃社员私藏的红薯，这一切都是自由主义造成的。前者是基础，后者是必然。谢敏之是团员，你虽然不是团员，也是团的培养对象，你们的组织性、纪律性到哪儿去了？不管你和谢敏之在地里干什么，脱离集体单独行动，起码是自由主义、个人主义。在革命战争年代，不就是逃兵、叛徒行为？他停顿一下，看着我的脸，有人反映你们的关系超出了一般同学关系，我看你在这个问题上还得好好认识。张书青，洗澡不怕羞，搓灰不怕疼嘛，遮遮掩掩不利于小资产阶级思想的改造，不清除小资产阶级思想，怎么树立无产阶级人生观？一个青年不树立无产阶级世界观，怎么加入无产阶级队伍？怎么进步？

他的话使我心乱如麻。赵波这家伙一下子就抓住了事情的要害，让你想躲也躲不开。恐惧向我袭来，对谢敏之的担心使我忧虑。她能招架住赵波这个无赖吗？她面对的不只是赵波，还有团支部二十多个团员，他们个个都是混蛋。他们的会开了一个多星期，还让常书敏日夜摽着她，她挺得住吗？她会说什么？她已经说了些什么？

下了一场阵雨，路上的坑坑洼洼积满了水，我茫然地踏过亮亮的水坑，觉得面前是一片泥泞的沼泽，在烂泥潭里挣踹，不知何时才能脱身。人倒了霉走路的样子也灰溜溜的，从前同行的朋友、同学都疏远我，即使碰面打招呼，眼睛里也像闪烁着异样的光。虽然我对母亲保证以后和谢敏之不再来往，可现在我更思念她。每天见面不能说话，连走近也不可能，我真正感受到了痛苦的滋味。当初写的那首《痛苦》的诗是多么浅薄！痛苦既不像哐哐鸣响的长蛇，也不像袅袅盘旋的孤烟，铁器在钝石上摩擦的声音，中弹的小鸟……不，痛苦什么也不像。痛苦是心烦意乱、心灰意冷。痛苦是时间的折磨，每分每秒的煎熬。

到了星期五，赵波问我检查写好没有，他说星期六下午要开班会。我说正在写，差不多了。其实我把检查拿回去扔在床头，连看也没看一眼。

我不能在班会上说我爱谢敏之，更不能说拥抱过她，亲吻过她。下了决心，我不再害怕这个班会。

煤油灯冒着黑烟。我伏在方凳上改检查，母亲盘腿坐在铺上抽烟。写检查的激情没了，我决定只把赵波批评我们俩自由行动、无组织、无纪律的话加进去，别的地方不动。我收拾纸笔的时候，母亲说，念给我听听。

我给母亲念，她时不时插上来指点，说自由散漫就行了，别把"三面红旗"扯上，三面红旗是随便扯的？把那几句去掉，还有"逃兵、叛徒"什么的，说得太过分。我说，这是赵波说的。不管谁说，咱不能给自己扣帽子。

读到我和谢敏之脱离集体、自由行动的时候，母亲说，咱只检查自己，娃，别说人家。

他们逼我，妈，他们非要我承认和谢敏之……关系不正常。

一个女孩家，不能往人家头上扣粪罐子。白纸黑字可不能乱写，千年古字会说话呀，娃。

我凑过去坐在妈身边。她对我那么严厉，可心里还是护着我。我鼻头酸酸的，想靠在她身上，像小时候那样躺在她膝上，让她拍着我，给我唱儿歌。

开会把态度放好点，不管人家说什么，不管他们啥态度，只管耐住性子听。别给人家争执，别耍脾气。问什么，想好了再答，想不好别吭声。

好像为了证明母亲"千年古字会说话"的道理，我无论如何也没想到我的诗会被教导主任拿到全校集会上去朗读。我得承认这个主任不乏幽默感，心肠也不算太坏。他身兼学校团委书记，关心青年学生的健康成长是他的职责。直到今天，这样尽职尽责的老师在中学、大学里还很常见。他讲了一番热爱祖国、好好学习的大道理，讲着讲着突然从口袋里摸出一张纸头，没开始朗读先笑了一声，同学们，这儿有首诗，我念给大家听听，看都是些什么内容："你的长发——我灵感的竖琴/你的双唇——我激情的闸门。"几百人的队伍爆发出一阵哄笑。他停顿一下，等大家的笑声平静下来，"上帝言说/丘比特射来——/每一行文字/都是因为一个站在弯弯小路上的诗人。"这几句有点费解，是不是？据说这是一个人的名字。他停顿了片刻，然后用炯炯有神的目光扫视全场，我看你们不必猜这名字是谁，把聪明才智用在这方面会迷失方向。这位诗人很有才华，是不是？他不但有丰富的想象力，还是个谜语专家。台下又是一阵哄笑，同学们哪——你们正是长身体、长知识的黄金时期，你们肩负着祖国、人民的希望，肩负着建设共产主义的历史重任，有很多事情等待你们去做。我要向这位同学大喝一声，向全体同学大喝一声，把你的聪明才智用到改造思想、树立无产阶级人生观、世界观上来！要和资产阶级思想、小资产阶级意识彻底决裂！

这个团委书记没点我的名，我很感激他。不少同学扭头看我，我装作和自己无关似的随着大家一起笑。

放学的时候冯耀山和我一起回家，他好久没和我一块走了。我有说有笑，一路给他讲阿凡提、庞振坤，让他看不出我有任何受伤的样子。

直到期末考试结束，团支部才把我的夏收劳动鉴定发给我："张书青同学能够响应党的号召，积极参加夏收劳动，在团小组领导下完成了劳动任务。今后应严格要求自己，提高组织性、纪律性，自觉改造世界观，树立无产阶级人生观，做一个合格的革命接班人。"

有了这份鉴定，我的学年操行等级没被划为丙级，这完全是母亲的功劳。班会开过的一个多月时间里，母亲不停地往学校跑，找我的班主任，找团委书记，找校长。

谢敏之的劳动鉴定也发了，但她被开除了团籍。

暑假的第二天，母亲带我到乡下去上坟。大哥已经决定让我到省城去读书，她是带我去向亲人们告别。

母亲起了个大早，把我从梦中叫醒，我们一起到十字街口营业食堂排队买了六两油馍。按照食堂的规定，即使拿粮票，每人也只能买三两。从父亲去世那时起，我一看见它就反胃。可现在我闻着它很香，给父亲上过供奉，它是母亲为我饯行的美餐。现在我们已经没有刀头肉和十个白蒸馍供献先人，三杯薄酒也省去了。没有肉，当然就不需要酒。母亲亲自动手，给每座坟头点燃纸钱。我依次跪下，给爷爷、奶奶、父亲、伯父和叔父们叩头，然后站在大姐坟前，默默向她告别。她十七岁离开人世，我要在十七岁离开故乡。旷野里的电线杆在风中呜呜呜响，像坟茔里先辈们眷念的呼唤。我不知道外面的世界是什么样，正如不知道大姐的世界是什么样。

我拿出我的诗集，把它们烧化在大姐坟前。坟地周围的庄稼一片青葱，一只蟋蟀在沟坎边叫，洪亮的声音使田野充满生机，和茂盛的秋庄稼一样蓬勃。

我和谢敏之的爱情不是喜剧，也算不上悲剧。这本书的结尾并不是我和她的故事的结局。

在黄昏的南阳汽车站,我带着自己的行李——一个包袱,包着换洗衣服;一个网袋,装着书、搪瓷茶缸和两个馒头。经过大半天颠簸,路上吐过几次,下了车我感到很虚弱。姐姐已经调离这个城市,我孤身一人走在陌生的闹市里,既不想吃东西,也不想找旅社。为了保证买上明天一早开往许昌的车票,我决定在候车室过夜。候车室里人很多,他们会使我不至于感到孤独。

向卖茶水的老大娘租一条席子,我把自己安顿在离售票窗口较近的地方,靠墙坐下来歇息。我两手盘放在膝头,漫无目的地看着进进出出的人。

谢敏之出现在门口,她迟疑地站在那儿向候车室里张望。地上铺了很多席子,她的目光在坐着、站着和走动着的人的脸上掠过。最后,我们互相看见了。

我站起身。她跨过地上的行囊、包裹。我伸出两手,她也伸出两手。我们面对面拉着手站在那儿。

我来这儿找我姨。她说,她在花纱布公司,我昨天就来了。

那你在车站……

我知道你要走,是钱秀给我说的。

我有点感动。我说我刚到,我还没吃饭。

咱们去吃浆面条吧,对面饭馆里的浆面条很好喝。

我们一起去吃了两碗浆面条。她说她叔叔刚给她寄了十五元钱,让我别跟他争。我听话地坐在那儿,让她付钱。

我把候车室的席子退掉,在车站对门找了一家旅馆。其实我根本不用为车票发愁,旅馆代办车票,还负责第二天一早按时叫醒。

我们说了很多很多话。

那些诗我不该装在书包里,更不该给钱秀说那几句诗的意思。她抚着我的脸颊说。

既然我用她的名字写了诗,难道她不该对女友炫耀一下?那几句诗连我自己也忍不住对冯耀山说过呢。

她没在旅馆过夜。她说天不早了,我该走了,我姨那儿的大门该上锁了。

我们互相拥抱,她站在我怀里很久。

旅馆的房间很小,两边是木隔板。虽然夜里老鼠在顶棚上闹腾,我还是睡得很香,我在做着十七岁的梦。在我的家里,十七岁是故事发生的年龄。无论是母亲、大姐、六姐,还是大哥、二模糊、李春梅,每个人都从十七岁开始自己的旅行,走入岁月深处。

2002年2月25日壬午元宵前夜于18楼